Dello stesso autore

Lupa Nera
Re Bianco

Il paziente

Cicatrice

Tutto brucia

Darkside
79

I edizione: febbraio 2024

Via Isonzo 42, Roma

Titolo originale: *Reina Roja*
Traduzione dallo spagnolo di Elisa Tramontin

ISBN: 979-12-5967-604-7

www.fazieditore.it

Juan Gómez-Jurado

Regina Rossa

traduzione di Elisa Tramontin

Fazi Editore

A Babs

Un'interruzione

Antonia Scott si concede di pensare al suicidio soltanto tre minuti al giorno.

Per altre persone, tre minuti possono essere un lasso di tempo risibile.

Non per Antonia. Potremmo dire che la sua mente ha molti cavalli sotto il cofano, ma la testa di Antonia non è come il motore di una macchina sportiva. Potremmo dire che è capace di molti cicli di elaborazione, ma la mente di Antonia non è come un computer.

La mente di Antonia Scott è piuttosto come una giungla, una giungla piena di scimmie che saltano a tutta velocità da una liana all'altra portando cose. Molte cose e molte scimmie, che si incrociano in aria e si mostrano i denti.

Per questo, in tre minuti – a occhi chiusi, seduta sul pavimento a piedi scalzi e gambe incrociate – Antonia è capace di:

– calcolare la velocità con cui il proprio corpo si schianterebbe a terra se saltasse dalla finestra che ha di fronte;
– la quantità di milligrammi di Propofol necessari a un sonno eterno;
– il tempo e la temperatura a cui dovrebbe rimanere immersa in un lago gelato affinché l'ipotermia le arrestasse i battiti del cuore.

Pianifica come procurarsi una sostanza controllata come il Propofol (corrompendo un infermiere) e come scoprire dove si trova il lago gelato più vicino in quell'epoca dell'anno (Laguna Negra, Soria). Al salto dall'attico preferisce non pensare, perché la finestrella è piuttosto stretta e lei sospetta che il cibo nauseabondo che le servono al bar dell'ospedale stia finendo dritto dritto sui suoi fianchi.

I tre minuti in cui pensa a come ammazzarsi sono i suoi tre minuti.

Sono sacri.

Sono ciò che la mantiene sana di mente.

Perciò non le piace per niente, per niente, quando dei passi sconosciuti, tre piani più sotto, interrompono il rituale.

Non è uno dei vicini, ne riconoscerebbe il modo di salire le scale. Non è nemmeno un fattorino, è domenica.

Chiunque sia, Antonia è sicura che venga a cercare lei.

E questo le piace ancora meno.

PRIMA PARTE
Jon

«Be', al paese "nostro"», disse Alice, sempre
con un po' di fiatone,
«in genere si arriva in un altro posto…
se si corre per tanto tempo come abbiamo
fatto noi».
«Che paese lento!»,
disse la Regina.
«Qui, invece, vedi,
devi correre più che puoi,
per restare nello stesso posto.
Se vuoi andare da qualche altra parte
devi correre almeno il doppio».

LEWIS CARROLL, *Attraverso lo specchio*

1

Un incarico

A Jon Gutiérrez non piacciono le scale.

Non è una questione di estetica. Sono vecchie (l'edificio è del 1901, ci ha fatto caso entrando), scricchiolano e sono affossate al centro dopo centodiciannove anni d'utilizzo, ma sono solide, tenute bene e verniciate.

C'è poca luce, e le lampadine da trenta watt che penzolano dal soffitto servono solo a rendere le ombre più dense. Da sotto le porte, man mano che sale, filtrano voci straniere, odori esotici, musiche strane di strani strumenti. In fondo siamo a Lavapiés, è domenica pomeriggio e si avvicina l'ora di cena.

Nulla di tutto questo infastidisce Jon rispetto alle scale, perché Jon è abituato ad avere a che fare con cose del secolo scorso (vive con sua madre), con luoghi bui (è gay) e con cittadini stranieri dalle entrate sospette e dalla sospetta condizione (è ispettore di polizia).

Quello che sta sulle palle a Jon Gutiérrez rispetto alle scale è doverle salire.

Maledetti palazzi antichi, pensa Jon. *Senza neanche un po' di spazio per installare un ascensore. Questo a Bilbao non succede.*

Non che Jon sia grasso. Perlomeno, non tanto grasso da attirare l'attenzione del commissario. L'ispettore Gutiérrez ha un torace a forma di barile e due braccia in pendant. All'interno, anche se non si vede, ci sono muscoli da sollevatore *harrijasotzaile*. Duecentonovantatré chili è il suo record personale, nientedimeno, e senza neanche allenarsi troppo, per puro hobby. Per passare la mattinata del sabato. Per non farsi spaccare le palle dagli amici, visto che è frocio. Bilbao è

Bilbao e gli sbirri sono sbirri, e molti hanno una mentalità più antica di queste maledette scale centenarie che Jon affronta con tanta difficoltà.

No, Jon non è così grasso da farsi sgridare dal suo capo, e il commissario ha ben altri motivi per cazziarlo, tra l'altro. Per cazziarlo e cacciarlo dal Corpo. Di fatto, Jon è sospeso dal servizio e dallo stipendio, *ufficialmente*.

Non è così grasso, ma il barile del suo torace è montato su due gambe che, in confronto, sembrano stuzzicadenti. Per cui nessuno sano di mente lo definirebbe un tipo agile.

All'altezza del terzo piano, Jon scopre una meraviglia inventata ai tempi che furono: un panchetto. È un'umile tavola a forma di quarto di cerchio inchiodata a un angolo sul pianerottolo. A Jon sembra il paradiso, e ci si accascia sopra. Per recuperare il fiato, per prepararsi a un incontro di cui non ha nessuna voglia e per riflettere su come diavolo la sua vita sia potuta andare a puttane tanto velocemente.

In che razza di casino mi sono messo, pensa.

2
Un flashback

«...un casino della madonna, ispettore Gutiérrez», conclude la frase il commissario. Ha la faccia color astice, e respira come una pentola a pressione.

Siamo a Bilbao, nel commissariato di polizia di calle Gordóniz, il giorno prima che Jon si trovi di fronte a sei piani di scale nel quartiere di Lavapiés, a Madrid. Per ora ciò a cui si trova di fronte sono altrettanti reati di falsità materiale, inquinamento di prove, intralcio alla giustizia e scorrettezza professionale. E a una pena da quattro a sei anni di carcere.

«Se il pubblico ministero si incazza può chiedere fino a dieci anni. E il giudice, felice come una pasqua, te li appioppa. Perché a nessuno piacciono i poliziotti corrotti», dice il commissario, sbattendo la mano sul tavolo di acciaio. Si trovano nella sala degli interrogatori, un posto in cui a nessuno va di entrare come ospite d'onore. All'ispettore Gutiérrez tocca il pacchetto *premium*: il riscaldamento alzato fino a quel gradevole livello tra il caldo asfissiante e la morte per soffocamento, le luci forti, la caraffa d'acqua vuota, ma bene in vista.

«Non sono corrotto», dice Jon, resistendo alla tentazione di allentare la cravatta. «Non mi sono mai messo in tasca neanche un centesimo».

«Come se contasse qualcosa. A che cazzo stavi pensando?».

Jon stava pensando a Desiree Gómez, alias la Desi, alias la Brillantini. Desi ha diciannove anni portati male, e già da tre sta per strada. Battendola, dormendoci, iniettandosela nelle vene. Bambolina da salotto, mini tanga pitonato. Nulla che Jon non abbia già visto prima. Ma alcune di queste ragazze ti si infilano nel cuore che neanche sai come, e all'improvviso è tutto una canzone di Joaquín Sabina. Nulla di serio. Un sorriso, un caffè offerto alle sei e mai del mattino. E all'improvviso ti scoccia che il pappone la gonfi di botte. E parli con il pappone, per vedere se la smette. E il pappone non la smette, perché ha più buchi nel cervello che tra i denti. E lei viene a piangere da te, e tu cominci a surriscaldarti. E prima di rendertene conto gli hai piazzato nella macchina quasi quattro etti di roba. Quanto basta per fargli beccare dai sei ai nove anni.

«Non stavo pensando a niente», risponde Jon.

Il commissario si passa la mano sulla faccia, se la strofina come se volesse cancellare l'espressione di incredulità. Non funziona.

«Voglio dire, se almeno te la scopassi, Gutiérrez. Ma a te non piacciono le donne, no? O adesso vai da una sponda all'altra?».

Jon fa cenno di no con la testa.

«Il piano non era male», ironizza il commissario. «Togliere quell'infame dalla strada era una gran bella idea. Trecentosettantacinque grammi di eroina, dritto al penitenziario. Senza attenuanti, né tante storie. Senza la seccatura delle carte da riempire».

Il piano era stupendo. Il problema è che gli era sembrato talmente buono da farsi venire la brillante idea di raccontarlo alla Desi. Perché sapesse che quell'occhio nero e quei lividi e quella costola incrinata sarebbero stati gli ultimi. E alla Desi però, strafatta di ero, le è dispiaciuto per il suo pappone, poverino. E gliel'ha raccontato. E il pappone ha posizionato la Desi dietro un angolo, nascosta a filmare con il cellulare. E il video l'hanno venduto al canale La Sexta per trecento euro – aggiudicato! –, il giorno dopo l'arresto del pappone per narcotraffico. Ed è venuto fuori un bel casino. Prima pagina su tutti i quotidiani, il video su tutti i telegiornali.

«Non sapevo che mi stessero filmando, commissario», dice Jon, imbarazzato. Si stropiccia i capelli, ondulati e tendenti al rossiccio. Si tira la barba, folta e tendente al grigio.

E ricorda.

La mano ferma di Desi faceva cagare e l'inquadratura era tremenda, ma ha filmato quanto bastava. E il suo faccino da bambola rendeva molto bene sullo schermo. Interpretava da

Oscar il ruolo di fidanzata di un innocente incolpato ingiustamente dalla polizia. Né nei programmi del pomeriggio né nei talk show della sera facevano vedere il pappone con il suo aspetto attuale – canotta e denti marroni. No, mettevano una foto di dieci anni fa, con la prima comunione ancora da digerire. Un angioletto deviato, la colpa è della società, e tutte quelle menate.

«Hai mandato in malora la reputazione di questo commissariato, Gutiérrez. Bisogna essere imbecilli. Imbecilli e ingenui. Davvero non avevi annusato quello che succedeva?».

Jon fa cenno di no con la testa per la seconda volta.

L'aveva saputo perché il video gli era arrivato su Whatsapp, tra un meme e l'altro. Ci aveva messo meno di due ore a diventare virale in tutto il paese. Jon si era presentato immediatamente al commissariato, dove il pubblico ministero stava già urlando e chiedendo la sua testa, con i testicoli per contorno.

«Mi dispiace, commissario».

«E quanto ancora ti dispiacerà».

Il commissario si alza, sbuffando, ed esce dalla stanza propulsato dalla sua legittima indignazione. Come se lui non avesse mai ritoccato prove, stiracchiato il Codice penale o fatto un imbroglio qua e là. Teoricamente. Ma almeno non era stato così idiota da farsi beccare.

A Jon lasciano il tempo di cuocersi nel proprio brodo. Gli hanno tolto l'orologio e il cellulare, procedura standard per fargli perdere la nozione del tempo. Il resto degli oggetti personali è in una busta. Senza nulla con cui intrattenersi, le ore trascorrono molto lentamente, lasciandogli ampio margine per martoriarsi per la propria stupidità. Avendo perso il processo mediatico, gli resta solo da chiedersi quanti anni si dovrà sciroppare nel carcere di Basauri. Un luogo in cui lo attenderanno alcuni amici con i pugni chiusi e tanta voglia di prendersela – tre contro uno – con lo sbirro che li ha fatti finire lì. O forse lo manderanno lontano per proteggerlo, in un qualche posto dove sua madre, la sua *amatxo*, non potrà andare a fargli visita. Né recapitargli un portavivande con le sue famose *kokotxas* della domenica. Nove anni, per cinquanta domeniche l'anno, fanno quattrocentocinquanta domeniche senza *kokotxas*. Su per giù. Un po' troppo come castigo, gli sembra. E poi la sua *amatxo* è anziana. L'ha avuto a ventisette anni, quasi completamente vergine, come Dio comanda. E ora lui ne ha quarantatré e lei settanta. Quando Jon uscirà la *amatxo* non sarà più in grado di preparargli *kokotxas*. Se lo spavento per questa notizia non la ammazza prima. Glie-l'avrà già raccontato quella del 2B, quella serpe, lingua biforcuta, guarda che casino ha fatto per i gerani.

Passano cinque ore, anche se a Jon sembrano cinquanta. Non è mai stato bravo a starsene tranquillo in un posto, per cui il futuro dietro le sbarre gli pare impossibile. Non pensa ad ammazzarsi, perché Jon ama la vita sopra ogni cosa ed è un ottimista irredento. Di quelli che Dio se la ride ancora più di gusto quando gli fa cadere una tonnellata di mattoni addosso. Ma non riesce nemmeno a trovare un modo per liberarsi dalla corda che lui stesso si è messo al collo.

Jon è immerso in questi tetri pensieri quando si apre la porta. Si aspetta di vedere di nuovo il commissario, ma al suo posto c'è un uomo alto e magro. Sui quaranta, castano, stempiatura pronunciata, baffo tagliato sottile e occhi da bambola, che sembrano più dipinti che reali. Abito stropicciato. Valigetta. Costosa.

Sorride. Brutto segno.

«Lei è il pubblico ministero?», chiede Jon, stupito.

Non l'ha mai visto, e tuttavia lo sconosciuto sembra trovarsi a casa. Scosta una delle sedie di acciaio, che strappa uno stridio dal cemento, e si siede dall'altro lato del tavolo, senza smettere di sorridere. Tira fuori delle carte dalla valigetta e le studia come se Jon non stesse lì, a meno di un metro da lui.

«Le ho chiesto se è il pubblico ministero», insiste Jon.

«Mmh… No. Non sono il pubblico ministero».

«Un avvocato, allora?».

Lo sconosciuto sbuffa, tra l'offeso e il divertito.

«Avvocato. No, non sono un avvocato. Può chiamarmi Mentor».

«Mentor? È il nome o il cognome?».

Lo sconosciuto continua a sfogliare le sue carte, senza alzare lo sguardo.

«La sua situazione è piuttosto compromessa, ispettore Gutiérrez. È stato sospeso dal servizio e dallo stipendio, tanto per cominciare. E ci sono un bel po' di accuse in ballo. Ora arrivano le buone notizie».

«Ha per caso una bacchetta magica per farle sparire?».

«Una cosa del genere. È nel Corpo da più di vent'anni, un buon numero di arresti. Qualche querela per insubordinazione. Scarsa tolleranza all'autorità. Adora prendere scorciatoie».

«Non si possono sempre seguire le norme alla lettera».

Mentor rimette lentamente le carte nella valigetta.

«Le piace il calcio, ispettore?».

Jon alza le spalle.

«Una partita dell'Athletic ogni tanto».

Per inerzia. L'Athletic è l'Athletic.

«Ha mai visto giocare una squadra italiana? Hanno una massima, gli italiani: *Nessuno ricorda il secondo*[1]. A loro importa poco come si vince, purché si vinca. Simulare un rigore non è affatto immorale. Dare una pedata fa parte del gioco. Un saggio ha definito questa filosofia *merdismo*».

«Quale saggio?».

Ora è Mentor ad alzare le spalle.

«Lei è un *merdista*, come dimostra l'ultima prodezza con il bagagliaio del veicolo del protettore. È chiaro che l'idea è che l'arbitro non la veda, ispettore Gutiérrez. E tantomeno che la moviola dell'azione finisca sui social network con l'hashtag #DittaturaPoliziesca».

«Senta, Mentor, o come si chiama», dice Jon, mettendo le sue enormi braccia sul tavolo. «Sono stanco. La mia carriera è andata a puttane e mia madre sarà preoccupatissima perché non sono tornato a casa per cena, e non l'ho ancora potuta avvisare che per un bel po' di anni non ci vedremo. Quindi vada al sodo o se ne vada affanculo».

«Le proporrò un accordo. Lei fa qualcosa che voglio io, e io la tiro fuori da questo… come l'ha chiamato il suo capo? Da questo casino della madonna».

«Parlerà con il pubblico ministero? E con i media? Ma per favore. Non sono nato ieri».

1. In italiano nel testo. [N.d.T.]

«Capisco che le risulti difficile dare retta a uno sconosciuto. Sicuramente ha qualcun altro di meglio a cui ricorrere».

Jon non ha nessuno di meglio a cui ricorrere. Né di meglio, né di peggio. Ha passato le ultime cinque ore a farsene una ragione.

Si arrende.

«Che cos'è che vuole?».

«Quello che voglio, ispettore Gutiérrez, è che incontri una vecchia amica. E che la porti a ballare».

Jon scoppia in una risata in cui non c'è neanche un briciolo di allegria.

«Temo che l'abbiano informata male sulle mie inclinazioni. Non credo che alla sua amica piacerebbe ballare con me».

Mentor sorride di nuovo. Un sorriso a trentasei denti, ancora più inquietante del primo.

«Ovviamente no, ispettore. Di fatto, conto proprio su quello».

3
Un ballo

Perciò Jon Gutiérrez affronta l'ultima rampa di scale del civico 7 di calle Melancolía (quartiere di Lavapiés, Madrid) con un umore piuttosto acido. Neanche il commissario gli ha voluto dare spiegazioni quando Jon gli ha chiesto di Mentor:

«Da dove cazzo salta fuori? Servizi segreti? Affari interni? Avengers?».

«Fai quello che ti dice senza domande».

Jon continua a essere sospeso dal servizio e dallo stipendio, sebbene le accuse contro di lui siano congelate. E il video in cui lo si vede mentre piazza l'eroina nella macchina del pappone è sparito – magia! – dalle televisioni e dai giornali.

Proprio come Mentor gli aveva promesso che sarebbe accaduto se avesse accettato la sua strana proposta.

La gente continua a parlare della faccenda sui social network, ma a Jon importa poco. È solo questione di tempo prima che le iene di Twitter trovino un altro cadavere da rosicchiare fino al bianco dell'osso.

Tuttavia, il respiro dell'ispettore Gutiérrez è affannoso e ha il cuore in gola. E non è soltanto per le scale. Perché a Mentor non basta che Jon incontri la sua *amica* Antonia Scott. Ha preteso anche un'altra cosa in cambio del suo aiuto. E dal poco che Mentor gli ha spiegato, questa seconda parte sarà la più difficile.

Arrivato all'ultimo piano, trova la porta dell'attico.

Verde. Stravecchia. Scalcinata.

Aperta. Spalancata.

«C'è nessuno?».

Sorpreso, entra nell'appartamento. L'ingresso è spoglio.

Né un mobile, né un attaccapanni, né un triste svuotatasche con la tessera punti del Carrefour. Nulla tranne una pila di tupperware vuoti, incrostati. Sanno di curry, cuscus e di altri sei o sette paesi. Gli stessi odori che uscivano dai piani che Jon ha incontrato mentre saliva.

Dall'altro lato dell'ingresso c'è un corridoio, anche questo disadorno. Senza quadri, senza mensole. Due porte da una parte, una dall'altra, un'ultima in fondo. Tutte aperte.

La prima dà su un bagno. Jon si affaccia, e vede soltanto uno spazzolino da denti, Colgate alla fragola, una saponetta. Un bagnoschiuma nella doccia. Mezza dozzina di confezioni di crema anticellulite.

Accidenti, quindi crede alla magia, pensa Jon.

Sulla destra c'è solo una stanza da letto. Vuota. Nell'armadio a muro, aperto, intravede delle grucce. Poche sono occupate.

Jon si chiede che razza di persona possa vivere così, con soltanto una manciata di oggetti. Forse se n'è andata. Teme di essere arrivato tardi.

Più avanti, sulla sinistra, una cucina minuscola. Ci sono piatti nell'acquaio. Il piano di lavoro è un oceano di quarzo bianco. Un cucchiaio da dolce, sporco, naufraga a metà strada verso il lavandino.

In fondo al corridoio, il salotto. Soppalcato. Pareti di mattoni a vista, travi di legno scuro. La luce, tenue, filtra da due abbaini. E da una finestra.

Fuori, il sole tramonta.

Dentro, Antonia Scott è seduta a terra, in mezzo alla stanza, nella posizione del loto. Trenta abbondanti. Indossa un paio di pantaloni neri e una maglietta bianca. È a piedi nudi. Davanti a lei c'è un iPad, collegato alla corrente da un cavo molto lungo.

«Mi hai interrotto», dice Antonia. Capovolge l'iPad, abbassando lo schermo sul logoro parquet. «È molto sgarbato».

Jon è uno di quelli che quando si indispettiscono passano al contrattacco. Preventivo. Per sport. Perché gli gira così.

«Lasci sempre la porta aperta? Non sai in che quartiere vivi? E se io fossi uno stupratore psicopatico?».

Antonia sbatte le palpebre, sconcertata. Non gestisce benissimo il sarcasmo.

«Non sei uno stupratore psicopatico. Sei un poliziotto. Basco».

Sul basco, Jon non si stupisce, l'accento non lascia adito ai dubbi. Ma che l'abbia inquadrato come piedipiatti lo sorprende.

Normalmente gli sbirri puzzano di sbirri. Jon, che non deve pagare l'affitto, e che sperpera tutto lo stipendio in vestiti, sembra più che altro un direttore di marketing, con il suo completo a tre pezzi in fresco lana fatto su misura e le sue scarpe italiane.

«Come fai a sapere che sono un poliziotto?», dice Jon, appoggiandosi allo stipite della porta.

Antonia indica il lato sinistro della giacca di Jon. Nonostante la cura per bilanciare la sporgenza dell'arma, il sarto non ci è riuscito del tutto. E lui con la sua dieta non ha contribuito.

«Sono l'ispettore Gutiérrez», ammette Jon. Esita prima di porgerle la mano, ma si ferma in tempo. L'hanno avvertito che a questa donna non piace il contatto fisico.

«Ti manda Mentor», dice Antonia.

Non è una domanda.

«Ti ha avvisato del mio arrivo?».

«Non serve. Qui non viene mai nessuno».

«Vengono i tuoi vicini, a portarti da mangiare. Devono esserti molto affezionati».

Antonia alza le spalle.

«Sono la proprietaria del palazzo. Be', mio marito. Quel cibo è l'affitto che riscuoto».

Jon fa un rapido calcolo. Cinque piani, a tre appartamenti per piano, a mille euro per appartamento.

«Accidenti. Il cuscus ti costa caro. Gli conviene esser buono».

«Non mi piace cucinare», dice Antonia, con un sorriso.

È a quel punto che Jon si rende conto che è carina. *Neanche una bellezza, non esageriamo.* A un primo sguardo il volto di Antonia passa inosservato, come un foglio bianco. I capelli, neri e lisci, lunghi fino alle spalle, non aiutano molto. Ma quando sorride, il suo viso si illumina come un albero di Natale. E scopri che gli occhi che sembravano marroni sono in realtà di un verde oliva, e che le si formano due fossette agli angoli della bocca, disegnando così un triangolo perfetto con quella che le divide il mento.

Poi si fa seria, e l'effetto svanisce.

«Ora vattene», dice Antonia, sventolando l'aria con la mano verso Jon.

«Non finché non avrai ascoltato cosa sono venuto a dirti», risponde l'ispettore.

«Credi di essere il primo che Mentor mi manda? Ce ne sono stati altri tre prima di te. L'ultimo appena sei mesi fa. E a tutti dico la stessa cosa: non mi interessa».

Jon si stropiccia i capelli – ondulati e tendenti al rosso, avevamo detto – e respira a fondo. Per riempire quel torace enorme ci vuole qualche secondo e parecchi litri di ossigeno. Sta soltanto guadagnando tempo, perché in realtà non sa che diavolo dire a questa donna strana e solitaria che conosce da tre minuti. L'unica cosa che gli ha chiesto Mentor è: *fai in modo che salga in macchina. Promettile quello che ti pare, mentile, minacciala, seducila. Ma fai in modo che salga in macchina.*

Che salga in macchina. Non gli ha detto che cosa succederà *dopo*. Ed è questo a ossessionarlo.

Chi è questa tizia, e perché è così importante?

«A saperlo ti portavo un po' di cuscus. Quindi facevi la poliziotta?».

Antonia schiocca la lingua con disgusto.

«Non te l'ha detto, vero? Non ti ha raccontato nulla. Ti avrà chiesto di farmi salire in macchina, senza sapere dove andiamo. Per uno dei suoi ridicoli incarichi. No, grazie. Mi va molto meglio senza di lui».

Jon fa un cenno verso la stanza vuota e le pareti spoglie.

«Si vede. Il sogno di chiunque: dormire per terra».

Antonia si ritrae un po', socchiude gli occhi.

«Non dormo per terra. Dormo all'ospedale», sbotta.

Questo l'ha ferita, pensa Jon. *E quando è ferita, parla.*

«Che cos'hai? No, non tu. Tuo marito, vero?».

«Non ti riguarda».

All'improvviso i pezzi si incastrano, e Jon non può smettere di parlare.

«Ha qualcosa, è malato, e tu vuoi stare con lui. È comprensibile. Ma mettiti nei miei panni. Mi hanno chiesto di convincerti a salire in macchina, Antonia. Se non ci riesco, ne subirò le conseguenze».

«Questo non è un mio problema». La voce di Antonia diventa glaciale. «Non è un mio problema quello che capita a uno sbirro ciccione e incompetente, che ha fatto una stronzata talmente grande da essere stato obbligato a venire da me. E ora vai via. E di' a Mentor di smetterla di provarci».

L'ispettore Gutiérrez, con il volto di cemento, fa un passo indietro. Non sa più cosa dire a questa sciroccata. Si maledice per essersi imbarcato in questa faccenda, un'enorme perdita di tempo. Non gli resta altro che ritornarsene a Bilbao, affrontare il commissario e beccarsi le conseguenze della sua stupidità.

«Va bene», dice Jon, prima di voltarsi e infilare il corridoio, con la coda tra le gambe. «Ma mi ha chiesto di dirti che stavolta è diverso. Che stavolta ha bisogno di te».

4
Una videochiamata

Antonia Scott vede sparire nel corridoio l'enorme schiena dell'ispettore Gutiérrez. Conta i passi, lenti e pesanti, che si allontanano. Quando arrivano a tredici, rigira l'iPad.

«Ora possiamo continuare, nonna».

Lo schermo mostra un'anziana con gli occhi gentili e i capelli cotonati. Sul suo volto ci sono più solchi che in un vigneto della Rioja. Il che calza a pennello perché l'anziana sta vuotando un calice di vino.

«Perché mi hai chiamato? Manca ancora un po' alle dieci».

«Ho chiamato quando l'ho sentito salire. Volevo che ci fossi nel caso si fosse messa male».

Parlano entrambe in inglese. Georgina Scott vive a Chedworth, nella periferia di Gloucester, in un paese piccolissimo della campagna inglese dove il calendario si è fermato secoli fa. Un paesello da cartolina. Con una villa romana. I muri ricoperti di muschio. E una connessione Internet ad alta velocità attraverso la quale nonna Scott e Antonia parlano due volte al giorno.

«Quel pover'uomo sembrava bello. Aveva la voce di uno bello», dice l'anziana, a cui piacerebbe che la nipote si levasse di dosso le ragnatele.

«È gay, nonna».

«Sciocchezze, piccola. Nessuno è gay quando gli avvicini la mano al rubinetto. Ai tempi io ne ho curati un bel po'».

Antonia alza gli occhi al cielo. Nonna Scott è convinta che "politicamente corretto" significhi Winston Churchill.

«Queste cose non si dicono, nonna».

«Ho novantatré anni, piccola», dice l'anziana, a sua unica discolpa, e si versa un altro po' di vino.

«Mentor vuole che torni a lavorare».

Il fiotto di Bordeaux tremola lievemente, e un po' di liquido si sparge sul tavolo. Inaudito. Nonna Scott stenta a fare la sua firma senza uscire dal foglio, ma per quanto riguarda la mescita del vino continua ad avere una mano da chirurgo plastico.

«Ma non è quello che vuoi, vero?», dice la nonna. La voce è camuffata da innocente pecorella, il lupo quasi non si vede.

«Lo sai già, no», ammette Antonia, che non vuole discutere di nuovo con lei.

«Certo, cara».

«Per colpa mia, Marcos è in un letto da tre anni. Per colpa mia e per quel lavoro».

«No, Antonia», replica la nonna, abbassando la voce. «Per colpa tua no. Per colpa di quell'infame che ha premuto il grilletto».

«E che io non ho saputo fermare».

«Io sono soltanto una vecchia rimbambita, tesoro», dice la nonna, con il lupo che comincia a mostrare i denti, «ma credo che se ti accusi del peccato di inazione, vale anche se te ne resti seduta in quell'attico».

Antonia rimane in silenzio per un istante. Quanto basta perché le scimmie nella sua testa lavorino a tutta velocità, cercando invano di uscire dalla trappola.

«Perché mi fai questo, nonna?», protesta.

«Perché sono stufa di vederti lì a marcire, da sola. Perché hai un dono che stai sprecando. Ma soprattutto, per puro egoismo».

«Egoismo, tu, nonna?», si sorprende Antonia. A diciannove anni, Georgina Scott si era arruolata volontaria come infermiera ed era sbarcata in Normandia settanta ore dopo il D-Day, con il casco enorme che le scivolava sulle sopracciglia e abbracciata a una valigia di cartone piena di ampolle di morfina. I nazisti erano a un tiro di schioppo, e lei lì, a testa bassa, a tagliare gambe, cucire ferite e iniettare analgesici.

Per Antonia, pensare a sua nonna come un essere capace di covare il benché minimo egoismo è inconcepibile.

«Egoismo, sì. Sei diventata di una noia terribile. Passi tutto il giorno rinchiusa, e le notti… ancora peggio. Sento la mancanza di quando lavoravi. E mi raccontavi. Mi resta poco per cui vivere. Questo», dice l'anziana, levando il calice. «E tu. E il vino non è più quello di una volta».

Antonia scoppia in una risata incredula. La nonna pensa che le uniche due utilità dell'acqua siano farsi il bagno e cucinare frutti di mare. Ma Antonia capisce qual è il suo obiettivo. Dopo quello che è successo,

dopo quello che hai fatto

il mondo ha ruotato attorno al suo asse. Non lei, chiaro. È stato il mondo, un mondo in cui lei non si incastra più. Un mondo in cui, riconosce controvoglia, i giorni sono una litania interminabile di senso di colpa e noia.

«Forse hai ragione», dice Antonia, dopo un istante. «Forse occupare un po' la testa mi farebbe bene. Soltanto per stasera».

La nonna prende un altro sorso di vino e accenna un sorriso beato, un sorriso da réclame di caramelle.

«Soltanto una sera, piccola. Che cosa potrebbe andar storto?».

5
Due domande

Jon scende le scale quasi con la stessa lentezza con cui le ha salite. Non è la prassi. Di solito nella discesa si vendica di quelle bastarde, approfittando della forza gravitazionale, che nel suo caso è considerevole (non che sia grasso). Ma ora, sconfitto in quell'incarico tanto assurdo quanto illusoriamente facile, non sa che fare, e l'indecisione rallenta i suoi passi.

All'altezza del terzo piano, accanto al panchetto, gli squilla il telefono. Jon si siede per rispondere alla chiamata. Non gli piace parlare mentre cammina, perché non si noti il respiro affannoso.

Il numero è sconosciuto, ma Jon sa già chi è.

«Ha detto di no», dice, rispondendo.

All'altro capo della linea, Mentor grugnisce con disapprovazione.

«Sono molto deluso, ispettore Gutiérrez».

«Non so che cosa si aspettasse. Quella donna non ci sta tanto con la capoccia. Vive in un appartamento vuoto, senza neanche un mobile. La alimentano i vicini, per la grazia di Dio. E dice non so cosa di un marito malato».

«Suo marito è in ospedale. In coma, da tre anni. Scott se ne attribuisce la colpa. Potrebbe far leva su questo per smuoverla, ma glielo sconsiglio. Quando le riparlerà...».

«Come dice? Senta, io ho fatto la mia parte e ho trasmesso il suo messaggio. Quindi voglio che ora lei faccia la sua».

Mentor sospira. È un sospiro lungo, istrionico.

«Se i desideri fossero torte di cioccolato, ispettore, saremmo tutti grassi. Si arrangi come può, ma ci serve su quella macchina ora».

Jon infila una moneta nella slot-machine.
«Forse se la smettesse con tutti questi segretucci e mi raccontasse che cos'ha per le mani...».
All'altro capo della linea c'è un silenzio, un silenzio lungo. Jon riesce quasi a sentire i rulli della slot-machine che girano.
«Deve capire che si tratta di informazioni confidenziali. Ci sarebbero delle gravi conseguenze per lei».
«Certamente».
E all'improvviso, contro ogni pronostico, escono tre fragole.
«Voglio che Antonia mi aiuti in un caso molto complicato. Mi permetta che la illumini a riguardo».
Quindi Mentor comincia a raccontare all'ispettore Gutiérrez. Parla per meno di un minuto, ma è sufficiente. Jon ascolta, all'inizio scettico, poi incredulo. Senza rendersene conto, si è alzato in piedi. E, contro la sua radicata abitudine, comincia a girare intorno senza volerlo.
«Capisco. Mi dirà almeno per chi lavora?».
«Questo è il meno. Quando sarà il momento, le racconterò quello che deve sapere. Per ora, l'unica cosa che deve preoccuparla è portare Antonia Scott all'indirizzo che le ho appena mandato al cellulare».
Jon sente l'apparecchio vibrargli nell'orecchio.
«Perché Scott è così importante? Sicuro ci saranno sei o sette esperti criminologi all'Unità Analisi Comportamentale che possono...».
«Ci sono», lo interrompe Mentor. «Ma nessuno è Antonia Scott».
«Che cazzo ha di tanto speciale quella signora? È Clarice Starling e non me ne sono accorto?», lo incalza Jon, che comincia ad averne piene le scatole.
Mentor si schiarisce la voce. Quando risponde, lo fa con un certo sforzo. Riluttante. Come se non volesse condividere ciò che sta per dire. E non vuole.
«Ispettore Gutiérrez... Quella signora, come la chiama lei, non è un poliziotto né una criminologa. Non ha mai impugnato un'arma, né ha mai portato un distintivo, e tuttavia ha salvato decine di vite».
«Come?».
«Potrei dirglielo, ma non voglio rovinarle la sorpresa. Per

questo ho bisogno che la faccia salire in macchina e la metta a lavorare. Ora».

Mentor riattacca. Jon sta per voltarsi e risalire le scale, quando una voce lo chiama.

«Ispettore».

Jon si affaccia dal corrimano. Tre piani più sotto, in penombra, Antonia lo saluta con la mano.

Questa donna è una sorgina, *una strega, o chissà che cazzo*, pensa Jon, che è piuttosto sboccato dentro di sé, e a volte anche fuori di sé.

Quando la raggiunge, lei sta sorridendo.

«Devo farti due domande. Se la risposta sarà corretta, verrò con te stasera».

«Cosa…?».

Antonia alza un dito. Arriva a stento al petto di Jon, non sarà più alta di un metro e sessanta, scarpe comprese. E, tuttavia, è imponente. Ora che è vicina, Jon vede dei segni sul collo. Come grossi graffi sulla pelle. Antichi. Si perdono sotto la maglietta.

«Prima domanda. Che hai fatto? So che è una cazzata bella grossa. Mentor predilige persone che non hanno scelta. Ha l'assurda teoria che nessuno *deciderebbe* di lavorare con me».

«Una teoria assurda, davvero», risponde Jon.

Il sarcasmo scivola addosso ad Antonia come la pioggia su un cappotto di Gore Tex appena comprato. Si limita a guardarlo, in attesa, strattonando la cinghia della tracolla che indossa di traverso sul petto. A Jon non resta che rispondere.

«Io… ho piazzato trecentosettantacinque grammi di eroina nel portabagagli di un protettore».

«Questo non si fa».

«Una feccia umana che pesta di botte una delle sue ragazze. Finirà per ammazzarla».

«Comunque non si fa».

«Lo so. Ma non mi dispiace. Mi dispiace che mi abbiano beccato. Sono stato talmente idiota da raccontarlo alla prostituta, e lei mi ha fatto un video. È successo un macello. Potrei finire in carcere».

Antonia annuisce.

«Indubbiamente hai dei problemi».

«Indubbiamente sei molto acuta. E la seconda domanda?».

«Questo genere di irregolarità sono abituali nella tua condotta? Ostacolano il tuo lavoro e influiscono sul tuo giudizio?».

«Certo, cerco di piazzare prove false ogni volta che posso, di mentire, picchiare i testimoni, corrompere i giudici per ottenere condanne. Come pensi che sia arrivato a fare l'ispettore?».

Antonia non sbatte nemmeno le palpebre. Ma qualcosa nel tono di voce di Jon le fa pensare che il significato delle sue parole forse non è esattamente letterale.

«Ti riformulo la domanda in maniera più semplice. Sei un bravo poliziotto?».

Jon ignora l'insulto. Perché la domanda è troppo importante. È, in realtà, tutto.

«Se sono un bravo sbirro?».

Lui stesso se la pone di continuo da quando è cominciato tutto questo casino. E l'errore infantile che ha commesso non gli ha permesso di vedere la verità fino a quell'istante.

«Sì, sì lo sono. Sono un poliziotto coi controcazzi».

Antonia lo studia senza battere ciglio. Ci sono pesi e bilance, nastri di misura, bascule in quegli occhi. Jon si sente giudicato, e infatti è così.

«Va bene», conclude lei. «Verrò con te stasera. E poi mi lascerete in pace».

«Aspetta un momento. Ora voglio farti io una domanda. Come cavolo hai fatto a scendere senza che ti vedessi?».

Lei indica alle sue spalle.

«Dietro quella porta c'è un ascensore».

Jon guarda a bocca aperta la porta, che non ha proprio pensato di aprire. *Ma se praticamente non si vede.* E ancor meno alla luce di quelle lampadine così squallide. Quando si riprende deve trottare dietro ad Antonia, che sta già camminando verso l'uscita.

«Spero che non sia una perdita di tempo. Visto che lo rifarò soltanto una volta, spero che ne valga la pena».

«Che ne valga la pena?».

«Che sia interessante».

Jon ride tra sé e sé, pensando a tutto quello che Mentor gli ha raccontato al telefono. *Interessante*, dice.

«Ah, bella. Da rimanerci sotto».

6
Un tragitto

Antonia sorride quando vede il veicolo che li attende – tre ruote sul marciapiede, privilegi da sbirri. Un'Audi A8 enorme. Nera metallizzata, vetri oscurati, cerchi in lega, centomila e passa euro. Jon non è mai stato tipo da auto costose – ha una Prius elettrica per rimorchiare i *millennials* –, ma riconosce il sorriso.

«Ti piace la macchina che mi ha prestato il tuo amico Mentor?».

Antonia annuisce.

Jon approfitta e le mostra le chiavi come uno che agita un sonaglio davanti a un neonato. L'ultima cosa che ha voglia di fare dopo essersi sciroppato il viaggio da Bilbao è rimettersi al volante di un'automobile, perfino di una come questa, che è più grande del salotto di *amatxo*.

«Vuoi guidare tu?».

Antonia fa cenno di no con la testa.

E questa è tutta la conversazione che hanno durante il tragitto. E non perché l'ispettore Gutiérrez non si sforzi, occhio. Fa diversi tentativi per cavarle delle informazioni camuffati da domande benintenzionate. Ma Antonia non abbocca, guarda un po', e si limita a chiudere gli occhi e appoggiare la testa al finestrino.

Come i bambini, appena li metti in macchina si addormentano, pensa Jon, che tutto quello che sa dei bambini l'ha imparato vedendo *Modern Family*.

Venti minuti dopo l'Audi si ferma con un dolce scossone alla posizione che gli ha mandato Mentor via Whatsapp. Antonia si raddrizza sul sedile.

«Siamo già arrivati?».
«Quasi».
Sono fermi di fronte a una sbarra di sicurezza. Due guardie escono dalla garitta e accerchiano la macchina, una per lato. Il potente fascio di una torcia a LED colpisce le occhiaie di Jon e gli occhi sonnolenti di Antonia.
«Mi fate il favore di abbassare quella torcia, tesorini?», dice Jon, mostrando il distintivo fuori dal finestrino.
La guardia si avvicina. Il suo volto è appena visibile nell'oscurità, accentuata dal berretto calato fino alle sopracciglia, ma Jon percepisce che è molto nervoso. Studia attentamente il distintivo, senza arrivare a toccarlo. Dopo qualche secondo fa girare il dito indice verso il collega perché alzi la sbarra.
«Può proseguire».
«Era qui due sere fa?».
Una pausa.
«No, ero di riposo».
Mente o mi nasconde qualcosa, diffida Jon.
«E il suo collega?».
«Qui nessuno ha visto nulla. Continui dritto fino alla seconda rotonda, e poi prosegua lungo la strada sulla destra fino in fondo».
Jon preferisce non insistere e riparte, ora che la sbarra è alzata. I fari allo xeno illuminano un cartello di acciaio satinato su cui si legge il nome del luogo:

«LA FINCA»

Distano sei canzoni e altrettanti mondi da Lavapiés, come Jon può osservare percorrendo qualche centinaio di metri lungo quelle strade private, limpide, immacolate.
L'ultimo luogo del mondo in cui si può indossare una polo rosa senza essere l'agente degli assorbenti?
All'inizio trovano diversi agglomerati di villette a schiera lungo la via principale, ma queste cominciano a diradarsi man mano che lasciano il posto a chalet di design sempre più grandi e più costosi, le cui luci calde spiccano come isole nel buio.
«Ho letto di questo posto. Un complesso residenziale di superlusso per milionari gelosi della propria intimità», dice

Antonia, che ha tirato fuori l'iPad dalla borsa a tracolla e naviga in Internet alla ricerca di informazioni. «Imprenditori, giocatori di calcio. Il prezzo delle case arriva a venti milioni di euro. Dicono che sia il luogo più sicuro d'Europa».

Jon ha il vago ricordo di un reportage in TV sulla Finca. Metà della formazione del Real Madrid vive in quel plastico in scala 1:1. Non facevano vedere granché, al di là delle stesse strade sintetiche e ben illuminate che stanno percorrendo. Tuttavia, di notte, il paradiso della privacy assumeva un taglio vagamente più sinistro.

«Non so se sia così sicuro come millantano», dice Jon, pensando a ciò che Mentor gli ha raccontato al telefono.

Guida piano, con i finestrini abbassati, cercando di comprendere l'universo in cui si sta addentrando. Non c'è un'anima in giro. L'unico rumore che si sente è quello dei grilli nell'impeccabile prato e quello della brezza che soffia sul lago artificiale, che Jon si lascia sulla destra alla seconda rotonda, proprio come gli aveva indicato la guardia. Lì superano una seconda sbarra, che la guardia si affretta ad abbassare una volta che sono passati.

È come una zona VIP all'interno di un complesso residenziale VIP, pensa Jon.

In quella zona i vialetti di ingresso si diradano ancor di più. I lampioni che illuminano i marciapiedi sono più scarsi, e i muri e i cancelli che limitano l'accesso alle case più alti. Mezzo chilometro dopo la sbarra, Jon intravede la fine della strada. Proprio davanti, di traverso a metà del vialetto, prima del portone d'ingresso dell'ultima delle case, c'è un'Audi A8 nera, uguale a quella che guida Jon.

«Avrà approfittato di un'offerta», dice Jon, parcheggiando vicino al ciglio.

Appoggiato alla fiancata dell'altra macchina c'è Mentor, che guarda l'orologio con studiata impazienza. Porta lo stesso abito del giorno prima, anche se ha cambiato la camicia con una pulita e stirata. Tuttavia, nulla ha potuto fare per dissimulare il grigio cenere del suo volto stanco, accentuato dalla luce dei fari, né la brillantezza vitrea nei suoi occhi da bambola.

Jon spegne il motore e scende dal veicolo. Antonia non lo imita.

«Ben fatto, ispettore Gutiérrez», dice Mentor, senza muoversi.

Jon gli si avvicina e indica dietro le sue spalle. Missione compiuta.

«Eccole la sua mascotte. Siamo a posto».

«Attenendoci alla lettera del nostro accordo», riconosce Mentor, dopo uno schiarimento di voce, «in effetti saremmo a posto. Ma immagino che la sua curiosità professionale starà smaniando per sapere di che si tratta, vero? E né il suo capo, il commissario, né io vorremmo che quella curiosità rimanesse insoddisfatta».

Jon sbotta in uno sbuffo esasperato. Quello stronzo non intendeva lasciarlo in pace tanto facilmente. Si maledice per essere stato tanto stupido.

«Mi ha detto che tutto quello che dovevo fare era metterla in una macchina. Sono il primo di tutti quelli che ha ricattato che non si è schiantato contro il muro che ha alzato quella donna».

«E per lo stesso motivo non posso permetterle di tornare a casa, ispettore», spiega Mentor, calcando ogni sillaba, come se il ragionamento secondo cui aveva cambiato le condizioni del loro accordo fosse di un'ovvietà insultante, come un brufolo sulla punta del naso.

«Mi ha promesso che stasera rimarrà con lei. E che poi se ne ritornerà a casa. Dopodiché non le servirò a molto».

Mentor alza le spalle.

«Ho il presentimento che, quando Scott vedrà cosa c'è lì dentro, vorrà continuare. E ho bisogno che nel frattempo lei se ne prenda cura. Ad Antonia non riesce troppo bene».

«Ma non mi dica».

«Siamo d'accordo, allora».

Jon si prende qualche istante per rispondere. La bile gli arde in gola, ma che Mentor l'abbia fregato era il minimo che ci si potesse aspettare. Tra le poche cose che gli ha insegnato suo padre prima di tagliare la corda, questa era quella che ricordava meglio e su cui sempre sorvolava: "Quando un patto sembra troppo bello per essere vero, immaginati il resto".

Non che abbia molte opzioni. Non sa cosa abbia fatto questo omuncolo elegante e misterioso per far sparire il video della Desi dall'attenzione dell'opinione pubblica, ma sospetta che, qualunque cosa sia, potrebbe rompere l'incantesimo con un semplice schiocco delle dita. A puttane la carriera, a puttane le *kokotxas* di *amatxo*.

E Mentor ha ragione su una cosa. Arrivati a questo punto, l'ispettore Gutiérrez ha bisogno di sapere il motivo di tanti misteri.

«Tant'è. Mi tiene per le palle», si arrende Jon.

«Sono felice che se ne renda conto».

Jon si gira verso la macchina in cui Antonia continua ad attendere.

«Perché non scende?».

Mentor prende Jon per il gomito e lo allontana ancora di più dall'Audi.

«Non la guardi ora. Si sta preparando. Questo non dev'essere facile per lei».

7
Un esercizio

Da sola all'interno della macchina, Antonia respira a fatica. Il tempo che ha trascorso con gli occhi chiusi durante il tragitto è riuscito a stento a calmarla.

Ha provato alcuni dei suoi trucchi migliori, tra cui:

– calcolare il numero di giri che hanno fatto le ruote della macchina lungo il tragitto (7.300 circa);

– recitare, in ordine inverso, la lista dei re goti (si è inceppata due volte su Gesalico, perché Jon non la smetteva di parlare);

– tracciare il percorso più corto da casa sua al parco del Retiro senza passare per strade che comincino con una vocale (11 minuti in più se c'è traffico).

Nulla di ciò è servito a granché. Ha il battito accelerato, il respiro affannoso. Ora che Jon non è accanto a lei, è pervasa dal panico. O forse – piuttosto – permette al panico di palesarsi soltanto quando non c'è nessuno a giudicarla.

Dopo tutto questo tempo passato a fuggire da ciò che è, da ciò che può fare, la realtà ha finito col raggiungerla. Antonia è cintura nera nel mentire a se stessa, ma è anche capace di riconoscere che desidera, almeno quanto teme, scendere dalla macchina e ritornare al vecchio gioco.

Anche se non è una buona idea.

Anche se ha giurato di non ricominciare, per tutto il male che ha causato all'uomo che ama.

Anche se il peso di piombo sulla bocca dello stomaco le chiede di sedersi al posto del conducente, mettere in moto la macchina, schiacciare sull'acceleratore e uscire da quella gabbia dorata. Colpo di chioma, stridio di pneumatici.

Anche se deluderebbe nonna Scott.

Allora guarda dal finestrino e contempla con una certa sorpresa la superficie del lago artificiale.

Mångata.

In svedese, 'il riflesso della luna come un sentiero sull'acqua'.

Antonia faceva – *fa, fa, fa*, ripete a se stessa, così alto che quasi riusciamo a sentirla – un gioco con Marcos. Trovare parole impossibili, parole che rispecchiano sentimenti belli e intraducibili, di quelle che hanno bisogno di un paragrafo in un'altra lingua. Quando uno dei due trovava una parola, la offriva all'altro come un tesoro. E proprio ora – grazie a una folata di vento e a uno squarcio tra le nuvole – una delle sue preferite si era appena materializzata davanti ai suoi occhi, una linea argentea, tremolante e imperfetta.

Mångata.

Un segnale dell'universo come qualsiasi altro, che significa ciò che Antonia vuole che significhi. È per questo che l'universo ci manda segnali, perché noi ci facciamo quello che ci pare e piace.

Il peso sul petto si alleggerisce, il respiro rallenta. Le scimmie della sua testa gridano un po' più piano. Questo è il bello delle certezze, sebbene siano temporanee. Ci nutrono di un certo sollievo.

Antonia esala l'aria che aveva trattenuto e apre la portiera della macchina.

8
Uno scenario

Il vialetto che sale fino alla casa è illuminato da faretti incastonati in gigantesche piastrelle di pietra calcarea. Man mano che si avvicinano, Jon prende coscienza delle enormi dimensioni della magione, e non ha dubbi che quando Antonia gli ha detto che alcune proprietà della Finca superavano i venti milioni di euro si stesse riferendo a una di queste. Tutte le luci sono accese, sia quelle che tingono la facciata bianca di uno scintillio dorato che quelle delle stanze. La piscina, parzialmente visibile dall'ingresso principale, è lunga almeno dieci metri. La parete esterna, quella che incombe sul lago artificiale, consiste in uno spesso vetro. Jon intuisce che, viste di giorno dalla casa, le due distese d'acqua debbano dare l'illusione di essere un tutt'uno.

«Entriamo dal retro», li conduce Mentor.

Lui e Antonia non si sono salutati. Si è limitata ad andargli dietro.

Un sentiero della stessa pietra usata per il vialetto e la facciata circonda la casa fino alla piscina. Quando svoltano l'angolo appare davanti a loro una sala da pranzo all'aria aperta, sedie di design sotto il pergolato di acciaio nero. Il pavimento di legno mette in comunicazione la zona della piscina con la sala da pranzo, e raggiunge la gigantesca porta a vetri del salotto, che è aperta. L'interno rimane nascosto alla vista da spesse tende drappeggiate.

Una donna alta, vestita con la classica tuta di plastica della Scientifica, aspetta su una delle sedie, con una sigaretta in una mano e il cellulare nell'altra.

«Quella roba la ucciderà, dottoressa», la saluta Mentor.

La donna mormora qualcosa di inintelligibile senza alzare lo sguardo dal telefono e fa un altro tiro di sigaretta.

Mentor schiocca la lingua con disapprovazione, e si volta verso Antonia, che lo guarda trepidante, alternando il peso del corpo da un piede all'altro, come un corridore sulla linea di partenza. Mentor si china un po' verso di lei, finché le labbra quasi le toccano l'orecchio destro, e le dice:

«Qual è il suono di una mano che applaude da sola?».

Antonia non risponde, si limita a fare un passo nel salotto illuminato.

Che cavolo vuol dire?, pensa Jon.

Fa per seguirla, ma Mentor gli mette una mano sul petto.

«Un'altra cosa. Prima di entrare, voglio avvertirla che quello che sta per vedere, questa indagine, la mia stessa esistenza o quella della signora Scott sono strettamente confidenziali. Vedrà e sentirà cose che le sembreranno strane, con cui non sarà d'accordo. Sarà un buon soldato?».

«Non mi è mai piaciuto che mi tengano al guinzaglio», risponde Jon, cercando di avanzare.

Mentor è forte – molto più forte di quanto non sembri sotto il suo abito costosissimo –, ma non può competere con l'immensità fisica di Jon, e abbassa il braccio con reticenza. La sgualcitura che lascia sulla giacca dell'ispettore Gutiérrez aumenta di un altro po' la già considerevole voglia di dargli una sberla che Jon sta accumulando da due giorni.

«Non mi costringa a costringerla», insiste Mentor. «E poi non le sto chiedendo niente di che. Solo che se ne stia zitto e si diverta».

I due uomini misurano nuovamente le loro forze, ora con lo sguardo. La bilancia pende dal lato opposto. Jon deve deglutire saliva e reprimere la sua furia. Arriverà il momento per esplodere, ma non è questo.

«Ci divertiremo un po'», dice la sua bocca, anche se i suoi occhi esprimono una promessa ben diversa.

Mentor si accontenta di un cessate il fuoco e si fa da parte.

Fuori la notte è mite. All'interno fa freddissimo. *Qualcuno ha messo il termostato in modalità congelatore*, percepisce Jon scostando le tende.

Quando entra nel salotto, due cose che credeva di sapere vacillano un po'.

Tanto per cominciare, credeva di conoscere, sebbene da lontano, il lusso. Sua madre è maestra elementare, una di quelle con tanta vocazione e uno stipendio a malapena sufficiente per cavarsela insieme ai quattro spiccioli che le allungava il marito quando se ne andò con un'altra. Ma *amatxo* aveva amici che davano dei ricevimenti ogni tanto, alcuni a Bilbao, altri ad Álava. Doppi cognomi, terreni, macchine. Tre quarti della loro rendita se ne andavano in prosciutto Joselito tagliato a mano per merenda, vino Vega Sicilia quasi tutte le sere e qualche battuta di caccia la domenica. E dopo essere andati da loro, tornavi nel tuo appartamento sull'altra riva del Nervión e ti addormentavi credendo di aver toccato il cielo.

E anni dopo entri in quel salotto e capisci che non sapevi nemmeno di che colore fosse il cielo.

Lo spazio è smisurato, sebbene l'architetto si sia sforzato molto per cercare di adattarlo a una scala umana. Doppia altezza aperta verso il piano superiore, lucernario sul soffitto, vetrata di quattro metri. Su un lato la sala da pranzo con il caminetto, sul fondo il muro che la separa dalla hall dell'ingresso, con lo stagno e tutto il resto. Quadri appesi con gusto. Jon riconosce un Rothko e due Miró. Vuole riconoscerne un altro, ha il nome sulla punta della lingua, è olandese di sicuro. Alla fine desiste, limitandosi a un calcolo al ribasso: i dipinti del salotto valgono dieci volte la casa.

Nessuno che viva qui può aver il benché minimo contatto con la realtà, né la più remota idea di ciò che significa l'essere umani. Il pensiero gli invade la testa e se ne va, fugace come è arrivato, lasciandosi dietro un leggero sconcerto.

All'altra estremità del salotto c'è il soggiorno. Un televisore da 80 pollici, talmente sottile che sembra dipinto sulla parete. Divani di pelle dura e tersa e, nell'angolo, ciò che fa vacillare le convinzioni di Jon per la seconda volta.

Gli sbirri assomigliano per certi versi ai cani: un anno vale sette nell'anima.

Dopo più di vent'anni, Jon ha visto morte in abbondanza. Un tossico scannato in un vicolo, un ragazzo che salta dal ponte di Miraflores, due anziani martoriati dalle coltellate dei vicini adolescenti. Quando hai visto tanto, ti rendi conto che ogni finale è lo stesso che si ripete. Uno spegnersi di battiti, rumore di vetri e, alla fine, la solitudine. Ci fai il callo, credi che nulla possa ormai sorprenderti né impressionarti.

E poi guardi l'adolescente morto sul divano e comprendi il tuo immenso errore.

«Porco diavolo», esclama Jon.

Non avrà più di sedici o diciassette anni. Indossa camicia e pantaloni bianchi, quasi indistinguibili dalla pelle del divano e anche dalla sua, che un tempo è stata scura e ora è smorta, quasi trasparente. Ogni parvenza di vita ha abbandonato il corpo, impossibilmente magro, e tuttavia è ancora seduto, molto composto, con una gamba incrociata sull'altra, la mano destra sul ginocchio, la sinistra sorregge un calice da vino pieno fino all'orlo di un liquido denso e nerastro. Non porta scarpe né calzini, e i piedi nudi hanno una tonalità cerulea, la stessa delle labbra. Gli occhi sono aperti, e la sclera presenta un colore giallognolo.

La bocca schiusa, in una parodia di sorriso, è l'elemento più osceno di tutti. Un coagulo di sangue gli cola dal labbro inferiore e si accumula nella fossetta del mento.

Jon trattiene un conato primitivo, impietoso, che gli chiede di espellere una cena che non ha consumato. Stringe i pugni con un misto di rabbia e compassione, per mantenere il contenuto dello stomaco dentro e la professionalità fuori.

Quando riesce a calmarsi, volge lo sguardo verso Antonia che, accovacciata accanto al cadavere, studia il volto della vittima, i due volti talmente vicini che sembrano sul punto di baciarsi.

«Scott», la chiama Mentor con dolcezza. «Raccontaci cosa vedi».

Jon non l'ha sentito entrare, ma il misterioso personaggio è soltanto a qualche passo dietro di lui. La sua voce ha un doppio effetto: serve a tranquillizzare Jon e a far tornare Antonia nel mondo reale. O perlomeno a farla comunicare con loro da dovunque si trovi.

«Non ci sono tracce di violenza», dice, a bassa voce, tanto che Jon deve avvicinarsi per sentirla. «Niente ferite superficiali, né segni di difesa sulle mani o sulle braccia».

Si ferma di nuovo, come se le costasse uno sforzo fisico continuare a parlare.

«Causa del decesso», la guida Mentor.

Antonia tira fuori dalla sua borsa a tracolla un paio di guanti in nitrile, li infila, preme il pollice del cadavere.

«Shock ipovolemico o ipossiemia, o entrambi. I reni devono aver ceduto mentre al cuore non restava nulla da pompare al resto del corpo. Una morte lenta e dolorosa. La cianosi è molto scarsa, è presente soltanto sulle labbra e le dita dei piedi. Dev'essere stato sedato e sdraiato, altrimenti si vedrebbe anche sulle mani. Il dolore alla testa e la nausea l'avrebbero fatto piegare in due e contorcersi. Avrebbe segni delle proprie dita sulla pelle».

«In parole povere?», chiede Jon.

«È morto dissanguato», dice qualcuno alle spalle di Jon.

9
Un figlio

«Le presento la dottoressa Aguado, il nostro medico legale. È al lavoro sulla scena del crimine da ieri pomeriggio», dice Mentor.

La donna che aspettava fuori si è unita a loro, si è tolta il berretto di plastica della tuta e lascia vedere i suoi capelli, lunghi e biondi, raccolti in una coda. Avrà sui quarant'anni. Ciglia lunghe, trucco sbiadito, piercing al naso, sorriso stanco sulle labbra, un malizioso languore nello sguardo. Non gli porge la mano, e Jon gliene è silenziosamente grato. Le mani dei medici legali gli fanno ribrezzo.

«Dissanguato? Come, per una coltellata, uno sparo?».

«L'assassino gli ha introdotto un tubicino nella carotide, e l'ha svuotato», risponde la dottoressa.

«L'ha fatto molto lentamente», aggiunge Antonia, più tra sé e sé che rivolta a loro. «Si è preso tutto il tempo».

L'estrema magrezza del cadavere ha ora un senso. Il corpo umano contiene tra i quattro e i cinque litri di sangue. Senza tutto quel liquido, il risultato era quel guscio vuoto che avevano davanti. Un'ondata di compassione pervade Jon Gutiérrez mentre immagina gli ultimi istanti del ragazzo.

«Ha detto che non ci sono ferite da difesa. Come è riuscito ad assoggettare la vittima?», chiede.

«Ho preso campioni di mucosa e ci sono resti di benzodiazepine. È tutto quello che posso dirvi, non potendo effettuare l'autopsia».

«Ne abbiamo già parlato, Aguado. Non abbiamo il permesso della famiglia, quindi non insista», la ammonisce Mentor.

Jon non capisce nulla. Quando hanno parlato al telefono

sulle scale della casa di Antonia, Mentor gli aveva detto che era avvenuto un omicidio impossibile, che l'assassino era entrato in un luogo con un sistema di sicurezza estremo e se ne era andato senza lasciare traccia. Quello che Jon non si aspettava era di trovare quell'assurdità.

La decisione sull'autopsia quando c'è un crimine violento non spetta ai familiari, ma al giudice istruttore. Il quale, tra l'altro, brilla per la sua assenza. Tutto in quella scena del crimine, in quell'indagine, è sbagliato, non segue nessun protocollo né si attiene al Codice di procedura penale né alle norme stabilite. Un solo medico legale? Senza unità di supporto, senza ispettori – escludendo lui, chiaro? Che cosa può far sì che…?

Jon si interrompe. Non si sta ponendo, evidentemente, una domanda fondamentale.

«Chi è la vittima?».

La dottoressa Aguado esce per qualche istante e ritorna con una cartellina. All'interno c'è la foto di un ragazzo alto e magro, capelli ricci e occhi tristi. È al mare, posa svogliatamente, come si addice alla sua età e alla sua condizione. Immortale, invulnerabile, senza una sola preoccupazione al mondo. La foto dev'essere di quella stessa estate, deduce Jon. Dio, come odia le foto del *prima*. Odia collegare l'essere umano intatto che mostrano, ignaro del destino che gli va incontro con le fauci aperte, alle spoglie che ne rimangono.

Il ragazzo dà la mano a una bambina di otto o nove anni, che stringe una palla di plastica e rivolge alla macchina fotografica un sorriso sdentato.

Lì c'è una bambina che non giocherà più con suo fratello, pensa Jon. *Mi chiedo come glielo diranno. Quella è sempre la parte più difficile. Guardare qualcuno in faccia e dirgli che il suo mondo è andato in pezzi. Che non c'è modo di ricomporlo, perché qualcuno se ne è portato via un bel po'*.

In fondo alla foto, Aguado ha scritto il nome della vittima. Jon lo legge ad alta voce, soffermandosi sul cognome. Sonoro. Inconfondibile.

«Aspetti un momento. Álvaro Trueba. Il ragazzo è…».

«Sì. È il figlio. Uno dei», lo interrompe Mentor. «Ha il conto corrente nella banca della madre, ispettore?».

Jon respira a fondo. La testa gli gira quando intuisce in che cosa si sta ficcando.

«A Bilbao siamo più della BBVA o della BBK, sa, ognuno tira l'acqua al suo mulino».

«Mi lascia senza parole», risponde Mentor, la voce piastrellata di sarcasmo.

All'improvviso Jon si rende conto del perché l'aria condizionata della casa è al massimo. Lì dentro ci saranno sì e no 13 o 14 gradi.

«Nulla di ciò sta accadendo, vero? Perciò è un cazzo di frigorifero. Perché il corpo di quel ragazzino rimanga intatto il più a lungo possibile. Quando avrete finito con lui, qualcuno di nascosto lo darà alla famiglia. Diranno che il ragazzo è annegato in piscina, o una cosa del genere, e faranno un funerale senza troppo clamore né giornalisti».

«E a cassa aperta. Rimarrebbe sorpreso da cosa è capace di ottenere un imbalsamatore motivato».

Con un gesto Jon indica ciò che lo circonda, il salotto immenso e i quadri milionari.

«Tutto questo denaro, questo potere, compra molta motivazione, vero? È di questo che si occupa lei, con le sue macchine costose, i suoi segretucci e le sue frasi ciniche? Di ricoprire la merda dei ricchi?».

Mentor si volta verso di lui, con le labbra strette e un nuvolone che fluttua nello sguardo annebbiato.

«Pensa che stia accadendo questo?».

«Non ho idea di cosa stia accadendo, lei si è impegnato molto in tal senso. Ciò che vedo, ciò che credo, è che a lei non gliene frega un cazzo del ragazzino morto sul divano. Siete troppo occupati a servire...», Jon vacilla un istante, ma non può evitare il luogo comune, «altri interessi».

«E me lo dice lei cos'è giusto? Lo sbirro ciccione di serie B?».

«Almeno io non sono il lacchè di nessuno».

Mentor osserva Jon con aria divertita, quella di chi guarda un animale dello zoo che ha appena fatto qualcosa di inaspettato.

«Le chiedo di perdonarmi, ispettore. Il mio lavoro non è semplice e non sempre trovo la soluzione adeguata».

Jon non riesce a credere a quella scusa. Di fatto, non ci

crede neanche un po'. Ma essendo l'altra opzione quella di spaccargli la faccia, opta per fingere.

«Siamo tutti stanchi», dice Jon. «E la situazione non aiuta».

«E per lei che sta lavorando al buio è anche peggio», Mentor fa un cenno verso Antonia, che si è a malapena mossa da quando è entrata, e scambia uno sguardo strano con la dottoressa Aguado. «Lasciamole spazio, ispettore. Se mi accompagna fuori, le racconterò la verità».

10
Un calice

Estranea al conato di diverbio che si è prodotto alle sue spalle, estranea al fatto che Jon e Mentor siano usciti dalla casa, Antonia Scott si lascia condurre dal suo addestramento, assorbe ogni dettaglio della scena del crimine. Il suo sguardo passa da un elemento all'altro in un loop incessante le cui fermate sono:

– la camicia bianca, abbottonata fino al collo;
– la posizione innaturale del corpo;
– l'assenza totale di sangue sul pavimento di quercia, sul divano, sul tappeto di filo intessuto a mano in India.

Gli occhi, lamanosulginocchiolaltrasorreggeilcalicenoètroppo.
«Sto soffocando», dice, con voce roca.
È ancora accovacciata, gli occhi chiusi per non farsi sommergere, divorare dalle informazioni. Tenta di visualizzare di nuovo *Mångata*, ma è molto lontano, dall'altro lato di un muro di mattoni composto

[camicia, corpo, il calice sul bracciolo del divano]

da immagini.
Credeva di farcela da sola.
Ma.
Non ce la fa, lei da sola no. I dettagli la inondano, impongono le loro proprie, opprimenti condizioni.
Alla fine, si arrende.
Soltanto questa volta. Sarà l'ultima.
Allunga la mano. Quasi supplicando.

La dottoressa Aguado le si avvicina da dietro. Ha un piccolo recipiente di metallo dal quale estrae una capsula rossa che deposita sul palmo della mano di Antonia.

«Vuole un po' d'acqua?».

Antonia non risponde nemmeno, si limita a chiudere il pugno e a mettersi la capsula in bocca. Rompe la gelatina con gli incisivi, liberando la sospirata polvere amara, e la accoglie sotto la lingua, lasciando che la mucosa assorba il cocktail chimico e lo porti al flusso sanguigno a tutta velocità.

Conta fino a dieci, emettendo un respiro tra un numero e l'altro, scendendo un gradino alla volta, verso il luogo in cui ha bisogno di stare.

All'improvviso il mondo diventa più lento, più piccolo. L'elettricità che le formicola nelle mani, nel petto e sul viso, si dissolve.

«Grazie», riesce a dire. Alla dottoressa, alla capsula, all'universo in generale. «Grazie».

«Quindi è lei», dice Aguado. «Desideravo conoscerla. Ho letto molto sul suo lavoro. Quello che ha fatto a Valencia…».

«Sono io», la interrompe Antonia. Ed è vero. È lei, un'altra volta. «E lei è il nuovo medico legale».

«Robredo se ne è andato l'anno scorso, stanco di aspettare che lei tornasse. Un lavoro a Murcia. Mi chiedo chi mai vorrebbe andare a Murcia», dice Aguado, porgendo la cartellina ad Antonia, «avendo l'opportunità di lavorare con lei».

Una persona sveglia, pensa Antonia. Respinge la cartellina con un gesto. Non è ancora pronta. Prima ha bisogno di vedere tutto in autonomia.

«Neanche una goccia di sangue sulla scena del crimine», dice. «Se escludiamo il calice, chiaramente».

Il liquido denso ha già cominciato a solidificarsi sulle pareti del cristallo di Boemia che il ragazzo sorregge con la mano. Versando lì il sangue, l'assassino voleva alludere al vino, servito fino all'orlo.

«È quello della vittima?».

«Ho fatto la prova del bromocresolo. Per ora le posso dire soltanto che il sangue del calice e quello della vittima sono dello stesso gruppo, B positivo. Ne sapremo di più quando avremo la conferma del DNA».

Quindi cinque giorni. Io non ci sarò già più.

«Che cos'è questa sostanza sui capelli?», chiede Antonia, che si è raddrizzata per esaminarla più da vicino.

La testa del ragazzo luccica sotto i faretti. Porta i capelli ricci pettinati all'indietro, e a un semplice sguardo sembra gel, ma l'aspetto è troppo untuoso, rappreso. Una goccia minuscola scende lungo la tempia.

«Olio d'oliva al novantanove per cento», legge la dottoressa. «Cannella e un altro composto che non abbiamo ancora identificato. Sono venuta con il MobLab, è parcheggiato sul retro, ma non ho la strumentazione sufficiente qui».

Il MobLab era un furgoncino stipato di strumenti per l'analisi forense. Dall'esterno sembrava un Mercedes Sprinter nero, senza finestrini, normalissimo. All'interno era come visitare una navicella spaziale, piena di provette, prodotti chimici e computer. Ma aveva dei limiti.

«Ha mandato campioni all'Unità?».

«Sapremo qualcosa tra qualche ora», dice Aguado.

Dover aspettare una tessera del rompicapo è frustrante per Antonia. La scena che hanno davanti è stata composta nei minimi dettagli con un proposito, e la cosa più importante è sapere qual è. Indica il calice.

«Ha guardato in cucina?».

«C'è un buco nella credenza. La marca e il modello combaciano».

L'assassino ha usato quello che c'era in casa per mandare un messaggio. L'unica cosa che ha portato con sé è l'olio.

Vino e olio. Antonia ha già letto qualcosa del genere. O sentito. Il ricordo viene all'improvviso. Lei, da bambina. Sette anni, due mesi e otto giorni. Nella basilica della Mercé. Tutti vestiti di nero. L'aroma dei crisantemi, il fiore preferito di sua madre.

«È un salmo», dice Antonia, indicando il cadavere. «Il salmo 23. Non ricordo il versetto».

La dottoressa Aguado la guarda, sconcertata.

«Credevo che lei ricordasse tutto quello che leggeva».

È che non l'ho letto. L'ho sentito a un funerale. Tre decenni fa. Da quel giorno non ha avuto molto senso leggere la Bibbia.

«Non sempre», dice Antonia.

«Credo di saperlo. "Davanti a me tu prepari una mensa sotto gli occhi dei miei nemici; cospargi di olio il mio capo. Il mio calice trabocca"», recita Aguado. «Si riferiva a questo?».

Antonia emette un grugnito ambiguo. Il calice traboccante di sangue, la testa unta. Molte coincidenze. E lei non crede alle coincidenze.

«Sono pronta per la sua cartellina, dottoressa Aguado».

Antonia ci mette un quarto d'ora a leggere le cento pagine di dati, schemi e informazioni che le ha preparato il medico legale. È un lavoro magnifico, molto più pulito e incisivo di quello del suo predecessore. Antonia non sa se farle i complimenti, perché si suppone che debba mostrarsi il più distante possibile dalla squadra (Direttiva numero 11 del regolamento) e che non entri in empatia con loro (Direttiva numero 3) affinché il rapporto sia il più unidirezionale possibile (Direttiva numero 17). In passato, si atteneva al regolamento.

Ora non più.

«Complimenti per il suo dossier, dottoressa. Sono contenta che Robredo se ne sia andato a Murcia, con il cambio ci abbiamo guadagnato».

Aguado si volta – tardi – perché Antonia non veda il rossore sulle sue guance.

Antonia dal canto suo si concentra di nuovo sulle pagine. La parte peggiore arriva quando trova la foto del ragazzo sulla spiaggia. Antonia sa che non può vedere le vittime come persone. Tutto il suo addestramento l'ha portata a costruire una barriera emotiva che li trasforma in fatti, in parti di un geroglifico che comincia con un'immagine e si conclude con un risultato. Prima era capace di farlo, anche se con grandi sforzi.

Ora non più.

È cambiato tutto dopo la storia di Marcos. Dopo quello che gli ho fatto. Dopo quello che ci ho fatto.

Si scopre a fare una promessa al ragazzo della foto. Una promessa che non può mantenere, perché collide con la promessa che ha fatto a Marcos. Che ha fatto a se stessa. Che a sua volta è il contrario di ciò che si aspetta da lei nonna Scott.

Prenderò chi ti ha fatto questo, dice al ragazzo della foto.

Mentre le parole prendono forma nella sua mente, si pente. Non ha nemmeno modo di rimangiarsele. È il brutto di promettere cose ai morti.

È più difficile chiedere scusa quando li deludi.

11
Una spiegazione

Mentor cammina fino alla sala da pranzo all'esterno e si siede su una delle sedie. Le Corbusier o simili. Costosa e scomoda, conclude Jon, quando fa altrettanto e nota che lo schienale non è stato fabbricato per qualcuno della sua stazza, a meno che non avessero in mente la tortura.

Sul tavolo sono rimaste le Marlboro Lights della dottoressa Aguado. Nella foto deterrente di rigore stampata sul pacchetto, si vede il feretro di un bambino.

La macabra coincidenza stringe il cuore di Jon, che distoglie lo sguardo.

Meno scrupoloso, Mentor allunga la mano verso il pacchetto di sigarette, ne offre una all'ispettore, che fa cenno di no con la testa. Mentor se ne accende una, fa tre tiri, tossisce come un indemoniato, la spegne sulla superficie di cristallo, bagnata dall'acqua degli irrigatori.

«Non teme di contaminare la scena?».

«Magari ci fosse qualcosa da contaminare. Aguado lavora da ventisei ore di fila, ha setacciato tutta la casa e raccolto le impronte».

Jon fischia ammirato. Bisognava circoscrivere e delimitare ognuno dei metri quadrati con una quadrettatura, scattare foto, cercare anomalie. In una casa così grande, era un lavoro per quattro o cinque persone.

«Che fenomeno».

«La dottoressa Aguado è la migliore della Spagna. Per mia fortuna, e per sua disgrazia, le tocca lavorare con me».

«Qualche risultato?».

«Lo sapremo quando avremo le impronte della famiglia e

dei domestici, per poterle scartare. Non mi aspetto nulla. Ci sono capelli e fibre, ma vai a sapere. Lei sa che non servono mai a un cazzo. Magari fosse come in TV».

Jon lo sa molto bene. Le serie televisive hanno offerto un'immagine talmente distorta del lavoro della Scientifica che a volte addirittura i poliziotti cadono nella stessa trappola in cui cade il pubblico, cioè credere ai miracoli.

Mentor schiaccia di nuovo la sigaretta già spenta sul tavolo e allontana da sé il pacchetto.

«Ho smesso mesi fa. Di tanto in tanto ricordo a me stesso perché».

«È più facile non farsi troppo male facendosi un po' di male».

«Esatto. Perché è diventato poliziotto, ispettore Gutiérrez?».

Jon fa una smorfia di fastidio.

«Siamo usciti perché parlasse lei».

«Mi accontenti, ispettore».

Pausa. Jon non sa che risposta dargli. Quella ufficiale, quella che dà agli amici, quella che dà a se stesso, oppure quella autentica. Sarà per l'orario, sarà per le emozioni, alla fine è quest'ultima a uscire.

«Perché non mi facessero del male», ammette.

Ora è il turno di Mentor di mostrarsi sorpreso di fronte alla sincerità.

«Accidenti...».

«Lo so, lo so. Un uomo grande e grosso come lei, e tutte quelle cazzate. Non mi ammorbi con la psicanalisi. Mio padre ci ha abbandonato, mi piace il cazzo, vivo con mia madre. Conosco già tutte le battute e i commenti da due soldi. La verità è che... ho paura. Ho sempre avuto paura».

«Paura di cosa?».

«Di tutto. Degli attentati, quando ero un adolescente. Che mi accoltellassero quando tornavo da scuola. Degli incidenti, che mi attacchino l'AIDS, che ne so. Lavorare come poliziotto aiuta. Stare vicino a tutte queste cose, vedere le disgrazie degli altri. Ti dà una specie di scudo magico. Come se non ti toccasse».

«Un po' di male per non farsi troppo male», dice Mentor.

«Esatto».

«Ma oggi non è andata così, no?».

Jon non risponde. Non ha l'abitudine di replicare alle ovvietà.

I due uomini si nascondono un attimo nel silenzio, per riprendere posizione. Mentor si raddrizza un po' sulla sedia e sforzandosi allunga la punta delle dita verso il pacchetto di sigarette che tanto diligentemente aveva allontanato da sé. La fiamma dell'accendino ruba il suo volto all'oscurità della notte per qualche istante. Di questa sigaretta non fa tre tiri affrettati, ma si crogiola nel fumo, deglutendolo consapevolmente.

«L'idea nacque cinque anni fa, a Bruxelles. Al Fischer Institute. Lo conosce?».

«Non ho il piacere».

«È un *think tank* dell'Unione Europea».

«Un *think tank* lo so che cos'è: un sacco di universitari ricchi e minchioni che credono di sapere meglio di chiunque altro che cosa è più giusto per il mondo».

Mentor sogghigna, alza le braccia.

«Touché. Fatto sta che noi minchioni a volte ci azzecchiamo. Ci fu uno studio, anni fa. Ricorda l'attentato del 2012 all'aeroporto di Tenerife?».

Jon annuisce. Come dimenticarlo. Le telecamere di sicurezza più vicine avevano captato la bomba che esplodeva prima di oscurarsi. Le altre telecamere raccontarono una storia altrettanto terribile: persone terrorizzate che correvano per il terminal e gettavano a terra e calpestavano quelle più lente che trovavano sul loro cammino.

«Lo studio esaminava i dati resi disponibili dai diversi corpi di polizia prima dell'attentato. Le polizie locali, quella autonoma delle Canarie, la Guardia Civil, la Polizia di Stato. Ognuno di loro aveva alcune tessere del puzzle. Nessuno le condivise con gli altri».

«Una vecchia storia», conferma Jon. E la conosce bene lui, che fa parte della Polizia di Stato di Bilbao e deve scontrarsi quasi ogni giorno con la Ertzaintza. I rapporti tra i corpi di polizia sono amari come la domenica di un pensionato. Invidie, differenze di stipendi. Antichi rancori. E alla fine, la gente ne usciva ferita.

«A Tenerife successe quello che sarebbe successo a Torino nel 2015 e sulla Rambla di Barcellona nel 2017, anche se molto dopo. Lo studio lo fecero dei tedeschi. Anche loro hanno le loro gatte da pelare. Diciotto corpi di polizia».

«Un gran bordello».

«Lo studio non si limitava al terrorismo, considerava altri casi ad alto profilo. Assassini seriali atipici, come Remedios Sánchez. Dieci aggressioni in ventiquattro giorni, tre anziane morte. O come Kürten, il vampiro di Düsseldorf».

«Cigni neri. Imprevedibili».

Una smorfia di stupore si dipinge sul volto di Mentor quando Jon dice questo. Un cigno nero è, secondo una teoria recente, un evento terribile ad alto impatto che né la scienza né la Storia potrebbero aver anticipato, e che può essere razionalizzato soltanto a posteriori. Come l'11 settembre, la crisi immobiliare del 2008 o il ritorno dei marsupi.

«Non mi aspettavo che leggesse Taleb, ispettore», dice Mentor, che guarda Jon come se lo stesse vedendo per la prima volta.

«Non mi sottovaluti mai», dice Jon, che neanche morto ammetterebbe che quel concetto gli era rimasto impresso sfogliando una consunta rivista nella sala d'attesa del dentista.

«Prometto di non farlo. La conclusione dello studio fu che in Europa abbiamo generato un mondo nuovo. Senza frontiere, senza dogane. Cinque milioni di chilometri quadrati in cui i cattivi possono muoversi a loro piacimento. E centinaia di organismi di polizia che competono tra loro. Fu allora che nacque il progetto Regina Rossa».

«Come quella di Alice? Tagliatele la testa?».

«Da lì viene il nome. È una vecchia teoria evolutiva. Ricorda il passaggio del libro in cui Alice e la Regina corrono e corrono senza muoversi dal punto in cui sono?».

Jon fa un vago cenno con la mano. È il brutto di quando vuoi sembrare più sveglio di quello che sei, la farsa non dura a lungo.

«La Regina Rossa dice ad Alice che nel suo paese bisogna correre soltanto per rimanere fermi», continua Mentor. «Applicato all'evoluzione, è necessario un adattamento continuo per mantenersi al livello dei predatori».

«Ma noi lo facciamo già», si difende Jon.

«Come? Più poliziotti? Più computer? Più armi? O si riferisce al corso che le hanno fatto l'anno passato sulla cyberdelinquenza?».

«Non saprei dirle. Ho giocato per tutto il tempo ad Angry Birds».

«Alla fine il vantaggio ce l'hanno i criminali, perché si muovono più rapidamente, invisibili, senza rendere conto a nessuno».

Jon volge lo sguardo verso la casa.

«Credo di cominciare a capire».

«Il progetto cominciò come un esperimento. Una divisione centrale e un'unità speciale in ogni paese dell'Unione Europea. Con obiettivi molto *speciali.* Obiettivi da tenere nascosti all'opinione pubblica».

«Mi faccia un esempio».

«Assassini seriali. Criminali violenti particolarmente sfuggenti. Pedofili. Terroristi».

«Cani sciolti», annuisce Jon.

«Proprio come loro, la nostra unità non ha vincoli. Né gerarchie. Né rivalità interne. Né burocrazia. Solo un agente di collegamento, con il nome in codice Mentor».

«Accidenti, e io che credevo che fosse il suo vero cognome».

L'altro sorride senza ironia.

«Sotto la sua responsabilità, ogni Mentor ha una squadra di tecnici che stanno sempre fuori dai canali normali. Né medaglie, né premi, né promozioni. E in cima alla piramide, sul campo di gioco, due persone. Uno Scudiero – dice indicando Jon – e una Regina Rossa».

«Il mio ruolo ora è chiaro: autista prescindibile con distintivo e pistola».

«Non si butti giù così. È necessario un poliziotto con esperienza per proteggere e consigliare l'elemento principale».

«Se lo dice lei. E Antonia?».

Mentor fa una pausa e si accende un'altra sigaretta.

«La Regina appare sulla scena del crimine, guarda e se ne va. La nostra unità non si occupa mai in esclusiva della faccenda, qualunque essa sia. Si limita a lavorare ai margini, sporgendosi e osservando da dietro le spalle dei poliziotti *veri*».

«Tranne questa volta».

«Tranne questa volta, che sono sorte delle circostanze... speciali».

Jon sogghigna e scuote la testa di fronte al cinismo di Mentor. L'ispettore è sempre stato sostenitore del chiamare le cose con il loro nome. Membro, azione armata, economicamente svantaggiato. Quando sono talmente chiari *cazzo*, *attentato* e *povero*.

«Come siete arrivati a lei?».

«In ogni paese si avviò un processo di selezione molto lungo e molto costoso. I candidati dovevano avere una serie di caratteristiche molto difficili da trovare: relazioni personali minime, libertà di movimento, enormi capacità per il pensiero laterale. Poco importava se fossero alti o bassi, uomini o donne, grassi o magri. Non cercavamo un nuovo James Bond. Cercavamo cervelli speciali. Che potessero guardare come non guarda nessuno».

C'è una punta di orgoglio nella voce di Mentor che non passa inosservata all'ispettore.

«È stato lei a trovarla, vero?».

«La Spagna era l'unico paese senza la sua Regina tre mesi prima di iniziare il progetto», dice Mentor. «Ed era già trascorso un anno di ricerche incessanti. Consultai migliaia di dossier e feci colloqui a decine di persone. Alla fine, apparve lei. E capii».

Madrid, 14 giugno 2013

L'uomo alto e magro si sfrega gli occhi per la stanchezza. E la giornata non è nemmeno ancora cominciata.

Lo scenario di questa settimana è un approccio nuovo al problema. Fino ad allora avevano usato una combinazione di test della personalità con prove di intelligenza. L'uomo alto è specializzato in psicologia cognitiva e analisi del comportamento. Ma non gli è servito a molto quando si è trattato di identificare prove valide. Ha testato le più affascinanti, disegnate da CIA, BI, MI6. Tutte insufficienti nella pratica. Rispecchiavano l'intelligenza del candidato, ma non la sua capacità di improvvisazione.

Chi voglio prendere in giro. Il problema è la materia prima.

Questa settimana stanno provando qualcosa di diverso. Il test è stato disegnato da un'entità molto meno sexy delle agenzie di intelligence: una multinazionale petrolifera. Lo usano per valutare le reazioni in una situazione di crisi con finale impossibile. All'uomo alto è sembrato più divertente che utile quando l'assistente gliel'ha proposto, ma era comunque un cambiamento interessante dopo tante prove ripetitive e infruttuose. O perlomeno questo pensavano. Dopo varie decine di tentativi, sta risultando inefficace quanto i precedenti.

«Almeno ci risparmiamo la recita della lista di cose che il soggetto porta sulla navicella spaziale».

«Il test della NASA è molto utile», dice l'assistente, prendendo un sorso di caffè.

L'uomo alto la guarda di traverso con invidia. Muore dalla voglia di mettersi della caffeina in corpo, ma sa che se beve un terzo macchiato prima di mangiare, avrà per tutto il pomeriggio un umore insopportabile. Ancora più insopportabile.

«Per l'amor di Dio, perfino mia nonna saprebbe che a mali estremi dovrebbe preferire l'ossigeno all'acqua. E che la bussola o la pistola non vanno prese. Stanno sulla luna! Comunque, cominciamo. Chi è il primo candidato di oggi?».

«Numero 793. Ventisei anni. Ingegnere industriale».

«Fallo entrare».

L'assistente preme un pulsante sulla tastiera che ha di fronte, e la porta si apre.

Si trovano nella facoltà di Psicologia dell'Universidad Complutense. Nulla di meglio che far passare quelle prove per esami studenteschi per non destare il minimo sospetto. E il luogo è appropriato. Una sala bianca, senza finestre, in cui si può controllare la temperatura, provvista di schermo unidirezionale. Vetro da una parte, specchio dall'altra. Una cabina di controllo e degli altoparlanti.

All'uomo alto e magro aveva fatto ridere quel posto una volta cominciato il processo di selezione, quasi un anno fa. Di buona famiglia, aveva scambiato la protezione del focolare paterno con la protezione degli studi prima, del Fischer Institute poi. La sua vita era stata piuttosto noiosa. Per questo entrando nel laboratorio aveva provato una sensazione strana. Si sentiva come in un film di spionaggio. O nel *Grande Fratello.*

«Mi sento come in un film di spionaggio».

«O nel *Grande Fratello*, vero?», aveva detto l'assistente.

All'uomo alto stava simpatica. È una brava persona. Fiore mattiniero. Di quelle che arrivano al lavoro come una rosa dopo aver corso per cinque chilometri e che vedono sempre il lato positivo di tutto. Con il tempo ha migliorato l'opinione su di lei. Ci sono giorni in cui ormai non vuole quasi più strangolarla, né lei né la collezione di svitati, cervelloni e strambi che sono passati di lì. Più di settecento.

In tutto questo periodo ne hanno preselezionati sei che potrebbero corrispondere al profilo. Ma dopo una terza prova, sono stati scartati. Ormai non ne resta neanche uno. Il che vuol dire che sono punto e a capo.

Niente. Non abbiamo niente. E tutti gli altri paesi hanno già avviato il progetto.

Sapeva bene che i capi a Bruxelles stavano per dargli un calcio nel culo. E non gli piaceva. L'unica cosa che aveva fatto nella vita era stata sedersi davanti a un libro. Ad assorbire idee altrui, soprattutto. Gli veniva meglio ripetere che creare. Per questo quando gli avevano proposto di partecipare al progetto Regina Rossa si era buttato in quell'opportunità a occhi chiusi. Ora stava facendo un tuffo incredibile dentro il proprio fallimento.

Il 793 aveva resistito alla prova per quasi mezz'ora. Ovviamente alla fine si era arreso, la piattaforma petrolifera era affondata ed erano morti tutti. Quello era l'inghippo della prova. Qualunque cosa facesse, qualunque cosa rispondesse, il candidato non poteva vincere. Il software che generava le domande avrebbe continuato a sottoporre una raffica di sfide e problemi, finché la persona non si fosse data per vinta o avesse commesso un errore.

«Non ha fatto un cattivo punteggio», dice l'assistente.

Un barlume di speranza…

«Sarebbe stato selezionato?».

«Mmh… quasi nella zona verde, ma no».

…che si spegne in fretta. L'uomo alto si sfrega gli occhi di nuovo, implorando pazienza.

«Che entri il 794».

La donna è piccola. Fibrosa. Non dice niente di che fin quando non sorride allo specchio, e a quel punto sembra carina. *Neanche una bellezza, non esageriamo.* Ma ha qualcosa.

«Buongiorno», dice l'uomo alto, premendo il pulsante dell'interfono, che mette in comunicazione la cabina con la sala di osservazione. «Le sottopongo una storia. Tutte le risposte che darà saranno valide per il punteggio che otterrà nel nostro studio. Le chiediamo di sforzarsi al massimo, d'accordo?».

La donna non risponde.

«Mi ha sentito? Credo ci sia un problema con l'interfono», dice l'uomo alto, senza accorgersi di non aver lasciato il pulsante.

«La sento benissimo. Mi stavo sforzando al massimo», dice la donna.

L'uomo alto sorride e, per la prima di molte volte, vuole uccidere questa Scott.

«Va bene, cominciamo», dice, iniziando a leggere il testo che appare sullo schermo, e il cui incipit, dopo una settimana, conosce quasi a memoria. «Lei è la capitana di una piattaforma petrolifera situata in alto mare. È notte fonda e si sta godendo un placido sonno. All'improvviso il suo assistente la sveglia. Le luci di emergenza sono accese, l'allarme sta suonando. C'è un'allerta di collisione. Una petroliera si dirige verso di voi».

«Dove si trova la piattaforma?», chiede la donna.

«In mezzo al mare, lontana da ogni aiuto possibile».

«Ho bisogno dell'ubicazione esatta».

«L'ubicazione esatta è irrilevante».

«Io ne ho bisogno», insiste la donna.

«C'è una petroliera che si dirige verso di lei. A bordo ci sono trecentomila tonnellate di greggio. Qual è la sua prima reazione?».

«Prendere una carta nautica e individuare la posizione esatta della mia piattaforma».

L'uomo alto è sconcertato. Nessuno aveva mai dato quella risposta.

«Signorina», dice l'uomo alto, cercando di non far notare l'esasperazione nella sua voce. «Posso chiederle il perché di quest'ostinazione su un dato irrilevante?».

Antonia sbatte le palpebre diverse volte, e apre le mani, come se la domanda si rispondesse da sola.

«Per trovare una qualsiasi soluzione bisogna sapere dove ci si trova rispetto al problema».

L'uomo alto si volta verso l'assistente.

«Chiedi al software l'ubicazione della piattaforma».

«83 gradi 44 minuti Nord, 64 gradi 35 minuti Ovest», risponde, dopo aver digitato brevemente.

L'uomo alto ripete l'ubicazione, attraverso l'interfono.

«Bene, ora che conosce l'ubicazione esatta, qual è la sua seconda reazione? Le ricordo che il tempo di reazione è essenziale per salvare le vite delle persone sotto la sua responsabilità».

La donna rimugina per qualche secondo.

«Guardo un calendario».

L'uomo alto sbuffa incredulo dal naso. Talmente forte che i fogli che ha davanti si agitano.

«Perché oltre al dove bisogna cercare il quando, no?», dice, senza arrivare a premere il pulsante dell'interfono.

L'assistente digita di nuovo e mostra all'uomo alto la data sullo schermo.

«Secondo il suo calendario è il 23 gennaio del 2013. Qual è la sua linea di condotta, signorina?».

«Torno a letto».

«Mi scusi, credo di non aver capito bene».

«Torno a letto», insiste la donna. «L'ubicazione della piattaforma che mi ha dato si trova, a occhio, in pieno oceano Artico. Tenendo conto della latitudine e della data, il mare è completamente gelato, pertanto la petroliera non potrà avvicinarsi a gran velocità. Abbiamo concluso l'esperimento?».

Stordito, l'uomo alto spegne l'interfono e si volta verso l'assistente, che ha appena finito di inserire i dati nel programma.

«Ha ottenuto il punteggio massimo», dice, a bocca aperta. «Secondo gli sviluppatori, solo una persona su sette milioni darebbe una risposta del genere».

«Chi cazzo è questa donna?».

L'assistente cerca tra le sue scartoffie.

«Candidata 794: Antonia Scott».

«Un cognome curioso».

«Nata a Barcellona, figlia unica. Sotto "professione del padre" ha scritto "Corpo diplomatico". Non ha aggiunto altro».

La voce della donna risuona attraverso gli altoparlanti.

«Ehi? Me ne posso andare?».

«Attenda un istante, se è così gentile. Stiamo valutando i risultati», si affretta a dire l'uomo alto, prima di mollare di nuovo il pulsante. «Non hai altro?».

«Dal questionario che ha riempito, no. Fammi consultare la nostra indagine. Vediamo… È venuta su insistenza di un amico, che non voleva fare la "prova" da solo. È disoccupata. Bel fidanzato. Ha studiato Lettere. Un curriculum accademico piuttosto mediocre, in realtà. Media del diciotto».

È una delusione per l'uomo alto, dopo che sono passati di lì tutti quei candidati con un curriculum accademico brillante.

«In effetti, ha preso diciotto in tutte le materie del corso di laurea», dice l'assistente, dopo una ricerca al computer.

A quelle parole, l'uomo alto si blocca per un istante e poi si mette a ridere.

«Chiaro. Chiaro», dice, dandosi una manata sul ginocchio.

«Cosa c'è di tanto divertente?».

«Sai qual è l'unica cosa più difficile che azzeccare tutti i numeri dell'EuroMillions?».

«La verità è che non gioco mai. La miglior lotteria è il lavoro e l'economia».

L'uomo alto è talmente su di giri che si dimentica addirittura di imbestialirsi per quella frase, indegna perfino di una tazza di Mr Wonderful.

«L'unica cosa più difficile che azzeccare tutti i numeri dell'EuroMillions è sbagliarli tutti».

«Non vedo il collegamento», dice l'assistente, con un'espressione sorpresa.

«Sai quanto è difficile prendere lo stesso voto, identico, in tutti gli esami di un corso di laurea? Con esami tipo test, orali, di domanda e risposta, di sviluppo? Con tanti professori diversi, che valutano soggettivamente? Prendere ogni volta diciotto è molto più complesso che laurearsi a pieni voti».

L'assistente spalanca gli occhi e arriccia la bocca come se stesse succhiando un limone.

«Oh. Oh». E ancora: «Oh».

«Esatto. Davanti a te hai una persona che è tutta la vita che ce la mette tutta per nascondersi in piena vista».

L'uomo alto accarezza il volto della donna attraverso lo specchio, come uno che richiama i pesci assorti toccando il vetro dell'acquario.

Ma io ti ho trovato, signorina Scott.

12
Un po' di invidia

«Come lo capì?», chiede Jon. «Come capì che era lei?».

Mentor spegne la sigaretta con un colpo secco.

«Temo di non poterglielo rivelare. Ma la Spagna aveva la sua Regina Rossa, e non una qualsiasi».

«A cosa si riferisce?».

«Immagino che si sarà reso conto che Antonia è particolare».

«Particolare è un eufemismo. Il suo comportamento si potrebbe facilmente confondere con la pazzia o la stupidità».

«Sarebbe sbagliato. La verità è ben diversa. Antonia Scott è l'essere umano più intelligente del pianeta».

Jon sbuffa, incredulo. Una cosa è dare per scontato che hai portato a spasso con la macchina una sciroccata disfunzionale, un'altra scoprire che eri al cospetto di un genio, senza saperlo. Cosa dice questo di una persona?

«Lo ripeta, mi faccia il favore», dice, incrociando le braccia.

«L'essere umano più intelligente del pianeta. A quanto ne sappiamo». Mette le mani avanti, Mentor. «Magari c'è un pastore di capre in Bangladesh con un QI di duecentoquarantatré. Non si può mai avere la certezza totale. Per il momento, l'essere umano con il quoziente intellettivo più alto registrato è Antonia Scott. Potrebbe lavorare per la NASA, dirigere il paese o qualunque cosa lei voglia. E invece l'ho convinta a lavorare per me».

«Finché non ha alzato i tacchi, no?», spara, con un pizzico di cattiveria, l'ispettore.

Un'ombra densa e fugace attraversa gli occhi di Mentor.

«All'inizio tutto andò bene. Antonia superò un addestramento duro per lei e costoso per noi. Ha partecipato a undici casi, e ne ha risolti dieci».

«Qualcuno che io conosca?».

«La ragion d'essere del progetto è occuparsi di casi importanti in maniera chirurgica. Senza prime pagine. Quando finiamo, ci facciamo da parte».

«E un poliziotto anonimo qualsiasi esegue un arresto?».

«Qualcosa del genere. Il fatto è che Antonia ha ottenuto i migliori risultati di tutto il progetto. E tre anni fa è andato tutto a farsi fottere».

«Che cos'è che l'ha fottuto?».

«Quello che fotte sempre tutto. L'amore vero».

Jon, che è ferratissimo in questioni romantiche, che cerca con sbalorditiva regolarità qualcuno a cui dedicare tutte le onde del mare – siamo a sei in nove anni –, si raddrizza sulla sedia come una molla.

«Il fatto del marito, no? Racconti, racconti».

Mentor si dà un paio di colpetti sul mento, pensieroso. Fa cenno di no con la testa.

«Tradirei la sua fiducia se lo facessi».

Jon si accascia di nuovo sulla sedia, con le spalle incassate per la delusione.

«Che razza di narratore, si tiene per sé il meglio della storia».

«Glielo racconterà lei più avanti. Se lo riterrà opportuno».

Bisogna riconoscere che questo stronzo è molto sicuro di sé, pensa Jon.

«Lo pensa lei che vuole tornare. Le ho già detto che è stata molto chiara. Stasera e poi basta».

Il sorriso di sufficienza di Mentor ondeggia, tremolante.

«Questo non sarebbe buono».

«Per il caso o per lei?».

«Ho subito molte pressioni in questi tre anni», ammette Mentor. «In Spagna ci sono state gravissime minacce alla sicurezza in cui siamo stati necessari, e non abbiamo potuto aiutare. Da quando lei se ne è andata, siamo rimasti impantanati».

«Non avete provato a cercare un sostituto di Antonia?».

«Ci abbiamo provato…», una vagonata di frustrazione in quei punti sospensivi, «e abbiamo fallito. Senza la Regina, questa unità non ha senso. È l'ultima opportunità che questo progetto ha di sopravvivere».

«Per questo ha mandato dei messaggeri ad Antonia. Per questo è venuto a cercare me».

«Avevo bisogno di qualcuno da poter ricattare».

Jon ricorda un giorno, anni prima, in cui ritornò a casa e trovò l'amore della sua vita sul divano con un altro. Jon fece un passo indietro e richiuse la porta, discreto – non è mai stato il tipo che dà fastidio. Prima di chiuderla del tutto, il fidanzato infedele si era voltato verso di lui. I loro sguardi si erano incrociati, e lui aveva continuato a darci dentro.

L'asprezza cristallina e crudele rimasta ad aleggiare tra i due – *è quello che è, non mi pento, prendere o lasciare* – è molto simile a quella che sperimenta l'ispettore quando Mentor ammette, senza giri di parole, che per lui è soltanto uno strumento. E ciò che lascia nella sua anima è un misto bizzarro di compassione, stupore e repulsione. E forse, anche, un po' di invidia.

«Come fa a dormire la notte?».

Pausa. Mentor compone un volto umile, contrito. O un'imitazione quasi perfetta, ben studiata davanti a uno specchio.

«Il mio lavoro esige compromessi, mi consolo pensando che da tutto ciò esca qualcosa di buono».

Quasi quasi me la bevo.

«Dorme come un angioletto, vero?».

«Tutta la notte. Di filato».

Definitivamente, invidia. Jon ha sempre ammirato i figli di puttana chimicamente puri, quelli invisibili agli occhi della sfortuna. Altrettanto non si può dire per lui. *Sei un* coitao*, proprio un fesso. A forza di fare quello buono, passi per scemo*, gli dice sua madre ogni due per tre. E Jon, in realtà, quello che vuole è essere un briciolo cattivo, come Mentor.

Suo malgrado, quello stronzo comincia ad andargli a genio.

«Questa è tutta la verità? Senza bugie, stavolta?».

«Quasi tutta, e molte poche bugie», dice Mentor, sorridendo con sufficienza. «Altrimenti non sarei io».

È a quel punto che Antonia li chiama dalla casa.

Mentor si alza in piedi e si abbottona la giacca con eleganza.

«Che mi dice, ispettore? È dei nostri?».

Jon si alza a sua volta, fa delle contorsioni, allunga le enormi braccia, fa scrocchiare le dita.

«Qualsiasi cosa pur di alzare il culo da questa sedia del cazzo».

Quattro ore prima
(Più o meno all'ora in cui Jon e Antonia arrivano alla Finca)

Carla Ortiz è più concentrata sullo schermo del suo portatile che sulla strada su cui la porta Carmelo. La pioggia li ha accompagnati lungo tutto il tragitto da La Coruña, una pioggia insistente, che si infrangeva sul parabrezza dell'enorme Porsche Cayenne. Carla ci badava appena, immersa nel cruciale rapporto a cui sta lavorando dal sedile posteriore.

Soltanto quando passano la galleria di Guadarrama, quando la pioggia fa largo a una nottata tersa, Carla alza la testa dal computer.

«Starà bene Maggie?».

Carmelo le rivolge uno sguardo rasserenante attraverso lo specchietto retrovisore. Gli occhi azzurri, pieni di rughe. Carla vede quello sguardo nello specchietto – divertito, sornione, affettuoso – sin da quando riesce a ricordare. Sta con la famiglia da tutta la vita. *È* della famiglia.

«Meglio che in braccio, signora. Quel van nuovo è un super lusso».

Carla non ne è così sicura. È vero che il van – il rimorchio per cavalli agganciato al fuoristrada – è il migliore che il denaro possa comprare, e che il viaggio fino a Madrid non è lungo. Ma Carla si è sempre preoccupata molto dei suoi compagni. Quando era bambina, al maneggio in cui ha imparato a cavalcare, assistette a come tre uomini cercavano di far salire su un rimorchio un puledro che era nervoso e non voleva muoversi. Lo spingevano, lo tiravano dalle briglie. L'animale opponeva resistenza. Quando gli zoccoli toccarono l'interno del van, la variazione nel suono trasformò la sua paura in panico. Si impennò, cercando di liberarsi. L'impeto gli fece sbattere la testa contro il bordo del rimorchio e cadde a terra, morto. Carla non dimenticherà mai il tonfo prodotto dal suo corpo che crollava, rovesciando il rimorchio e trascinando nella sua caduta due degli uomini.

Maggie è tutt'altro che una puledra paurosa. È una cavalla Holsteiner di undici anni, educata e allevata da alcuni dei migliori addestratori del mondo. È anche molto costosa. Suo padre l'ha comprata a un'asta per 4,3 milioni di euro. Ma per Carla il prezzo – qualunque prezzo, di qualunque cosa – è irrilevante. Sta con la famiglia da sei anni. *È* della famiglia.

«Fermiamoci un momento».

Carmelo sosta nella prima area di servizio il tempo sufficiente perché Carla scenda, si sgranchisca le gambe, dia un paio di tiri a una sigaretta e controlli come sta Maggie. La cavalla affaccia il muso dal finestrino e Carla lo accarezza piano, due volte, percorrendo con il dito la bellissima macchia bianca sul mantello sauro.

Dicevano che rovinava l'insieme. Che ne sanno quegli idioti.

«Quanto manca per arrivare, Carmelo?», chiede, quando ritorna alla macchina.

«Poco meno di un'ora», dice l'autista, dopo aver consultato il GPS. «Ma se vuole la accompagno prima a casa e poi porto io Maggie al Centro Ippico».

Carla ci pensa per un istante. Per quanto sia allettante l'idea di infilarsi a letto quaranta minuti prima, vuole essere lei a mettere la cavalla nel suo box. Dormirà meglio stanotte, e dopodomani hanno una gara. Alla fin fine, è per questo che ha rinunciato a venire a Madrid con l'aereo privato, per poterla accompagnare. Non avrebbe senso lasciare Maggie nelle mani di Carmelo soltanto per qualche minuto in più di sonno.

«No, andiamo pure. Mi lasci a casa dopo».

Cerca di concentrarsi sulla presentazione che sta preparando per il consiglio degli azionisti del prossimo lunedì. È soddisfatta dei risultati, pur sapendo che non sarà sufficiente. È la responsabile del marketing del reparto donna dell'impero tessile di suo padre, e ogni anno lui pretende una crescita regolare. Sebbene sia riuscita a raggiungerla per il terzo anno consecutivo, suo padre si lamenterà della scarsa presa tra le donne dai diciotto ai venticinque anni, o del fatto che i negozi prosperano meno del dovuto. Trova sempre qualcosa per cui non essere contento. Ma è chiaro, non si diventa l'uomo più ricco del mondo se si è un conformista.

Chiude il portatile, frustrata ed esausta, e prende il cellulare. È mezzanotte passata. È molto tardi per parlare con Mario, ma sa che Therese, l'istitutrice, sarà ancora sveglia. Probabilmente a guardare *The Crown* sul televisore grande del salotto, nonostante le sia stato vietato e disponga di un 40 pollici nella sua stanza. Ma Carla cerca di non rimproverare i domestici per le piccole trasgressioni. Bisogna dare loro un po' di tregua. E Therese sta con la famiglia da quando è nato Mario. *È quasi* della famiglia.

Le rimane poca batteria, meno del dieci per cento.

Quanto basta per mandare un WhatsApp, ora lo metto in carica, pensa.

Carla: *Everything alright?*
Therese Nanny: *All smooth and quiet. U ok madam?*
Carla: *Heading home. Can I see him?*

Qualche secondo dopo Therese le manda una foto di Mario, sdraiato sul suo letto, a pancia in sotto, che russa beatamente nel suo pigiama di Spiderman, senza l'ombra di una preoccupazione. Carla sente un pungolo di senso di colpa per non essere arrivata a casa in tempo per fargli il bagno e metterlo a letto, ma si tranquillizza subito. Alla fin fine anche lei è cresciuta con istitutrici e vedendo poco la madre, e non è venuta su tanto male.

Il lavoro innanzitutto, pensa Carla, mentre si infagotta nel foulard e chiude gli occhi un istante, soltanto un istante, un ciondolio della testa...

La risveglia una brusca frenata, che le fa cadere il portatile dal grembo.

«Che succede, Carmelo?».

«Hanno interrotto la strada di accesso al Centro Ippico. Secondo il GPS siamo solo a duecento metri, ma c'è un segnale di lavori in corso».

Carla guarda fuori dal parabrezza. Il luogo è un centro di

eccellenza che si inaugura dopodomani in un complesso residenziale nuovo vicino a La Moraleja, ancora senza un'illuminazione definitiva. Fuori si vedono soltanto buio e alberi. I fanali della Porsche illuminano un cartello di «DEVIAZIONE PER LAVORI», con le loro luci scintillanti.

«Lì c'è qualcuno», dice Carla, indicando davanti a loro.

Una figura si avvicina, con un bastone luminoso in mano.

«È una guardia di sicurezza, sembrerebbe».

Indica loro una strada sterrata che c'è sulla sinistra, quasi nascosta tra gli alberi.

«Bisognerà tornare indietro e girare attorno al Centro Ippico», immagina Carla.

Lascia il compito di orientarsi a Carmelo, e si mette a cercare il portatile per terra. Lo raccoglie con una smorfia di fastidio, ci mancava solo quello, perdere la presentazione. Sarebbe la fine del mondo.

La cosa peggiore che potrebbe capitarmi in questo momento, pensa.

Con la frenata è caduto a terra anche il cellulare. Non riesce a vedere dove sia. Tasta con le dita della mano destra, mentre con la sinistra si appoggia sul sedile.

Dove cazzo sei finito?

Il collo le fa male, per la scomodità della posizione, quasi parallela allo schienale.

«Siamo arrivati?», chiede a Carmelo. Le sue dita sfiorano la sagoma familiare dell'iPhone. Si è infilato sotto il sedile anteriore. L'apparecchio vibra, è arrivato un WhatsApp.

Ci sono quasi, pensa, allungando il braccio. *Solo un altro pochino.*

«Non ci posso credere», dice Carmelo, dando una manata sul volante. «Un'altra deviazione?».

Carla desiste dal suo tentativo contorsionista e si raddrizza, prenderà il telefono quando arriveranno e potrà accendere la lucetta sul tettuccio, ora non vuole abbagliare Carmelo.

«Ma dove vogliono che andiamo adesso? Il Centro Ippico sta lì», dice Carla, indicando le alte mura, a meno di cento metri alla sua destra.

Una figura bardata con casco e gilet catarifrangente si avvicina, ha un altro bastone luminoso nella mano inguantata.

Fa un cenno a Carmelo perché abbassi il finestrino. L'autista obbedisce.

«Buonasera», dice l'uomo del bastone luminoso.

«Per favore, potrebbe indicarmi da dove posso accedere al Centro Ippico? È tardi, la cavalla deve dormire», dice Carmelo.

Quando è stanco o teso gli si accentua l'accento di Arteixo, pensa Carla, divertita. *L'accento si accentua*, deliziata dal suo gioco di parole. *Gesù, quant'è tardi e quanto sono stanca.* Si immagina nel suo letto, avvolta dalle coperte. Domani la attende una giornata molto dura.

«È molto semplice, se scende dalla macchina glielo indico subito».

Carmelo apre la portiera, e mette un piede sulla strada sterrata. L'uomo con il bastone lo alza e lo punta nel buio, mentre si china verso l'autista, come se volesse indicargli meglio come accedere all'edificio.

«Guardi, da quella parte».

«Dove?».

Maggie, nel rimorchio, si agita inquieta, nitrisce, scalpita nervosa.

I cavalli sanno.

Carla vede brillare qualcosa nella mano destra dell'uomo con il bastone un istante prima che anche Carmelo lo capti con la coda dell'occhio e si volti, perplesso. Tardi. Il coltello affonda nel collo dell'autista con un movimento discendente e uno schiocco umido, attraversando il prominente strato di grasso, sezionando la giugulare. Lo sconosciuto attira a sé Carmelo con il braccio sinistro, usando il bastone come una leva con cui imprigiona il petto di Carmelo, che cerca di raggiungere quella cosa che ha sul collo, quell'elemento strano incastonato al suo interno. Quattordici centimetri di acciaio affilato che ora abbandonano la sua carne, seguiti da uno zampillo di sangue deossigenato che, invece di accorrere al cuore di Carmelo, schizza sulla portiera aperta della Porsche, si infila nel cruscotto e impregna il suolo.

Carmelo cade sulle ginocchia, cercando disperatamente di bloccare l'emorragia, infilare di nuovo nel proprio corpo la vita che gli sfugge tra le dita. Emette un suono gorgogliante che piano piano si trasforma in uno strillo vitreo.

Carla non ha aperto bocca, sebbene voglia gridare, ma la sua gola è attanagliata dalla paura e dalla sorpresa, dalla terribile dissonanza che trova tra il corpo in agonia che cade a terra e l'uomo affabile, educato e affettuoso

è della famiglia

che lei conosce e stima, e ricorda il puledro della sua infanzia mentre pensa che Carmelo non potrà più vedere i suoi nipoti, lei ne conosce uno, ha la stessa età di Mario e una volta hanno giocato insieme nella tenuta e

Mario. Oddio. Mio figlio.

Carla si rende conto allora che lei è la successiva, che l'uomo del coltello – ormai non è più l'uomo del bastone, ora è soltanto l'uomo del coltello – si volta e comincia a girare attorno alla Porsche, passando davanti ai fanali, e che se vuole rivedere Mario deve fare qualcosa *ora*, *immediatamente*, ma le sue dita non trovano la maniglia, scivolano, intrise di sudore e contratte dalla paura, e all'improvviso ci riesce, risuona uno scatto metallico e la portiera è aperta, e l'uomo del coltello è *proprio lì.*

Allora Carla spinge la portiera e si butta all'esterno.

13
Una foto

«Non è morto qui». È la prima cosa che dice Antonia, quando i due uomini tornano in salotto.

Il ragazzo non è più sul divano. Conclusa l'analisi di Antonia, la dottoressa l'ha sistemato in un sacco nero con la cerniera, che riposa sul pavimento.

«Continua», chiede Mentor.

«Questa è una scena secondaria. Il ragazzo non è morto qui, sarebbe stato impossibile ucciderlo senza lasciare tracce. L'assassino si è limitato a mettere qui il cadavere e organizzare lo spettacolo. Per chi, non lo so».

Jon la guarda, sorpreso. Qualcosa è cambiato in lei. Quando è arrivata, era come un coniglietto spaventato, ipnotizzato dai fanali di una macchina. Ispirava tenerezza, nonostante irradiasse la sensazione permanente di non essere del tutto presente. Adesso è tranquilla, serena. Per ora. Perfino la sua postura è cambiata, le spalle un po' più dritte, il mento alto. Diversa.

«Neanche noi. Vuoi che ti riassuma ciò che sappiamo?».

Antonia annuisce e si appoggia alla parete, con le mani in tasca, in attesa.

«Otto giorni fa ho ricevuto una telefonata dai piani alti», racconta Mentor, il dito indice che punta al cielo. «Mi chiedevano se tu fossi pronta per tornare al lavoro. Ho detto che non lo sapevo, ma che avrei potuto provarci. Allora mi hanno spiegato che forse non sarebbe stata necessaria la tua partecipazione, ma che era successo qualcosa di grave».

«Il ragazzo era scomparso», azzarda Jon.

«Esatto. Era in classe, ha chiesto il permesso di andare al

bagno e non è più tornato. È tutto quello che sappiamo. La scuola non ha telecamere di sicurezza, e i professori hanno pensato che avesse deciso di marinare la lezione di Matematica. A quanto pare succede con una certa frequenza, quindi il professore ha deciso di mandare una mail ai genitori. Il padre ha risposto quasi immediatamente dicendo che il ragazzo non si sentiva bene, e che non sarebbe andato a scuola il giorno dopo».

«I genitori già sapevano», afferma Antonia. «Quello che se l'è portato via li aveva avvisati di averlo preso».

Jon si passa la mano tra i capelli.

«E gli avrà anche detto di non denunciare il sequestro alla polizia».

«I genitori hanno contatti. Sapevano a chi rivolgersi. Non appena l'assassino ha riattaccato, hanno cominciato a muoversi le pedine negli uffici più in alto. Io ho ricevuto la telefonata soltanto mezz'ora dopo che il ragazzo era scomparso».

La giustizia è uguale per tutti, pensa Jon, che ha un bisogno urgente di bersi una birra, o dieci.

«E poi?».

«Poi ci hanno ordinato di non fare nulla. Di prepararci a intervenire se necessario. Nient'altro».

Una settimana persa, pensa Jon. *Una settimana in cui l'assassino ha avuto campo libero per muoversi a suo piacimento, e fare quello che voleva con il povero Álvaro.*

«Ieri mattina alle sette il personale di servizio ha scoperto il cadavere di Álvaro Trueba», si inserisce la dottoressa Aguado. «E allora ci hanno chiesto di intervenire».

«Contando sul fatto che tu ti unissi alla festa», aggiunge Mentor.

Antonia si raddrizza e si avvicina a loro.

«Che succederà rispetto al ragazzo?».

«Diranno che è stata meningite. Una febbre fulminante. Uno dei nostri medici lo certificherà».

Antonia lo guarda senza battere ciglio.

«Così non abbiamo lavorato mai, Mentor. In passato abbiamo stiracchiato un po' le regole. Siamo usciti fuori dai contorni. Ma questo… questo non si fa».

«Forse non si faceva prima, Antonia», dice Mentor, alzando le spalle. «Ma poi tu te ne sei andata. Ci hai piantati in asso».

«Non ti azzardare a rinfacciarmi questa cosa», dice lei, puntandogli il dito contro.

Mentor prende la fotografia, in cui si vedono il ragazzo e la sorella sulla spiaggia, e la mostra ad Antonia.

«E tu non ti azzardare a dirmi che questo bambino avrà più giustizia se il suo nome viene sbattuto sui programmi del mattino. Se i lupi sbraneranno ogni brandello della sua vita quando sarà un *trending topic* su Twitter. Se sua sorella crescerà con il ricordo costante di ciò che è successo veramente. A un'altra bambina potrebbero permettere di dimenticarlo. Questa ragazzina», dice Mentor, colpendo la foto con l'indice, «è la figlia della presidente della banca più grande d'Europa. Non le permetteranno mai di dimenticarselo. In ogni reportage che uscirà, in ogni foto che le scatteranno, aggiungeranno "segnata dalla tragedia". Vorresti questo per tuo figlio?».

Mentor conclude, e rimane a guardare Antonia con una ben studiata maschera di integrità.

Jon, dal canto suo, è tentato di applaudire.

Lo stronzo la sta manipolando con materiale di prima classe. Una menzogna talmente simile alla verità che è quasi indistinguibile. Ora capisco a cosa si riferiva con merdismo. *Questo tizio calpesterebbe il collo della nonna moribonda pur di vincere.*

«Aspetta un attimo, hai un figlio?», chiede Jon, quando il significato dell'ultima frase che ha sentito raggiunge il suo cervello.

Antonia non risponde, il suo sguardo si è invischiato in quello di Mentor.

«Dimmi che chi ha fatto questo non ucciderà di nuovo», dice lui, con una voce dolce.

Antonia respira a fondo. Tarda a rispondere, e quando lo fa, parla molto lentamente.

«Una pianificazione esaustiva nel sequestro. Un delitto senza scrupoli particolarmente cruento. Chi ha fatto questo è estremamente intelligente e sì, ucciderà di nuovo. Questo è solo l'inizio».

«Ci troviamo di fronte a un assassino seriale?», chiede la dottoressa Aguado.

«No», risponde Antonia. «È un'altra cosa. Un tipo di animale diverso. Qualcosa che non avevo mai visto».

Tre ore prima

Carla apre la portiera della Porsche. L'uomo si avventa su di lei, tardi. La portiera si chiude alle sue spalle come delle fauci fameliche, ma Carla è già fuori, cade sulle mani. I piedi non hanno un'aderenza sufficiente al suolo, le scarpe basse scivolano sul terreno irregolare.

Non cadere, non cadere ora.
Se cadi, ti prenderà.

Carla incespica, i muscoli senza forze dopo tante ore in macchina, ma riesce a raddrizzarsi quanto basta per correre. Un passo, due passi, non le serve altro, correre, allontanarsi da lì. Una mano incombe su di lei.

Crac, risuona.

Il corpo di Carla si ferma di scatto, il respiro le si spezza in gola.

Le dita dell'uomo sono riuscite ad afferrare il foulard – ha sentito lo schiocco del tessuto, e non, come aveva temuto, del suo collo che si spezzava –, e tirano verso di lui.

Carla gira su se stessa, seguendo lo slancio. Il caso vuole che lo faccia da destra a sinistra, come le educate e obbedienti lancette dell'orologio, e che il suo corpo rimanga libero, e il foulard in mano dell'uomo del coltello, che lo lascia cadere e avvia l'inseguimento.

«Vieni qui», grugnisce la voce alle sue spalle.

Carla gira attorno al van di Maggie, che nitrisce al suo passaggio, e curva in direzione contraria, lasciando il rimorchio tra lei e il suo inseguitore. Dall'altra parte c'è soltanto strada, nessun posto in cui andare, e lei non arriverà molto lontano con quelle ballerine, praticamente delle ciabatte. Neanche togliersele è un'opzione. Il sentiero è pieno di sabbia e pietre, odora di polvere e aridità. Scalzi, i suoi piedi finirebbero per devastarsi nel giro di qualche secondo, e l'inseguitore – con le sue suole resistenti, le sue gambe lunghe e forti di uomo – la raggiungerebbe subito.

Ci sono luci nel Centro Ippico.
Vai lì, idiota,

sente nella sua testa, e la voce che le parla è quella di sua madre, anche se non è possibile, perché sua madre è morta undici mesi fa.

Carla corre, il suo corpo supera la macchina e allora vede il bastone luminoso sul sentiero di terra che sale verso il Centro Ippico, e non capisce come sia riuscito a muoversi tanto velocemente. Curva di nuovo e salta la banchina, si infila tra gli alberi, nota i rami di un arbusto che si spezzano, le lacerano i polpacci e si pente, non per l'ultima volta, di aver scelto un vestito invece dei jeans.

Tardi. Il tessuto si aggroviglia a un ramo, e Carla cade in avanti, sbracciandosi. A fermare la caduta è il tronco di un albero, sul quale atterra di faccia. Si sente uno schiocco. Non riesce a trattenersi, le sfugge un gemito.

Le esce il sangue dal naso. Molto.

Me lo sono rotto. Dio come fa male.

Stringe i denti.

Vai avanti.

Alle sue spalle si sentono i passi dell'uomo, pesanti, implacabili, che si addentrano nel boschetto. Ma ora Carla ha un vantaggio: ancora pochi metri e il buio, il benedetto buio. Si ripara dietro un albero – è un leccio, nota la corteccia rugosa e grossa sulla schiena, ha le mani appiccicose a causa della resina, l'odore le entra nel naso, legnoso e fragrante –, cercando di pensare a cosa fare.

Chiamerò la polizia.

Il telefono è in macchina, sotto il sedile.

Prenderò un ramo e lo attaccherò, lo coglierò di sorpresa.

È molto più grosso di te.

Allora correrò verso il rimorchio e monterò Maggie, la spronerò e galopperò come il vento.

Ti taglierà la strada prima.
E ti servirà qualche secondo
per far scorrere il chiavistello e aiutare
Maggie a scendere. Anche se la cavalcassi
a pelo, al primo colpo
e senza scivolare, anche se riuscissi
a mantenere l'equilibrio, può
salire sulla Porsche e inseguirti
molto prima che tu riesca
a trovare la strada principale
nell'oscurità.

La voce, che continua ad assomigliare a quella di sua madre, non le ha lasciato altre opzioni.

Devi andare al Centro Ippico
e chiedere aiuto.

«Vieni qui», ripete l'uomo. «Vieni qui». È sempre più vicino.
Il fascio di una torcia scruta tra gli alberi come un tentacolo impaziente, alla sua ricerca.
Carla si accovaccia, tasta, alla cieca. Terriccio. Rami secchi che le spezzano le unghie. Qualcosa di molliccio che preferisce non identificare. Una pigna, no, è inutile. Finalmente la sua mano cinge una pietra, piccola, ruvida.

I passi dell'uomo del coltello sono quasi sopra di lei. Può sentire il suo respiro, spezzato e rauco.

Carla getta la pietra nella direzione opposta, il più lontano possibile. Non è molto. Il suono che produce è penosamente vicino.

Questo è tutto il vantaggio che hai, approfittane.

L'uomo del coltello si è voltato, il fascio di luce esplora, famelico, più vicino al rimorchio. Carla decide di togliersi le scarpe, sa che farà male, che farà molto male, ma anche che farà meno rumore e in questo momento evitare il rumore è l'unico modo per scappare. Comincia a camminare, curva, verso il Centro Ippico. Ogni passo è una tortura per l'anima, ogni piede poggiato sembra risuonare in tutto il bosco, come se gridasse *sono qui, prendimi!*

Alla tortura mentale si unisce il dolore fisico quando gli aghi di pino che tappezzano il terreno cominciano a conficcarsi nella pianta dei piedi, nello spazio, morbido e vulnerabile, tra le dita. Il dolore accumulato e reiterato è, paradossalmente, più sopportabile di quello singolo che produce un'unica trafittura, e Carla lascia che l'adrenalina prenda il sopravvento. L'assurda lucidità che ci pervade, a volte, nei momenti di maggiore panico, le fa tornare in mente una frase imparata all'università.

Una puntura è una tragedia, mille punture sono statistica.

Venti metri più avanti finiscono gli alberi e lì ci sono le mura del Centro Ippico, a un tiro di schioppo, alla fine di una salita piena di arbusti secchi e resti di materiali del cantiere.

Non c'è una strada. Non ci sono porte.
Dovrai girare attorno al muro.

Ma sarò esposta. Potrà vedermi.

Vicino all'angolo visibile ci sono travi di acciaio e sacchi di sabbia. Se corre fino a lì, potrebbe usarli come nascondiglio prima di voltare l'angolo.

Saranno ottanta metri. Forse meno. Ai tempi dell'università saresti riuscita a farli in dodici secondi. Uno sprint glorioso, con le braccia piegate ad angolo retto, le dita tese e l'espressione della velocità.

Carla si tasta i piedi scalzi e malridotti, pieni di ferite. Strappa come può alcuni degli aghi, sebbene altri si siano infilati tra la pelle e il muscolo e si siano spezzati, servirebbero delle pinzette, tenerli in ammollo in acqua calda con disinfettante e un milione di cerotti.

Quando arrivo a casa. Quando arrivo a casa. Arriverò a casa stanotte. Bacerò mio figlio stanotte.

Si raddrizza un po' e guarda indietro, ma non vede né sente traccia dell'uomo del coltello. Magari lo ha seminato, magari si è stancato e se n'è tornato a casa. Magari i cirripedi impareranno a cantare questa primavera.

Esce sul sentiero, lentamente, cercando di poggiare i piedi con attenzione, e ora capisce, sulla sua stessa carne, che il letto di aghi di pino traditore era un paradiso paragonato al terreno sassoso, che le piega le caviglie e le manda spasmi di dolore al cervello quando le pietre, ruvide e affilate, entrano in contatto con la sua pelle. Ogni passo è una sofferenza in tre tempi. Prima, l'anticipazione del dolore che sentirà, con il piede ancora in aria. Secondo, il dolore causato dalle ferite quando entra in timido contatto con il suolo. Terzo. Il dolore autentico, reale, quando tutto il peso del corpo ricade sul piede, e deve stringere forte i denti per non mettersi a urlare.

Cinquanta passi.

Venti.

Ce la farò.

A quel punto i fanali della Porsche, puntati sul muro ad angolo retto rispetto alla posizione in cui si trova lei, si muovono. Carla si affretta, prende le forze dall'unico punto fermo che le rimane: il desiderio incrollabile, quasi fisico, di stare di nuovo a casa con suo figlio.

La macchina si sposta e illumina Carla proprio quando riesce a raggiungere i sacchi di sabbia. Si accuccia, si raggomitola.

Non mi ha visto. Non ha potuto vedermi.

La macchina si avvicina, si ferma.
Carla sente aprirsi la portiera.
«Vieni qui», dice l'uomo del coltello. Non sarà neanche a sei metri. «Vieni qui, o scenderò e sgozzerò il tuo cavallo».
È una cavalla. È una cavalla, e si chiama Maggie.
Carla cerca di farsi minuscola, stringe la testa contro i sacchi di sabbia, come se volesse fondersi con essi e sparire. Ma questo non accadrà.
«Vieni qui», ripete l'uomo del coltello. «Vieni qui, subito. O sgozzerò il tuo cavallo».
E Carla stringe i pugni, e grida di paura e frustrazione.

Non farlo. È soltanto una cavalla,

dice la voce di sua madre.
Non posso permettere che le facciano del male. È della famiglia.
E allora si alza in piedi, e l'uomo del coltello è già accanto a lei, le si avventa addosso, con il suo respiro rauco e le sue braccia forti, e Carla percepisce il metallo sul collo, e il mondo scompare.

14
Un furgoncino

«Va bene», interviene Jon. «Cominciamo da ciò che sappiamo».

Jon e Antonia sono seduti nel MobLab, a confrontare i loro appunti, mentre la dottoressa Aguado – sbarazzatasi della tuta, è in jeans e maglioncino – digita sul suo MacBook, con le cuffiette nelle orecchie. La musica è molto alta, una specie di rock straniero che Jon non riesce a identificare.

All'interno del suo furgoncino c'è lo spazio sufficiente affinché quattro persone lavorino comodamente. Attraverso la porta aperta, Jon riesce a vedere Mentor che sta organizzando una squadra di tre persone vestite con una tuta blu scuro, arrivate su un altro furgoncino nero senza finestre. Tirano fuori scatole di metallo e borse di plastica che impilano sul terrazzo bianco che ricopre l'accesso al garage della magione. Pur non sentendo ciò che dice loro, è chiaro quale sarà l'incarico dei nuovi arrivati: cancellare ogni traccia di quanto accaduto in casa.

«Il ragazzo è sparito a scuola, prima che finissero le lezioni. I genitori hanno chiesto aiuto quasi immediatamente, in modo discreto».

«L'assassino ha parlato con loro», afferma Antonia. «Poi niente, fino a ieri mattina, quando il cadavere del ragazzo appare, come per magia, nel salotto della casa dei genitori. Da dove cominceresti tu se questo fosse uno dei tuoi casi?».

Jon sorride con amarezza. I casi ai quali lavora lui sono accoltellamenti per questioni di droga, puttane che spariscono (se hanno fortuna, a pascolare su altri prati; se non ne hanno, sotto di essi), macchine che scompaiono qui e appaiono, bruciate, là. Vite di merda che culminano in azioni di merda.

«Questo non è uno dei miei casi».

«Provaci, almeno».

L'ispettore Gutiérrez enuncia una rapida lista. Relazioni finanziarie dei genitori, movimenti bancari e carte di credito, familiari, amici e gente della loro cerchia; telefono, computer del ragazzo; colloqui con potenziali testimoni. Queste sono le prime cose che chiederebbe.

«Nulla di tutto ciò è utile», sostiene Antonia. «I genitori non sono persone normali. Le loro relazioni finanziarie ci terrebbero invischiati per mesi. Non ci sono testimoni, al di là del professore che dice che il ragazzo si è alzato per andare al bagno».

«Forse c'è qualcuno che ha visto qualcosa e non l'ha raccontato. O che non lo sa. Potremmo andare alla scuola».

Antonia indica l'esterno, dove Mentor dà ordini e gesticola.

«Non te lo permetterebbe. Non è così che facciamo le cose. Inoltre, dopo sei minuti all'interno della scuola uno dei ragazzi metterebbe la nostra foto su Instagram. Dopo un quarto d'ora arriverebbero i giornalisti».

Jon si dà una pacca sulla coscia, esasperato.

«La segretezza non ci aiuterà a trovare l'assassino di quel ragazzo. Le cose non si fanno in questo modo».

«La polizia non le fa in questo modo. Noi non siamo la polizia. La polizia è lenta, sicura, prevedibile. È un elefante che china la testa, si prefigge una meta e devasta tutto quello che incontra. Noi siamo un'altra cosa».

Io sì sono la polizia, pensa Jon. *Lento, affidabile. Ma non un elefante, non sono grasso.*

Poi segue la direzione dello sguardo di Antonia, che torna a indicargli la porta del MobLab, e l'uomo che aspetta fuori, ora occupato a parlare al telefono.

Jon, frustrato, si rifiuta di darle ragione. Si sente come se l'avessero gettato nel fiume Nervión con i vestiti addosso e due pesi legati ai piedi.

«Non so se voglio giocare al vostro gioco».

«Io non te l'ho chiesto», dice Antonia. «Per me te ne puoi andare quando vuoi».

«Magari fosse vero».

«Se sei qui è perché hai commesso un errore».

Forse un topo, incastrato in una trappola che si è appena chiusa con un sonoro schiocco, con la schiena spezzata e il formaggio fuori portata potrebbe spiegare meglio di Jon lo scherzo macabro che il destino sembra volergli giocare.

«Va bene. Noi non siamo un elefante. Che cosa siamo?».

«Noi prendiamo quello che c'è, e ci arrangiamo».

«E che c'è che possiamo usare?».

Antonia ripassa di nuovo mentalmente tutti gli elementi del caso, uno a uno. Il cadavere, manipolato ma senza indizi. Una scena allestita. Elementi della casa utilizzati come parte dello squilibrato proposito dell'assassino.

Riesce a vederlo mentre posiziona il corpo, un'ombra nera che si muove, con precisione totale. Che entra ed esce da un complesso residenziale impenetrabile.

«Quando un essere umano ne ammazza un altro c'è sempre un caos enorme», dice Antonia. «Sangue dappertutto. Sedie rovesciate, mobili rotti».

E denti, e vetri e bottiglie sparpagliate, pensa Jon, che ha visto cosa succede quando l'uomo è un lupo per l'uomo.

«Ma questo è un elemento a nostro sfavore. Hai detto che l'assassino ha ucciso il ragazzo altrove, e per questo non ci sono indizi».

«Non ci sono impronte, né capelli, né fibre. Non ha lasciato nemmeno la carta d'identità sopra il tavolo della cucina».

«Sarebbe stato un bel gesto da parte sua».

«Ma ti sbagli, c'è qualcosa che possiamo usare. Sappiamo che ha lasciato un messaggio, o ci sono ragioni sufficienti per pensarlo. L'olio sui capelli del ragazzo».

«Il salmo 23. Un motivo religioso?».

«Non lo so. Però sappiamo che si è dato molta briga per lasciare quel messaggio e che l'ha fatto senza commettere errori. E questo ci dice molto di lui. Guarda qui».

Antonia cerca sul suo iPad e gli mostra una foto. Non è bella.

«Un vecchio caso?», chiede Jon, cercando di non distogliere lo sguardo.

«Uno dei primi».

Nell'immagine si vede una donna morta in una stanza. Il

letto è disfatto e pieno di macchie scure. Il volto della vittima è coperto dalla federa di un cuscino.

«Un assassino seriale. Siviglia, anni fa. Tre vittime prima che lo prendessimo. Questa è la terza, anche se furono tutte simili. L'assassino era il proprietario di uno di quei bar sull'autostrada a Écija».

«L'assassino delle Forbici. Me lo ricordo. Sei stata tu a prenderlo?», dice Jon, con improvviso rispetto.

Antonia gli rivolge un sorriso indecifrabile che sembra dipinto da Leonardo da Vinci.

«Curriculum di abusi sessuali e maltrattamenti fin dalle scuole superiori. Brutte storie, ma la faceva sempre franca».

«Finché un giorno l'angioletto ha deciso di alzare l'asticella».

«Era un tipo astuto. Cercò di nascondere le sue tracce più che poté, per questo riuscì ad andare oltre. Se non c'è un numero maggiore di assassini seriali in Spagna è quasi sempre perché commettono errori e li beccano prima che arrivino alla vittima numero due. Questo era furbo. Tuttavia, osserva la scena».

«È un disastro».

«Caos. Un'esplosione di violenza mentre ottiene ciò che vuole, l'oggetto del suo piacere e del suo desiderio. I tagli sul corpo di lei non sono puliti, tentenna prima di conficcarle le forbici. E quando finisce... il senso di colpa, il rimorso».

«Per questo le copre il volto», dice Jon, indicando la foto.

Antonia tocca il braccio della dottoressa Aguado, che si toglie le cuffie e la guarda con sguardo interrogativo.

«Può mettere sugli schermi le foto della scena, per favore?».

Il medico legale annuisce e muove il mouse. Un istante dopo i sette monitor da 30 pollici che coprono una delle pareti del MobLab cominciano a mostrare in loop le foto scattate da Aguado. Si vedono il salotto, le stanze e, ovviamente, il divano e la vittima.

«Che cos'è che non vedi?», chiede Antonia.

«Non c'è senso di colpa né rimorso».

Antonia non va avanti. Ha lo sguardo inchiodato sul carosello di fotografie, le sue pupille vanno da una all'altra. Jon aspetta, paziente, ma capisce che c'è qualcosa che non va. Sugli occhi di Antonia si è affacciato lo stesso luccichio tremolante che aveva quando studiava il cadavere, accovacciata in salotto.

«Stai bene?».

Un'eternità dopo, Antonia sembra registrare la domanda. Ma sceglie di rispondere a un'altra, una che sta ponendo a se stessa.

«Tutto è artificiale», dice. «Questo non è per...».

Si ferma a metà frase, molto lentamente.

Come se le avessero tolto le batterie, pensa Jon.

La dottoressa Aguado si mette tra Antonia e lui, le porge qualcosa. Antonia le scosta la mano.

«No. Devo pensare».

«Sarà più facile così».

«Ho detto di no. Se ne vada».

«Signora Scott...».

«Le ho detto di andarsene», dice Antonia, la voce dura e stridente. Un diamante che graffia un vetro.

Aguado si irrigidisce, a disagio, si liscia i jeans, si sistema le maniche del maglioncino.

«Esco a vedere se Mentor ha bisogno di aiuto».

Jon aspetta che il medico legale salti giù dal furgoncino e soltanto allora si raddrizza sulla sedia e si china verso Antonia.

«Hai detto che è artificiale».

Antonia lo guarda, lo sforzo per comunicare i suoi pensieri è visibile nei suoi occhi.

«Non è per il ragazzo. Questo è per qualcos'altro. È per il potere».

«Potere? Che genere di potere?».

«L'assassino crede di aver pensato a tutto. Ma si sbaglia. Ci ha lasciato due... due...».

«Due cosa?».

Antonia abbassa la testa. Quando la risolleva, grosse lacrime le corrono lungo le guance.

«Mi dispiace. Credevo di riuscirci. Ma non ci riesco».

E, alzandosi in piedi, esce dal furgoncino.

15
Un aereo

È solo un punto nel cielo del mattino.

Il Bombardier Global Express 7000 è decollato dall'aeroporto di La Coruña quando era ancora notte, e prevedeva di iniziare l'atterraggio a Madrid poco prima dell'alba. Tuttavia il proprietario e unico passeggero a bordo dell'aereo vedrà apparire il sole accanto al suo finestrino prima degli abitanti della capitale della Spagna.

«Signore, mancano due minuti», avvisa il pilota tramite l'interfono del velivolo.

Ramón Ortiz non alza ancora gli occhi dai fogli che uno dei suoi assistenti gli ha consegnato a mano sulla scaletta dell'aereo, che comprende il rapporto delle vendite del giorno precedente, i problemi per l'apertura di un nuovo negozio a Singapore e altre questioni minori. Non può occuparsi di tutto come gli piacerebbe, ma ha messo in giro la voce – a cui lui stesso è arrivato a credere – che non ci sia dettaglio, grande o piccolo, che sfugga al suo controllo. Gli piace presentarsi all'improvviso o chiamare uno dei negozi, chiedere della responsabile (il cui nome gli comunicano opportunamente prima) e chiacchierare di sciocchezze. Sa che poi lo racconterà a chiunque le capiterà a tiro. Così si creano le leggende, con molto poco.

Ai suoi ottantatré anni, Ortiz ha fatto molta strada da quando era un moccioso che ritornava a casa camminando per cinque chilometri lungo un sentiero innevato con le scarpe in mano per non rovinarle. Perché non ce ne erano altre.

Tra il cuoio duro di quelle scarpe e la morbida pelle di cavallino che ricopre i sedili del suo aereo privato ci sono state molte albe. Passa la mano sul bracciolo, con un apprezzamento non privo di un certo turbamento. La pelle è eccellente, senza dubbio. Tuttavia il lusso esorbitante continua a sembrargli, ancora dopo tanti anni, estraneo. Come se fosse in prestito. È stata sua figlia Carla a insistere che personalizzasse i sedili con quella pelle specifica, abbinata al divano Chesterfield che ha ancora in casa e che lo accompagna dall'apertura del suo primo negozio, quattro decenni fa.

Ramón aveva inarcato le sopracciglia di fronte alla spesa, che avrebbe fatto salire il conto dell'aereo – 35 milioni di euro – di altri centomila. Ma con Carla non c'è verso di discutere. Liquida tutto con un:

«Taci, taci, che diventerai l'uomo più ricco del cimitero».

E, ovviamente, sarà vero. Ovunque lo seppelliscano.

«Un minuto, signore», dice il pilota.

Ramón lo ha istruito perché lo avvisi sempre dell'istante in cui il sole fa la sua comparsa. Non vuole perderselo, assorto com'è nel lavoro. Sa che il pilota bara un po', perché l'aereo sale leggermente affinché la predizione si compia nel momento preciso. Uno dei privilegi di essere l'uomo più ricco – ancora sopra la terra, non sotto – è che può scegliere l'ora in cui albeggia.

Si toglie gli occhiali da lettura, che ricadono sul petto, sorretti dalla catenina che porta al collo, e si distende per godersi lo spettacolo. Ma una vibrazione sul tavolino di mogano massiccio lo distrae. Sta squillando il suo cellulare privato, che dispone di copertura wi-fi grazie alla connessione via satellite del Bombardier. Altri cinquantamila euro di sovrapprezzo, oltre ai cinquanta euro al minuto di connessione. Un'altra spesa che non ha contestato.

«Non vorrai perderti una chiamata importante mentre sei in volo», aveva detto Carla.

Tenendo conto che soltanto una manciata di persone ha quel numero, Ramón sa sempre che, se squilla, è importante. Per questo distoglie, suo malgrado, la vista dal finestrino.

È una chiamata audio con FaceTime. La foto di Carla lo saluta dallo schermo. Strano da parte sua, che non è solita svegliarsi presto, e tantomeno chiamare a quell'ora.

Risponde.

«Che ci fai già sveglia?».

La voce dall'altro capo non è quella di Carla.

«Buongiorno, signor Ortiz».

«Chi è? Come fa ad avere questo numero?».

Una voce grave, secca, gli spiega con dovizia di particolari perché ha quel numero di telefono e perché chiama con il FaceTime di sua figlia.

«Senta, se prova a farle del male...».

«Le ho già fatto del male, signor Ortiz. E gliene farò ancora. E lei non potrà impedirlo. E ora stia zitto», lo interrompe.

E Ramón Ortiz ascolta. E quando il sole spunta e lo colpisce in pieno volto non presta attenzione, perché dentro di lui sta crescendo l'oscurità. E quando l'uomo che ha sua figlia interrompe la comunicazione, Ramón Ortiz rimane, per la prima volta nella sua vita, senza sapere che fare.

«Cinque giorni», è l'ultima cosa che gli ha detto.

Cinque giorni.

Durante alcuni lunghi minuti, Ramón Ortiz si scervella. Non è nemmeno cosciente, tale è lo stato dei suoi nervi, del fatto che sono atterrati e che il pilota gli indica che può scendere dall'aereo.

Ramón prende una decisione. Cerca nella rubrica dei contatti un numero di telefono. Uno che, come il suo, è alla portata di pochissime persone.

Un numero di telefono che non avrebbe mai pensato di dover usare.

16
Un letto d'ospedale

Nonna Scott è delusa.

Ad Antonia non interessa.

«Sono delusa, piccola», dice nonna Scott.

«Non mi interessa», risponde Antonia, senza smettere di darci dentro con la limetta.

È nella stanza 134 dell'ospedale della Moncloa. L'iPad è sul tavolo, e Antonia cerca di sistemarsi le unghie come meglio può. Le scelte di illuminazione nella 134 sono due: penombra ottocentesca o pupille incenerite. Per fortuna, Antonia dispone dei propri mezzi. Si è portata una lampada da tavolo da casa. Di fatto, si è portata molte altre cose. Quasi tutti i vestiti, tanto per cominciare. Una cassettiera, un ferro da stiro, una macchina da caffè Nespresso e una quantità indefinita di prodotti di bellezza e igiene che occupano quasi tutto il pavimento del bagno. Entrarci è una versione del gioco Campo minato, ma con creme per la cellulite.

Non che Marcos debba usarlo in un futuro prossimo.

«Hai bisogno di uscire di lì».

«Abbiamo detto una sera».

«Non tengo il conto di quello che diciamo», mente nonna Scott. «Ma sai che continuare a chiuderti in te stessa non ti fa bene per niente».

Il bello di comunicare con qualcuno attraverso una videochiamata mentre ti fai le unghie è che puoi nascondere gli occhi senza che l'altra persona possa farci nulla.

«Sto bene».

Il suo mantra da quando era una bambina. Per una come lei, che percepiva tutto intorno a sé (l'infedeltà del padre, la malattia che la madre le tenne nascosta finché non si poté far altro che piangerla, il disagio di tutti quelli che si trovavano davanti a quella bambina strana e minuta), è paradossale quanto poco si sia sempre sforzata di trasmettere qualcosa.

C'è da dire che sta parlando con nonna Scott. E alla nonna sfuggono poche cose. È talmente perspicace che è capace di dedurre che il fatto che sua nipote viva praticamente nella stanza d'ospedale del marito comatoso, che non abbia mezzi per guadagnarsi da vivere, che a stento parli con qualcuno che non sia lei, è il contrario di stare bene. Se n'è resa conto da sola, senza l'aiuto di nessuno.

La saggezza degli anziani.

«Guardami in faccia quando ti parlo, piccola».

«Ho le unghie messe malissimo», dice Antonia, che tra un paio di passate comincerà a limare l'osso.

Per un momento dolce ed effimero Antonia crede che la nonna lascerà cadere l'argomento. Errore. La pausa è dovuta al fatto che sta prendendo un sorso del suo tè Darjeeling (con tre zollette) e trangugiando un pasticcino al burro. È diabetica, ma vive secondo le proprie regole.

«È già passato abbastanza tempo. Ho tollerato le tue scuse, la tua autocommiserazione, le tue lacrime. Ora basta. Hai un lavoro in cui sei molto brava, un lavoro in cui puoi fare la differenza. Un lavoro in cui non ti annoi».

Se le cose fossero così facili, pensa Antonia.

La nonna ha ragione su un punto. Ciò che fa – ciò che faceva – è una cosa che non aveva mai creduto possibile. Per lei le sfide non erano mai all'altezza, come aveva scoperto da adolescente. Ogni disciplina del sapere a cui si avvicinava prendeva un color grigio piombo dopo poche settimane. A differenza di altri superdotati, che quasi sempre optavano per il campo della fisica o delle matematiche, dove il raziocinio puro offriva ricompense intellettuali, ad Antonia non piacevano i numeri. Non che non fosse ferrata. Poteva calcolare una radice quadrata di nove cifre senza usare matita né carta, in pochi secondi.

Ci sono molte persone che, in quell'età complicata in cui il corpo cambia e il mondo diventa immensamente grande, pensano che non potranno mai essere amate. Anche Antonia rientrava in quella categoria, ovviamente. Ma, inoltre, lei credeva che mai avrebbe potuto trovare nulla che le interessasse realmente, che la costringesse a mettere tutto il cervello e i sensi al servizio di un compito.

La prima cosa venne invalidata quando conobbe Marcos.

La seconda, quando conobbe Mentor.

Con entrambi aveva conosciuto l'amore, un amore diverso. Il primo le aveva dato amore, il secondo le aveva dato qualcosa da amare. Ovviamente, dove c'è amore ci sono ingenti, interminabili quantità di sofferenza.

Quella che provochi, quella che ti provocano.

«Nonna», dice Antonia, mettendo finalmente da parte la limetta e l'acetone. «Ci ho provato, te lo giuro. Ma è molto dura. Brucia dentro».

«Prima ci riuscivi».

«Prima era prima e adesso è adesso».

«Quando è successo il fatto di Marcos...».

«Non è successo e basta, nonna».

«È successo», dice nonna Scott, raddrizzandosi e agitando il dito davanti allo schermo. Il dito accusatore, inflessibile della nonna. È vero però che non sa bene dove guardare e il dito finisce col puntare in un'altra direzione, quindi l'effetto si perde un po'. «Non sei stata tu a sparare».

«Sono comunque la responsabile».

«No, non lo sei. Capisco che quando è successo il fatto di Marcos tu sia rimasta scioccata. Ma devi andare avanti. Non vuoi riprendere? Mi sta bene. Cercati un altro lavoro».

Antonia non si vede a servire caffè in un bar né a mettere a frutto il suo brillante titolo in Lettere – che ha conseguito unicamente per levarsi di dosso suo padre – come professoressa alle superiori.

Il che ci lascia con un bel dilemma.

Bivio, conflitto, alternativa, dubbio, argomento cornuto, strada senza uscita. A qualcosa serve la laurea in Lettere. Alla fine sai un sacco di sinonimi per definire una situazione di merda.

«Nonna...», comincia a dire Antonia.

E poi tace, perché, in realtà, non ha granché da dire. Perché per quanto insulsa le risulti la vita, deve viverla. Magari sapesse come.

«È già passato abbastanza tempo. Smettila di nasconderti», conclude la nonna.

Interrompe la comunicazione, e dallo schermo dell'iPad sparisce il suo volto, lasciando solo quello di Antonia, confuso e disorientato. Proprio l'ultima cosa che Antonia desidera vedere in questo momento.

Spegne il tablet. Negli ultimi tre anni non ha avuto un gran bel rapporto con il suo viso. Non si guarda mai in uno specchio dopo l'imbrunire, se può evitarlo.

È già passato abbastanza tempo.

Antonia contempla l'uomo sdraiato sul letto. Il volto, prima dai tratti affilati che potevi tagliarti soltanto a guardarli, è ora una maschera di cera, pallida e senza vita. I capelli, neri, grossi e lunghi in altri tempi, sono ora sottili, così fini che potrebbero spezzarsi con un soffio d'aria. Le labbra, le labbra che bastava che la sfiorassero per farle *kilig* (una parola in tagal che significa 'quando senti le farfalle nello stomaco per la felicità') sono secche e screpolate. I suoi muscoli, tesi e definiti, ormai non sono che una mera testimonianza, un promemoria doloroso di ciò che non è più.

Antonia gli prende la mano, e trova consolazione.

Le mani non sono cambiate. Non adoperano più lo scalpello, non le scostano più dal volto la frangetta ribelle, non si mettono più a conca sui suoi seni, non la avvolgono più la notte quando si scopre, ma continuano a essere le sue mani. Dita nodose, palmi quadrati. Mani di uomo, mani di scultore.

Di lui, del Marcos che ama e che le manca tanto, restano soltanto quelle mani e un cuore forte. Un cuore che continua a battere 76 volte al minuto. Ogni tanto si ferma a guardare l'elettrocardiogramma, con il suo fastidioso e costante *bip*, *bip*, *bip*, finché la spossatezza non ha la meglio e si addormenta sul divano di cortesia che è stato il suo unico letto nelle ultime millecentosedici notti. Poi, durante il giorno, ritorna nel suo appartamento, che ha svuotato completamente da ogni cosa che le ricordi il marito, per stare da sola ed eseguire il suo rituale. Il rituale che la mantiene sana di mente. I tre minuti al giorno, gli unici tre minuti, durante i quali si concede il pensiero di abbandonare tutto, la sofferenza e il senso di colpa e il carcere della sua privilegiata mente.

Antonia Scott si concede di pensare al suicidio soltanto tre minuti al giorno. Dopo aver passato in bianco la notte precedente, non ha le forze né la voglia di andare all'appartamento per poi tornare a dormire con Marcos, per cui si prepara a procurarsi la sua miserabile dose di pace proprio lì.

Si toglie le scarpe.

Assume la posizione del loto sul pavimento.

Chiude gli occhi.

Svuota i polmoni.

Bussano alla porta.

17
Un toast

«Non hai un bell'aspetto».

L'ispettore Gutiérrez è sulla porta della stanza, con un sorriso e un caffè da distributore automatico in mano. Il suo elegante abito italiano di fresco lana è talmente stropicciato che sembra non essersi staccato del tutto dalla pecora. I capelli in cima alla testa sono dritti. Ha l'aria di aver dormito in macchina, perché ha dormito in macchina.

«Come mi hai trovato?», dice Antonia.

«Forse non sono l'uomo più intelligente del mondo, ma sono pur sempre un poliziotto».

«Voglio soltanto stare da sola».

«E io voglio soltanto parlare con te».

«Non puoi entrare».

«Non ne avevo intenzione. Odio gli ospedali».

«A nessuno piacciono gli ospedali».

Antonia gli chiude la porta sul naso.

Jon è tentato di ribussare, ma ha abbastanza buonsenso da sedersi e aspettare su una panchina vicino alla fontanella. Ammazza il tempo leggendo un cartello scritto in un elegante Comic Sans che avvisa che le infezioni contratte in ospedale sono la terza causa di morte in Spagna e invita a usare il flacone di gel antisettico inchiodato alla parete. Jon preme lo stantuffo del dispenser che è, figuriamoci, vuoto.

Antonia esce dopo qualche minuto. Ha infilato le scarpe e si è messa in spalla la sua borsa a tracolla.

«Andiamo al bar».

Jon la segue al piano di sotto, in silenzio. Un poliziotto ha i suoi trucchi. Uno dei più utili è lasciare che parlino gli altri quando la tua media di sonno nelle ultime tre notti è di tre ore e un quarto.

Antonia si siede al bancone. Il cameriere la saluta con un sorriso insipido che riserva agli habitué e le serve, senza chiederglielo, una Coca-Cola Light in lattina e un bicchiere con un solo cubetto di ghiaccio.

«E per lei?», chiede a Jon.

«Lo stesso, ma in un bicchiere pulito, per favore».

Il cameriere gli rivolge uno sguardo assassino e sceglie con estrema cura il bicchiere più lurido uscito dalla lavastoviglie.

«Facci due toast con l'uovo, Fidel».

«Mangi sempre qui?», le chiede Jon.

«La cena, sempre. Il pranzo di solito a casa».

L'ispettore ricorda i tupperware incrostati dell'ingresso con una smorfia disgustata. Quando arriva il toast, Jon prende atto che all'ospedale sono affezionati alla tradizione. Non puliranno la piastra dall'apertura.

«Delle verdure ti farebbero bene».

Per tutta risposta, Antonia fa una sarcastica passeggiata con lo sguardo lungo i centodiciannove chili di poliziotto che stanno facendo scricchiolare lo sgabello. Ci mette un po'.

«Io non sono grasso, sono robusto. Anche se ti confesserò una cosa», dice, abbassando la voce, come se stesse per metterla a parte di un grande segreto. «Mi piace mangiare».

«Per me è totalmente indifferente. Ho l'anosmia».

Jon solleva un sopracciglio, chiedendo sviluppi.

«Significa che non sento nessun odore».

«Nessuno nessuno? Come quando sei raffreddato?».

«Ce l'ho dalla nascita. Riesco a percepire soltanto i sapori molto forti, come il dolce e il salato. Il resto mi sa quasi tutto di cartone».

«E se tagli le cipolle? Non piangi?».

«Piango come tutti. Non c'entra niente con l'odore, ti si infilano le molecole di zolfo della cipolla che reagiscono con l'umidità degli occhi producendo acido solforico».

«Che inculata», dice l'ispettore. Ed è serio. Senza rendersene conto, perché è un pezzo di pane, e perché quando gli si intenerisce il cuore non pensa molto, mette la sua enorme manona sull'avambraccio di Antonia e le dà una stretta.

Jon non è un grande fan dei video di gatti, ma ce n'è un filone che lo fa tanto ridere: quelli in cui quei fetenti dei padroni mettono un cetriolo dietro all'animale, di modo che, quando il felino si gira, fa un salto di mezzo metro, con tutto il corpo in tensione. Il suo istinto l'ha confuso con un serpente.

La reazione è abbastanza simile a quella che ha Antonia quando Jon le mette la mano sul braccio. Lo sgabello cade a terra, con un gran fracasso. La mezza dozzina di persone che ci sono nel bar si girano per godersi lo spettacolo.

«Mi dispiace», cerca di scusarsi Jon. Si abbassa a raccogliere lo sgabello nello stesso momento in cui lo fa anche Antonia, e si danno una capocciata.

Idiota, idiota, idiota. E sì che te l'avevano detto di non toccarla mai.

«Non toccarmi mai», dice Antonia, tenendosi la fronte, lì dove ha sbattuto. «Mamma mia, sei tostissimo, mi pare di essermi scontrata con una parete».

«Ognuno usa la testa per qualcosa. La mia serve a sfondare porte».

«Lo puoi ben dire».

Fidel appare con dei cubetti di ghiaccio avvolti in un tovagliolo. Soltanto per lei, chiaramente. Anche a Jon fa male, ma si vergogna a chiederne altri e lascia correre.

L'incidente non sembra averle fatto passare la fame. Sorreggendo il ghiaccio con una mano, finisce il toast con l'altra. E le patatine confezionate che le hanno messo come contorno. E ordina un'altra Coca-Cola.

Tattiche di dilazione. Sta aspettando che parli io, pensa Jon. *Ma al gioco di chi è più testardo è difficile vincere contro uno di Bilbao.*

Quindi rimane zitto, finendo il suo unto e bisunto toast con mozzichi piccoli ed educati.

«Ok, che cos'è che vuoi?», dice Antonia, quando si stanca di aspettare che cominci l'altro.

«Be', ragazza, sinceramente, tornare a casa da mia madre, che sta diventando insopportabile a forza di mandarmi WhatsApp per capire quando rientro, perché ha bisogno di me per spostare la cassettiera. Ogni volta che vedo *Sta scrivendo...* so che nel giro di una mezz'ora sarò nei guai».

«È malata?».

«Soltanto di attaccamento. Vuole che la porti al Bingo Arizona. Da sola si vergogna a chiamare i numeri».

«Considerando che io non intendo continuare, smetterà presto di sentire la tua mancanza».

Jon annuisce, con un sorriso esausto.

«Il tuo amico cospiratore mi ha già liberato», dice, ed è vero. Mentor gli ha detto che non è costretto a rimanere. Certo, gli ha raccontato pure un'altra cosa. Una cosa che cambia tutto.

Antonia lo guarda, diffidente.

«E allora che sei venuto a fare? A salutarmi?».

«No. Sono venuto a sapere che cos'è che vuoi tu».

«Te l'ho già detto. Restare qui con mio marito. E prima che tu dica qualsiasi cosa», lo avverte, vedendo arrivare la domanda negli occhi di Jon, «ti avviso che non è un argomento di cui mi piace parlare».

«Lo capisco. E Álvaro Trueba?».

Lei ci pensa per quella che sembra una settimana e mezza, più o meno. Poi si avvicina il bicchiere alla bocca per mettere a tacere la propria coscienza. Tuttavia è una Coca-Cola Light, quindi non viene bene come nei film.

«Non è un problema mio. Il ragazzo è morto, e nulla cambierà questa cosa».

«E chi l'ha fatto se ne va in giro a piede libero».

«Può essere che non sapremo mai più nulla di lui».

Jon tira su forte con il naso e guarda da un'altra parte.

«Già, be', visto che ne parli…».

Infila la mano nella tasca della giacca e tira fuori la foto. La mette sul bancone. Bionda tinta, occhi marroni e grandi, zigomi marcati. Più vicina ai trenta che ai quaranta. Un aspetto comune, un'universitaria qualsiasi che sta cominciando la sua vita lavorativa e che ha iniziato a prosperare. Non guarda in macchina, e nel suo sorriso c'è una timidezza laconica. Anche un certo calore umano, ancora più laconico.

Antonia crede di averla vista da qualche parte. All'improvviso ricorda. Una rivista di carta patinata che ha trovato buttata in giro in uno dei suoi vagabondaggi per l'ospedale. Una donna, in sella al cavallo, con pantaloni chiari e faccia concentrata.

«È chi io penso che sia?».

«Carla Ortiz», conferma Jon a bassa voce, dopo essersi accertato che il cameriere si trovi all'altro estremo dal bancone, imbambolato dal calcio che stanno trasmettendo in televisione. «L'erede dell'uomo più ricco del mondo».

Antonia sbatte gli occhi diverse volte, mentre incamera l'informazione. Poi si lascia sfuggire un sospiro stanco, con cui vuole allontanare da sé l'inevitabile, senza riuscirci.

«L'hanno... L'hanno trovata?».

«No. Sappiamo che è scomparsa, insieme al suo autista e alla sua cavalla del cuore. Ieri pomeriggio è partita da La Coruña in macchina, destinazione Madrid, ma non è mai arrivata».

«Potrebbe aver avuto un incidente».

«Il padre ha ricevuto una telefonata dal sequestratore stamattina presto».

Dietro gli occhi di Antonia si muovono macchinari di grandi dimensioni. Jon l'ha già visto prima. La lascia fare.

«Potrebbe essere il nostro uomo».

Non lo stesso uomo, pensa Jon. *Ha detto il nostro uomo. Quello che ci è toccato con tutta la scalogna che abbiamo. Me ne starei così bene sulla via di ritorno verso Bilbao, 'fanculo a tutto quello che si muove.*

Non ha più bisogno di fare la domanda, ma la fa ugualmente.

E Antonia Scott risponde l'unica cosa che può rispondere.

SECONDA PARTE
Carla

Bugie che vincono processi
talmente sommari che avviliscono
il vetro dell'acquario
dei pesci della città.

JOAQUÍN SABINA / PANCHO VARONA

1
Un inconveniente

«Dobbiamo studiare come affrontare la situazione», dice Mentor.

Li ha convocati nella plaza de la Villa de París, nei giardini che si trovano accanto alla Corte Suprema. Dei giardini hanno soltanto il nome, perché, a parte quattro siepi malmesse, l'unica cosa che cresce lì sono le pietre. Mentor si è seduto ad aspettarli su una panchina vicino a un lampione. È già notte fonda, e gli unici altri visitatori del parco sono un uomo e il suo cane, che fiuta il suolo.

«Che c'è da studiare?», si lamenta Jon. «Saliamo, parliamo con lui, e ci mettiamo a lavorare».

«Temo che ci siano degli inconvenienti».

«È venuto qualcun altro», dice Antonia. Non è una domanda.

Mentor fa un gesto esasperato.

«Il signor Ortiz ha fatto una telefonata a una persona adeguata, e quella persona adeguata ha chiamato noi. Ma il suo avvocato si è innervosito e ha fatto innervosire lui ancora di più. Per cui lassù ci sono quelli della USE, e ora quello nervoso sono io».

L'Unità Sequestri ed Estorsioni della Polizia di Stato, pensa Jon, con una punta di invidia. *Un corpo d'élite. Tipi tosti, professionisti.*

«E allora? Lo lasciamo a loro e ce ne andiamo a casa?».

«Lavoreremo come abbiamo sempre fatto prima che lei arrivasse nelle nostre vite, ispettore Gutiérrez. Voi rimanete in disparte, senza dare fastidio. E senza aprire troppo la bocca».

«A che si riferisce?», chiede Jon, scocciato.

«Si riferisce al fatto che noi non sappiamo nulla dell'altro caso», chiarisce Antonia.

Il caso del ragazzo assassinato alla Finca, semplicemente, non esiste. Per essere un'unità creata per evitare le concorrenze e l'eccessivo riserbo tra diversi dipartimenti di polizia, non ci batte nessuno a replicare i vecchi vizi.

«Non c'è un altro caso. Questo è l'unico caso», reitera Mentor, enfatizzando una lunghissima "u". «Avete capito?».

Antonia annuisce e Jon la imita malvolentieri. Se viene confermato ciò che sospettano e c'è la stessa persona dietro alla sparizione di Carla Ortiz e all'omicidio del ragazzo, dovranno giocare secondo le regole.

«Lei non viene?», chiede a Mentor.

«Devo fare delle telefonate. Buon divertimento e non fate rumore. Ah, a proposito, Scott…».

Antonia lo guarda.

«…sono contento che tu sia tornata».

Antonia si volta senza rispondere. Mentre si allontana, Mentor dà a Jon una minuscola scatoletta metallica.

«Che cos'è?», dice Jon, scuotendola. «Suona come una maraca».

«Le conservi. Sono per lei».

«Pastiglie? Quando dovrei dargliele?».

Mentor gli fa l'occhiolino.

«Quando lei gliele chiederà».

L'appartamento è a un paio di minuti a piedi, in calle General Castaños. Un attico di mille metri quadrati, ristrutturato dalle eccellenze dello studio di architettura di Enrique Barrera. Con un salotto bellissimo e accogliente. E tutto questo Jon lo appura senza bisogno di salire, con un paio di clic sul browser del suo cellulare, mentre aspettano di sotto accanto al citofono il permesso di accedere. Tutte le foto sono in una famosa rivista di gossip. Il resto, sull'Instagram di Carla Ortiz.

La vita di questa gente è una vetrina permanente, pensa Jon. *E una via di accesso. A ogni foto che postano, aprono una porta agli svitati. Ma non se ne rendono conto?*

L'ultima foto postata da Carla Ortiz la mostra accanto a

suo figlio sul terrazzo di quell'appartamento, dietro il quale si vede perfettamente l'edificio della Corte Suprema. Uno qualsiasi dei suoi 228.000 follower con Google Maps e un minimo di cervello ci avrebbe messo meno di dieci minuti a individuare l'indirizzo preciso.

Almeno il bambino è di spalle. Almeno a questo ci ha pensato.

La porta dell'androne si apre. Jon e Antonia salgono in ascensore fino all'attico, dopo essere passati accanto a un bodyguard che li saluta con un secco cenno del capo. Un altro attende all'entrata dell'appartamento – l'unico del piano – con la porta aperta.

Un po' tardi per tutta questa sicurezza.

In questa casa non c'è un Rothko appeso alle pareti, ma l'impressione che ha Jon è che ci potrebbe essere. Il pavimento è di microcemento grigio e i mobili di legno sverniciato, stile industriale. Sulle pareti sono appese foto di paesaggi in bianco e nero, e alcune di Carla e suo figlio. Senza uomini. L'ingresso si apre su un salotto immenso e un televisore da 82 pollici. Dall'altro lato, un caminetto.

Da una parte all'altra cammina a grandi falcate un uomo basso, robusto – *tarchiato* è la prima parola che è venuta in mente a Jon – e calvo. Vestito con la sua sempiterna camicia bianca con le maniche rimboccate, ora talmente intrisa di sudore sulle ascelle che gli aloni umidi quasi si congiungono sul petto. Non li saluta quando entrano, li guarda a malapena, ormai indifferente alla sfilata di sconosciuti.

Sul divano, con i portatili e i registratori in funzione, ci sono i due agenti dell'USE che si identificano come capitano José Luis Parra e tenente Miguel Sanjuán. Il tal Parra – testa rasata, pizzetto, stretta di mano da maschio alfa pompato – sembra il capo.

«Voi siete gli osservatori di cui hanno parlato i miei superiori», dice. La voce è professionale, ma dallo sguardo traspare quanto poco gli piace avere compagnia.

«Non vi disturberemo», dice Jon, appoggiandosi alla parete. «Continuate, prego».

«Il signor Ortiz ha già fatto la sua dichiarazione ed è esausto», interviene un uomo con i capelli bianchi, in giacca e cravatta e dalla voce melliflua, che è in piedi e a braccia incrociate in mezzo al salotto. Assomiglia a Michael Caine, solo senza un briciolo di umanità. Jon non deve sforzarsi molto per dedurre che è l'avvocato.

«Signor Torres, so che è tardi e siete sfiniti dopo un giorno pieno di angoscia, ma mi creda, non abbiamo molto da cui cominciare. Se non ci aiuta a creare una lista di sospettati, potremo fare ben poco».

«Non importa», dice Ortiz.

«Ramón», lo avverte l'avvocato, abbassando la voce. «Lo sai cosa ha detto il medico».

Abbassa la voce, ma non al punto che non riusciamo a sentirla. Il mio cliente è un ottuagenario, non stringetelo troppo forte o si romperà.

«E io ho detto che non importa. Hai sentito questi signori. Le prime ore sono fondamentali».

«Abbiamo bisogno di una lista completa di persone che hanno accesso a sua figlia, signor Ortiz», dice Parra. «E, soprattutto, una lista di gente che vorrebbe farle del male».

«Che ne è del suo ex marito?», chiede Sanjuán. È un tipo con barba folta e occhiali, che morde con insistenza la punta della penna Bic e guarda il suo capo prima di aprire la bocca.

«Borja? Non è stato lui», dice Ortiz.

Il divorzio del tennista da strapazzo e la figlia del multimilionario dopo solo tre anni di matrimonio era rimbalzato sui rotocalchi rosa, sebbene Jon ricordasse di aver letto che era stato pacifico e di comune accordo.

«Come fa a esserne tanto sicuro?».

«Perché è un omiciattolo senza palle. Non ha avuto il fegato di lottare per mia figlia durante il matrimonio, figuriamoci per fare una cosa del genere».

«Mi risulta che abbia firmato un contratto prematrimoniale».

«Gli è andata di lusso. Cinquemila euro al mese, per tutta la vita, per levarsi dai piedi e tenere la bocca chiusa».

Alla faccia del comune accordo!

«Forse quella cifra gli pare poco. Alla fin fine sua figlia è…».

«L'unica cosa che deve fare è essere a disposizione ogni

due fine settimana per vedere mio nipote», interrompe Ortiz, un po' a disagio quando gli si rammenta che sua figlia erediterà ottantamila milioni di euro. «Al quale, fra l'altro, vuole molto bene. Inoltre ieri aveva un torneo a Ibiza. Non è stato lui».

Parra e Sanjuán si guardano di sottecchi. Jon si accorge che lo stanno stuzzicando. Sapevano perfettamente che non è stato l'ex marito, ma ora stanno mettendo in agitazione Ramón Ortiz per vedere che succede.

«Magari si è avvalso della collaborazione di qualcuno», sonda Parra.

«Oh, per l'amor di Dio», dice Ortiz, appoggiandosi alla sedia. Sembra mancargli il fiato per un istante.

«Signori...», dice l'avvocato Torres, avvicinandosi alla spalla del suo cliente.

Ortiz se lo leva di dosso, dolcemente ma con fermezza. Il suo volto è congestionato, ma non intende fermarsi.

«Non è lui! L'uomo che mi ha chiamato era un'altra persona, e di sicuro non sembrava poter essere un amico di Borja».

«Forse sarebbe opportuno che ci raccontasse l'intera conversazione», dice Antonia, parlando per la prima volta.

Tutti si voltano verso di lei.

«Ne abbiamo già parlato. Domani le passeremo un riassunto della dichiarazione del signor Ortiz», dice Parra, indicando il suo computer. «Ritornando alla lista dei sospettati...».

«Sarà opportuno che la sentano un paio di orecchie nuove», interviene nuovamente Antonia.

«Signora... come si chiama», protesta Parra, «abbiamo molta strada da fare, e ha visto che il signor Ortiz è sfinito».

«Comprendiamo che sia uno sforzo eccessivo per il signor Ortiz ripetere la conversazione», dice Jon, con il suo tono di voce più innocente e rispettoso.

Parra lo fulmina con lo sguardo, ma ormai è tardi.

«Nessuno sforzo. Sono solo stanco», dice, ovviamente, Ortiz. «Ho ricevuto la chiamata al cellulare alle 6,47 di stamattina».

«Al telefono?».

«Un audio su FaceTime. Carla lo usa molto, dice che è più sicuro. Io non sono esperto di queste cose».

«Che cos'ha detto il sequestratore?».

«Era un uomo dalla voce grave, mi ha detto di avere mia figlia Carla nelle sue mani. Gli ho detto di non farle del male, e mi ha detto che gliene aveva già fatto. E che gliene avrebbe fatto ancora e che io non avrei potuto impedirlo».

«Ha detto qualcos'altro?».

«Mi ha detto il suo nome. Mi ha detto di chiamarsi Ezequiel».

Carla

La prima cosa che arriva è il dolore.

Una fitta acuta, insopportabile, che riempie tutto. Che la fa urlare.

Urla per quello che le sembra un'eternità, con tutta la forza che ha nei polmoni. È un grido straziante, primitivo. Non c'è ancora paura – quella verrà dopo. Soltanto la necessità imperiosa che il dolore cessi il prima possibile.

Non cessa.

Si placa quando riesce a raddrizzarsi un po'. Era sdraiata sul naso rotto, con le braccia allungate, spossata. Quando si muove, le ossa nasali e frontali si sfiorano e lei lo percepisce all'interno della sua faccia, quasi sente, lo scricchiolio ruvido, innaturale.

Non vede niente. L'oscurità è solida.

La paura non è ancora arrivata. Il dolore pungente si è ritirato, ma ha lasciato il fratello minore, il martellio. Ora il suo volto è come la pelle di un tamburo che riceve una percussione costante, inclemente, e che irradia quel dolore verso gli occhi, l'attaccatura dei capelli, le orecchie, la mandibola, a ondate regolari.

Carla singhiozza ora, piano piano, mentre il suo cervello cerca di assimilare da dove proviene quel dolore e come gestirlo. Cerca di sedersi, ma l'affluenza repentina di sangue alla testa incrementa l'agonia.

Calmati. Calmati.

Torna a stendersi, stavolta a pancia in su, e così sembra che il tambureggiamento si addolcisca. Non molto, ma lascia spazio alle altre sensazioni.

Carla nota la bocca arsa e amara. Il sangue, ora secco, le ha incollato le labbra e la superficie dei denti.

Fa male quando le schiude.

Un dolore piccolo, gestibile, che le fa dimenticare per un dolce momento l'altro dolore. Come quando uno smette di guardare la tigre nella stanza perché un topolino è passato di corsa in mezzo e, non appena il roditore scompare in un buco nel battiscopa, la tigre pretende il suo nutrimento, con un sorriso affilato e un dove eravamo rimasti.

Non è il sangue, tuttavia, a rendere amara la bocca di Carla. Il sapore di ferro è lì, sulla punta di una lingua gonfia, cotonosa e secca. Il resto di lei, il palato, le guance, sono colonizzate da un sapore chimico e sgradevole, estraneo.

Ho qualcosa dentro.

Le braccia e le gambe sembrano non appartenerle, sono diventate province indipendenti e sonnolente a cui invia ordini che vengono eseguiti controvoglia. Il suo stomaco è un minuscolo e compresso bolo acido, in cui qualcosa lotta per uscire. A Carla sfugge un rutto, sonoro e secco come uno sparo, pieno degli stessi effluvi strani che popolano la sua bocca. Dopo l'aria, aperte le paratie, segue il contenuto dello stomaco, che non è granché. Carla vomita saliva e bile, senza riuscire a trattenersi, due, tre volte, finché gli spasmi non si fermano.

A quel punto la raggiunge il ricordo. La deviazione. L'uomo del coltello. L'inseguimento nel bosco. La stilettata nel collo, quando si è arresa.

No.

No.

La realtà della sua situazione si apre davanti a lei con una spaventosa chiarezza. La peggiore delle situazioni.

È a quel punto che arriva la paura.

2
Una prova

«Tutto qui?».

Ortiz non risponde subito. Cerca con lo sguardo l'aiuto del suo avvocato per una frazione di secondo, sebbene si contenga. Il gesto non passa inosservato a Jon, che sa riconoscere un bugiardo quando lo vede.

«Sì. Poi ha riattaccato».

«Non ha avanzato richieste, non ha detto che avrebbe richiamato?».

«No», dice Ortiz, perentorio.

Troppo perentorio.

«Richiamerà. Richiamano sempre», dice Sanjuán.

«Ha detto che non sembrava qualcuno che potesse conoscere l'ex marito di sua figlia», interviene Parra, deciso a riportare la conversazione sul suo terreno. «Cosa intendeva?».

«Era un uomo dalla voce dura. Sembrava… implacabile. Il contrario di Borja, diciamo».

Ecco qui un uomo affezionato all'ex della figlia. Ma d'altro canto, chi non lo è?

«Sua figlia non conosce nessuno di nome Ezequiel, vero?».

«No, che io sappia. E io nemmeno».

«Lavoreremo supponendo che sia uno pseudonimo, non un nome reale».

Si nota che sono un corpo d'élite, pensa Jon.

«Ha qualche altra domanda sulla telefonata, o possiamo riprendere da dove eravamo rimasti?», chiede Parra, girandosi verso Antonia.

Questa mormora delle scuse e qualcosa sul dover andare al bagno. Nessuno le dà retta.

«Andiamo avanti, allora. Sua figlia è scomparsa ieri tra le dieci di sera e stanotte. L'ultima traccia che abbiamo di lei è il momento in cui il suo autista…».

«Carmelo», dice Ortiz, riprendendo la sua passeggiata nervosa per il salotto. «È come della famiglia».

«In cui il suo autista, Carmelo Novoa Iglesias, si ferma a fare rifornimento in una stazione di servizio a Villanueva de los Caballeros, a Valladolid. C'è un addebito sulla carta di credito di Carmelo di settantotto euro. Benzina, due bottiglie d'acqua e un pacchetto di liquirizie. Abbiamo chiesto alla stazione di servizio le immagini di sicurezza, per verificare se in quel momento Carla fosse in macchina con lui».

«Cosa intende?».

«Da quanto conosce Carmelo Novoa, signor Ortiz?», dice Parra, sporgendosi in avanti.

«Ora capisco», risponde l'imprenditore. «Visto che non potete mettere le mani sul mio ex genero, ora ci provate con Carmelo. Quante volte ve lo devo dire che il sequestratore è uno sconosciuto?».

«Signor Ortiz… capirà bene che dobbiamo cercare all'interno della famiglia. Quando c'è un caso di sparizione, il settantotto per cento delle volte il responsabile appartiene all'ambito familiare. Per questo cominciamo sempre dai più intimi per poi ampliare il cerchio».

«Non è un caso di sparizione. È un caso di sequestro».

«Un sequestro senza richieste. A quanto ne sappiamo», aggiunge Parra.

A questo gli puzza qualcosa, pensa Jon. *Forse il fustacchione ha un po' di cervello in quella testa pelata, dopotutto.*

«Supponiamo che le facciano più avanti», interviene l'avvocato, di fronte al silenzio di Ramón Ortiz. «L'avete detto voi stessi».

«Sì. Sì, è vero che l'abbiamo detto, sì. Quindi lei direbbe che l'autista, il signor Carmelo Novoa, è una persona di fiducia?».

Gli puzza qualcosa, e ci sta girando intorno, per vedere se il tizio commette un errore. Perché sa che non gli sta raccontando tutto. Il vecchio trucco.

«Di totale fiducia».

«Abbiamo mandato un collega a La Coruña a fare qualche indagine sul signor Novoa», dice Parra, mostrando una schermata di WhatsApp aperta sul suo cellulare. «Mi dice che è un assiduo cliente del Casinò Atlántico».

Ortiz non risponde.

«Ne sapeva qualcosa?».

«Signori, il mio cliente non è tenuto a essere a conoscenza di...».

«Sì, lo sapevo», interrompe l'imprenditore. «È sotto controllo».

«A quanto pare ci va diverse sere a settimana. Blackjack, soprattutto».

«So anche questo».

«E ha debiti per più di centomila euro».

L'avvocato Torres a quelle parole alza la testa sorpreso, e guarda Ortiz con preoccupazione.

Ortiz si ferma, si appoggia al caminetto, addenta la pellicina del pollice.

«Non sono a mio agio a parlare di questo».

«Lo capisco, signor Ortiz. Ma è importante», insiste Parra.

Dopo un'eternità a farsi la manicure a morsi, Ortiz finalmente risponde.

«Carmelo ha avuto un crollo quando è morta la moglie. Trentuno anni di matrimonio. Si è buttato sulle carte».

«Ed è ricorso a lei?».

«È venuto da me qualche mese fa. Gliel'ho detto, è della famiglia. Sono il padrino del suo primo nipote, per l'amor di Dio».

«Le ha dato del denaro?».

«No, ovviamente», dice l'imprenditore. «Non sarebbe stata una buona idea».

«Per lei quella cifra non è niente di che, vero?».

«Il patrimonio del mio cliente è irrilevante in questo caso, capitano Parra», interviene l'avvocato.

«A parte il fatto che non lo è, no?».

Ortiz afferra una delle decorazioni che ci sono sopra il caminetto – una palla di ceramica dai delicati toni cioccolato e arancione, uscita dal reparto Casa di uno dei suoi negozi – e la scaglia a terra. Lo scricchiolio della ceramica che si disintegra spezza in due lo scomodo silenzio che si era creato dopo l'affermazione di Parra, e lo trasforma in un silenzio glaciale e fisico.

«Sono ricco», dice Ortiz, con il volto scomposto. «Ho denaro, tantissimo. Avrei potuto far svanire i problemi di Carmelo con un semplice gesto, sì. Invece gli ho offerto il mio sostegno. Gli ho cercato aiuto. Gli ho detto che avrebbe continuato a lavorare per noi per il resto della sua vita. Una cosa che fai con uno della famiglia. Carmelo è della famiglia».

«Il rifiuto di dargli dei soldi, una quantità che per lei è insignificante, sarà stato umiliante per lui. E questo potrebbe aver scatenato il risentimento. In un viaggio di sei ore in autostrada ci sono molte opportunità. Doveva soltanto appartarsi in un'area di servizio con una scusa qualsiasi, immobilizzare sua figlia e poi chiedere a un complice di chiamarla al telefono».

Il rigetto nei confronti di ciò che dice il poliziotto comincia a cedere. Ortiz non è un uomo fatto per riconoscere i propri errori. Non lo era quando era un ventenne povero, e adesso ancora meno.

«Vale a dire che è colpa mia», dice l'imprenditore, con un ultimo impeto di indignazione. «Mi sta accusando di essere la causa della disgrazia della mia bambina».

«Io non ho detto questo, signor Ortiz. Vogliamo soltanto che apra gli occhi all'evidenza».

E Ortiz apre gli occhi, e con l'evidenza gli si incassano le spalle, e l'aria gli scappa dai polmoni. Sembra sul punto di scoppiare a piangere, e non smette di massaggiarsi il braccio sinistro con quello destro.

«Non mi sento molto bene», mormora.

L'avvocato gli si avvicina e gli mette le mani sulle spalle.

«Resisti», gli dice all'orecchio. «Il medico sta aspettando».

E agli altri:

«Signori, questa riunione si è conclusa».

Parra e Sanjuán si alzano in piedi malvolentieri. Non sembrano molto contenti dello sviluppo degli eventi.

«Avremo bisogno di accedere al computer di Carla, le password…».

«Non dispongo di queste informazioni, ma aiuteremo per

quanto potremo», dice Torres, frapponendosi fra loro e Ortiz. «Me ne occuperò personalmente».

Antonia cerca di aggirare l'ostacolo rappresentato dall'avvocato e si avvicina all'imprenditore.

«Ancora una cosa, signore. Dov'è suo nipote?».

Ortiz la guarda, come se cercasse di capire chi è questa donna e che cosa ci fa a casa di sua figlia. Quando parla, la sua voce sembra venire da un milione di chilometri di distanza.

«Mio nipote è stato trasferito in un luogo sicuro. Fuori dalla Spagna. Non voglio che sia qui se questa cosa finisce sui giornali».

«Di certo non verrà fuori da noi, signor Ortiz», dice Parra.

E figurati da noi, aggiunge Jon, tra sé e sé.

Carla

Un colpo – metallico, assordante – interrompe le urla.

Ha perso la testa per un po', non sa quanto. È vagamente cosciente di aver cercato alla cieca un'uscita, ma non ce ne sono. Sopraffatta dall'ansia, ha chiesto aiuto fino a rimanere rauca, fino a che non è riuscita a esalare un rantolo sfibrato dai polmoni. A quel punto era tuonato il colpo, rimbombando attorno a Carla con un'eco sorda e imprecisa.

«Non mi piace che urli», dice qualcuno, quando l'eco ammutolisce.

È una voce grave. Una voce di uomo.

«Signore. Senta, signore. Ho bisogno di aiuto», risponde Carla, con un filo di voce.

Silenzio.

«Signore… mi sente?», insiste Carla, sforzando la gola al massimo. Suona come un soffietto a fine corsa.

«Ti ho sentito. Non mi piace che urli».

«Signore, ho bisogno di uscire di qui. Deve farmi uscire, per favore. Ho paura del buio».

«Dimmi la password della tua mail».

A Carla gira la testa. Fa molto, molto caldo. Non riesce a respirare bene, c'è pochissimo ossigeno. Ha bisogno di uscire di lì in un modo o nell'altro.

«Mi faccia uscire! Voglio uscire!».

Si butta in avanti, gattonando, alla ricerca di un'uscita nella nerezza, con le mani allungate. Le sue dita trovano qualcosa di solido, metallico. Appoggiandovisi, cede un po' e poi ritorna in posizione.

Una porta. È una porta.

In ginocchio, appoggiata alla lastra metallica, Carla comincia a colpire con insistenza. I palmi delle sue mani a malapena strappano timidi sussurri al metallo.

«Apra! Apra, per favoreeeee…!».

L'ultima sillaba della supplica si fende in un singhiozzo sempre più debole. Carla si lascia cadere, di spalle, contro la porta di metallo, senza smettere di piangere.

A quel punto arriva il secondo colpo. Essendo appoggiata alla lastra – con le spalle, con le mani, con la testa – le rimbomba lungo tutto il corpo. Le fischiano le orecchie, le si comprime il diaframma, si moltiplica il dolore al naso, si morde la lingua per il soprassalto.

«Non mi piace che urli né mi piace che piangi».

Carla vuole urlare di nuovo, tutto il suo corpo le chiede di gridare di nuovo, di chiedere, di *pretendere* da quell'uomo di lasciarla libera, *immediatamente*. Ma la spossatezza, il dolore e qualcos'altro le dicono di aspettare.

E questo fa, in silenzio, stringendo i pugni per non gridare.

«Ti sei tranquillizzata?».

«Sì», sussurra Carla.

«Dimmi la password».

Carla apre la bocca per rispondere, e di nuovo c'è qualcosa che la trattiene. È una voce che ha già sentito. Nel bosco.

Non dire niente.

Mi ucciderà.

Non dire niente. Se gli dai la password,
avrà accesso a TUTTO.

Se mi fa del male, ce l'avrà comunque.

Allora negozia. Lui vuole qualcosa,
tu gli chiedi qualcosa.

«La password», ripete l'uomo.

«No».

«Dammi la password o entro e ti ammazzo».

La minaccia blocca nuovamente Carla. Il respiro le accelera.

È un bluff.

«Lei non mi ammazzerà. Se mi ammazza, non avrà la password».

Silenzio.

«Posso entrare e farti male finché non me la dici».

Non posso. Non posso. Devo dirgliela.

Non arrenderti così facilmente.
Ti sei sempre arresa troppo facilmente.

Carla stringe i pugni, dondola la testa avanti e indietro, cercando di pensare al di sopra del dolore.

Va bene. Va bene.

«Come si chiama? Io mi chiamo Carla. Il mio nome è Carla», ripete, perché ha sentito da qualche parte, o letto, forse, o visto in un film, che bisogna riuscire a far sì che

Dillo. Il sequestratore. Lo stupratore. L'assassino.
Scegline una.

l'uomo che può farti del male, ti veda come una persona. Che ti umanizzi. Che sappia che non sei soltanto un corpo, che non sei un oggetto.

«Lo so già come ti chiami».

«E lei, come si chiama?».

Silenzio.

«Puoi chiamarmi Ezequiel».

«Ezequiel… Io mi chiamo Carla. Mi lasci uscire e le darò dei soldi. Posso farle un bonifico immediatamente. Poi mi fa uscire. Le giuro che non dirò nulla di quanto è successo».

«Non voglio soldi. Voglio la password».

«Va bene. Mi dia un po' d'acqua, allora».

Silenzio.

«Mi darai la password se ti do un po' d'acqua». Non è una domanda.

Un silenzio più lungo, alla fine del quale Carla sente un cigolio metallico nella porta.

«Eccola».

«Dov'è? Non riesco a vedere niente!».

Si sente un *clic*. Un rettangolo di luce si staglia nel buio, per terra, alla fine della porta.

In mezzo c'è una bottiglia di acqua da mezzo litro.

Il luccichio che emana è irreale, un promemoria del fatto che attorno a lei non c'è altro che nerezza. Carla si avventa su di essa. La plastica scricchiola sotto le sue mani ansiose quando toglie il tappo e se la porta alla bocca. Ne beve la metà con due lunghi sorsi. Cadono nel suo stomaco, vuoto e debole, come due pugni. Ritornano gli spasmi, e Carla vomita quasi tutto il liquido a terra senza riuscire a trattenersi.

«Hai la tua acqua. Adesso, la password».

Carla si avvicina al rettangolo di luce. Non deve essere più alto di un palmo e più largo di due. Cerca di sporgere la testa, in ginocchio. Riesce a vedere, dall'altra parte, degli stivali, illuminati da una torcia. Il fascio di luce le ferisce gli occhi. Alza una mano e cerca di vedere qualcosa attraverso le dita.

«Aspetti un momento. Parliamo, possiamo... posso...».

Il rettangolo di luce sparisce, con un picchiettio metallico. Carla sente uno schiocco dall'altra parte. Un chiavistello, forse.

No. No.

«Mi faccia uscire!», dice, colpendo di nuovo sulla porta.

«Hai chiesto acqua in cambio della password. Dimmela».

Carla, confusa, piange, disperata.

Non dirgliela. Se gliela dici, non ti resterà più nulla con cui negoziare.

«La prego...».

Questa volta sono tre colpi, in rapida successione, furiosi, che rintronano il mondo di Carla. I suoi timpani rintoccano, riverberano, la porta si agita. Carla si appallottola a terra, stringendo a sé le ginocchia, tappandosi le orecchie con le mani.

Tra le lacrime, comincia a recitare la password.

3
Un massaggio

Antonia e Jon cercano di andarsene discretamente nell'ascensore, ma quando arrivano all'androne dell'edificio trovano uno degli uomini dell'Unità Sequestri a bloccare la porta.

«Non intende farci passare, vero?».

Il poliziotto nega con la testa, indica dietro di loro, incrocia le braccia. Quando si voltano, vedono Parra con il volto infiammato. Ha sceso le scale a due a due.

«Si può sapere da dove uscite voi?», dice, mettendosi di fronte a Jon.

«Diamoci una calmata, capitano, qui siamo tutti amici», dice Jon, tirando fuori dalla tasca della giacca il distintivo e piazzandoglielo all'altezza degli occhi.

Parra non si prende neanche la briga di guardarlo.

«Lo so già chi sei, ispettore Gutiérrez. Quello che non so è che ci fa un poliziotto di terza categoria a ficcare il naso in un caso di primo livello. Il mio caso, peraltro. E questa chi è?».

Antonia si rannicchia un po' di fronte all'aggressività del capitano. Non può muoversi, l'altro poliziotto ha fatto un passo in avanti e la intimidisce da dietro.

«A questa non le devi neanche rivolgere la parola. E tu, fatti indietro», ammonisce Jon, «che non sia mai che ti becchi un cazzotto».

L'altro retrocede di un millimetro o due.

«Ti ho chiesto chi è».

«Che te ne frega. Ti hanno avvisato del nostro arrivo, no?», dice Jon, riponendo il tesserino.

«Me l'hanno detto ai piani alti, sì. Che venivano due osservatori».

«Be', questo facciamo, osservare. Non ti piace che ti guardino?».

Jon imprime alle ultime parole il giusto pizzico di effeminatezza e veleno perché il molto eterosessuale capitano José Luis Parra, padre di famiglia e orgoglioso portatore di una polo con lo scudo della Spagna ricamato sulla manica, si alteri.

«Ascoltami, brutta checca...».

Jon tende tutto il corpo, pronto a ricevere il pugno che vede negli occhi di Parra, ma questo non arriva. Ad arrivare invece è la voce di Antonia.

«Capitano Parra, sono Antonia Scott. Lavoro in analisi di reati ad alto profilo con l'Interpol».

Jon resta di sasso. Antonia si è unta la voce di sciroppo e il sorriso di porporina. L'immagine vivente della concordia. Porge perfino la mano a Parra. Lei, quella che scansa il contatto fisico come un libero professionista un controllo fiscale, con la mano tesa.

Per fortuna per Antonia, Parra non sembra disposto a stringere mani. Guarda verso il basso – la stacca di quasi trenta centimetri – con incredulità.

«Ma figurati se sei dell'Interpol!».

Antonia mette le mani nella sua borsa e da una delle tasche tira fuori un tesserino. Questa volta il capitano Parra lo accetta, e lo esamina con stupore.

«Mmh», dice, dandosi dei colpetti sul palmo della mano con il documento di Antonia. «E che cacchio c'entra qui l'Interpol, dolcezza?».

«Faccio parte di un grande progetto che stiamo realizzando a livello mondiale. Criminali che sfuggono alle caratteristiche normali, e nuovi modi per affrontarli. Ho chiesto da tempo di poter lavorare con lei e con gli specialisti dell'USE. Quando abbiamo saputo che stavate lavorando a un caso di sparizione così importante, ho preso il primo aereo per Madrid».

Se c'è qualcosa che un maschio alfa come questo adora è che gli diano una massaggiatina all'ego, pensa Jon.

«Studiare i vostri metodi ci darà informazioni preziosissime per i corpi di polizia di tutto il mondo», continua Antonia. «Non è cosa da tutti i giorni poter lavorare con un'unità che ha un ottantasette di efficacia negli ultimi sei anni».

Alla faccia della palpatina, ragazza.

Parra si mordicchia il labbro inferiore con cautela. Sta cercando di crederci.

«Ottantotto virgola tre di efficacia, in realtà. E questo qui?», dice indicando Jon.

«L'ispettore Gutiérrez mi è stato assegnato come intermediario. Attualmente si trova in una fase di ricollocazione professionale».

«Sospeso dal servizio e dallo stipendio, più che altro. Come sta la puttanella, Gutiérrez? Ha esaltato il tuo profilo migliore».

Jon ha sulla punta della lingua diverse repliche che includono la madre, la moglie e la sorella – se ce l'ha – del capitano Parra. Ma è il momento di ingoiare il rospo.

«Ho fatto una stronzata. Ed eccomi qui, a fare da balia».

«So che la nostra presenza ha qualcosa di insolito, capitano, ma mi creda, vogliamo solo vedere come fate. E magari apportare un granello di sabbia».

Parra annuisce, molto serio, cercando di rinculare senza far notare quant'è compiaciuto.

«Che sia un granello piccolo. Se disturbate anche un minimo, ve ne andate affanculo, Interpol o meno. E scordatevi di parlare con i testimoni senza che io lo sappia o che ci sia uno dei miei uomini presente, chiaro?».

«Ci mancherebbe», dice Antonia.

Parra si volta verso Jon, che gli rivolge uno sguardo da agnellino.

«Sottoscrivo».

«E allora forza, a dormire», dice il capitano, come chi manda a letto due bambini della materna. «Passate domattina al commissariato e qualcuno vi aggiornerà».

Ezequiel

Sono, essenzialmente, una brava persona, scrive l'uomo sul suo quaderno. Lo porta sempre con sé. Nulla di speciale. È un taccuino come quello di un qualsiasi scolaro, tre euro e novantacinque in un supermercato qualsiasi.

Ho commesso errori, come tutti quanti. Non sono perfetto. Mi lascio trasportare dai miei impulsi, a volte. Commetto atti impuri, di pensiero, quasi sempre, a volte di opere. Quando non posso evitarlo, quando non c'è altra opzione, perché la carne è debole, per quanto cerchiamo di contenerla. Quando succede mi sento sporco e mi vergogno subito, e a volte perdo le staffe. Sento una pesantezza opprimente sulle mani e sul volto, e non riesco a dormire bene. Sono irritabile.

L'uomo strappa la pagina, la poggia sul posacenere e le dà fuoco in un angolo. La carta comincia a bruciare, piano all'inizio, più velocemente non appena la fiamma raggiunge il bordo superiore. La lingua vorace gli cerca le dita, ogni volta. Non ci riesce mai.

Le fiamme agognano sempre la carne, scrive l'uomo su un nuovo foglio. *Ma ci sono mezzi per evitarle. La confessione, che pulisce la nostra anima e ci prepara per il cielo, dove Gesù ci attende a braccia aperte. Ma la confessione, i sacramenti, non sono tutto. È imprescindibile avere la ferma volontà di pentirsi e fare la volontà di Dio sulla Terra. Ed essere brave persone. Io sono una brava persona.*

Smette di scrivere, perché non riesce a concentrarsi. La sua calligrafia, sempre accurata, precisa e chiara, gli esce oggi sconnessa, esile come zampe di ragno. Non riesce a raggiungere il piacere, semplice e onesto, che scaturisce spontaneamente dalla possibilità di trascrivere i suoi pensieri con una buona e sincera calligrafia. Né, va da sé, la pace dello spirito. Quando era un bambino, Padre gli insegnò a farlo. Era un uomo rude, era un uomo brusco, ma era anche un uomo saggio. Conosceva il modo per ripulire l'anima dagli atti che la insozzavano quando non c'era un sacerdote nei paraggi. Bastava scriverli sul foglio e mandarli a Dio, come Abele offriva il proprio sacrificio. E il loro fumo ascende dritto verso il cielo.

Padre scriveva e bruciava un foglio ogni notte. A volte perfino nudo, con le nocche ancora infiammate, ricorda. *E la serenità che rimaneva sul suo volto, quando il peccato sfumava.*

Vuole scrivere di questo ricordo, ma gli è impossibile.

Carla Ortiz sta gridando di nuovo.

Ecco un chiaro esempio di egoismo e ingratitudine. Le ha dato l'acqua che gli ha chiesto, nonostante non fosse tenuto a farlo. Avrebbe potuto estorcerle la password del computer a bastonate. Lui di bastonate ne sa.

L'uomo aborre la violenza, perché non è da brave persone. Lo inorridisce utilizzarla, e quando lo fa – quando non ha altra scelta – deve subito correre a scrivere una pagina di confessione. Ha voluto evitarlo cercando una soluzione pacifica, e questo è il risultato. Non c'è buona azione che rimanga senza castigo.

Si alza e colpisce la porta utilizzando una chiave giratubi. Due volte. La sua prigioniera si zittisce immediatamente.

Ritorna al suo tavolo. È soddisfatto.

Non ha commesso errori stavolta. L'uomo non è un criminale, non lo è mai stato. Ha sempre avuto un lavoro dignitoso. Non farebbe quello che fa se non l'avessero obbligato. Se gli avessero lasciato un'altra opzione.

Per questo è soddisfatto di non aver commesso errori.

La parte più difficile in un sequestro è sempre la comunicazione con i familiari. I cellulari, le mail, tutto è passibile di essere rintracciato. Ma lui ha seguito i passi che gli avevano spiegato prima di chiamare il padre. Utilizzare un server VPN anonimo che mascherasse il suo indirizzo prima di connettersi a Internet, scollegare il computer immediatamente. Il resto dell'operazione è stato un gioco da ragazzi. Ammazzare la cavalla, perché i suoi nitriti non attirassero l'attenzione, è stata l'unica cosa che gli è pesata. Non gli piace fare del male a un animale innocente. Per questo ha distolto lo sguardo quando le ha sezionato il midollo spinale. Poi nascondere la macchina tra gli alberi, sganciare il rimorchio.

È a quel punto che si rende conto dell'errore che ha commesso. Uno molto grave.

Che dovrà risolvere al più presto, subito.

4
Un argomento

Antonia precede Jon di sei grandi falcate, verso la macchina che aveva lasciato in doppia fila in calle Génova, quasi all'altezza di plaza Colón. Jon concede alla compagna dei metri di vantaggio. Tanto la chiave ce l'ha lui. Sa riconoscere una donna arrabbiata da dettagli minimi, ad esempio dal fatto che calpesta il terreno come se fossero crani nemici.

Salgono in macchina, si mettono la cintura. Jon stringe il volante, le mani sulle dieci e dieci, e si sofferma a guardare il traffico che scende dalla Castellana verso il paseo de Recoletos. Sono quasi le tre del mattino, per cui non è molto.

Un altro dato importante che Jon conosce delle donne è che quando sono molto zitte e molto incazzate hanno bisogno che tu chieda perché sono così zitte e così incazzate.

«Che ti prende?».

Jon si aspetta un "niente", il bestseller delle risposte delle donne a quella domanda, e invece ottiene una risposta sincera.

«Quella rissa da macho era esagerata».

Bel modo di ringraziarmi.

«Il macho è lui, bella. Io succhio cazzi».

«Il macho l'avete fatto tutti e due. Voi uomini siete tutti uguali, a prescindere da quel che succhiate».

Jon rimane in silenzio, impreca internamente, fa un esame di coscienza, si gratta la testa. Continua a non vedere che cosa ha sbagliato.

«Dovevo difenderti, o non te ne rendi conto? Volevano intimidirci. E la mia collega non la intimidisce manco Gesù Cristo».

«Se vuole, Parra può renderci le cose molto difficili».

«Lo so. E se gli permettiamo di intimorirci, ci faranno fare i fattorini o ci lasceranno fuori. Può pure venire il ministro degli Interni a dirglielo, ma tu uno di quei superpoliziotti non lo puoi scavalcare».

«La soluzione era un po' di diplomazia, lo hai visto».

«La soluzione... E tu pensi che se la sia bevuta? Sì, è vero che si è gonfiato come un tacchino con la tua scenetta, ma non appena si sgonfierà, tornerà a comportarsi come una testa di cazzo. Non gli piace che siamo qui».

«Sono abituata a lavorare in questo modo».

«Be', io no. È la mia prima volta. E tantomeno dovendo occultare informazioni che sono fondamentali per il caso».

«È lo stesso motivo per cui non possiamo permettere che ci facciano da parte».

«E perché non raccontiamo tutto a Capitan Muscoletti? Che sospettiamo che la stessa persona che ha Carla Ortiz abbia già sequestrato e ucciso, e che sono più disorientati di un polpo in un garage?».

Dio, questo sarebbe fantastico, pensa Jon, beandosi tra sé e sé mentre immagina la faccia del capitano Parra in una situazione del genere.

«Non glielo racconteremo».

«Perché?».

«Perché Mentor ci ha chiesto di non farlo».

«Mentor, il signore che ti ha trascinato contro la tua volontà in questo pantano di bugie, perché tu faccia qualcosa che non vuoi fare?».

Antonia sbatte gli occhi meravigliata.

«Sì, lui», dice, impermeabile al sarcasmo come sempre.

Jon sbuffa esasperato.

«Voglio dire che non devi fare il suo gioco per forza».

«Ha le sue ragioni».

«Quella cazzata del pistolero solitario e che noi cerchiamo giustizia per il ragazzo dissanguato poteva valere prima, e neanche troppo, quando l'unica cosa in gioco era la privacy dei genitori e lo scandalo. Ma ora no. Ora ci sono delle vite in ballo. Carla Ortiz, e anche il suo autista. Che pare che sia sparita solo lei, cazzo», dice Jon, dando una manata sul volante.

È un buon argomento, e Jon nota come Antonia lo assorbe e lo elabora lentamente. L'ispettore si mette a contare le macchine che passano in entrambe le direzioni. Gente che ha fretta, gente che ha una vita e va nei posti, posti in cui altre persone attendono sveglie il loro arrivo.

Dio, come sono stanco.

Dopo undici macchine verso nord e sei verso sud, Antonia risponde.

«Non possiamo ancora dire nulla. Ciò che ha scoperto Parra sull'autista è una probabile causa. L'autista ha movente, opportunità e mezzi. Sarebbe meglio verificare qualcosa per i fatti nostri prima di raccontare dell'omicidio della Finca. Sempre che vogliamo farlo».

«Tu non vuoi».

Antonia alza le spalle.

«Generalmente quando chiamano me è perché le cose sono talmente incasinate che c'è un'alta possibilità che gli altri faranno delle stronzate».

Per certi versi ha ragione, pensa Jon. *Se c'è una cosa che può infoiare Capitan Muscoletti è una sua foto sulla prima pagina dei giornali, mentre aiuta la ricca ereditiera della fortuna più grande del mondo a uscire da dovunque la tengano nascosta. Una chiamata opportuna al momento adeguato. La questione non è se il sequestro di Carla Ortiz sarà di dominio pubblico o meno, la questione è quando lo sarà. E se poi ci ficchi dentro l'altro caso…*

«D'accordo, nemmeno io mi fido di Parra, ma sei tu che hai detto che la sua teoria sull'autista era vagamente plausibile. Davvero credi che potrebbe aver sequestrato lui Carla Ortiz?».

«Dobbiamo verificarlo prima di decidere cosa fare. Ma se l'autista è ancora vivo, ti offro un altro toast con l'uovo», dice Antonia con un sorriso lugubre.

«E quindi che facciamo?», dice Jon mettendo in moto la macchina.

«Per ora, andiamo a mangiare qualcosa. Sto morendo di fame».

«Sono le quattro del mattino».

«Tu guida, forza».

Carla

Quando Ezequiel se ne va, quando torna il silenzio, il tempo scompare.

Siamo talmente abituati, talmente immersi nella nostra realtà quotidiana di lavoro, pranzi, conversazioni, sonno, che abbiamo dato il tempo per scontato. Il naturale trascorrere delle giornate, le piccole sfide, le allegrie, le frustrazioni, diventano tutto il nostro orizzonte. Il tempo stesso diventa un sedativo che ci anestetizza riguardo all'unica realtà indiscutibile. Tutto quello che siamo, quello che tocchiamo, quello che mastichiamo, quello che possediamo e quello che ci scopiamo, a cui facciamo male e che ne fa a noi, esiste in un qui e ora che comincia sulla nostra pelle e finisce nei nostri pensieri. Quando a Carla sottraggono il tempo, quella crudelissima realtà è tutto ciò che le rimane.

Questo è ciò che sei, questo è ciò che c'è.

È talmente difficile assimilare quella realtà che dedichiamo tutta la nostra vita a evitarla. La nostra società, la nostra cultura, il nostro cervello. I tre pilastri di una perfetta opera di ingegneria dedita a un unico fine: schivare l'ineluttabile verità della carne. Che è una prigione che si sgretola.

Quando ti tolgono il tempo, ti tolgono il velo da davanti agli occhi.

È inaccettabile.

Lo sarebbe per chiunque nella sua situazione. Per Carla Ortiz, la bambina che è cresciuta come una principessa sapendo – per quanto i suoi genitori l'abbiano voluta proteggere, ci sono imprese impossibili – che sarebbe diventata regina, lo è ancor di più.

Per cui Carla, ancora in posizione fetale, con le mani a tapparsi le orecchie, si arrocca sul no.

È un luogo piuttosto confortevole.

Lei è Carla Ortiz, l'erede dell'uomo più ricco del mondo. Nel giro di qualche anno – molti, spera, non ha fretta, ama *talmente tanto* suo padre, ma è la legge della vita – sarà, a sua volta, la donna più ricca del mondo. La donna più ricca del mondo non può essere rimasta senza tempo, a trentaquattro anni.

Lei, semplicemente, non è lì. Questo non sta succedendo.

È in una gara, sul punto di entrare in pista. Controlla il sottopancia di Maggie, due volte, come sempre. Le briglie, gli stivali. Colpisce due volte con il tacco a terra, prima di montare. Come porta fortuna.

No, non sei lì. Dove sono i tuoi stivali,
il tuo casco, la tua frusta?

No, è in ufficio, a preparare il suo dossier. Il dossier importante. Il dossier che dimostra che è stata brava. Che per un altro anno ha lottato per guadagnarsi l'approvazione di suo padre, che non arriva mai.

No, non sei lì. Dov'è il puntatore laser,
il tuo computer, lo schermo?

No, è in casa, con suo figlio. È sera, e lui vuole vedere un altro episodio di *Lo straordinario mondo di Gumball*, o di *SpongeBob*, o di *Rexcatadores*. «L'ultimo, poi a letto». «E poi una storia, mami». «Sì, e poi una storia».

No, non sei nemmeno lì.

È a quel punto che arriva l'ira. Perché non calza i suoi stivali, né è di fronte a una presentazione in Power Point sul lungo tavolo di mogano nella sala riunioni dell'ufficio, né può odorare i capelli appena lavati di suo figlio – il miglior aroma del mondo.

Sono Carla Ortiz! Questa cosa non può succedere a me!

Apri gli occhi. Ti sta succedendo.

Non è giusto. Sono una brava madre, mi occupo di mio figlio. Sono una brava figlia, sono una brava professionista. Sono una brava cavallerizza. Sono una brava persona. Da quando sono nata, per tutta la vita ho dato il massimo, mi sono comportata bene con le persone che avevo attorno.
Non è giusto.

La vita non è giusta.

Ho tante cose da fare. Devo dirigere un'impresa, devo crescere un figlio. Ho tutta la vita davanti. Queste cose succedono… ad altre persone.

A quali persone?

Carla vuole ignorare la voce che sente – così nitida, accanto a lei, tesa nell'oscurità. La voce che ribatte ciascuno dei suoi pensieri. Ma a quella domanda sì che risponde.
«Ad altre persone che non sono io», sussurra.

E, tuttavia, qui sei.

Questo dovrebbe succedere a qualcun altro.

A un vecchio?
A un povero?
A qualcuno di… prescindibile?

Carla sta piangendo, di rabbia e di schifo per se stessa. Perché la risposta è sì. Ora si scambierebbe con qualsiasi altra persona. Qualsiasi sconosciuto. Il pensiero è così vivido, così forte, che per un istante si rivede a La Coruña, a camminare lungo il paseo Marítimo. Un fiume di gente cammina verso di lei, e Carla si fa largo tra la folla, scegliendo *chi*. Chi rinchiuderebbe al buio, per poter continuare a essere viva, libera, felice. Intatta. Tutte le persone che incrocia, voltano la testa verso di lei. Una suora, una madre, un ciclista, un pensionato per mano con il nipote. Tutti la guardano, con le loro espressioni vuote e le loro vite vuote e insignificanti, e ciascuno di loro lei lo darebbe in cambio, senza dubitare un solo secondo. Cerca di afferrare il braccio di uno, e poi di un altro, per trascinarlo, per *spingerlo* nel buio che avanza, che viene verso di lei. Tutti la schivano, e lei continua a camminare, e tutti spariscono, e resta soltanto Carla nell'oscurità.

Lei, e la voce.

Non sei speciale.
Credi soltanto di essere speciale.
Ma nessuno lo è.

Sì, lei sì che è speciale. È Carla Ortiz. È a capo di migliaia di persone, e tra qualche anno, molti, spera, non ha fretta, ama *talmente tanto* suo padre, ma è la legge della vita – sarà a capo di centinaia di migliaia di persone. Quando esce per strada, ci sono i paparazzi che aspettano sulla porta. Ogni suo gesto, ogni parola, ogni completo che indossa genera notizie, fotografie, commenti. Suo padre è un uomo potente, con contatti importanti. In questo momento la sua scomparsa sarà sulla prima pagina di tutti i mezzi di comunicazione del pianeta, è *trending topic* mondiale. #Dov'èCarla, o forse #BringBackCarla. Tutta la Spagna sarà in fermento per trovarla, attenta al benché minimo indizio. Un paese intero a sostegno dell'esercito che suo padre avrà reclutato per riscattarla.

In un istante, la sua fantasia è già una verità tangibile. È questione di ore, forse di minuti, prima che degli uomini in uniforme irrompano in questo luogo, abbattano questa porta di metallo, la portino da suo figlio. Suo padre starà aspettando fuori, e anche i giornalisti. Carla avrà l'espressione stanca, ma lo sguardo sereno e la testa alta. Saluterà con un sorriso timido, ma forte. Che sia ben chiaro che non l'hanno spezzata. La foto farà il giro del mondo. E nel giro di qualche mese, quando sarà prudente, concederà la sua prima intervista molto ben selezionata a un giornalista *di fiducia*, a cui racconterà la sua odissea. E questa sarà un'eccellente pubblicità per i suoi marchi, indossati dalle donne forti di tutto il mondo, e le vendite cresceranno tantissimo, e suo padre finalmente vorrà più bene a lei che alla sua sorellastra.

È questione di ore. Forse di minuti.

5
Una password

Antonia lo conduce a un bar vicino alla rotonda di Embajadores. Fuori, una convention di taxi. Dentro, una mandria di tassisti affamati. Il posto è una bettola sudicia, e se viene fuori anche un solo altro scarafaggio, gli ispettori sanitari gli fanno chiudere baracca. Cucine da incubo *si rifiuterebbe di girare qui*, pensa. Ma poi arriva l'ordinazione e oh, i pregiudizi. All'ispettore Gutiérrez servono una birra da 33 e un'entrecôte con peperoni – talmente grande che ha un codice postale a parte – che lo riconciliano con l'umanità. Antonia si accontenta di un panino con lombata e formaggio e una vetusta porzione di tortilla riscaldata al microonde.

Perdio, come mangia male questa ragazza. Non so come faccia a essere così magra. La testa deve consumarle molto carburante.

«A proposito», dice Jon, quando finiscono di mangiare. «E quel distintivo che hai tirato fuori prima?».

«È vero. O quanto può essere vero un pezzo di plastica che non significa niente. Mentor me ne ha procurati parecchi».

«È una sorpresa continua, il tuo amico».

«È un gran figlio di puttana».

Intuisco un ma, pensa Jon.

«...ma ciò che fa, ciò che abbiamo fatto... è servito a qualcosa. Sempre. Con un prezzo da pagare», dice, e il volto le si oscura.

Il rumore della TV – Canal 24 Horas non stop – occupa lo spazio tra i due per un pezzo.

«Nulla di cui tu voglia parlarmi».

«Sono cose mie», dice Antonia. All'improvviso, si mette a ridere.

«Cos'è che ti diverte tanto?».

«Niente. Prima mi hai chiamato la tua collega. Non sono più un peso di cui liberarti al più presto?».

Jon incrocia le braccia. Domanda importante, che merita una risposta accurata. Sì, Antonia Scott è insopportabile, riservata, prepotente, ha un pessimo gusto in ambito culinario, è imprevedibile e la cosa più probabile è che sia matta da legare, o a tanto così dall'esserlo.

Ma.

«Sì, credo questo. Ci siamo trovati coinvolti in questa cosa, ed è opportuno che io ti aiuti fino alla fine. Non che poi ci sia molto ad attendermi a Bilbao. Soltanto *amatxo* con il bingo e le *kokotxas*».

«Non avevi un compagno al commissariato?».

«È andato in pensione tre mesi fa. Un tipo in gamba. Molto simpatico. Il Cristiano Ronaldo dello Scrabble. Mi manca».

«Fidanzato?».

«In questo momento no. E tu?».

«Marito. Già sai dov'è».

«Da quanto?».

«Tre anni».

«Già. E tu quanti ne hai, trenta...?».

«Trenta non sono affari tuoi», dice Antonia, tirandogli un tovagliolo stropicciato e lurido.

«Be'. Il corpo ti chiederà un po' di ritmo della notte di tanto in tanto».

Antonia arrossisce immediatamente. L'effetto è stupefacente, le sue guance diventano color carminio nel giro di un secondo. Jon non aveva visto niente del genere dai tempi di *Heidi*, e quella bambina era un cartone animato.

«Ma non mi dire... accidenti, la signorina Scott... Quindi ci hai dato dentro con una botta e via. Buon per te», dice Jon, sollevando la birra e puntando il collo verso di lei.

Antonia apre la bocca, sta per negare, ma si rende conto della futilità del gesto.

«Non c'è da complimentarsene. Non ne vado fiera», dice, molto secca.

«Ragazza, il corpo vuole quel che vuole».

«Quello che deve volere il corpo ora è lavorare».

Jon la guarda, scocciato. Guarda l'orologio. Guarda di nuovo lei, ancora più scocciato.

«Pensavo che saremmo andati a riposare qualche ora. Il tuo amico Mentor mi ha prenotato una stanza in un hotel a quattro stelle. Sarà uno stronzo, ma è uno stronzo con stile. E io sono a pezzi».

«Pensavi male. Prendi la tua birra e andiamo al tavolo in fondo».

Jon la segue, il più lontano possibile dagli altri clienti. Antonia si sfrega le mani sul dietro dei pantaloni per levare ogni traccia di ciò che è potuto rimanervi dell'unto del panino e tira fuori l'iPad dalla borsa a tracolla.

«C'è un'altra cosa a cui dobbiamo prestare attenzione, Jon. La chiacchierata con Ramón Ortiz non mi è piaciuta per niente. Ho visto la paura nei suoi occhi».

«Ha paura per sua figlia. È logico», dice Jon, che vuole sapere dove vuole andare a parare.

«È logico», ripete Antonia, e rimane zitta.

«Che cosa hai visto?».

«Non sono un asso nell'interpretazione delle emozioni umane».

«Questo è sicuro. Ma…».

«Ma la paura, in un caso così, si manifesta in tre modi: ansia, dubbio e trauma. Il terzo è quello che dovrebbe essere più presente. E insieme, la necessità di protezione».

«Non stiamo parlando di una persona normale. Stiamo parlando di un milionario che dà lavoro a centinaia di migliaia di persone».

«Lo so. È comunque il padre di quella donna».

Jon fa un lungo sorso di birra.

«Tutto questo l'hai preso da un libro, no?».

Antonia annuisce, lentamente.

«Be', io non ho letto molto e il mio istinto mi dice esattamente la stessa cosa. Quell'uomo ci ha mentito».

«Nasconde qualcosa. E quello che sta tacendo è la cosa più importante».

«E cosa vuoi che facciamo?».

«Dobbiamo anticipare un po' Parra e gli altri, prima di

trarre altre conclusioni. Il mio piano è usare il servizio di localizzazione del cellulare di Carla, e cominciare da lì».

«È arrivata lei...», dice Jon. «Per questo non serve un intelletto superdotato. La prima cosa che avrà fatto Parra sarà stata chiamare Apple per farsi dare quell'informazione».

«E Apple ci metterà giorni a dargliela. In questo momento starà usando il computer dell'ufficio di Carla per cercare di entrare nella sua applicazione, ma avrà bisogno della password del cloud. Che non ha».

«Certo, e tu invece la troverai, no?», dice Jon, scolandosi la birra.

«Posso provarci», dice Antonia.

Apre il suo iPad e si mette a digitare.

«È assurdo, Antonia. Ci saranno milioni di combinazioni».

«Seicentoquarantacinque bilioni di possibilità. E rotti».

«Bene, visto che a quanto pare ti ci vorrà un pochino, io mi faccio un'altra birra».

«Analcolica, devi guidare per un pezzo».

Come no, pensa Jon, alzandosi e andando al bancone. *L'unica cosa che guiderò è questo corpo florido verso il letto. Sono sbriciolato.*

Prende la birra – e delle olive rinsecchite sopra e inzuppate nel liquido sotto, in questo bar sono molto generosi –, e ritorna al tavolo. Antonia ha smesso di digitare, e lo aspetta a braccia conserte.

«Ti sei già arresa?».

«No. L'ho già trovata».

Lo stupore di Jon è tale che fa quasi cadere la birra. Quasi, perché prima che uno di Bilbao faccia cadere una birra, deve stupirsi un bel po'.

«Non è vero».

Antonia gira l'iPad, mostrandogli come è riuscita a entrare nell'account di Carla Ortiz.

«Come hai fatto?».

«Un po' di psicologia spiccia», dice Antonia, molto seria. «Studi la persona di cui vuoi trovare la password, pensi alle parole chiave più facili che può utilizzare, le aggiungi prima o dopo all'anno di nascita, al compleanno del figlio, del padre, dell'animale domestico, all'anno in cui ha finito l'università… da lì in poi è banale combinatoria. Qualche tentativo ed è fatta».

Jon, che già era a bocca aperta, ha ora la sensazione che dovrà raccogliere la mascella da terra con una gru. E così sarebbe rimasto, se non fosse che Antonia gli dice:

«Era attaccata con un post-it nella parte interna del cassetto della sua scrivania. L'ho trovata prima, quando mi sono assentata per andare al bagno. Vieni, vediamo se riusciamo a localizzare il suo cellulare».

Carla

Fatto sta che non arriva nessuno.

Per Carla passano ore, minuti, mesi. È impossibile saperlo, perché il tempo è scomparso.

Tutto è ora, e ora è il buio.

E non arriva nessuno.

Non arriverà nessuno.

«È solo questione di tempo. Rimarrò qui tranquilla, senza muovermi, ancora cinque minuti», sussurra.

Carla lascia passare un intero secolo. O un minuto. È impossibile saperlo. Poi si mette a piangere. La tristezza arriva all'improvviso, talmente potente, talmente intensa, come la rabbia e la negazione. Carla prova un'enorme pena per Carla, una pena inconsolabile. Qualunque sia l'errore che ha commesso, la colpa che ha meritato questo castigo, è tutto terminato. Il cielo arde senza fiamme, la luce è piombata e si è rotta. La musica, le carezze, la giustizia, le risate, tutto è stato divorato, e al loro posto restano le ceneri. Non c'è niente dall'altra parte di questa lastra di metallo. Il mondo è scomparso. Non ci sono persone in altre città, in altri paesi, che lavorano, giocano, mangiano, ridono e fanno l'amore. Se ci fossero, Carla dovrebbe odiare quelle persone. È preferibile credere che sia stato portato via tutto dalla marea e lasciarsi trascinare.

Ora basta, incapace, stupida.

Lasciami in pace.

Alzati.

Non ci riesco.

Non ci riesci come non sei riuscita a far tenere a Borja il cazzo nei pantaloni? Non ci riesci come non riesci ad arrivare in tempo a casa per mettere a letto tuo figlio? Non ci riesci come non riesci a farti voler bene da tuo padre più che alla tua sorellastra?

Ora basta, mamma!

Carla piange. Ma non sono più lacrime di pena, né di rabbia, né di negazione. Non sa di che cosa siano queste lacrime, che non arrivano nemmeno a formarsi nei suoi occhi secchi e sul suo corpo disidratato e sudaticcio.

Alzati.

Carla obbedisce. Per la prima volta da quando Ezequiel se n'è andato, cerca di raddrizzarsi. I muscoli delle gambe e delle braccia non rispondono, sono intorpiditi. Sente dei crampi molto forti, e il dolore al naso ritorna come se non se ne fosse andato qualche ora fa – o mesi, o minuti. Con il dolore a Carla giunge nuovamente un residuo di coscienza e di volontà. Sufficiente per cercare di mettersi in piedi. Non ci riesce, le sue spalle sbattono contro il soffitto.

È di pietra. Freddo al tatto. Ruvido. Minaccioso.

Carla si lascia cadere di nuovo a terra. Trovare il soffitto così estremamente vicino le ha causato un altro attacco di panico, per superare il quale le ci vogliono diversi minuti. Quando recupera la padronanza di sé nota un'umidità e un freddo nelle mutandine e tra le cosce. Se l'è fatta addosso. È il minore dei suoi problemi. Il maggiore:

Non riesce a vedere nulla.

Se un amico adulto di Carla le avesse chiesto la settimana scorsa di che cosa avesse paura, Carla avrebbe fatto una lista adulta: della vecchiaia, della fine dell'amore, dell'incompetenza dei governi. Ma Carla non avrebbe mai ammesso davanti a loro ciò che ha ammesso – per puro terrore – a Ezequiel giorni, ore o mesi fa.

Carla ha una paura tremenda del buio.

Fin da quando era una bambina di tre anni, se spegneva la lampada della sua stanza, urlava e urlava finché sua madre non tornava ad accenderla. Ha dovuto dormire con una luce notturna fino ai tredici anni. Se gliela toglievano, era totalmente incapace di dormire.

Quando aveva tredici anni, la sua sorellastra una notte entrò nella sua stanza e strappò la luce azzurra dalla parete.

«Non sei più una neonata», le disse.

Rosa non è cattiva, non lo è mai stata. Ma non ha nemmeno mai provato un grande affetto per Carla. La madre di Rosa morì quando lei aveva otto anni. Suo padre si risposò, ed ebbero subito Carla. Rosa visse entrambi gli eventi come un tradimento nei confronti della memoria della madre. Forse per questo c'è sempre stata un'ombra di crudeltà nel suo atteggiamento verso Carla. Forse è soltanto la mutua antipatia, fisica, che hanno sempre provato l'una per l'altra. Rosa, con il suo occhio guercio e il suo corpo grosso, con i suoi capelli rozzi e da paesana, con il suo amore per i libri e la sua andatura strana, pesante, che a Carla è sempre sembrata quella di un animale ferito. Rosa, che guardava sempre come una mosca nella minestra quella bambina dalle gambe leggere e dai riccioli biondi che piaceva a tutti, che tutti cercavano di compiacere.

Nei suoi occhi c'era senz'altro freddezza quando le tolse la luce. Odio, forse.

A nulla servirono le proteste di Carla, le suppliche. Sua madre si mostrò comprensiva. Suo padre no. Stava crescendo Carla affinché fosse la sua erede, quella che Rosa non voleva essere. Lei studiava per diventare medico. Del tessile non voleva saperne. Per cui tutto quello che poteva indurire Carla gli sembrava giusto.

Carla non si indurì, perlomeno non in quell'aspetto. Buttava cose a terra nella sua stanza per giustificarsi se suo padre entrava e trovava le luci accese. *Così, se mi alzo, non inciampo*, diceva. Tuttavia imparò presto a mettere un asciugamano affinché il bagliore non filtrasse da sotto la porta.

Nell'oscurità c'erano mostri in agguato. Forme sfuggenti, bramose della tua carne, della sostanza gelatinosa dell'interno delle tue ossa, che morivano dalla voglia di triturare con i loro denti affilati. Magari tu i mostri non li puoi vedere, ma loro possono vedere sicuramente te.

Carla l'ha sempre saputo.

E alla fine aveva ragione.

Ora deve affrontare l'oscurità che tanto teme. Deve trovare un modo per navigarci, per abituarsi a quel contesto. Ma la sua mente sembra non voler collaborare. Le forme sfuggenti sono tornate, ma questa volta hanno un nuovo aspetto. L'uomo del gilet catarifrangente, l'uomo del coltello. Se lo immagina da questo lato della porta metallica, in agguato nelle tenebre, con la lama pronta, in attesa che lei allunghi il braccio per conficcargliela nel palmo della mano.

Comincia da qualcosa di semplice.
Mettiti in ginocchio.

Carla cerca di dare retta alla voce, che altro può fare?

Sta tremando, ma riesce a girare il corpo dalla posizione fetale in cui si trova, fino a poggiare le due ginocchia a terra. Poi i palmi. Alla fine si raddrizza.

Prima, su.

Alza il braccio, così lentamente che a stento lo sente muoversi. Quando le punte delle dita raggiungono il soffitto – un lieve tocco con le unghie – ritira la mano in tutta fretta, come se si fosse bruciata con una padella. Ci riprova, e stavolta arriva a toccare il soffitto con i polpastrelli. Una terza volta. Lo tasta. È più o meno a un palmo dalla sua testa stando in ginocchio. Un metro e venti, forse?

Ora viene la parte più difficile.

Ora deve muoversi.

Non aspetta che glielo dica la voce. Lo sa già. Ha bisogno di sapere dove si trova, sapere se c'è qualche strumento a sua disposizione. Ci mette un bel po' a decidere come fare. Alla fine opta per gattonare. Prima individua la lastra di metallo che funge da porta della sua prigione. Raccoglie a sé i fianchi e la gamba, posa una mano a terra – cercando di non pensare a cosa potrebbe scorrazzare, strisciare sul pavimento, con zampe cheratinose – e l'altra la muove davanti a sé. Le dita allungate. Cercano. Tastano.

Così riesce a trovare i bordi della porta. Sulla parte superiore c'è una sorta di presa d'aria, un migliaio di piccoli buchi. Cerca di poggiare l'occhio a uno di questi, ma non riesce a vedere niente. Tuttavia, una corrente d'aria fresca, piccola ma percepibile, filtra attraverso.

Carla calcola che la porta debba misurare un paio di metri di lunghezza.

Bisogna esplorare il resto. Carla ne è consapevole, ma staccarsi dalla porta di metallo non è facile. Staccarsi dalla direzione che, per certi versi, ha identificato come la via di fuga. Ci mette molto a decidersi.

Devi continuare. Devi sapere dove sei.

Quando lo fa, segue lo stesso metodo. Si appiccica alla parete opposta con la spalla, e comincia a gattonare con il braccio teso. Non ci mette molto. La parete opposta alla lastra di metallo si trova a solo un metro e mezzo di distanza. Tutto il suo mondo si riduce ora a un'area di tre metri quadrati.

In un angolo per terra, Carla individua una specie di tombino.

Credo di aver appena trovato la toilette.

Un milione di anni fa, durante la luna di miele insieme a Borja, gridò la stessa frase da un estremo di un bungalow di millecinquecento metri quadrati nelle isole Fiji, mentre all'estremo opposto il suo marito nuovo fiammante dava una mancia eccessiva al fattorino perché se ne andasse al più presto.

La discordanza tra il ricordo e la sua realtà è talmente grande che Carla scoppia in una risata. Isterica, irreprimibile. Fragorosa. Ride fino alle lacrime.

Ed è allora che sente qualcuno che la chiama dall'altro lato della parete.

6
Un'ubicazione

L'ispettore Gutiérrez non è mai stato tipo da ore piccole. È piuttosto uno che si addormenta in pigiama sul divano davanti a una serie verso mezzanotte. Un paio di ronfate e poi in camera trascinando i piedi quando si salta all'episodio successivo e il logo di Netflix dà le sue due sonore scampanellate. Purtroppo, la gente cattiva sceglie la notte per fare le cose cattive. Per cui fare le ore piccole è d'obbligo nella professione che ha scelto.

Che poi non è che l'abbia scelta io. Ha scelto lei me.

Finita la scuola, quando doveva cominciare la vita, Jon aveva paura. Quella parte che ha raccontato a Mentor è vera. Ma c'era anche qualcosa dentro di lui, un fuoco di cui restano poco più che le braci. Dare dei nomi a quel fuoco significherebbe rimpicciolirlo. E così sganciò 874 pesetas per una domanda per il concorso. Si presentò, superò le prove fisiche – non che sia grasso, ma quella parte gli costò – e si ritrovò nell'accademia di Ávila, e poi con un'arma in mano, e con un'uniforme, e poi ad aiutare la gente per strada. A Pamplona, un anno, e anche a La Rioja, un altro paio. Il passaggio all'ufficio carte d'identità se lo risparmiò, anche se ad *amatxo* diceva che faceva quello, e lei fingeva di crederci. E alla fine tornò a Bilbao, e lì diventò ispettore, e ormai la professione gli si era incarnita, talmente dentro che non se la sarebbe più potuta levare. E il fuoco, nonostante tutta la merda che aveva visto, continua ad ardere in maniera ragionevole, ai suoi quarant'anni e poco più, figurati.

Da quel fuoco attinge l'ispettore Gutiérrez, sfinito dopo tre giornate lunghissime, quando ritorna alla macchina con

Antonia e la mette in moto. L'applicazione Trova il mio iPhone dell'account di Carla Ortiz ha segnato un punto sulla mappa, e verso quello si dirigono.

«Il cellulare è spento», dice Antonia. «E c'è qualcosa che non mi torna. Una come Carla Ortiz dovrebbe avere un portatile».

«Che computer aveva in casa?».

«Un iMac Pro. Il più caro della Apple».

«È una manager che si sposta molto. Sarebbe logico che avesse un portatile della stessa marca».

«E che avesse lo stesso servizio di localizzazione nel cloud degli altri dispositivi».

Jon, che non ha mai avuto un dispositivo Apple, non capisce bene come funziona la storia.

«Non capisco bene come funziona la storia», dice.

«Tu compri il dispositivo, e lo associ al tuo account. Se te lo rubano o lo perdi, ti colleghi al tuo account da un qualsiasi altro dispositivo con la tua password e puoi vedere dov'è. O, come in questo caso, qual è l'ultima localizzazione. Se il dispositivo si riaccende e si collega a Internet, attualizza quell'informazione nel cloud».

«E il portatile non c'è?».

«No. Quindi, o non ce l'ha, e non credo, o qualcuno lo ha cancellato dal cloud. E per questo è necessaria la password».

«Per cui o l'ha fatto Carla, o qualcuno l'ha obbligata a rivelarla».

«Esatto. Per cui è probabile che sia ancora viva».

Una buona notizia. Un po' di combustibile per il fuoco.

«Manca poco», dice Jon.

Ci hanno messo meno di venti minuti ad arrivare. Non sono ancora le sei del mattino e l'autostrada M-30 è quasi deserta, per cui Jon ha pigiato un po' sull'acceleratore. Non tanto, non gli piace andare veloce. Ma il tempo corre per Carla Ortiz e questa è la prima pista solida che hanno.

«Non ti spaventare se la spingo a centoquaranta», ha detto ad Antonia. E Antonia non si è scomposta, e sono arrivati subito.

Quello che non sanno molto bene è dove siano arrivati.

Jon ferma la macchina quando il GPS indica che "è arrivato a destinazione". Sono su una strada solitaria.

«E adesso?».

«Questi sistemi non sono sempre precisi, soprattutto in zone non abitate», dice Antonia. «Se in città ha una precisione di cinquanta metri, qui in campagna il raggio può essere di duecento, o più».

«E se quell'Ezequiel ha buttato il telefono dal finestrino della macchina? Questo vuol dire che dobbiamo cercare un aggeggio di dieci centimetri in un'area di… quanto? Sono pessimo in matematica».

«Circa 125.664 metri quadrati», dice Antonia, dopo un battito di ciglia. «Arrotondando».

«Arrotondando… Dovremo tornare di giorno. E con un sacco di gente».

«Non disperare così in fretta. Guarda, lì c'è qualcosa».

Non è un edificio, è piuttosto un insieme di edifici, circondati da un muro. All'ingresso c'è una luce accesa. È un portone color verde bottiglia, con una garitta di sicurezza. Jon accosta la macchina, e dà due colpetti allo sportello.

«Sembra che non ci sia nessuno», dice Antonia.

«Per fortuna la porta è aperta», si rallegra Jon, accovacciandosi accanto all'entrata della garitta e tirando fuori qualcosa dalla tasca.

Sette o otto anni prima, un pomeriggio

Jon correva all'inseguimento di un ladro di cui ormai ne aveva fin sopra i capelli. Era la quarta volta che Luis Miguel Heredia se la dava a gambe. Le sue, leggere, di adolescente. Quelle di Jon, più deboli e più lente – non che sia grasso. Il ragazzo cresceva sempre di più, e ormai prendeva poco sul serio quella fuga dal, all'epoca, viceispettore Gutiérrez. Si sentiva talmente invincibile che si voltò, in piena corsa, per fare un doppio dito medio a Jon. Volle la sfortuna – o fortuna, a seconda di chi la racconta – che sbatté il muso contro un segnale di precedenza. Lo *sdeng* risuonò fino all'altra sponda.

Jon lo raggiunse alcuni, parecchi, secondi dopo. Luismi il Sorcio, così lo chiamavano per le strade, stava cominciando a riaversi. Aveva le labbra impregnate di sangue.

«Ora non corri più tanto, eh, Luismi?», disse Jon, appoggiando le mani sulle ginocchia. Non aveva ancora recuperato completamente il fiato. Fu tentato di dargli un paio di calci nelle palle per assicurarsi che non si rialzasse e riprendesse a correre. Molto tentato, notava il formicolio trepidante sulla punta del piede destro.

Invece si chinò e lo aiutò ad appoggiarsi al segnale che aveva stoppato la sua corsa.

Mentre lo tirava su, il sangue tinse di rosso la maglietta bianca che pubblicizzava la ditta Andamios Atxukarro, S.L., quasi coprendo il numero di telefono sul petto.

«Cazzo, è l'unica che ho pulita», disse, sputacchiando altra emoglobina sui suoi pantaloni e su quelli del poliziotto.

«Non più», disse Jon, tirando fuori un fazzoletto dalla tasca e facendogli pressione sul naso per arrestare l'emorragia. «Guai a te se ti rimetti a correre, che ti spacco in due».

«E chi ce la fa a correre», voleva dire, ma sotto il fazzoletto e con il naso premuto, suonò più *efifelafaacoffefe*.

«Sei proprio un coglione. Come ti viene in mente di entrare nelle case a Otxarkoaga? Non lo sai che qui ci sono solo poveri?».

Certo, il ragazzo vive a San Francisco, che è ancora peggio.

«E dove vuoi che vada a rubare?».

«Vai a Abandoibarra, e così ti levi dai piedi. E poi magari lì non ti fanno saltare la testa se ti beccano. Alla peggio ti arrestano».

Luismi negò con la testa nei limiti concessi dalla manona di Jon.

«Il Barik è troppo caro». L'abbonamento del trasporto pubblico. «E le porte sono più dure».

«Ma qui c'è poco da sgraffignare», Jon ritira il fazzoletto, l'emorragia si è placata. «Dai, andiamo al commissariato».

Il Luismi si innervosisce ed è sul punto di mettersi a correre, ma ogni braccio di Jon pesa circa come lui, e li ha tutti e due addosso.

«Non posso andare al commissariato. Domani ho un esame e non ho studiato».

«Esame? E che esame avresti tu?».

«Mi sto prendendo la licenza del professionale».

«Ma dai».

«Giuro».

Tirò fuori dallo zaino un taccuino di appunti. Era sotto una mezza dozzina di cellulari che non avevano l'aria di essere stati acquistati.

«Lasciami andare, dai. Tanto il giudice mi rilascerebbe domani, sono minorenne».

Jon si grattò la testa per un pezzo, e alla fine rilasciò il Luismi. Che gli promise che in cambio gli avrebbe insegnato a sfondare porte.

«È molto facile, perfino un vecchio sbirro *txakurra* come te può imparare».

Jon non si aspettava nulla, nemmeno che l'esame del ragazzo fosse vero – poteva aver rubato anche il taccuino, vai a sapere. Ma Luismi si presentò due mesi dopo al commissariato di Gordóniz, chiedendo di lui. Aveva una licenza del professionale sotto il braccio e un piccolo nécessaire per lui.

«Non rubo più», gli disse. «Dai, andiamo a casa tua».

«A casa mia tu non ci vieni, c'è mia madre».

Se lo portò in un edificio abbandonato ad Artxanda, e lì Luismi gli insegnò a usare gli strumenti del minuscolo nécessaire su tutte le serrature che trovarono.

«È tutta questione di tatto, sulla punta delle dita. Devi sentire le piccole vibrazioni, e poi, *zac*».

«Ah, ladro, un giorno renderai molto felice una donna», disse Jon, senza smettere di armeggiare con il grimaldello.

«Sì, come no. Lo sai quanto guadagna un fabbro?».

7
Un centro ippico

«Ecco fatto», dice Jon, quando riesce ad allineare i pezzi del cilindro e questo gira con uno scatto. Non può evitare un pizzico di amarezza ricordando l'età che aveva Luismi quando si stampò contro il cartello. Non doveva essere molto più grande del ragazzo che avevano trovato dissanguato alla Finca. Vite molto diverse.

Si alza in piedi e fa spazio ad Antonia perché possa entrare.

Dalla garitta all'interno della proprietà c'è una porta che ha soltanto un chiavistello interno. Dall'altra parte, un enorme cortile, e molto silenzio. Davanti a loro, un edificio di un solo piano. Sulla destra, attaccato al muro, un altro. Oltre, oscurità.

«Qui tengono i cavalli», dice Jon.

«Come lo sai?».

«Non senti l'odore?».

«No».

«Ah. Giusto. Scusa», si giustifica Jon, ricordando il problema di Antonia.

All'improvviso, una torcia illumina i loro volti. Jon si mette istintivamente davanti alla sua collega.

«Fermi! Mani in alto!».

«Dai, stai sereno», dice Jon, alzando comunque le mani. «Siamo della polizia».

La guardia di sicurezza abbassa la torcia e la punta a terra. Non avrà neanche vent'anni. E nemmeno una pistola. Ha ordinato loro di alzare le mani armato soltanto di una luce potente e tanta forza di volontà.

«Come siete entrati?».

«La porta della garitta era aperta. Ma come si fa?».

«È la mia prima settimana. Non sareste dovuti entrare».

«Abbiamo chiamato e non c'era nessuno».

«Ero andato al bagno».

«Hai della paglia sulla spalla», interviene Antonia, indicando la camicia della guardia.

«Va bene, ok, mi sono fatto un pisolino sul retro della stalla, tra le balle di fieno. Quest'ora è molto difficile, alla fine del turno. Si fa fatica a resistere».

«Be', in questo modo non ti terrai il lavoro un'altra settimana. E come fai a sapere se siamo della polizia, se non ci hai nemmeno chiesto i distintivi?».

Il giovane ci pensa un attimo.

«Perché mi avreste detto che siete della polizia se non lo siete?».

Un argomento inattaccabile.

«Ho immaginato che aveste dimenticato qualcosa», continua la guardia. «I vostri colleghi sono rimasti qui tutto il pomeriggio. Se ne sono andati quando sono arrivato io. Cercavano una cavalla rubata, o una cosa del genere. Il mio capo gli ha mostrato tutto il recinto, ma non hanno trovato niente».

Antonia e Jon si guardano.

«E di chi era la cavalla?», dice lei.

«E io che ne so, a noi non raccontano mai niente. Io sono solo il vigilante di notte. So soltanto che una cavalla doveva arrivare ieri notte e non è arrivata».

«Scusaci un momento», dice Jon, portando Antonia da una parte.

«Questo dev'essere il posto in cui Carla portava la sua cavalla per la gara di domani», dice lei. «È un posto nuovo, non compare nemmeno su Google Maps».

Jon accende la torcia del suo cellulare e illumina un cartello che c'è sulla parete. Annuncia la «GRANDE INAUGURAZIONE DEL CENTRO IPPICO MORALEJA SPORT CLUB AND SPA». Proprio il giorno successivo. Nella lista dei partecipanti c'è Carla Ortiz, con la sua cavalla Maggie.

«Eccola là. Sotto gli occhi di tutti».

«Facciamo un giro», chiede Antonia.

«Quelli dell'USE l'avranno perquisito a fondo».
«Lo so. Ma il suo cellulare è in un raggio di duecento metri. E dove dovrebbe stare se non nel posto in cui si suppone che…».

Antonia si ferma a metà della frase. Si volta e corre verso il vigilante di sicurezza.

«Ho bisogno di una scala».

«Una scala? Forse nella stanza della manutenzione…».

«Fa niente».

Vicino all'ingresso ci sono due contenitori dell'immondizia color verde bottiglia, quasi neri nel buio. Antonia si avvicina a uno dei due, e sale sul coperchio. Poi cerca di arrampicarsi sul muro, ma è troppo alto per lei.

«Non mi aiuti?».

Jon, che è rimasto a contemplare l'operazione con perplessità, si avvicina al contenitore. Non sa che cosa contiene, ma sicuramente nulla che voglia verificare. Ovviamente Antonia non deve preoccuparsi di quel problema.

«Se pensi che io salga su quel bidone dell'immondizia, sei pazza. Questo vestito è un Tom Ford».

«Quel vestito non è un Tom Ford. Con il tuo stipendio non te lo puoi permettere».

«Be', però è un'imitazione quasi perfetta. E tu sai quanto guadagno?».

«Taci e sali. Te lo comprerò io un Tom Ford, uno vero».

«Ma se non hai un soldo. Ti sfamano i vicini».

«Sali e ti dirò lo stipendio che ti darà Mentor se mi dai una mano».

Jon cerca di seguire il suo stesso percorso, ma non riesce a salire sul coperchio. Non che sia grasso.

«Vieni qui e dammi una mano», dice, chiamando la guardia di sicurezza.

Questo si avvicina e incrocia le mani all'altezza delle ginocchia per dare la spinta a Jon.

«Vorrei proprio sapere che cavolo volete».

«Magari lo sapessi io, ragazzino».

Forse non sarà un fulmine di guerra, ma il giovane è forte e riesce a sostenere il peso dell'ispettore Gutiérrez affinché questo si arrampichi sul contenitore fetido. Con scarso garbo e ancor meno dignità, goffo come un suicida senza vocazione. Ma sale.

«Di quanto hai detto che sarà il mio stipendio?».

«Poi te lo dico. Aiutami».

Jon ripete l'operazione che ha fatto il vigilante con lui, e Antonia riesce ad arrampicarsi sul muro. Prima si siede sopra di esso a cavalcioni, poi si mette in piedi sulla parte superiore, su cui fortunatamente non ci sono cocci di bottiglia. Jon immagina che fino a lì i gatti non arrivino. Non concede altro spazio a quel pensiero. È già abbastanza occupato a non far cadere la collega senza però toccarla e senza perdere l'appoggio sul coperchio del contenitore, che si incurva pericolosamente sotto i suoi centodiciannove chili di peso.

Perdio, ragazza, sbrigati.

8
Un muro

In piedi sul muro Antonia osserva l'oscurità, che ha cominciato a stemperarsi nella luce indaco che precede il giorno. Fa freddo, manca ancora una buona mezz'ora all'alba, ma le chiome dei pini già si stagliano, sfocate, contro il cielo che muta da nero a grigio. Il vento strappa mormorii alla pineta, e il frinire delle cicale scandisce il tempo in intervalli sgradevoli. In fondo al paesaggio si intuisce, più che vedersi, la strada principale. Ai suoi piedi finisce quella secondaria, poco più di un sentiero, non ancora asfaltata.

Antonia non prende l'iPad per ubicarsi. Lo schermo la abbaglierebbe, e ha bisogno che i suoi occhi si abituino alla penombra.

Ha un metodo migliore.

Evoca nella sua memoria la mappa della zona, che ha studiato mentre arrivavano. La sovrappone mentalmente al paesaggio che si estende davanti a lei. Il Centro Ippico è in cima a una collina, un dislivello di venti metri, circondato da due pinete che si uniscono alle spalle del complesso.

Qualcuno ha rubato alla natura molti ettari per permettere ai ricchi di montare a cavallo, pensa, e immediatamente cerca di ricacciare le distrazioni, tutto quello che non riguardi la missione.

Qui. Ora.

Nella sua mappa mentale comincia a configurarsi la posizione del luogo, alla quale aggiunge il punto in cui il servizio di localizzazione aveva riportato l'ultima connessione del telefono di Carla. Traccia un cerchio attorno a sé, e calcola la posizione relativa al luogo in cui si trova.

È quasi all'intersezione opposta.

Qualunque cosa stiamo cercando, non è al Centro Ippico, pensa.

Ora visualizza su quella mappa mentale la macchina di Carla Ortiz, e le fa percorrere il tragitto dalla strada principale fino al Centro Ippico. La linea si interrompe nel punto in cui ha tracciato l'intersezione mentale.

Alla sua sinistra, il dislivello del terreno si accentua, la pineta, terrazzata, diventa montagna. Non è un luogo a cui potrebbe accedere una macchina. Nell'altra direzione, alla sua destra, la pendenza è più dolce.

Anche se non lo vede, Antonia sa che tra quegli alberi c'è un sentiero.

«Dev'essere da quella parte».

Carla

All'inizio, Carla crede che quella che ha sentito sia la voce che ha risuonato all'interno della sua testa. La voce che non esiste. La voce che sembra quella di sua madre, ma che non può essere sua madre, perché sua madre è morta undici mesi fa. A quel punto sente:

«Ehi? C'è qualcuno?».

Molto attutito, dall'altra parte del muro.

Stanno arrivando. Vengono a prendermi!

Il cuore di Carla comincia a pompare sangue, la sua adrenalina schizza. Finalmente. Sapeva di dover resistere. Sapeva che era questione di tempo. Gattona fino alla parete, e comincia a colpirla.

«Sì! Sono qui! Aiutami, aiutami, per favore!».

Dall'altro lato c'è un silenzio. Pesante.

«Ehi? Mi senti?», insiste Carla.

«Ha preso anche te», risponde l'altra persona. È una voce di donna, dolce e con un accento madrileno al di sotto del disincanto.

L'emozione di Carla si trasforma in delusione. Non sta parlando con uno dei suoi salvatori, sta parlando con un'altra vittima. Il pianto ritorna, le si strozza in gola, lo ricaccia verso lo stomaco con grande sforzo.

«Come ti chiami?», chiede.

«Non… non so se dovrei dirtelo».

«Perché?».

«Perché non so chi sei».

L'altra donna sembra molto, molto spaventata. In un qualche modo questo fatto, invece di contagiarla con la paura, le infonde coraggio.

«Io mi chiamo Carla». Sta per dire il suo cognome, ma si interrompe in tempo.

«Io sono Sandra», risponde lei, dopo un lunghissimo frangente.

«Sai dove ci troviamo, Sandra?».

«No». Sembra sul punto di scoppiare a piangere.

«Sai chi ci ha sequestrato?».

«Un uomo alto. Mi è montato in macchina. Aveva un coltello».

«Ti ha detto il suo nome?».

«Ezequiel. Mi ha detto di chiamarsi Ezequiel».

«Ti ha fatto del male, Sandra?».

È a quel punto che crolla. Per lunghi minuti si sentono soltanto singhiozzi, sommessi e disperati. Il suono rimane ammortizzato dalla parete che le divide.

L'angoscia, no.

L'angoscia filtra attraverso il muro di mattoni come una nebbia, tenue e velenosa che si insinua nei polmoni di Carla. Perché sa, intuisce, che il destino di Sandra è anche il suo.

«Ti ha fatto del male», dice Carla, quando lei si calma un po'.

«Non ne voglio parlare».

Carla invece *vuole* parlarne, di fatto pensa che non ci sia mai stato altro argomento che le sia interessato di più nella vita che quello di sapere che cosa è stato fatto a Sandra.

Deglutisce saliva. Si costringe a non obbligarla. Non vuole che si chiuda. Le viene in mente – la mente, che cosa strana – la sua professoressa di negoziazione a Brompton. *Non farti mai vedere che smani per un'informazione, non farti mai trascinare dalle emozioni.* Miss Rathe. Che figlia di puttana, come le stava addosso. *Un giorno queste nozioni potrebbero salvarti la vita*, diceva. Certo, se solo riuscisse a ricordarle.

Distoglie l'attenzione. Cambia argomento. Fa un giro per arrivare allo stesso punto.

«Di cosa ti occupi?».

«Sono una tassista. Mi ha preso così», dice Sandra. «E tu?».

«Lavoro per un marchio di abbigliamento. In amministrazione».

«Quale?».

Carla le dice il nome.

«Ho delle cose vostre», dice la tassista. «Compro soprattutto ai saldi. Anche se non trovo sempre la mia taglia».

Certo che no, perché la chiave del loro business è che tutto quello che fanno uscire finisca molto rapidamente per costringere a visitare i negozi ogni dieci giorni. Così l'ha concepito suo padre, l'idea geniale che ha fatto entrare soldi a palate.

«Ci sono stata la settimana scorsa», continua Sandra. «C'era una canottiera blu che mi piaceva. Con dei fiori bianchi. Ma era molto costosa, anche in saldo».

Carla la conosce. È uno dei successi della stagione. Anche se a lei non la convince.

«Sandra, quando usciremo di qui, verrò con te di persona in un negozio e prenderemo tutto quello che vuoi».

«Faresti questo per me?».

«Certo».

«Se usciamo».

Piombano entrambe nel silenzio.

«Come…?».

«Stavo finendo il turno, di notte. Un furgoncino ha parcheggiato accanto a me, e mi si è buttato addosso. Ho notato una puntura nel collo. Credo che mi abbia drogato. Mi sono risvegliata qui. Non sto bene da allora».

«Cosa ti senti?».

«Ho tanto sonno, costantemente. Credo che mi metta qualcosa nell'acqua. Ha un sapore strano, amaro. Faccio molta fatica a rimanere sveglia», dice, ed è vero che la sua voce suona sempre più spenta.

All'improvviso allarmata, Carla tasta la sua bottiglia di acqua, di cui rimane appena un terzo. Svita il tappo, fa un breve sorso. Non ha né sapore né odore.

Qualunque cosa voglia Ezequiel, lei non sta ricevendo lo stesso trattamento.

«Non bere niente».

«Fa tanto caldo e ho molta sete. E mi ha detto prima di andarsene che dovevo finire l'acqua, altrimenti…».

«Andarsene? Come andarsene?».

Dove se n'è andato? Le ha lasciate lì da sole? Il pensiero è spaventoso, ambivalente. E se gli succedesse qualcosa? E se avesse un incidente e nessuno riuscisse a trovarle, mai? A Carla vengono in mente molti pochi destini più atroci di morire di fame e sete in quell'oscurità. Hanno bisogno di Ezequiel per rimanere vive. E Carla deve sapere come fa Sandra a sapere che Ezequiel se n'è andato.

Sandra non risponde.

«Sandra. Ascoltami. Devi rimanere sveglia. Sandra».

«Non ci riesco». La sua voce è quasi impercettibile.

«Come fai a sapere che se ne è andato? Come fai a saperlo, Sandra?».

Il silenzio dura un'eternità.

Si interrompe un momento…

«C'è… un buco».

E poi, il nulla.

9
Un sentiero

«Dev'essere da quella parte», dice Antonia, undici secondi dopo essere salita sul muro.

«Che cosa?».

«Un sentiero tra gli alberi».

«Riesci a vederlo, con tutto questo buio?».

«Riesco a vederlo nella mia testa. Aiutami a scendere, ho paura a girarmi».

«Come? Vuoi che ti prenda?».

«Credo che tu ce la possa fare».

«Ragazza, ce la faccio a prenderne quattro come te».

Forse cinque, decide Jon quando afferra Antonia per la vita e la fa scendere. Con il suo record da *harrijasotzaile* di quasi trecento chili di peso, quella donna talmente magra che deve mettersi i sassi in tasca per non farsi portar via dal vento gli sembra una piuma.

«Credevo che non ti piacesse che ti toccassero».

«Infatti non mi piace. Ma se sono preparata è più facile».

Ritornano alla macchina dopo aver salutato il vigilante, che l'unica cosa che chiede è di non dire a nessuno che si era dimenticato la porta della garitta aperta.

«Non temere», lo rassicura Jon, «noi saremo muti come una tomba».

«Scendi lungo il sentiero. E vai piano, più piano che puoi», gli indica Antonia, quando Jon si mette al volante. «E accendi gli abbaglianti».

I fari allo xeno dell'Audi A8 – talmente potenti che puntati al cielo potrebbero richiamare giustizieri mascherati – trasformano l'alba in pieno giorno man mano che Antonia cammina davanti all'auto, in discesa. Lo sguardo fisso sul lato destro, la borsa a tracolla ben stretta e il passo molto corto, talmente corto che Jon deve stare tutto il tempo a giocare con il freno. Per non investirla, sarebbe di cattivo gusto. L'Audi, che non è fatta per quest'andatura da anziana oziosa, protesta, vuole avanzare, bisogna trattenerla.

«Si può sapere che cosa stiamo cercando?», dice Jon, sporgendo la testa dal finestrino.

Antonia gli ordina di tacere agitando la mano senza voltarsi.

Un paio di minuti dopo, il GPS lo avvisa di nuovo che:

«Siamo arrivati al punto che avevi segnato prima sul navigatore», dice, sporgendo di nuovo la testa.

Dieci metri più avanti, Antonia fa una sosta e si china accanto agli arbusti e alla sterpaglia che costeggiano il sentiero, sparendo dalla vista per un secondo. Quando si raddrizza, sta trascinando qualcosa.

Jon vede che sta strattonando gli arbusti, che non sono fissati a terra dalle radici, come gli arbusti perbene, ma buttati là malamente, nei fatti e nelle intenzioni.

Antonia gesticola perché faccia manovra. Jon verifica subito che gli arbusti stavano coprendo un sentiero sterrato tra gli alberi, poco più di una mulattiera polverosa. Un riflesso sulla destra attira la sua attenzione e scende dalla macchina per indagare.

«Credo di aver visto qualcosa», dice alla collega.

Nascosto tra le erbacce trovano un oggetto catarifrangente. Jon lo tira, è incastrato. Quando finalmente cede e finisce sotto il bagliore dei fari, Jon emette un fischio.

«Credo di cominciare a capire che cos'è successo qui».

Antonia raddrizza il segnale e scosta un paio di foglie secche che sono rimaste appiccicate al cartello «DEVIAZIONE PER LAVORI».

«È quasi nuovo».

«L'ha sicuramente rubato».

«Non necessariamente. Si può comprare su Internet. Non costano neanche venti euro».

«Come fai a sapere queste cose?», si stupisce Jon, guardandola con la coda dell'occhio.

«Come quasi tutto il resto: per curiosità».

«Mi stai dicendo che chiunque può comprare segnaletica ufficiale e deviare una strada a meno del prezzo di una bistecca con patate?».

«Si può anche personalizzare con il nome di un municipio, se vuoi», dice Antonia, indicando l'angolo del cartello, dove si può vedere chiaramente «MUNICIPIO DI LAS ROZAS».

«E nessuno ti chiede una documentazione?».

«No. Fanno come il nostro amico vigilante del Centro Ippico. Perché dovresti dire che sei di un tal municipio se non lo sei?».

Be', se sei uno psicopatico che vuole depistare qualcuno per poterlo sequestrare, per esempio, pensa Jon. *Ma questo è ciò che ha generato Internet. Non soltanto mette il nostro indirizzo, il nostro telefono, le nostre abitudini a disposizione di qualsiasi matto del cazzo. Fornisce anche gli strumenti perché ci faccia del male.*

«Andiamo avanti, vediamo dove porta».

Jon ritorna all'Audi e la guida lungo la mulattiera, mentre Antonia riprende a camminare davanti a lui, attenta al percorso. Non mancano buche né sterzate, e stavolta Jon è felice di seguire il cammino anticipato da lei. Quaranta o cinquanta metri più avanti, il sentiero si allarga. Gli alberi fanno spazio a una radura di una ventina di metri di diametro.

Antonia si ferma. Qualcosa per terra ha attirato la sua attenzione.

Jon scende dalla macchina e le si avvicina. Sul terreno sassoso c'è una macchia, grande e scura, quasi nera alla luce dell'alba che ancora non irrompe. All'ispettore Gutiérrez non serve che Antonia si abbassi, prenda una manciata di terra macchiata e rinsecchita e gliela porti al naso. L'odore metallico è distinguibile anche stando in piedi.

Ma lei lo fa, comunque.

«Annusa».

Jon scosta la faccia.

«Non serve. È sangue, Antonia».

«Tanto sangue», dice lei. «Di chiunque sia, non ce la farà».

«Probabilmente una pugnalata al collo», presume Jon,

che ha già visto macchie del genere. Una volta due tossici si azzuffarono nel quartiere di Las Cortes per chi doveva cinque euro a chi. Quello che vinse si aggiudicò un biglietto di sola andata per il penitenziario di Basauri all inclusive. Quello che perse lasciò per terra vicino allo stagno delle anatre una pozza scura che non era molto diversa da questa.

«Fai luce qui», chiede Antònia, indicando un po' più avanti.

Jon accende la torcia del cellulare e vede che c'è una scia per terra. È flebile, soltanto qualche segno laddove le pietre del terreno abbandonano la loro conformazione irregolare e formano una linea a stento visibile.

Qualche passo più avanti, la scia si perde tra gli arbusti, allontanandosi dalla radura e dal sentiero.

L'ispettore Gutiérrez si sbottona la giacca, e lascia in vista la fondina.

«Mettiti dietro di me. E sarà meglio che illumini tu», dice, passando il cellulare ad Antonia.

«Esagerato. Chi ha fatto questo se ne sarà già andato da molte ore».

Jon ha sempre avuto l'istinto di proteggere gli altri, fin da quando era un bambino. Influiscono la stazza del suo corpo e del suo cuore. E poi perché sì, cavolo. Perché ci sono cose che sono come sono. Per cui con una mano agita il cellulare perché lo prenda e con l'altra la spinge lievemente indietro.

«Tu dammi retta».

Antonia prende il cellulare.

«Avremmo dovuto chiedere la torcia al vigilante».

O aver portato una Maglite come si deve, pensa Jon, che ne ha sempre una. Nella sua macchina, quella che è rimasta a Bilbao, parcheggiata a due isolati dal commissariato. Lì sì che è utile.

Quando si addentrano tra gli alberi, seguendo la scia, gli aghi di pino scricchiolano sotto i loro piedi, denunciando la loro intrusione.

Il resto è silenzio.

Jon sente uno strano formicolio sul cuoio capelluto. Un formicolio che ha già sentito, rarissime volte. Occasioni in cui le cose non sono andate bene. Mai nella sua vita ha dovuto sparare – pochissimi poliziotti arrivano a farlo. Ma ha dovuto estrarre l'arma alcune volte. E quell'elettricità – un centinaio di insetti che scorrazzano tra il cranio e i capelli – era presente, sempre.

Si porta la mano alla fondina, e sfila il passante.

«Stai attenta».

«Ti ho già detto che non abbiamo nulla da temere. E tantomeno di questo», dice Antonia, puntando la luce sulla sinistra.

Nel cerchio di luce brillante c'è una mano.

La pelle, pallida e grigiastra, irradia un bagliore spettrale.

Quando si avvicinano, verificano che la mano è unita al resto del corpo di Carmelo Novoa Iglesias. Giace supino su un cespuglio di cisto che conserva ancora alcuni dei suoi fiori. Gli occhi vuoti dell'autista sembrano cercare una risposta al significato della morte tra le chiome degli alberi. Non la trovano. Gocce di rugiada scintillanti sulle sue ciglia se ne dispiacciono.

Carmelo offre un doppio sorriso di sconcerto. La smorfia della morte, e ciò che l'ha causata: una bocca crudele, aperta sulla parte laterale del collo.

«Credo che mi devi un toast», dice Antonia.

Jon, che pur avendo alle spalle molti anni da poliziotto continua ad avere i conati di vomito di fronte al fetore caratteristico della morte, stringe i denti per trattenere l'unico pasto decente che ha ingerito negli ultimi due giorni.

«Temo che i sospetti di Parra sulla colpevolezza dell'autista siano infondati», dice, quando riesce a riprendersi.

«A meno che non fosse un complice e che quell'Ezequiel abbia deciso di cancellarne le tracce. Ma non sembra probabile. Mi sono sbagliata, Jon. Avevi ragione. Avremmo dovuto dire a Parra del delitto alla Finca».

«Ma guarda un po', Antonia Scott si è sbagliata. Fermate le macchine».

«Non fare il ragazzino. E poi, constatarlo era la cosa più…».

Jon la interrompe, alzando una mano.

«Hai sentito?».

Un suono aspro e un ronzio. L'inconfondibile suono di una macchina che parte. E poi, il ruggito minaccioso di un motore mandato su di giri, una volta, due volte. Nel silenzio incorporeo del bosco all'alba, il suono sembra venire da tutte le parti e nessuna.

Entrambi si guardano attorno confusi.

«Che…?».

A quel punto si accendono i fari della Porsche, e succedono tre cose contemporaneamente.

Il conducente lascia il freno, e la macchina, sospinta dalla forza del motore da cinquecento cavalli, schizza verso Antonia Scott come un gigantesco predatore nero.

Antonia, abbacinata, rimane inchiodata sul posto. I suoi piedi sono ancorati a terra, non riesce a muoversi. Nell'intervallo – un secondo e mezzo, forse due – che impiegano le due tonnellate di macchina a percorrere la distanza fino al suo corpo paralizzato, comprende un concetto che l'ha sempre affascinata. Perché i cervi e i conigli non scappano dalla macchina che sta per investirli? La risposta gliela offre direttamente il suo sistema nervoso: il meccanismo naturale del corpo di un mammifero all'ora del crepuscolo quando viene minacciato e rimane accecato è quello di rimanere sul posto. Come ultimo pensiero prima di morire, non è male.

E tre: senza considerare minimamente la propria integrità fisica, e con un'audacia che va al di là del dovere, l'ispettore Gutiérrez si avventa su Antonia Scott, scaraventandola a terra poco prima che il paraurti dell'enorme SUV di lusso si scontri sul suo petto a cinquanta chilometri orari, l'equivalente di precipitare da un quinto piano.

Bel coglione che sono, pensa Jon, ancora sopra Antonia.

«Levati, levati!», gli dice lei, sgusciando da sotto il suo corpo come una lucertola.

Jon si alza in piedi e mette mano alla pistola in tempo per vedere le luci di posizione della Porsche che zigzagano tra gli alberi che conducono al sentiero. Adotta la posizione isoscele – gambe divaricate, ginocchia flessibili, mano sinistra che sostiene la destra – e spara.

Il colpo destinato al parabrezza posteriore si conficca nel portabagagli. Gli manca la pratica. Influisce anche il fatto che la maledetta Porsche rimbalzi sul terreno irregolare come una biglia su un tamburo.

Non riesce a far partire il secondo, perché Antonia si è intromessa nel suo campo visivo.

«Dove cazzo vai, *zoroputoa*? Levati di mezzo!».

Non risponde. E dove sta andando, è dritta alla macchina.

Questa tizia mi farà ammazzare, pensa Jon, correndole dietro. *O se no ammazzo io lei.*

10
Una superstrada

A Jon Gutiérrez non piacciono gli inseguimenti ad alta velocità.

Non è una questione di estetica. Quando li vede al cinema, tutto è magico. Il montaggio accelerato, i cambi di inquadratura, la musica, il suono che si sposta dagli altoparlanti anteriori a quelli posteriori per darti la sensazione di movimento.

Quello che a Jon non piace degli inseguimenti ad alta velocità è dover fare da copilota.

È arrivato alla macchina per un pelo, quando Antonia era già partita e si stava rigirando nella radura. L'inerzia ha lasciato la macchina ferma per un istante, e Jon ne ha approfittato per aprire la portiera e infilarcisi dentro, quando Antonia stava già ingranando la marcia per imboccare il sentiero.

«Si può sapere che diavolo ti prende?», dice Jon, mettendosi la cintura. «Avrei potuto spararti!».

Antonia non risponde. Guida la macchina a quasi novanta chilometri all'ora in uno spazio talmente stretto che la velocità consigliabile sarebbe camminare, e con un cestino da picnic. Passando, i bordi dei paraurti divelgono gli arbusti. Ma Antonia non si scompone di una virgola.

Ha quell'espressione che Jon ha già visto e ha imparato a riconoscere. Gli occhi vitrei, la mascella tesa. Quell'espressione che indica che il suo cervello sta lavorando a più giri del normale, più di quanti riesca a elaborare. La sua mente deve gestire due problemi complessi allo stesso tempo, e si ostina a farlo contemporaneamente.

Velocità massima dell'Audi A8 (225 km/h).

Posizione del cadavere.

Distanza tra gli alberi.

Velocità massima della Porsche Cayenne Turbo (la ignora, si maledice per non averlo verificato, lo sapeva qual era).

La pugnalata del collosenzaferitedadifesasullemaninonpossotuttocontemporaneamente...

Di nuovo il senso di soffocamento. Non è una buona idea, guidando a quella velocità. Quando Antonia si rivolge finalmente al collega, è una resa. Un'altra.

Solo stavolta. Sarà l'ultima.

«Mentor ti ha dato qualcosa per me?», dice, allungando la mano.

Jon all'inizio non capisce a cosa si riferisca, è troppo attento alla traiettoria. Indica davanti a loro.

«Attenta!».

Il cammino vira di nuovo, stanno per uscire dalla strada non asfaltata che unisce il Centro Ippico alla superstrada. Antonia si sforza di tenere sotto controllo il posteriore della macchina su quel terreno pietroso, girando il volante in direzione contraria. Per ora hanno solo una portiera posteriore ammaccata da un albero che li ha aiutati nella frenata.

Della Porsche neanche l'ombra. E anche se è una quattro per quattro tanto per dire, su quel terreno è comunque avvantaggiata.

«Mentor ti ha dato qualcosa per me?», insiste, colpendo Jon sulla spalla.

Jon finalmente capisce che cosa gli sta chiedendo. Si fruga nelle tasche, pregando di non aver perso la scatoletta metallica. La trova nella tasca del gilet, al posto dell'orologio che dovrebbe andare in quel punto e che suo padre non gli ha mai regalato.

Apre la scatoletta. È divisa in due settori.

«Quale?».

«Quella rossa», dice, allungando il palmo. «Subito».

Jon le dà la pastiglia. Sente come la morde, e vede la lingua muoversi, con la precisa maestria dell'esperienza. Jon ha già visto quella gestualità in persone magre dai denti marroni e le vene sottili.

«Tieni il volante», gli ordina.

E chiude gli occhi. Chiude gli occhi, senza mollare il piede dall'acceleratore.

«Ci farai ammazzare!», dice Jon, sganciando la cintura di sicurezza e afferrando il volante. Almeno la strada è dritta, ma a quella velocità e con quel terreno potrebbe succedere qualsiasi cosa.

L'assistenza alla guida dura dieci secondi esatti. Jon lo sa perché Antonia li ha contati a bassa voce, quasi sussurrandoglieli all'orecchio, chino com'è su di lei. Non arriva allo zero (così sarebbero undici). Dice soltanto:

«Ok». E afferra di nuovo il volante.

Jon ritorna al suo posto e cerca come un disperato la cintura. Soltanto quando se la riallaccia si azzarda a sgridarla. Ma non ci riesce, perché in lei vede che qualcosa è cambiato. Sembra essere seduta più dritta, con le spalle più alte. E i suoi occhi non sono più vitrei, ma sono diventati due raggi laser.

«*Zoroputoa*. Sei pazza da legare», dice Jon.

«Spero non ti dispiaccia se la spingo a duecento», lo scimmiotta lei, colpendo sul cambio per mettere la macchina in modalità sequenziale e toccando leggermente le leve per ingranare una marcia in più. Per ora va soltanto a cento, il doppio del consentito. Le ruote dell'Audi non sono state fatte per la terra.

Cazzo, quando le ho chiesto se le piacevano le auto non immaginavo questo.

Il tratto non asfaltato finisce duecento metri più avanti. E lì a immettersi nella superstrada, guarda un po', c'è il sospettato. O è lui o c'è qualcuno che scappa a gran velocità in una Porsche Cayenne Turbo color nero su questa strada solitaria.

Antonia preme a fondo sull'acceleratore, ora che il suo obiettivo è in vista.

«Ho bisogno», dice a Jon, con la voce molto tranquilla, «che guardi su Internet la velocità massima che può raggiungere quella macchina».

«Ora vuoi che mi metta a scrivere sul cellulare?», dice Jon, che si è aggrappato con entrambe le mani alla maniglia sul tettuccio.

«E tu che vuoi, vivere cent'anni?».

«Be', sì, era un'idea».

«Chiedilo a Siri», dice Antonia, scalando una marcia per poter prendere la curva della superstrada senza cappottare.

Non del tutto convinto, Jon molla una mano e pigia sul bottone laterale del suo telefono.

«Siri, quanto fa una Porsche Cayenne?».

Dopo averci pensato un attimo, Siri risponde sollecita.

«*Questo è ciò che ho trovato in Internet per "Quanto fa una porca iena"*».

Jon decide che Siri non capisce l'accento di Bilbao e lo cerca a mano.

«Sui 286 chilometri all'ora», dice Jon.

Antonia stringe le labbra. Mezza incazzata per la notizia che l'altra macchina può andare più veloce di sessanta chilometri, mezza concentrata sulla guida. Ora tutti i suoi sensi e le sue capacità sono intente a spingere quell'enorme macchina. Quando gli pneumatici toccano l'asfalto, abbandona le precauzioni. Se mai ne ha avuta qualcuna finora.

«Tieniti forte», dice a Jon.

«Di più?», dice Jon, che ha ormai le nocche bianche per lo sforzo.

Una fortuna che le maniglie siano saldate al telaio.

«Chiama Mentor», dice Antonia. «Digli che il sospettato è sulla A-6 direzione nord».

Il traffico sulla strada è ancora intermittente. Non sono neanche le sette del mattino, e ha già albeggiato. Per questo Antonia può spingere la macchina a centosessanta, e comincia a sorpassare, a destra e a sinistra, come se le leggi della fisica e della logica non fossero cosa sua. Due minuti dopo, Antonia riesce a vedere la Porsche, in lontananza. Un secondo prima che sia troppo tardi.

«Sta svoltando!», grida Jon.

«L'uscita della M-50».

Un altro secondo e l'avrebbero persa di vista. Antonia preme ancora di più sull'acceleratore. Conosce quella strada. C'è molto meno traffico ed è piena di deviazioni. Se non è capace di accorciare la distanza e la perdono di nuovo, si dileguerà.

Per cinque interminabili secondi deve lasciar passare le macchine che hanno preso la deviazione prima di lei. Non c'è spazio per l'enorme Audi. Soltanto quando l'ultimo si immette nella corsia – a passo di tartaruga –, Antonia lo sorpassa sulla destra. Il suono del clacson rimane indietro, gli insulti se li immagina e li ignora.

«Andiamo. Andiamo».

Davanti a loro c'è un rettilineo enorme. Prende la corsia di sinistra, e spinge la macchina a duecento chilometri all'ora. L'acceleratore è schiacciato a terra, e il motore va al massimo delle sue capacità. Piano piano riesce a tirargli fuori un altro po' di velocità, e la Porsche è sempre più vicina. Cento metri, ottanta. Sessanta metri.

«Stai attenta!».

Un'altra macchina, una Volkswagen Passat, sta sorpassando una FIAT. Antonia le lascia completare la manovra e poi infila l'auto nello spazio che è rimasto tra la Passat e la FIAT. Il paraurti posteriore dell'Audi rimane a meno di trenta centimetri da quello della FIAT, che sbanda trascinata dall'aria spostata dall'auto di Antonia e inchioda. Senza tentennare un istante, Antonia supera la macchina davanti alla Passat, che frena a sua volta.

Jon mormora qualcosa tra i denti.

«Che dici?».

«A te niente. Prego san Cristoforo, patrono degli automobilisti, che mi faccia tornare al Bingo Arizona».

«Be', tutto fa brodo».

Un nuovo sorpasso. L'ultimo.

La Porsche è davanti, a meno di quaranta metri, e la strada è sgombra.

«Deve averci visto».

«Cazzo, certo che ci ha visto. Andiamo a duecento e rotti, e non rallenta».

Il motore dell'Audi non ce la fa più, ma la scia del gigantesco fuoristrada fa sì che Antonia riesca quasi a raggiungerlo. Le due macchine sono quasi appiccicate.

Se frena ora ci ammazziamo, pensa Jon. Il cuore gli scalpita nel petto come un ballerino di flamenco al compleanno di un narcos.

«Dimmi che non c'è nessuno dalla tua parte», chiede Antonia.

«Libero!».

Con una sterzata secca e precisa, Antonia esce dalla scia della Porsche e comincia ad affiancarla. Lo schiaffo del vento è ora brutale, rende l'Audi più lenta, e Antonia fatica ad allineare i due veicoli al cospetto della superiore potenza del fuoristrada.

Ancora qualche centimetro. Pigia fino a lasciare il calcagno sull'acceleratore. La gamba è talmente tesa che le si sta intorpidendo il polpaccio a forza di tenerla premuta.

«Il cellulare, Jon! Fai una foto quando la affianchiamo!».

Jon bisticcia con lo sblocco del telefono e con l'applicazione della fotocamera.

Ancora uno sforzo.

I finestrini si allineano. E lì c'è Ezequiel. Alto, o forse è il veicolo. Braccia forti. Occhi intensi, che rifulgono con odio da dietro un passamontagna nero. Un terzo occhio, quello di una pistola, che guarda in faccia Antonia, sul punto di sparare.

L'urlo di Jon è la prima cosa che salva loro la vita.

«Frena! Frena!».

Lo sparo frantuma il finestrino della Porsche, ma la pallottola si perde nella distanza. Perché nella stessa corsia c'è un camion quattro assi, a meno di duecento metri. Antonia solleva il piede dall'acceleratore appena in tempo, e sposta il peso sul freno, molto lentamente, quanto basta per riposizionarsi dietro alla Porsche. Ma stavolta Ezequiel non le permetterà di usare la sua scia per avanzare, e fa anche lui una brusca sterzata. Blocca il passaggio ad Antonia, e questa si vede a sua volta obbligata a ridurre di molto la velocità per non andare a sbattere contro la Porsche. Quando se ne rende conto, il camion gli è quasi addosso.

Antonia deve decidere se andare a sbattere sul guardrail o stamparsi contro trenta tonnellate.

Sceglie bene.

A quella velocità, l'Audi fende la lega di acciaio e zinco come se fosse di carta. La seconda cosa che salva loro la vita è che il terreno in quel punto ha un lieve dislivello che – capricci di un dio benevolo – quasi coincide con la traiettoria che fa il veicolo in aria. Le ruote non scoppiano quando toccano terra, e l'inerzia concede cinquanta metri buoni prima di ricordarsi della loro esistenza e realizzare che avrebbero dovuto capottarsi diverse volte. Quando lo pneumatico anteriore sinistro scoppia, la frizione e la gravità si sono già prese la briga di rallentare l'impulso di modo che la macchina si limita a ribaltarsi sulla portiera del conducente e percorrere gli ultimi metri su una fiancata fino a fermarsi del tutto in mezzo a un campo incolto.

Jon – in un angolo a 90 gradi rispetto al suolo – si tasterebbe tutto il corpo per appurare che sta bene se non fosse imprigionato da un sacco di airbag. Quello anteriore, quello centrale, quello laterale e quello delle gambe. Mezzo minuto dopo, quando si sgonfiano a sufficienza, riesce a liberarsi prima di loro e poi della cintura di sicurezza. Chiama Antonia, che non risponde. Dà manate sull'airbag centrale che li separa – la macchina vale ciascuno dei centomila euro che costa – finché non riesce a vederla in volto. La collega ha gli occhi chiusi e un filo di sangue le cola dal naso e scende lungo la guancia.

No. No.

Jon si affretta a sentirle il battito sul collo. Agitato com'è, tarda a trovarlo. Ma quando lo individua, respira tranquillo. È forte e regolare. Magari è solo intontita dallo schiaffone dell'airbag sulla faccia.

«Ti ho detto che non mi devi toccare», mormora.

Battito normale, modalità bitch on. *Ok, sta bene.*

«E io di non farci ammazzare al volante».

«No, non me lo hai mai detto», si stranisce lei, sempre così letterale.

«È una regola basilare della convivenza».

Jon si arrampica per uscire dalla macchina – il mondo appare così lento ora, così immobile, il terreno così stabile e sicuro – e aiuta anche Antonia a scendere.

«L'abbiamo perso».

«A quanto pare», dice Antonia, dando un calcio alla pietra più vicina.

Ancora un po' frastornata, la manca.

Ezequiel

Quando ritorna al rifugio, ha fuoco nei polmoni e acido per batteria nello stomaco.

Stupido, stupido, stupido.

È il secondo errore che commette in un brevissimo lasso di tempo. Poteva fallire tutto nel giro di un secondo. Tutto. E per colpa di una disattenzione.

Tutto per non aver ricordato una cosa banalissima.

Non riusciva a maneggiare il coltello con i guanti, e quindi se li è tolti. E quando la donna è scappata via, ha perso l'equilibrio e si è appoggiato un attimo al finestrino. Si era detto che doveva passare uno straccio, cancellare quelle impronte, ma quell'appunto mentale era svanito tra il nervosismo e l'eccitazione dell'inseguimento. Cacciarla nel bosco era stato più difficile di quanto potesse immaginare, e gli aveva procurato una soddisfazione animale, primitiva e peccaminosa, nonostante non le avesse fatto alcun male. Lei era molto preziosa da viva, la più preziosa di tutte.

Per questo aveva rischiato tanto per catturarla.

Stupido, stupido. Troppo vicino.

Avrebbe preferito farlo più avanti, soprattutto essendo così recente il primo lavoro. Il primo capitolo della sua opera. Prendere il primo non era stato difficile.

Lo aveva sottomesso senza fargli del male, lo aveva trattato con umanità. Aveva gridato più della donna e aveva dovuto imbavagliarlo, è vero, ma solo perché era molto più spaventato. Una volta scaduto il termine dato alla madre e giunto l'inevitabile finale, Ezequiel gli aveva parlato con voce dolce e aveva usato dei farmaci. Non aveva sofferto più del necessario.

Sono, essenzialmente, una brava persona.

Erano stati mesi e mesi di duro lavoro. E il colpo di grazia, quando aveva messo la sua opera a disposizione dei genitori, era stata la parte più dura. Avrebbe preferito riposare un po' prima di affrontare il capitolo successivo. Ma l'opportunità di prendere la donna si era presentata, e non poteva lasciarsela sfuggire. Lei era molto in alto nella lista.

E l'errore, quello stupido errore era stato sul punto di mandare in malora tutto quanto.

Cerca di sedersi a scrivere per tranquillizzarsi. Apre il suo taccuino e comincia:

Padre diceva sempre che per un chiodo si perde un ferro si perde un cavallo si perde il fantino si perde la battaglia si perde la g...

Non può. Non riesce a concentrarsi. Strappa la pagina e, diversamente dal solito, la lancia contro la parete umida e unta, senza bruciarla. Lascia sul tavolo il taccuino e la matita, con cura. Poi l'ira esplode, come un'ondata, e travolge con il braccio tutto il contenuto del tavolo. Il posacenere si disintegra sul pavimento.

Ha bisogno dello sfogo. Ha bisogno dello sfogo, e ne ha bisogno ora. Il taccuino da solo non può aiutarlo. Lo farà più tardi, quando avrà quello che vuole.

Soltanto una cosa può aiutarlo ora.

Si alza in piedi e scende lungo il corridoio, passando sopra gli scarti che si ossidano sul pavimento, e si ferma davanti al loculo in cui tiene la donna.

Può sentirne il respiro agitato dall'altra parte della porta. Avvicina la mano alla corda che solleverebbe la pesante lastra di metallo. Accarezza la cima, che ha tagliato con attenzione e annodato con tanto zelo. Un lieve tiro, e la corda si alzerebbe. Sarebbe così facile.

No. No, con lei no.

Continua a camminare, fino alla fine del corridoio, per prendere quello che gli serve.

Carla

Dall'altra parte della parete arrivano suoni vaghi. Suoni spaventosi.

Suoni che la sua immaginazione trasforma in atti concreti e identificabili.

Carla sa che dovrebbe gridare, protestare, difendere Sandra. Provare qualcosa, anche solo a far rumore. Lo sa in un modo così cristallino come sa che esistono ventiquattro appellativi per i mantelli di un cavallo. Ma entrambe le nozioni sono assolutamente inutili nella sua situazione.

Il rumore non cessa. Continua ad attraversare la parete e infettarle l'anima, di paura e di vergogna.

Carla decide di fare qualcosa.

Si tappa le orecchie con le mani, e comincia a recitare a bassa voce.

«Sauro. Pezzato. Zaino. Roano. Baio…».

Nelle pause, filtra ancora il suono. L'orribile suono.

Carla recita più velocemente.

11
Un osso

Mentor arriva mezz'ora dopo, e non è particolarmente di buonumore. Li trova entrambi seduti all'interno del cellulare della Guardia Civil.

«Accidenti, Scott. Era dal caso di Valencia che non me ne spaccavi una», dice, indicando l'Audi capottata. «Un altro graffio ed era sinistro totale».

«Dovresti vedere com'era ridotta l'altra», dice lei.

«Be', mi piacerebbe averla vista, l'altra», risponde Mentor, esasperato. «Se dovevi fare un casino del genere, potevi almeno avere la delicatezza di arrestare il sospettato».

«La macchina che guidava era migliore», dice Antonia, alzando le spalle. «Potremmo avere una Cayenne?».

«Io mi accontenterei se ci togliessero le manette», dice Jon, indicando le braccia dietro la schiena.

A nulla erano servite le credenziali di Antonia e Jon. Non appena la Guardia Civil era apparsa sul luogo del sinistro – lentamente, venivano con una Prius –, li avevano ammanettati, gli avevano fatto il test alcolemico, quello tossicologico e stavano per chiamare uno psichiatra quando entrambi sono risultati negativi. Avevano insistito molto sul fatto che era un miracolo che non si fossero fatti nulla.

«Ha visto il mio naso?», aveva detto Antonia, indicandoglielo. Era gonfio e con un tampone di cotone in ogni narice.

«Non è neanche rotto. Sarebbe stato logico che foste morti».

Mentor si sarebbe arrabbiato di meno, probabilmente.

«Sapete quanto mi costerà insabbiare questa cagata?», dice.

Antonia guarda dall'altra parte. Jon, che ha il corpo dolorante, è stanco e affamato e muore di sonno, non sa se strangolarla o difenderla. Opta per la seconda.

«Almeno Antonia ha localizzato il cadavere dell'autista».

«Oh, sì, il vostro amico il capitano Parra si trova proprio ora sulla scena del crimine che avete trovato. E irrimediabilmente alterato».

«Parra non dev'essere molto contento», dice Jon, cercando di non sorridere.

«Lei che ne dice, ispettore? Non soltanto avete mandato a monte la sua teoria, distrutto la scena del crimine, agito per i fatti vostri senza avvisare nessuno, lasciato fuggire un sospettato… gli avete anche fatto fare la figura del coglione».

«Non ci siamo dovuti sforzare molto».

Mentor scuote la testa.

«E un inseguimento a duecento e passa sulla superstrada, con centinaia di civili a guardare. E la stampa che, a proposito, è lì fuori. Abbiamo dato la versione che è stata "una corsa illegale che si è fortunatamente conclusa senza danni alle persone"».

«Hai visto il mio naso?», ha detto Antonia, indicandoglielo.

«Non è neanche rotto. Ispettore, mi piacerebbe parlare un momento con lei in privato».

Jon si volta perché Mentor gli levi le manette, ed entrambi si incamminano verso i rottami della macchina.

«Sinceramente mi aspettavo molto di più da lei», dice Mentor, quando si sono sufficientemente allontanati da Antonia.

«Se avessi un euro per ogni volta che me l'hanno detto…».

«In teoria doveva proteggere Scott».

«Anche da se stessa?».

«Soprattutto da se stessa».

Jon china la testa. Era vero. C'erano un sacco di ma e un sacco di scuse, ma la verità è che avrebbe potuto gestire la situazione molto meglio.

«Non è facile».

«Lo so».

Mentor tira fuori un pacchetto di Marlboro dalla giacca. Prende una sigaretta e la sbatte due volte dalla parte del filtro sopra l'immagine deterrente. Il fotografato sembra una comparsa di *The Walking Dead.*

«Non aveva smesso?».

«Non mi rompa le palle, ispettore. Ne ho già fin sopra i capelli».

La macchina capovolta, come un animale moribondo, offre la pancia al sole del mattino. Jon dà una pacca a una delle ruote.

«Non ho mai avuto così tanta paura nella vita».

«E allora doveva impedire che guidasse».

«Il fatto è che quella stronza guida da dio».

«Sì. In effetti sì», dice Mentor. «Se la macchina che guidava Ezequiel fosse stata meno potente, ora sarebbe al commissariato in manette, a cantare il nascondiglio in cui si trova Carla Ortiz».

«Be', non è andata così. E adesso?».

Mentor si accende la sigaretta con uno Zippo degli Iron Maiden. Jon inarca un sopracciglio. Non ce lo vede Mentor come un fan di Bruce Dickinson.

Ma piuttosto di un quartetto da camera con dei pali infilati nel culo.

«Adesso. Adesso abbiamo chiuso con il caso Carla Ortiz».

«Prego?».

«È l'unica soluzione che posso darle. La vostra situazione di osservatori era una cortesia da parte di Parra. Neanche dieci minuti fa mi ha detto che se mai la dovesse rivedere nella sua vita, le taglierà le palle».

«Che ossessione che hanno gli etero con certe cose».

«La verità è che voleva denunciarla agli Affari interni».

Jon sbianca. Nessun collega, mai e poi mai, minaccia di denunciarne un altro agli Affari interni. L'edificio senza insegne né indirizzo preciso in calle Cea Bermúdez, dove vivono quelli che danno la caccia ai cattivi col distintivo, è l'ultimo luogo che un poliziotto vorrebbe visitare. Quelli che lavorano lì sono disprezzati e odiati dal resto dei settantamila funzionari del corpo in tutta la Spagna. Ma se c'è qualcuno che può suscitare ancora più disprezzo, è un poliziotto che denuncia un collega.

In tutta la sua vita, e sì che ne ha viste di cose, non aveva mai sentito una minaccia simile. E che cazzo.

«Non può parlare sul serio».

«Eccome. Parra è un tossico del potere e dell'encomio. E nelle sue mani il sequestro di Carla Ortiz è una bomba a orologeria».

«Eppure da fuori sembra così umile».

«Avrei preferito che vi occupaste voi di ritrovare Ortiz, ma ormai non si può più fare. L'essenza del progetto Regina Rossa è che non esiste. Ora è in balia di Parra e dell'USE».

«Non credo che la prenderà bene», dice Jon, indicando Antonia con il capo. Seduta nel cellulare, non gli leva gli occhi di dosso.

«Perché crede che volessi parlare con lei in privato? Lei sa perfettamente quello che le sto spiegando». Mentor schiaccia la sigaretta e volta la schiena ad Antonia. «Fra l'altro legge anche il labiale. Non so se siamo abbastanza lontani, credo di sì, ma per scrupolo si volti».

Jon obbedisce.

«Mio padre aveva un cane», continua Mentor. «Si chiamava Sam, un boxer adorabile. Buono e dolce. Degli amici ci regalarono un prosciutto iberico e mio padre mi chiese di portarlo dal macellaio perché lo affettasse e lo disossasse. Senza rendermene conto quando tornai lasciai le ossa sul piano di lavoro. Il cane le prese».

Si accende un'altra sigaretta, con lo stesso flemmatico rituale prima di continuare:

«Per quasi tre ore non potemmo entrare in cucina. Diventò completamente pazzo, molto possessivo e territoriale, non voleva mollare l'osso e ringhiava contro qualunque cosa gli si avvicinasse. Finché non se li mangiò non smise. Meglio non avere a che fare con una bestia che ha duecento chili di pressione per centimetro quadrato nella mandibola».

«Suo padre lo soppresse?».

«Il giorno dopo. Mi costrinse a portarlo dal veterinario. *Tu hai fatto la cazzata, tu ingoi il rospo*, disse. Non era un uomo di lettere. Per tutto il tragitto fino al veterinario non feci che piangere. Il cane, felicissimo. Con una diarrea tremenda, ma felicissimo».

Jon annuisce, lentamente. Ha capito dove vuole andare a parare Mentor.

«Terrò Antonia lontana dal caso di Carla Ortiz».
«No, non lo farà. Non lo farà perché non può, proprio come io non potei convincere Sam a mollare l'osso del prosciutto».
«Be', a sopprimerla ce la porta lei».
«Non mollerà l'osso, ma possiamo fare in modo che ne mastichi un altro. Basta Ortiz, ma potete proseguire con il caso di Álvaro Trueba. Entrambi i sentieri portano allo stesso obiettivo. Si limiti a tenerla lontana da Parra e dai suoi uomini, ok?».

Bruno

C'era un tempo in cui essere giornalista significava qualcosa.

A Bruno Lejarreta piace dire frasi del genere di tanto in tanto. Quando c'è uno stagista nei paraggi sufficientemente idiota da provare rispetto per un vecchio giornalista di sessantatré anni, autoproclamatosi leggenda vivente della redazione di «El Correo de Bilbao». Con i suoi gilet e le sue magliette nere, i suoi anelli (addirittura uno al pollice), i suoi jeans e i suoi stivali, con le sue rughe e i suoi capelli neri (se li tinge perché non ha voglia di ammettere che sta invecchiando) raccolti in una coda, Bruno è sempre stato un guru del vecchio mondo per gli imberbi giovinastri che entravano affascinati il primo giorno in redazione.

Ormai non ci sono più stagisti del genere, chiaramente. Oggi hanno rispetto soltanto per gli *youtuber*, per il numero di follower su Twitter e Instagram, per il numero di clic che ha racimolato un articolo. "Dieci cose che devi sapere su [Inserisci nome di famoso morto]". Con le dieci pagine corrispondenti, affinché cliccando e ricliccando il giornale aumenti il numero di copie e possa continuare a vendere agli inserzionisti la vecchia panzana. Noi contiamo, la gente ancora ci dà retta. Fateci l'elemosina!

Non è sempre stato così, ricorda, mettendo i piedi sul tavolo. Può farlo perché in redazione non c'è nessuno, ormai nessuno va più così presto. Ammesso che ci vadano, perché oggi vanno tutti pazzi per il telelavoro. Soltanto lui, che non ha niente di meglio da fare, oltre che ammazzare il tempo. Le dieci del mattino. A quell'ora, quando era giovane lui, i redattori stavano già battendo a macchina come ossessi, quelli degli archivi erano a caccia di foto, i fotografi entravano e uscivano dalla redazione e mettevano i rullini nei tubi pneumatici. L'epoca della carta. Gli Ottanta, i Novanta. L'epoca migliore. L'epoca dei migliori.

A quei tempi essere un giornalista era una figata. Ti chiamavano i poliziotti, i politici, ti presentavi dove succedevano cose. Negli anni duri del conflitto non ci si stava dietro. Immagina di coprire ora quelle notizie con lo stile dei *millennials*. "Vuoi sapere quanti ne ha ammazzati l'ultima bomba dell'ETA? La risposta ti sorprenderà!".

Oggigiorno i giornali non importano più a nessuno. E, all'interno dei giornali, a nessuno importa la cronaca, che è dove l'hanno parcheggiato, inutile quanto un vaso cinese o un ex presidente del governo. No, a nessuno importano le notizie di cronaca. L'unica cosa che importa è l'ultima tirata d'orecchi di Pérez-Reverte a un politico. Forse forse, se la vittima è una donna assassinata per violenza di genere, cattura un po' di attenzione.

Ma solo perché va di moda offendersi per questi delitti. Prima non gli dedicavamo neanche un trafiletto a pagina ventisette. E ne capitavano come ora se non di più.

Al giornale piacerebbe che Bruno Lejarreta se ne andasse dal giornale. A Bruno Lejarreta no, e così l'ha comunicato.

«Non ho niente di meglio da fare», ha detto.

«Sicuramente preferiresti goderti il tempo libero, la pensione», hanno detto, molto educatamente (Bruno ha un contratto che risale a prima della schiavitù).

«Se me ne vado ora, mi rimane una pensione di merda», ha detto lui. «Per cui datemi la buonuscita».

E il giornale non ha pagato, perché ha accumulato molti scatti di anzianità e si parla di sei cifre. Per cui lui continua a intascarsi il suo stipendio da tremila euro al mese, il più alto del giornale dopo il direttore per, detta come va detta, grattarsi le palle. In attesa di vedere quale dei due dinosauri muore per primo, se il giornale o Bruno Lejarreta. Bruno beve pochissimo, sigarette zero, e male femmine ancora meno – la sua la ama e la rispetta troppo per farle questo. Non ha neanche figli che gli procurino ulcere o infarti. Per cui le scommesse stanno al cinquanta per cento.

Bruno, tuttavia, anela di trovare qualcosa da fare. Un'ultima grande cavalcata verso l'orizzonte, direbbe, se gli piacessero i film western, e non è questo il caso. Quello che piace a lui è l'odore dell'inchiostro stampato sulla prima copia che esce dalla rotativa all'una di notte, quel giornale che ti lascia le mani nere e che in prima pagina dà un cazzotto in faccia a qualcuno. Qualcuno a cui non piacerà quello che hai scritto. Il resto, *public relations*.

Ma in cronaca ormai non avrà più quest'ultima opportunità.

O perlomeno questo pensava fino a trentaquattro secondi prima.

Finché non ha posato distrattamente lo sguardo sulla TV, Bruno Lejarreta era un vecchio finito che affrontava un altro giorno di tedio. E a quel punto ha visto la notizia al telegiornale del mattino.

«...una corsa illegale che si è fortunatamente conclusa senza danni a persone. Nello spettacolare incidente alla periferia di Madrid...».

A Bruno non interessa affatto ciò che l'annunciatrice sta dicendo. Ciò che gli importa è quello che sta *vedendo*. Nientepopodimeno che l'ispettore Gutiérrez accanto alla macchina. Il cameraman ha fatto delle inquadrature da molto lontano, e lo zoom estremo fa sì che l'immagine tremi come un costruttore a una commissione d'inchiesta. Ma è lui. Con il suo abito elegante e la sua figura robusta. Non che sia grasso.

L'olfatto di Bruno Lejarreta si acuisce, la sua espressione si affila.

L'ultima notizia che avevano dell'ispettore Jon Gutiérrez era l'indagine per condotta impropria. Il video in cui si vedeva che metteva l'eroina nel portabagagli del pappone era diventato virale – Dio, come odia quella parola – dall'oggi al domani e poi *puf*, la notizia era svanita. Come d'incanto.

Bruno conosce Gutiérrez, per disgrazia di entrambi. Non si sopportano da quando sono venuti a parole a proposito di una notizia che uno voleva dare e l'altro no. Sbirro, *txakurra faxista*, ma non soltanto questo. C'è qualcosa, molto, a pelle. Gliel'ha giurata. Per cui ci aveva goduto, e molto, quando l'ispettore Gutiérrez aveva fatto quell'enorme stronzata. Lo stesso Bruno aveva redatto la notizia del portabagagli, con l'allegria malsana che dà sempre il piantare chiodi sulla bara altrui. Derivata dall'improbabilità di inchiodarli sulla propria.

Il massimo a cui poteva aspirare, a cui avrebbe potuto aspirare Gutiérrez era pilotare una scrivania per il resto della sua vita lavorativa. Come lui.

Qui sta succedendo qualcosa.

Trentaquattro secondi fa, Bruno Lejarreta era un vecchio stanco e annoiato. Ma ora ha annusato qualcosa nell'aria. Non sa che ci fa l'ispettore Gutiérrez a Madrid in un incidente automobilistico, ma gli è venuta la curiosità di scoprirlo.

Telefona alla moglie – niente pacchianate tipo WhatsApp, gli uomini veri telefonano – per dire che si assenterà, si palpa la tasca della giacca per controllare di avere le chiavi della macchina, e guarda l'orologio. Di buona lena, per ora di pranzo sarà a Madrid.

Ma prima una sosta a Santutxu, chiaro. Una sosta importante, pensa. E sorride. Sorriso lupesco.

Non saluta nessuno andandosene, perché ancora non è arrivato nessuno. Non chiede nemmeno il permesso. Dubita fortemente che notino la sua assenza.

12
Un sotterfugio

A pomeriggio inoltrato, dopo aver dormito – finalmente – qualche ora, Jon e Antonia si incontrano al Bocablo, il bar dell'Hotel de las Letras, dove Mentor ha fatto alloggiare l'ispettore Gutiérrez. Un luogo curioso, angolo con Gran Vía, tutto vetrate. Pieno zeppo di libri ovunque. La gente non li tocca nemmeno, ma ci stanno bene.

«Siamo fuori dal caso Ortiz», dice Jon. E poi le racconta.

Antonia non la prende bene.

«C'è una donna in un qualche buco di merda in questo momento. Sarà in un sotterraneo, o in un magazzino, o in una stanza imbottita con i cartoni delle uova».

«Credevo che i cartoni delle uova fossero inutili».

«Ma i matti li hanno visti nei film. E sarà sola. Senza la sua famiglia, senza i suoi amici. Senza poter abbracciare suo figlio un'ultima volta. Probabilmente l'avranno legata e le avranno fatto del male, o peggio. E quello… quell'uomo… quel Parra…».

Poi si ferma, perché riscopre una verità universale che dimentica ogni giorno quando va a dormire. Il mondo è gestito dai mediocri, dagli egoisti e dagli idioti. In particolar modo da questi ultimi. E il capitano Parra sembra un'interessante combinazione dei tre.

Jon si scopre a difenderlo.

«Sta soltanto facendo il suo lavoro».

E si odia, ma Antonia deve comprendere che il gioco è cambiato.

«Il suo lavoro lo abbiamo fatto noi. Loro sono otto poliziotti nell'Unità. Otto. Hanno banche dati, macchine con sirene, armi, squadra d'appoggio. Ma non sanno pensare».

Si ferma di nuovo. Senza riuscire a sfogarsi, perché non c'è sfogo di fronte alla stupidità. Per digerire la stupidità valgono soltanto l'accettazione o il suicidio. Al quale stamattina non ha avuto tempo di pensare. Perché stava inseguendo un sospettato.

«Non importa», dice, e la sua voce ritorna alla gelida serenità abituale. «Troveremo Carla Ortiz. Non perché è una milionaria. Ma perché è una donna che vuole abbracciare suo figlio e non può».

Jon sorride di fronte all'innocente e inconfutabile affermazione, la cui ingenuità non la rende meno vera, e viceversa. La risoluzione irradia da Antonia come il calore da un forno.

Ah, il fuoco.

«Lo faremo. Ma lo faremo in modo intelligente. Non caricando come un cavallo in una cristalleria».

E, pur non volendo rispondere così, ciò che replica rassegnata è:

«Va bene».

Perché alla fin fine la natura del suo lavoro è il sotterfugio. Non puoi dire agli altri che sei più intelligente di loro.

«A proposito, cosa contengono le pastiglie che prendi?», chiede Jon, come se nulla fosse. Perché è un argomento che lo preoccupa molto.

«Cosa contengano, non lo so», mente Antonia.

«Be', e allora che fanno?».

«Mi aiutano a filtrare l'eccesso di stimoli nei momenti chiave. Mi rallentano, in realtà».

«Ne hai bisogno? Ne sei dipendente?».

Antonia ignora l'insulto. Perché la domanda è troppo importante. È, in realtà, tutto.

«Voglio pensare di no. Non sempre ci azzecco».

Jon non fa nessun commento. Non è nella posizione di giudicare nessuno. Pure lui ha le sue dipendenze alle quali promette assiduamente di rinunciare. Come innamorarsi, per esempio. Ognuno tira a campare come può. Gli basta sapere che non sarà un problema.

«Mi basta sapere che non sarà un problema», dice. «Che non intralcerà il tuo lavoro e non influenzerà il tuo giudizio».

«Rancoroso di merda», dice lei, riconoscendo le sue stesse parole.

«È una domanda seria».

«Lo vedremo».

Dovrà bastargli.

«L'altro giorno, alla Finca, quando sei scesa dal camioncino...».

Non aggiunge: piangendo e ridotta a un fascio di nervi.

«Sì. Le avevo prese. E no, non ne voglio parlare».

«Non si tratta di questo. Hai detto che l'assassino non aveva pensato a tutto».

Jon sta cercando di stabilire un punto di partenza. Il che non è facile. Un'indagine normalmente richiede settimane e una dozzina di persone. Carla Ortiz può avere la dozzina di persone, ma non ha il tempo. E Álvaro Trueba ormai ha soltanto loro.

«Credo che abbiamo due fili da tirare. Un come e un perché».

«Spiegati».

Antonia ordina un altro tè con pasticcini (abitudine della sua metà inglese che non intende abbandonare mai), e si spiega.

«Nulla in questo caso è normale».

«Me ne sono accorto».

«Proviamo a immaginare. Immagina di essere un sequestratore che riesce a catturare il figlio minore della presidente della più grande banca europea. Che fai?».

«Chiedo soldi. Ingenti quantità di denaro. Tutto quello che posso».

«Esatto. Metti che hai sequestrato il familiare di un industriale famoso, come quello di Revilla tanti anni fa. Un miliardo di pesetas. Come lo riscuoti?».

«Tanti soldi devono pesare un sacco», pensa Jon, che ricorda il caso, anche se nell'88 era un bambino di dodici anni. Ma è uno dei casi che ha studiato all'accademia di Polizia ad Ávila.

«Una tonnellata abbondante. Per questo un milione di pesetas si chiamavano un chilo, anche se in realtà erano millecento grammi per milione».

Jon, che lo sapeva già, annuisce educatamente per non interromperla. A volte con Antonia bisogna fare i vaghi e lasciarla fluire.

«Se sei un'organizzazione terroristica e stai chiedendo il riscatto a un fabbricante di salsicce, riscuotere è complicato», continua lei. «Ci sono sempre due punti critici in un sequestro: le comunicazioni con la famiglia e la riscossione del riscatto. Oggigiorno il primo è quasi risolto».

«Qualsiasi idiota può usare Internet per mascherare la propria identità».

«E riscuotere il riscatto quando lo chiedi a una banchiera il cui ente guadagna migliaia di milioni l'anno è una passeggiata in campagna. Basterebbe versare il denaro su un conto in Bahrein o nelle isole Marshall o in qualunque altro paradiso fiscale».

«Per una come Laura Trueba sarebbe un gioco da ragazzi».

«La quantità non conta. Dieci milioni di euro, cento, mille milioni. Per spostare i soldi le ci vorrebbero cinque minuti. Poi si occuperebbe di rimetterceli».

Jon si gratta la testa, come ogni volta che sta per arrivare a un pensiero che non riesce a far uscire.

«Credo di capire dove vuoi andare a parare. In questo sequestro, nulla *doveva* andare male».

«Esatto. La madre ha fondi ingenti a sua disposizione. Non c'è possibilità che catturino Ezequiel nella consegna del riscatto».

«Nulla *poteva* andare male».

«E, tuttavia, è andata male».

«Credi che sia riuscito a vederlo in faccia, e che per questo abbia deciso di ucciderlo?».

«Non credo. Ezequiel sembra accurato, indossava un passamontagna quando lo abbiamo visto. A proposito, sei riuscito a fargli delle foto con il cellulare?».

Jon prende il telefono e le mostra l'unica foto che ha potuto scattargli. È una sequenza rapida, perché ha tenuto premuto il pulsante della fotocamera.

«L'ho già passata a Mentor perché la dia a Parra. Questo non ce lo potevamo tenere per noi».

«Hai fatto bene».

Antonia apre la sequenza e si sofferma su ognuna delle immagini che Jon è riuscito a scattare. Delle settantatré, due terzi inquadrano soltanto il finestrino e la fiancata della Porsche. Il resto sono scatti parziali o troppo mossi. Soltanto due sono mediamente accettabili, senza essere degni del Pulitzer. Entrambi sono molto simili. La differenza più grande è che in uno Ezequiel ha le mani sul volante e guarda avanti, mentre nell'altro si è girato verso di loro e ha cominciato a estrarre la pistola.

In nessuna delle due si vede il volto.

Antonia le invia al suo iPad, per guardarle meglio.

«Mentor le ha già mandate ad Aguado».

«Bene. Forse lei potrà scoprire qualcos'altro. Aspetta un attimo...».

Antonia allarga la foto al massimo. Qualcosa sul braccio destro attira la sua attenzione. Ezequiel indossa un maglione nero e dei guanti, ma nella foto in cui comincia a tirare fuori l'arma il maglione è un po' sollevato.

Sotto c'è qualcosa.

«Sembra un tatuaggio», dice Jon, che si è chinato per vedere meglio.

Si vede a malapena, dev'essere grande un tre centimetri.

«Chiama Aguado e dille di concentrarsi su questo, anche se lo starà già facendo. Hanno strumenti da analisi forense. Forse possono dirci qualcosa di più».

Un tatuaggio non è molto, ma è *qualcosa*. E in questo momento quel qualcosa può essere l'unica speranza di Carla Ortiz.

Si stanno attaccando ai rasoi.

Quando Jon riattacca dopo aver parlato con la dottoressa Aguado, entrambi stanno pensando la stessa cosa.

Al tempo trascorso tra il sequestro di Álvaro Trueba e il momento in cui hanno ritrovato il suo cadavere.

Una settimana.

«Se nulla è andato male, se Ezequiel non aveva motivi per uccidere il ragazzo, perché l'ha fatto?».

«Non si tratta di soldi, questo è chiaro ormai. E non credo nemmeno che l'abbia fatto per piacere. Non è uno psicopatico, almeno non uno qualunque».

«Hai detto che era una cosa che non avevi mai visto».

«Né io né nessuno. Credo che Ezequiel sequestri e ammazzi per qualcosa di molto concreto. Che ha a che vedere con il potere».

«E anche con la paura», dice Jon. «Hai visto che Ramón Ortiz era molto spaventato».

«E ci ha mentito. Non ci ha raccontato tutto quello che gli ha detto Ezequiel. Quale motivo potrebbe avere un padre per nascondere un'informazione che potrebbe salvare la vita di sua figlia?».

Per quanto ci rimuginino sopra, non trovano alcuna logica nel comportamento dell'imprenditore.

«Credo che la cosa più importante sia verificare quell'informazione che ci manca».

«A Ortiz non potremo accedere».

«Lo so. Ma il primo fattore chiave di questo caso è un *perché*. Se scopriamo perché Ezequiel ammazza, ci avvicineremo alla sua cattura».

Parra

Il capitano Parra è un uomo d'azione.

Non appena riceve la telefonata, mobilita tutti i mezzi a sua disposizione. La Scientifica, il medico legale, il giudice istruttore per la rimozione del cadavere.

«Tutto con discrezione assoluta, chiaro?».

Cominciano ad arrivare fuori dal Centro Ippico verso le nove. Alle undici il circo è già montato al completo, mancano soltanto i popcorn e gli elefanti. L'ingresso al Centro Ippico è ostacolato da tre volanti, diverse auto civetta, due unità a cavallo – bisogna tener conto del terreno. Si portano dietro addirittura il LAE, il laboratorio mobile della Scientifica. Un furgone come il MobLab al comando della dottoressa Aguado nel progetto Regina Rossa. Solo che meno sofisticato. E più grande. Bianco e azzurro, con la bandiera della Spagna sulla fiancata e la parola «POLIZIA» a caratteri alti mezzo metro.

Discrezione pura.

Alle dodici cominciano ad arrivare i partecipanti della competizione del pomeriggio. Gente, diciamo, di alto profilo. Gente con cellulari e Instagram. Gente che si fa strada nel Grande Carnevale e scatta foto senza scendere dall'auto.

Chi avrebbe potuto prevederlo?

Il capitano Parra avrebbe potuto.

E l'ha fatto, è chiaro. José Luis Parra è un grande professionista. Molto bravo nel suo lavoro. Da sei anni è a capo dell'USE con risultati spettacolari. In questo periodo si è occupato di più di duecento sequestri, il cui 88,3 per cento si è concluso felicemente.

Quando Parra ricevette l'incarico di mettere in piedi l'unità, si preoccupò che i suoi subordinati avessero un profilo da negoziatori. Li mandò a studiare – lui per primo – con i migliori. A New York e a Quantico, nella sede dell'FBI. E ci lasciano la pelle e la vita sul posto di lavoro. Una volta il capitano Parra dovette rimanere sette ore sotto la pioggia, su un terrazzo, a cercare di convincere un uomo ad abbassare il fucile. La moglie e il figlio erano a terra, inginocchiati davanti a lui, all'altra estremità della canna. L'intenzione dell'uomo era di ucciderli e poi farsi saltare le cervella. Fradicio fino ai piedi, in pieno inverno, Parra voleva soltanto che invertisse l'ordine dei fattori. *Prima ammazzati tu e poi ammazzi loro, stronzo.* Non lo disse. I negoziatori non dicono mai queste cose. Parlano con molto tatto.

È da sei anni che il capitano Parra miete successo dopo successo. Il problema è che lo fa talmente bene che nessuno crede di doverlo promuovere. E Parra crede di meritarselo. Lui vuole essere commissario, perché ne ha piene le palle di stare ore seduto a parlare con gli sciroccati. E perché si guadagnano quattrocento euro in più al mese. E questo, quando sei padre di una famiglia numerosa, fa la differenza tra mangiare pasta ogni sera dal giorno 20 di ogni mese o poterti alimentare come si deve. Il capitano Parra è un convinto sostenitore della proteina, ne ha parecchi chili in ogni braccio. Ha qualche punturina anche nel culo, a dirla tutta. Ma per assomigliare a Dwayne Johnson bisogna soffrire.

Anche per essere promosso, è chiaro. Per essere promosso *qualcuno* deve soffrire, in ogni caso. Per cui Parra ha fatto i suoi calcoli. Se riesce a riscattare Carla Ortiz in tempo, la gloria è garantita. Ma se non ci riesce non sarà nemmeno una tragedia. La cosa importante è che la storia sia di rilievo. Se ai suoi capi venisse la tentazione di sollevarlo dal suo posto per la "pressione popolare", eufemismi chi più ne ha più ne metta, dovrebbero dargli una pedata verso l'alto. Con il suo curriculum dell'88,3 per cento di successi, se Carla Ortiz finisce in quell'esigua percentuale restante – nella quale è stata tutta la vita, fra l'altro – di casi falliti, che ci vuoi fare.

E potrebbe succedere, certo che potrebbe succedere. Perché la teoria di Parra che identificava Carmelo Novoa come principale sospettato del sequestro se ne era andata a puttane meno di dodici ore dopo.

Parra era arrivato sulla scena del crimine – dicendo: «Che abbiamo?», come i poliziotti della TV – e aveva constatato che il suo sospettato principale sembrava ora una vittima secondaria. Con il collo scannato e tutto il resto.

Il fatto è che Gutiérrez e quell'altra idiota dell'Interpol gli hanno fatto un favore. Non sa come siano riusciti a localizzare così velocemente la macchina, ma gli hanno risparmiato tante ore e spiegazioni imbarazzanti. Nonostante ciò, è molto incazzato. Perché se non avessero agito per conto loro, ora avrebbero arrestato uno dei sequestratori, e da lì alla liberazione della vittima sarebbero bastati qualche ora in una stanza chiusa e un elenco telefonico – non lasciano segni – assestato con destrezza tra le costole. E tutto perché quei due imbecilli hanno preso l'iniziativa. A ogni modo se li è levati dai piedi, e gli fanno pure comodo. Un paio di capri espiatori, nel caso. E sono più vicini.

Ora sanno che il sequestro di Carla Ortiz ha una motivazione economica, per cui si tratta di incollarsi al padre come una cozza e assicurarsi di essere lì quando riceverà la successiva telefonata dei sequestratori. E quando consegnerà il riscatto. Perché il padre pagherà, certamente. I soldi non gli mancano.

Tuttavia il capitano Parra sa che non appena questa cosa sarà pubblica esamineranno al microscopio ogni passo che fa, e deve coprirsi le spalle.

Per cui prepara lo scenario. Non si saprà ancora nulla della vittima, ma sa che quelle foto finiranno sui media prima o poi, e vuole essere sicuro che, quando succederà, sia molto chiaro che non ha lesinato sugli sforzi. E mentre passano le BMW e le Mercedes lungo la strada verso il Centro Ippico, con i loro occupanti che fanno foto, Parra sorride dalla pineta.

Dentro di sé, è chiaro.

Fuori dà ordini, gesticolando, da uomo di azione quale è.

13
Un olio

Mentor ha lasciato alla reception le chiavi di un'altra Audi A8, quasi identica alla prima, tranne che quella nuova è blu scuro invece che nera. Ha avuto perfino la cortesia di lasciare un foglio scritto a mano sul cruscotto.

Siate così gentili da non sinistrare anche questa.
M.

legge Jon ad alta voce, e passa il messaggio alla collega. Antonia lo accartoccia e lo scaglia nel sedile posteriore.

«Dovevi lasciare guidare me», dice lei.

«No, grazie tante».

«Ora stai dalla sua parte?».

«Sto dalla parte della mia salute. Dove andiamo?».

«Torniamo alla Finca».

«Sospetto che lì ci sia il primo filo che vuoi tirare».

«Dimmi, perché credi che abbia lasciato lì il cadavere? Avrebbe potuto abbandonare Álvaro Trueba in un terreno incolto. E invece no, l'ha lasciato in una delle case della famiglia, e non in una qualsiasi. Ne hanno più di una dozzina, Ezequiel aveva ampia scelta. L'ha lasciato nella casa che hanno nel complesso residenziale teoricamente più sicuro della Spagna».

Jon annuisce, lentamente, mentre si gode la meraviglia che è guidare sulla Gran Vía. Sempre lavori in corso. Sempre ora di punta. Calcola che a quella velocità raggiungeranno plaza de Cibeles tra due giovedì.

«E non l'ha lasciato in un modo qualsiasi. Si è preso un

gran disturbo per preparare il corpo e il resto degli elementi della scena. Voleva mandarci un messaggio».

«No, non a noi. Di noi non gliene frega niente».

«E allora a chi?».

«Non lo so», dice Antonia, frustrata, dopo aver meditato sulla risposta per un lungo frangente. «È questo a confondermi. Se fosse un assassino seriale, godrebbe di ciò che fa, e anche del fatto che tutti sappiano che lo fa. Se fosse un sequestratore, vorrebbe denaro, non lascerebbe un messaggio. Se fosse una questione personale contro la famiglia Trueba…».

«Non avrebbe lasciato una scena del crimine così elaborata», completa Jon. «Né avrebbe preso Carla Ortiz».

«E poi ci sono le connotazioni religiose. Tutta la scena del crimine ricordava il salmo 23».

Jon fa un balzo sul sedile quando sente ciò.

«Ma certo… "Cospargi di olio il mio capo. Il mio calice trabocca". Come ho fatto a non rendermene conto prima?».

«Non ti facevo così religioso, ispettore», si sorprende Antonia.

«Tanti anni di catechismo, bella. Ti restano impresse delle cose, oltre a *Io ho un amico che mi ama*».

La storia dell'amico e dell'amore era vera, letteralmente. Jon andava a catechismo a scuola per la stessa ragione per cui altri fanno teatro all'università. Ma una volta dentro, aveva scoperto che c'era molta pace in tutto quello che ascoltava e imparava. Non riusciva a credere in una Chiesa che non poteva credere in lui, ma era lo stesso, perché era convinto che neanche Gesù ci credesse.

Antonia, ovviamente, è una ferma credente nell'ateismo, che è un'altra forma di religione, solo più economica.

«Mentre dormivamo, la dottoressa Aguado mi ha mandato una mail con la composizione dell'olio che c'era sulla testa di Álvaro Trueba», dice Antonia, aprendola sull'iPad. «È olio d'oliva aromatizzato con mirra. Ha fatto delle ricerche e a quanto pare è una cosa che si chiama "olio della sacra unzione"».

«Estrema unzione. I sacerdoti ne mettono un po' sulla fronte e sulle mani dei moribondi».

«E quale scopo dovrebbe avere?».

«Quello di prepararlo all'incontro con Dio. È come ingrassare il cammello affinché entri nella cruna dell'ago».

Entrambi cercano di non pensare agli ultimi momenti di Álvaro e a ciò che ha dovuto patire. Invano.

«Se quell'olio è difficile da trovare, forse sarà utile per rintracciare Ezequiel», osserva Jon, ottimista.

«No, l'ho già cercato. Costa cinque euro in qualsiasi negozio online. Lo vendono perfino al Corte Inglés. Per non parlare di ogni negozio esoterico di Madrid».

«C'è un mercato di olio per morti?».

«Si usa per quelle menate dell'aromaterapia e altre scemenze».

Jon non finisce mai di stupirsi della natura umana, soprattutto della propria. Ogni volta che lì fuori scopre un intero universo che non avrebbe mai immaginato che esistesse, si sorprende. *Quanti scoppiati*, pensa. *C'è di tutto.* E poi si sorprende della propria sorpresa.

«Allora pensi che ci troviamo di fronte a un fanatico religioso?».

«Sinceramente, spero di no. Farei molta più fatica a comprenderlo».

Il peso del mondo ricade sulle spalle di Antonia Scott. Il suo volto è adombrato, da entrambi gli occhi pendono due amache violacee. Ha preso come una questione personale intrappolare Ezequiel e liberare Carla Ortiz. Il che è solitamente una ricetta per il disastro. Ma metterla in guardia non è di alcuna utilità. Per cui invece di questo dice:

«Non sei sola, lo sai?».

Jon reprime la tentazione di darle due pacche sulla spalla, e opta per un paio di pacche sul sedile, abbastanza vicine alla spalla perché si capisca l'intenzione.

E, chi l'avrebbe immaginato, Antonia sorride.

«Grazie».

Una parola gentile. Finiranno mai i miracoli?

Resta in silenzio per i minuti – parecchi – che impiegano a uscire dal centro della città e raggiungere la M-40. A metà tragitto dalla Finca.

«No, non credo sia un fanatico religioso. In questo caso

gli elementi religiosi sono soltanto un condimento. Una verniciatura dell'ultimo minuto».

«In tutto ciò continuiamo a non avere un perché».

«Non è per questo che torniamo sulla scena del crimine. Andiamo per il come. Come è riuscito a entrare qui Ezequiel?».

«D'accordo. Questo è il tuo primo filo. E qual è il secondo? Come arriviamo al perché?».

«Penserai che sia una pazzia».

«Sorprendimi».

E Antonia glielo dice.

Ed è così, è una pazzia.

Carla

Sandra non risponde.

Carla insiste, la chiama ripetute volte – soltanto quando è sicura che il pericolo sia passato. Ma Sandra non risponde. È sola.

Dimentica quella donna.
Pensa a sopravvivere tu.

La voce le parla, ma ha perso parte della sua forza, del suo imperativo. In un qualche modo, il sapere di non essere sola, che c'è qualcuno dall'altra parte di quel muro, ha cambiato le cose.

Ma Sandra non risponde.

Passano ore, forse anni.

Carla dorme, si sveglia. Si riaddormenta. Entra ed esce dal sonno come una falena svolazza attorno a una candela. Ogni istante che cede alla pesantezza delle palpebre e si lascia trascinare dalla corrente è una benedizione avvelenata. Perché poi, mesi o minuti dopo, Carla si sveglia. E alla breve sensazione di pace segue immediatamente la spaventosa chiarezza della propria situazione. La peggiore delle situazioni.

In uno di quegli intervalli, Carla crede di sentire il portello che si apre. Quando tasta nei pressi della porta, trova un'altra bottiglia di acqua e una barretta di cioccolato. Beve un po', orina nell'angolo del tombino, ma non vuole mangiare. Non ha fame, lo stomaco è ancora pervaso dalla sensazione acida, la bocca è ancora intrisa dell'amaro sapore di ferro.

C'è qualcos'altro.
Ha paura che abbiano messo qualcosa nella barretta.

Devi mangiare.

Potrebbe essere avvelenata.

Ti tiene in suo potere. Può ucciderti quando vuole. Se non mangi, se non ti tieni in forze, non avrai nessuna possibilità.

La voce è tornata ad acquisire forza e presenza, occupando il buco lasciato dal silenzio di Sandra. Ora può sentirla più potente di prima, non soltanto dentro la sua testa, ma anche nell'aria rancida intorno a lei.

Carla strappa la carta attorno alla barretta di cioccolato e dà un morso, cercando di accontentare la voce. Ora non ha più il timbro di quella di sua madre. È diversa. Più giovane. Più nitida.

Più implacabile.

«Chi sei?», sussurra alla voce.

Lo sai.

«No, non lo so».

La voce non dà altre risposte.

Carla mangia un altro po'. Il glucosio e la frutta secca riequilibrano i livelli di insulina, restituiscono al suo corpo stremato un po' di energia.

Devi trovarti qualcosa da fare. O impazzirai.

E questo me lo dice una voce nella testa, pensa Carla.

Ma la voce ha ragione. Per cui si mette a esplorare ciò che la circonda. Questa volta con più cura. Studia i dettagli della sua cella, tastando con attenzione il pavimento e le pareti.

Sui lati non trova granché, soltanto nudo cemento.

La parete opposta alla porta di metallo, tuttavia, è ricoperta da piccole mattonelle quadrate, lunghe una decina di centimetri. Nell'angolo del tombino, l'ultima di queste è un po' lasca. Sporge di qualche centimetro e cede leggermente, con uno scricchiolio dolce e sabbioso, quando la tocchi.

Se potesse introdurre le dita tra la mattonella e la malta, forse potrebbe staccarla.

E a che servirebbe?

A nulla, pensa Carla, sentendo di nuovo l'inclemente scossone della disperazione.

14
Un sacchetto di carta

L'accoglienza alla Finca non è molto calorosa.

Non ci sono ballerine, né coriandoli, né tappeto rosso.

Jon Gutiérrez non è mai stato propenso a fomentare la tradizionale rivalità tra guardie di sicurezza e poliziotti. Il suo film è campare cent'anni, per cui vive e lascia vivere. A loro il loro, a lui il suo. Ovviamente è uno dei pochi. Quando sei poliziotto e lasci la pelle, le energie e l'anima sulla volante, a correre da una chiamata all'altra per quattro spiccioli, ti viene la voglia di guardare dall'alto in basso. È la natura umana, disprezzare quello di sotto e odiare quello di sopra finché non sali sul gradino e ricominci.

Quelli della sicurezza, altrettanto diffidenti, e poco informati sul fatto che l'ispettore Jon Gutiérrez è di natura tenera e sensibile, per quanto lo smentiscano l'aspetto robusto e il portamento minaccioso, non collaboreranno stasera.

Jon parcheggia l'Audi accanto alla garitta. Scendono. I vigilanti sono accanto alla sbarra. Con una mano fumano, l'altra è nel passante della cinta, Posizione Classica numero 1, gliela insegnerebbero il primo giorno di lezione se andassero a lezione.

«In cosa posso aiutarvi?».

Traduzione: Che cazzo volete?

«Buonasera. Sono l'ispettore Gutiérrez, della Polizia di Stato. Lei è la mia collega. Siamo stati qui due sere fa, non so se vi ricordate».

«Due sere fa non ero di turno».

Bugia, ovviamente, perché nonostante l'oscurità, Jon ha riconosciuto entrambi. Soprattutto quello che parla. Barba di tre giorni, un orecchino che si toglie per lavorare, sulla cinquantina. Mente come gli ha mentito l'altra sera, quando gli ha detto che non lavorava la notte in cui hanno trovato Álvaro Trueba.

«Abbiamo bisogno delle registrazioni dei video di sicurezza di tre sere fa».

Il vigilante incrocia le braccia e allarga la punta dei piedi verso l'esterno (Posizione Classica numero 2) e dà una risposta inattesa.

«Certamente, ispettore, sarà un piacere assecondare la sua richiesta».

Jon sorride.

«Non appena l'avrà inoltrata per iscritto al gestore dell'impresa identificando il nome del funzionario richiedente, specificando le registrazioni che si richiedono e chiarendo che è nell'ambito dell'indagine di un delitto. Regolamento sulla protezione dei dati, sa com'è».

Ma certo, pensa Jon. *Solo che Carla Ortiz non ha tempo di aspettare che io faccia una richiesta scritta per un delitto che teoricamente non è mai avvenuto.*

«Vede, il fatto è che abbiamo fretta. Forse potremmo risparmiarci la burocrazia, una cortesia tra professionisti».

«E di quanta cortesia stiamo parlando?».

Jon si gratta la testa, e poi si gratta la tasca. Tutto quello che ha nel portafoglio. Cinquanta euro.

«Cinquanta euro. È tutto quello che ho».

«Allora torni quando ne ha cinquemila», dice la guardia di sicurezza, che sa bene che un poliziotto non ha mai visto cinquemila euro in tutta la sua vita del cazzo.

L'ispettore Gutiérrez valuta seriamente le conseguenze di spaccargli la faccia a suon di ceffoni. Poi dice:

«Allora nulla, noi ce ne stavamo andando. Molte grazie».

«Di nulla, tesorini».

Torna indietro, verso la macchina. Jon guida incazzato, e parla incazzato.

«...E quel gran imbecille non mi ha detto "Di nulla, tesorini"? Che è quello che gli ho detto io l'altro giorno quando non la smettevano di accecarci con la loro torcia. Perché fosse chiaro che era proprio lui, fa lo splendido. Imbecille. *Memelo.* Non so perché Mentor non abbia chiesto le registrazioni dei video di sicurezza, e perché dobbiamo farlo noi, e… si può sapere che fai?».

Antonia non gli presta attenzione, sta programmando il GPS della macchina. Appare un indirizzo. Diciannove minuti.

«Dove andiamo?».

«Non darmi fastidio», dice Antonia. Ha aperto l'iPad e cerca informazioni. Si collega a un sito web e si mette a leggere. «Ho soltanto diciannove minuti per imparare».

Quando frenano davanti alla porta della destinazione che Antonia aveva inserito nel GPS, Jon non ci può credere.

«E ora vorresti entrare qui?».

«Ho bisogno dei tuoi cinquanta euro».

«Sono i miei ultimi cinquanta euro. Ti ricordo che sono sospeso dal servizio e dallo stipendio».

«Te li ridò subito».

Jon le allunga la banconota. Antonia la prende, tira fuori la carta d'identità dalla borsa a tracolla, che poi lascia sul sedile del passeggero.

«Aspetta qui. E abbassa la sicura. Non sia mai che te la rubino se ti fai un pisolino».

Fino a quel giorno, Jon avrebbe pensato che fosse impossibile trascorrere novantaquattro minuti filati a imprecare, ma è questo ciò a cui dedica quasi tutto il tempo che Antonia Scott impiega fuori dalla macchina.

Quando rientra, porta con sé un umile sacchetto di carta in una mano e una banconota da cinquanta nell'altra.

«Ritorniamo alla Finca».

Jon parcheggia accanto alla garitta, secondo ciak.

Temperatura dell'accoglienza, sotto zero.

«Ispettore, se ha con sé la richiesta scritta, devo comunicarle che il mio supervisore è in ferie. La accontenteremo con piacere la prossima settimana».

Antonia allunga il sacchetto di carta a Jon, e questo lo porge a sua volta alla guardia. Un umile sacchetto di carta, con il logo in nero della dea Cibele. Sotto, a caratteri molto piccoli: Casinò Gran Madrid. La guardia la osserva senza abbandonare la Posizione Classica numero 2.

«E questo che cos'è?».

Arriccia il naso, come se il sacchetto contenesse pannolini usati.

«Cortesia tra professionisti».

La curiosità vince sull'arroganza. La guardia allunga la mano e prende il sacchetto. Pesa. Lo apre. Guarda dentro. Prende la torcia. Guarda di nuovo dentro. Guarda Jon. Guarda il collega.

«Non sapevo se i cinquemila euro fossero in totale o a testa, quindi ne abbiamo portati diecimila per essere sicuri», chiarisce Jon.

Mentre lui e il collega conferiscono in disparte – aprendo il sacchetto ogni tre secondi –, Jon e Antonia sussurrano tra loro senza smettere di guardarli e sorridere.

«Come diavolo ti è venuto in mente?».

«Sentendo la storia dell'autista di Ramón Ortiz l'altro giorno».

«E hai imparato a giocare a blackjack in diciannove minuti?».

«No, a giocare ho imparato in un minuto. Negli altri diciotto ho imparato a contare le carte».

15
Una garitta

Alla fine, diecimila euro dopo, Tomás e Gabriel, così si chiamano le guardie, sono adorabili. Tomás, il cinquantenne con la barba di tre giorni, li conduce all'interno della garitta, mentre Gabriel resta fuori, a occuparsi della sbarra. La garitta è molto più grande del solito, e risulta essere soltanto l'anticamera del luogo a cui Jon e Antonia avevano bisogno di accedere.

«Venite da questa parte, per favore», dice, aprendo una porta in fondo. Delle scale scendono a un livello sotterraneo rispetto all'entrata. Lì si trovano armadietti, una zona per il riposo, docce, una piccola palestra.

«Volete un caffè?».

Jon ne prenderebbe uno, grazie. Antonia un tè, se ci fosse. C'è. Tomás prepara le infusioni con una macchina simile a quella che troveresti nella sala colazioni di un hotel a cinque stelle.

«In effetti non ci possiamo lamentare. Qui ci hanno messo tutte le comodità. Prima lavoravo in un ipermercato. Un giorno sì e l'altro pure una cagnara con gli zingari che si mettevano cose sotto la maglietta. Non ho niente contro gli zingari, alcuni dei miei migliori amici sono zingari, ma...».

Jon lo interrompe prima che si impicchi del tutto.

«Ha proprio un bel posto di lavoro».

«Il migliore che avrei potuto trovare. Tantopiù alla mia età».

«Immagino che non voglia rischiare di perderlo».

Tomás gli dà le tazze fumanti. Si serve un altro caffè.

«Sono molto vecchio per trovare un nuovo lavoro. E ho due figli all'università».

«Sa cos'è successo l'altro giorno allo chalet di Los Lagos?».
Tomás distoglie lo sguardo.
«Il patto era di mostrarvi le immagini. Nient'altro».
«Abbiamo bisogno del suo aiuto, Tomás», dice Antonia.
In vent'anni di polizia, Jon ha interrogato molte persone. Ne ha viste di tutti i colori, forme e dimensioni. Quelli che non vogliono parlare per paura, quelli che si chiudono ermeticamente e fanno del silenzio un punto d'orgoglio, quelli che mentono per scampare a qualcosa… e quelli che muoiono dalla voglia di parlare. Questi ultimi ti dicono cose del tipo:
«Non so se mi posso fidare di voi».
E tu devi infondergli fiducia, dargli qualcosa in cambio.
Quindi Jon guarda Antonia. Le chiede il permesso. Antonia annuisce con la testa.
«Tomás… noi non siamo poliziotti comuni».
«Non capisco», dice l'uomo, sconcertato. «Ho visto il suo distintivo, ed era vero».
«È vero. Ma noi non siamo come gli altri».
«Di questo me ne sono accorto. Quelli veri non vanno in giro a regalare mazzette di banconote da cento».
«Quello che ci racconterà non verrà usato in tribunale. E non ne rimarrà alcuna traccia. C'è una persona che ha bisogno di aiuto. E c'è qualcuno a cui bisogna rendere giustizia. Lei sa che cosa è successo qui, Tomás».
Il vigilante china la testa. Risulta che, non appena abbandona le Posizioni Classiche numero 1 e numero 2, Tomás è un uomo d'onore. Uno che si vergogna per ciò che i suoi capi gli hanno ordinato di fare. Che è tacere, guardare dall'altra parte, se ti ho visto non me lo ricordo e qui non è successo niente. Molto semplice da dire, un po' meno da fare. Impossibile che sia gratis.
«Sì. Lo so».
«Quanta altra gente lo sa?».
«Io e Gabriel. Il supervisore. E la governante dei Trueba. È stata lei a entrare in salotto e vedere il ragazzo».
«E poi ha chiamato lei. E lei ha chiamato il supervisore».
Tomás annuisce.
«Ero alla fine del turno».

«È una cosa normale?», chiede Jon. «È normale che una domestica chiami lei invece della polizia?».

L'uomo tace, imbarazzato. Ha il volto congestionato, le mani afferrano la tazza come se fosse l'ultima corda del naufragio.

«Tomás», dice Jon, dolcemente, incoraggiandolo a continuare.

«In questo complesso residenziale le cose si fanno in modo diverso. Non è un luogo pericoloso, i costruttori sono stati molto attenti a non far venire chiunque. Dev'essere molto chiaro da dove proviene il denaro. C'erano russi e colombiani che volevano venire. Gli hanno detto di no. Ciononostante, quelli che stanno qui sono persone speciali. Con necessità speciali».

«Ci sono già stati degli incidenti?».

«Mai gravi quanto questo. Neanche lontanamente. Ma la parola d'ordine è sempre stai zitto e non fare domande».

«E stavolta ha fatto la stessa cosa».

«Non mi pagano per occuparmi di queste cose».

No, pensa Jon. *Chi viene pagato per questo sono io. Da te e da tutta la cittadinanza.*

Non dice nulla. Non che serva. E di certo non è proprio lui quello che può permettersi di sventolarsi con la Costituzione, articolo 24.

Sto diventando un cinico, pensa. E non gli importa, chiaramente. Di questo si tratta.

L'unica cosa importante è trovare Ezequiel.

«C'era qualcuno quella notte nello chalet di Los Lagos?».

«No. La casa è rimasta chiusa praticamente da quando l'hanno terminata, sei o sette mesi fa. A stento sono passati di qua. Ho sentito che vivono in città».

«Sa se avevano in mente di trasferirsi?».

Tomás scuote la testa.

«Normalmente i residenti danno una grande festa di inaugurazione quando aprono la casa. Noi ne siamo sempre al corrente, ovviamente. Se invitano cento persone, dobbiamo avere prima cento nomi e le targhe corrispondenti. Se no, non entrano».

«E non ha visto la famiglia venire qui?».

«Durante il mio turno non li ho mai visti. Ma io comincio alle otto di sera e stacco alle otto del mattino. Una volta è venuta l'assistente dell'arredatore, dovevano cambiare il pavimento della cucina perché non gli piaceva il colore, credo. Sono venuti molto presto, per questo me lo ricordo».

Avere una casa da venti milioni di euro e non metterci piede. Questo sì che è potere.

«E l'impresa delle pulizie? Viene spesso?».

«Tutti i giorni», afferma Tomás. «La casa dev'essere immacolata, anche se non ci vive nessuno. Entrano alle sette del mattino, l'ora in cui se ne vanno non la so. Immagino alle tre, è la giornata abituale qui».

«D'accordo. Andiamo a quella notte. C'è stato qualcosa che ha attirato la sua attenzione? Qualunque cosa che non fosse normale?».

«No, temo di no».

«Va bene», dice Jon. «Immagino che avrà la lista di entrate e uscite del suo turno. Avrò bisogno di vedere quella, e anche le registrazioni».

Il sistema di vigilanza è una meraviglia. Un'autentica opera d'arte di alta tecnologia. Attorno a tutto il perimetro della Finca ci sono sensori di movimento.

«Ovviamente, li teniamo spenti», dice Tomás. «Altrimenti salterebbero continuamente. Per via dei conigli».

Oltre all'area di riposo e alle altre aree del personale, il sottolivello contiene una stanza dedicata al monitoraggio del complesso residenziale. Dieci monitor che alternano le immagini di quaranta telecamere di sicurezza. Ce ne sono altri due sul tavolo, uno fornisce le informazioni dei sensori di movimento (spento anche questo).

«Ci sono tanti conigli?».

«Tantissimi. Prima era tutta campagna qui».

«Non creda che questo ci aiuti».

«È un sistema ridondante. Non abbiamo bisogno dei sensori di movimento. Abbiamo gli infrarossi. E con quelli salta un allarme visivo, non ci devasta i timpani. Inoltre, è regolato in modo tale che nulla che pesi meno di venti chili lo faccia saltare».

«Ma non c'è stato nessun allarme degli infrarossi quella notte».

«Temo di no. Stando al sistema, non c'è stata nessuna intrusione quella notte».

«Le telecamere puntano tutte verso l'esterno, vero?», dice Antonia, che praticamente non è mai intervenuta da quando sono arrivati.

«Certo. Tutte le strade interne al complesso residenziale sono private. Non si può filmare dentro».

«Quindi l'unica registrazione di cui abbiamo bisogno è quella della porta di accesso».

«La metta, sia gentile, Tomás», dice Jon, e mentre il vigilante cerca nell'hard disk il file corrispondente, Jon si volta verso Antonia. «Perché le altre no?».

«Se Ezequiel è entrato saltando le recinzioni con il cadavere di Álvaro, avrebbe dovuto far scattare l'allarme a infrarossi».

«E se il sistema non ha funzionato?».

Antonia si stringe nelle spalle.

«Quaranta telecamere perimetrali, con un margine di tempo da cinque a sei ore ciascuna. Ci metteremmo dieci giorni di fila senza dormire, né mangiare, né fare altro che non sia guardare lo schermo».

«Non abbiamo tutto questo tempo», dice Jon.

Carla non ha tutto questo tempo.

«Per questo dobbiamo azzardare. Secondo Aguado, la vittima è morta tra le otto e le dieci di sera».

«Sappiamo che ha dovuto trasferire il cadavere. Per cui le otto di sera è un buon inizio».

Antonia chiede a Tomás di mettere la registrazione sui dieci monitor, ma a ore diverse. Quello più in alto comincia alle otto di sera, quello successivo alle nove, e così via. L'ultimo comincia alle cinque del mattino.

Per cui:

20 | 21 | 22 | 23 | 00
01 | 02 | 03 | 04 | 05

«Ogni volta che appare una macchina in uno dei monitor,

fermiamo il video e verifichiamo con il registro delle entrate», spiega agli altri.

«È una gran bella idea», dice Tomás. «Invece di metterci dieci ore a guardare la registrazione, ce ne metteremo una».

Ci mettono molto di più, perché ogni entrata comporta uno stop e una verifica nel registro, cosa che richiede il suo tempo. E ce ne sono decine, soprattutto tra le otto e le undici di sera.

Stanno cercando un'anomalia. Qualcosa di insolito. Non trovano nulla. Con l'eccezione di un paio di taxi e diversi Uber, tutte quelle che entrano sono macchine di residenti, o amici dei residenti che questi avevano autorizzato. Bisognerebbe verificare personalmente ciascuno dei nomi degli autorizzati, ma questo richiederebbe giorni e molto personale.

Per questo è così difficile indagare sugli omicidi.

Tre ore dopo, la linea del tempo sta finendo. E loro sono stremati. Sui monitor in alto continua a entrare gente, che torna a casa dopo una dura giornata di lavoro per cenare con la famiglia. In quelli di sotto, non c'è praticamente movimento.

All'improvviso Antonia si tira su. Indica il monitor centrale dell'estremità inferiore.

«Lì. Quel taxi».

È una Škoda Octavia, il taxi più comune della città di Madrid. Arriva con il numero zero sulla luce del tettuccio. Tipico di quando si va a prendere qualcuno molto distante.

Man mano che si avvicina il taxi, si vede nell'immagine che Gabriel lo lascia passare, senza fare domande.

Il timecode indica le 03.52.

«Che ha di speciale?».

«Abbiamo già visto quel taxi», dice Antonia. «9344FSY. È arrivato alle dieci e mezza di sera. E ha portato qualcuno».

È così. Una rapida verifica recupera le immagini dell'arrivo del taxi, con la tariffa 2. Lì si vede Tomás che si china per chiedere qualcosa al tassista, e subito lo lascia passare. Le immagini sono zenitali, l'angolo dall'alto non permette di vedere la licenza sulla fiancata.

«Ricorda quel taxi, Tomás?».

Il vigilante li guarda, confuso.

«No... Non ricordo nulla. Probabilmente mi sono chinato per parlare con lui e chiedergli dove andava, mi avrà dato un indirizzo e un nome e questo è tutto. È quello che facciamo sempre con i taxi. Tantopiù a quell'ora, che è l'ora più trafficata».

È vero. Le immagini mostrano che il taxi è soltanto uno di una dozzina di macchine che aspettano di entrare alla Finca, mentre degli oberati Gabriel e Tomás fanno quello che possono. I ricchi non si sono mai distinti per la pazienza.

Quello che non mostrano le immagini è il conducente o il passeggero.

«C'è un'altra questione importante. Chi guidava il taxi?», dice Jon ad Antonia. «Un complice, o soltanto qualcuno che passava di lì?».

Né Tomás né Gabriel ricordano alcunché del conducente. Soltanto un altro taxi anonimo, inavvertito. Che oltrepassa impunemente la sbarra, come tanti altri ogni giorno. Forse hanno trovato il modo in cui Ezequiel è entrato. O forse è soltanto una coincidenza.

In altre parole, non hanno nulla.

E il tempo continua a correre per Carla Ortiz.

16
Una brutta nottata

Jon lascia Antonia all'ospedale.

Il resto della notte trascorre molto lentamente.

È tardi per chiamare nonna Scott, è troppo eccitata per dormire. Non è capace di disconnettersi dal caso di Ezequiel, né vuole farlo. Ripassa più e più volte tutte le angolazioni, tutte le informazioni. Non c'è nulla che possa fare. Hanno passato la targa del taxi a Mentor di modo che faccia arrivare l'informazione a Parra – userà, come sempre, il trucco che sembri che glielo stia mandando un terzo, come le forze speciali della UCO, o il CNI, i Servizi segreti –, ma Antonia sa che sarà un vicolo cieco. Per cui avvicina la poltrona al letto e afferra la mano destra di Marcos, come nelle notti peggiori, e si limita a contemplare la parete e a concentrarsi sul suono dell'elettrocardiogramma.

Alle tre del mattino le arriva una mail della dottoressa Aguado.

Per: AntoniaScott84@gmail.com
Da: r.aguado@europa.eu

Scott,
dalla distanza tra il gomito e il polso, e la proporzione rispetto all'altezza dell'abitacolo della Porsche Cayenne, calcolo che Ezequiel sia un uomo tra i 1,75 e 1,85. Occhi marroni, età indefinita. Mi chiami quando può, vorrei parlarne.
Ho anche potuto regolare quanto basta la nitidezza della fotografia scattata dall'ispettore Gutiérrez, e sono riuscita a isolare il tatuaggio. Lo trova in allegato. È parte di una sorta di scudo o icona che non riesco a identificare.
Un saluto,
dott.sa Aguado.

Antonia chiama immediatamente la dottoressa.

«Non l'aspettavo a quest'ora».

«Non avevo niente di meglio da fare».

Aguado le spiega di aver inviato la fotografia del tatuaggio a un centinaio di esercizi in Spagna che si dedicano a questa attività.

«È una possibilità molto remota. Ho chiesto un aiuto per identificarlo, con la scusa che si tratta di un caso di stupro. Questo ne scoraggerà molti, ma c'è un buon numero di artiste donne. Forse una di loro potrà aiutarci».

La manovra è talmente disperata che è ancor meno di un rasoio a cui attaccarsi. Ma il fatto è che non hanno altro.

«C'è un'altra cosa di cui vorrei parlare», dice Aguado. «Non mi sono azzardata a metterla per iscritto, non mi sembrava professionale. Basandoci sulle prove, non ho ottenuto granché dalla fotografia, per questo ho scritto età indefinita. Ma più guardo l'immagine, più sono convinta che quell'uomo abbia circa cinquant'anni».

«Su cosa si basa?».

«Su nulla di scientifico. La postura, la costituzione fisica… Per questo volevo spiegarglielo. L'intuizione non è mai servita come prova. Ma ci sono cose che semplicemente *si sanno*. E se non mi sbaglio e ha quell'età, sarebbe molto strano».

Antonia medita un istante sull'intuizione della dottoressa Aguado.

La maggior parte degli assassini seriali comincia la sua macabra carriera prima dei trent'anni. È una conseguenza naturale della segreta escalation di violenza che si sviluppa nelle loro vite. Ne sono state scritte innumerevoli pagine, sono state girate decine di film e serie TV, fino a farli diventare dei cattivi caratteristici, conferendo loro una mistica particolare che il pubblico è arrivato a considerare gestibile: l'infanzia spezzata, la tortura agli animali, l'attrazione per gli incendi, la necessità di appagamento sessuale. Tutti quei dettagli si trovano negli assassini seriali a volte, e molte altre no. La semplificazione è frutto della società che reagisce di fronte a qualcosa che non comprende, che disegna una caricatura su una realtà quotidiana. Soltanto in Spagna ci sono più di un milione di psicopatici. Ben pochi di loro arriveranno a uccidere, molti condurranno delle vite apparentemente normali. Felici nel loro posto di direttore delle risorse umane, di ministro, di proprietario di bar. Il male che causeranno non sarà mai trasposto in un film.

Di molti altri non sapremo mai nulla. O lo sapremo quando sarà già molto tardi. Luis Alfredo Garavito aveva quarantadue anni quando lo arrestarono. Un mendicante lo allontanò a sassate da un minorenne che stava rapendo. Aveva già ammazzato altri centosettanta bambini in soli sei anni.

La triste realtà è che la scienza sta solo cominciando a mettere il piede sulla soglia della mente umana. Una casa profonda chilometri.

La triste realtà è che non li capiamo.

«È ancora lì, Scott?».

«Sono ancora qui. Stavo pensando che è un'età molto avanzata per iniziare ad agire in questo modo».

«Lo so. Questo rende tutto molto più strano. A meno che non abbia subito un'ascensione molto lenta, o nascosta alla vista della gente, arrivato a quell'età dovrebbe aver dato in precedenza manifestazioni di violenza estrema».

«Non è la prima volta che una persona apparentemente esemplare commette un crimine inimmaginabile. Pensi al caso dei genitori di quella bambina di Santiago de Compostela».

«È vero. Ma sono propensa a pensare che Ezequiel non rientri in nessuna tipologia descritta».

«Crede che ci siano tratti psicopatici nel suo comportamento?».

«Senza dubbio ci sono elementi indicativi di sociopatia. Narcisismo. Sadismo. Ma cerco ancora di capire perché i media non stiano tutti a parlare di Ezequiel».

Questa è la parte che più sconcerta Antonia. Che Ezequiel non abbia reso pubbliche le sue azioni. Questo farebbe un sequestratore. Un assassino seriale, narcisista per definizione, godrebbe a sentire il suo nome in tutte le radio e televisioni. Avendo accesso all'attenzione del paese e del mondo intero con un solo clic, con un solo tweet, perché non reclamava il suo premio?

«C'è qualcosa che ci sfugge in tutto ciò. Un tassello chiave».

«Forse il tatuaggio ci aiuterà», dice Aguado. «Mi dispiace non aver ancora trovato altro. Le prometto che continuerò a lavorare senza sosta».

«Grazie, dottoressa».

Il telefono squilla non appena riattaccano. È Mentor.

«Sveglierai mio marito», dice Antonia.

«Molto simpatica. Ho controllato la targa 9344FSY. Non esiste nessun taxi con quella targa. È di una Renault Megane di un paio di anni fa. Secondo la motorizzazione la proprietaria ha ventitré anni».

«Targhe clonate».

Una macchina che non si usa molto. Un cacciavite a punta piatta. Un rivetto bianco (tre euro la confezione da cinquanta). Un martello. Cinque minuti per cambiare le targhe. E la vittima può metterci giorni ad accorgersene, perché chi è che guarda la targa della propria macchina prima di salirci?

«Sembrerebbe. Cercheremo la macchina, vediamo se così troviamo il taxi».

«Il che vuol dire che chi guidava il taxi sapeva cosa stava accadendo. Il che vuol dire che Ezequiel non lavora da solo».

In un assassino psicopatico, è una caratteristica ancora più strana.

Antonia riattacca. Ritorna a fissare la parete. Ripassa nella sua memoria sconfinata decine di casi di assassini seriali, le loro motivazioni, il loro *modus operandi*, cercando un parallelismo che non trova.

Dentro di lei c'è tutto tranne che silenzio.

Bruno

A Jon Gutiérrez non piacciono i giornalisti.

Questo intuisce Bruno Lejarreta non appena gli si avvicina nel bar dell'Hotel de las Letras. Sono le sette meno un quarto del mattino, ma l'ispettore Gutiérrez è già in ghingheri, docciato, profumato e pronto per la colazione. Uova fritte con pancetta, succo d'arancia, sei fette di pane tostato e quella che sembra una piscina di caffè.

Quella bestia ha riempito di caffè la ciotola dei cereali.

Che all'ispettore Gutiérrez non piacciano i giornalisti in generale e Bruno Lejarreta in particolare è chiaro: non appena Bruno appare, fa una faccia come se stesse per dargli un cazzotto. Chiude perfino il pugno. Bruno Lejarreta, autodefinitosi leggenda del giornalismo basco, gode alla vista di quella repulsione come altri apprezzerebbero la *Gioconda* o la Cappella Sistina.

«Che cazzo ci fai qui?».

«Buongiorno anche a lei, ispettore».

Lejarreta si siede di fronte all'ispettore Gutiérrez. Deve spostare uno dei piatti straripanti per fare spazio a taccuino, penna e registratore. Jon guarda gli arnesi del mestiere come se avesse messo sul tavolo una siringa usata e sei grammi di eroina.

«Metti via quella roba».

«Sto lavorando».

«Anch'io».

Bruno fa un cenno verso il piatto di uova fritte al quale, improvvisamente, l'ispettore non rende più onore.

«Colazione a spese dei contribuenti, ispettore?».

«Colazione a spesa di quella puttana di tua madre».

Le diarie sono molto migliorate nella Polizia di Stato. Prima erano di cento euro al giorno. E la camera più economica qui ne costa trecento, pensa Bruno.

«A proposito di madri, ispettore. Le porto i saluti della sua».

In realtà, trovarlo è stato un gioco da ragazzi.

Begoña Iriondo, la madre dell'ispettore Gutiérrez, è una donna tranquilla. Sprovveduta. È il bello ora di essere la madre di un ispettore di polizia. Ai tempi del conflitto, negli anni di piombo, bisognava andare con i piedi anch'essi di piombo. Una parola di troppo dal macellaio, ed eri nei guai. C'erano *salatoris*, spie, ovunque. Oggi è l'opposto. Oggi è intoccabile. Alle undici di sera, esce dalla metro a Santutxu e cammina tranquilla fino a casa. Uno di una cricca la vede, si stacca, lo sguardo fisso sulla borsetta, e un altro subito lo afferra per il gomito e lo rimette al posto suo con uno scappellotto. È la madre di un *txakurra*, idiota. Vai a romperle le palle, e vedrai che risate quando arrivano in quattro e ti fanno una devitalizzazione a suon di calci dietro un cassonetto. E te lo meriteresti pure.

Sì, tutti quanti ora sanno dove vive Begoña Iriondo, e nessuno si fa venire strane idee. Questa è la parte buona. La parte cattiva è che *tutti quanti sanno* dove vive Begoña Iriondo, per cui a Bruno Lejarreta costa soltanto mezz'ora, dieci euro e un pacchetto di L&M – praticamente pieno, cazzo – prima di suonare al citofono.

Begoña è una donna candida e sprovveduta, e gli dice di no, che il figlio non c'è, che è a Madrid non so per quale caso importante; ma non mi dica, signora; proprio così, e io qui da sola, guardi un po', questi giovani, non hanno rispetto di nulla; e non è che per caso sa dove alloggia; perché vuole saperlo; per fare un reportage su di lui, signora; be', gli farebbe comodo perché ultimamente gli hanno fatto una pessima pubblicità e lei sembra uno di fiducia.

E così Bruno Lejarreta si pianta all'Hotel de las Letras, liscia il pelo al fattorino, gli dà il suo numero di telefono – mandami un WhatsApp a qualsiasi ora –, sgancia cinquanta euro – nella capitale, si sa, i prezzi – e ha sotto tiro l'ispettore.

Il quale non apprezza minimamente il riferimento alla madre.

«Se ti sei avvicinato a mia madre ti gonfio di botte».

Come si scaldano gli omosessuali per la loro amatxo.

«Lei è uno sconsiderato. Lasciarla sola in casa. Ma comunque, dice che ha per le mani un caso importante».

«Sono a Madrid in vacanza».

«Così si fa, tutti hanno bisogno di riposare ogni tanto. Senta, e come mai ieri stava sulla M-50, in quell'incidente?».

L'ispettore Gutiérrez non cambia espressione. Neanche di una virgola.

«Credo che si stia confondendo».

«Non mi confondo. L'ho vista in TV, con il suo vestito di lana grigio. Era un po' stropicciato. Non come questo. Lei va sempre in giro come un figurino».

L'ispettore Gutiérrez non risponde. Ma tiene i pugni stretti.

A Bruno piacerebbe che gli sfuggisse la mano, perché quello di per sé farebbe notizia. Vale a dire, gli piacerebbe sul piano metaforico, perché se una mano grande come un padellone ti arriva in faccia, ti manda dritto a giovedì prossimo. E le braccia in pendant. L'ispettore se la cava a sollevare le pietre. E a Bilbao c'è un detto. Dal minore al maggiore, braccia da Schwarzenegger, braccia da *pelotari*, braccia da *harrijasotzaile*.

Pensandoci bene, meglio che non gli sfugga la mano.

«Vede, ispettore. È che mi incuriosisce che sua madre dica che è qui per un caso importante, mentre al commissariato di Gordóniz mi hanno detto che è sospeso dal servizio e dallo stipendio. Pertanto, secondo lo Statuto di… aspetti che ce l'ho qua», dice, consultando i suoi appunti, «secondo lo Statuto Basico dell'Impiegato Pubblico, lei "è privato dall'esercizio delle sue funzioni e di tutti i diritti inerenti alla sua condizione"».

«E allora menomale che sono in vacanza».

«Sì, menomale, perché essendo sospeso dal servizio e dallo stipendio, se esercitasse come ispettore di polizia sarebbe un reato grave».

L'ispettore Gutiérrez è buono. Molto buono. Sopporta la spintonata come una quercia. O quasi. Perché il volto gli si altera un po'. Un paio di toni. Dal salutare colorito abituale, a un rosa tendente a gomma da masticare. E Bruno sa che mente. E sa anche che ha fatto bene a venire a Madrid.

«Allora niente, ispettore, la lascio a godersi la colazione», Gutiérrez ha già buttato il tovagliolo sul tavolo, sembra aver perso l'appetito. «Magari ci rivediamo in giro. Anch'io sono in vacanza».

«Spero di no».

Oh, sì. E prima di quanto immagini, pensa Bruno.

17
Un bisonte

«Non sarà affatto facile», dice Jon.

«Nulla lo è», risponde Antonia.

Ha appena riattaccato. Per convincere Mentor a procurare loro quell'appuntamento Antonia ci ha messo quasi un'ora, un'ora al telefono in cui ci sono state urla, sussurri, velate minacce, promemoria di saldi di vecchi debiti e disagio in generale.

«Non ti rendi conto di ciò che mi chiedi», le aveva detto Mentor.

Alla fine aveva acconsentito.

L'ispettore e la sua collega si trovano nell'Audi, alla porta dell'edificio della banca in attesa che Mentor li chiami e dica che possono salire. Antonia non dubita che ci riuscirà. Ha gli strumenti necessari. Quello che poi accadrà lassù, è tutta un'altra storia.

Antonia abbassa il finestrino e si sporge. Neanche torcendo il collo può abbracciare la forma completa dell'edificio.

Centomila tonnellate di acciaio, cemento e vetro in mezzo al paseo de la Castellana.

Si fa fatica a credere che tutto ciò sia iniziato con un bisonte.

Il tris-trisnonno di Álvaro Trueba seguiva una routine scrupolosa. Si alzava piuttosto tardi, faceva colazione con cioccolata e crostini nella veranda della sua tenuta nobiliare a Puente de San Miguel e leggeva i giornali mentre fumava. «La Voz de Cantabria», un sigaraccio. «El Adelantado de Santander», un sigaraccio. «El Imparcial» e «La Correspondencia de España», mezzo sigaraccio tra uno e l'altro, i quotidiani liberali bisogna leggerli in fretta e con il sopracciglio inarcato, non sia mai che ti fai condizionare.

Nel pomeriggio, dopo il pranzo e l'obbligatoria siesta, don Marcelino Trueba ordinava ai domestici di agganciare il phaéton e girava, diligente, tra le sue proprietà. Doveva assicurarsi che i contadini adempiessero al loro dovere, e il percorso di un'ora e mezza, sebbene fosse un obbligo pesante, era una cosa che accettava come necessaria. Il sedile della vettura aveva un'imbottitura insufficiente, e a volte il didietro di don Marcelino arrivava un po' ammaccato, ma altrimenti come avrebbe potuto controllare che i braccianti svolgessero le loro mansioni?

Dopo la passeggiata e il bagno caldo, il maggiordomo lo aiutava a vestirsi per la cena. Sempre formale, come conviene a un signore. Lui a capotavola, la moglie dal lato opposto, sei metri più lontano. La bambina al centro, che aveva già l'età sufficiente per destreggiarsi con le posate senza confondere il cucchiaino delle ostriche con la forchetta delle lumache. Dopo la cena, Marcelino si ritirava nello studio, dove si dedicava alle sue ricerche di botanica e geologia, materie in cui aveva una discreta competenza. *Un signore dev'essere istruito*, diceva sempre suo padre. *Ma senza esagerare.*

Anche la routine scrupolosa caratterizza l'hidalgo, lo contraddistingue dal bruto sudaticcio. Pertanto, quando una mattina entrò Modesto Cubillas, mezzadro delle sue tenute, in veranda, don Marcelino si sentì a disagio. Non era un orario appropriato.

Modesto, rendendo onore al proprio nome, si tolse il cappello, attorcigliandolo tra i pugni, scuri e ruvidi.

«Ho trovato una cosa che potrebbe interessarle, padrone».

Marcelino tentennò. L'intromissione era inaccettabile, ma la stampa del giorno era noiosa, e decise di vivere un'avventura insieme al suo mezzadro, *à la manière* di quei romanzi francesi che sua moglie leggeva di continuo – e che Marcelino divorava in segreto. L'ultimo, recentemente pubblicato, *Le Tour du monde en quatre-vingts jours*, raccontava le imprese di un signore e del suo domestico. Sentendosi un po'

Phileas Fogg, si lanciò nella campagna dietro a Modesto Cubillas.

Il mezzadro lo condusse fino a una grotta a un'ora di camminata, e il resto è storia. Marcelino rimase affascinato dalle bellissime pitture policrome che trovò sulle pareti, e pubblicò le sue conclusioni l'anno successivo. Don Marcelino ricevette ben poco sostegno, disgraziatamente. Quasi nessuno della comunità credette che le pitture di Altamira fossero resti preistorici, e ci fu addirittura qualcuno che lo accusò di averle dipinte lui stesso.

Il polverone fu talmente grande che la stessa Isabella II, durante un viaggio per passare le acque a Puente Viesgo, manifestò interesse per la suddetta grotta. Per cui un gruppo di hidalgos di Santander si presentò nella tenuta nobiliare e interruppe la colazione di don Marcelino. Questi non si scompose nemmeno, perché erano hidalgos, e perché faceva affari con loro.

«La regina desidera vedere la grotta delle tue terre, Marce», disse uno.

«Sarò molto onorato di ricevere sua maestà», rispose Marcelino, inorgogliendosi.

«Il fatto è», disse un altro, «che già che viene, potresti parlarle della faccenda della banca».

La banca. Questione minore, insignificante. Impallidì alla possibilità di vedersi riscattato. Don Marcelino acconsentì immediatamente.

La regina arrivò un paio di settimane più tardi. Fu qui che le malelingue si misero al lavoro. Di Isabella II non si poterono mai ammirare molte virtù tranne la castità, e neanche quella. Il fatto è che raccontano che vedendo don Marcelino, con le basette unite ai baffi e il suo bell'aspetto, la regina pretese una visita privata delle grotte. A quanto pare la visita andò per le lunghe, e a un certo punto dall'ingresso la regina chiese a gran voce alle sue donzelle di portarle vino e pasticcini, per recuperare le forze.

Don Marcelino uscì ore più tardi, con il colletto un po' meno inamidato e la promessa – strappata all'ultimo momento, quasi *en passant* – che il ministro dell'Economia avrebbe dato la necessaria licenza ai commercianti di Santander per costituirsi in istituto bancario.

La regina, dalla vettura, gli mandò due baci – uno per guancia – e si perse nella polvere della strada. Un mese più tardi veniva costituita la banca, con cinque milioni di *reales de vellón* come capitale e le esportazioni di frumento attraverso il porto di Santander come obiettivo principale.

Per quanto riguarda la scoperta archeologica, don Marcelino morì nel disonore – che paradosso –, ma più ricco. E da allora la famiglia Trueba aveva fatto crescere la banca. Aveva soltanto due parole d'ordine. La prima, con il governante di turno – re, presidente o generalissimo – non si discute mai, tanto è *ad interim*. La seconda, la banca deve crescere piano piano.

Centotrent'anni più tardi, sotto l'astuta direzione dei Trueba e una montagna di pochi eletti, si costruì questo edificio di centomila tonnellate e con un attivo da centinaia di milioni di euro. La banca più grande d'Europa, tra le prime venti del mondo.

Squilla il telefono nel vivavoce dell'Audi.

«Potete salire», dice Mentor. «Voglio soltanto ricordarvi una cosa. A te, Scott, che ho dovuto chiedere molti favori per questo. E a lei, ispettore Gutiérrez, che la ritengo responsabile».

Riattacca.

Certo. Perché è molto facile controllare Antonia Scott, pensa Jon, mentre fa scattare la chiusura automatica con il telecomando a distanza e per l'ennesima volta trotta dietro alla collega, che già si dirige verso la porta a vetri.

Nessuno dei due fa caso alla figura – giacca di pelle e jeans, testa infagottata in un casco – che scatta foto dal marciapiede di fronte.

Carla

La voce di Sandra la strappa dal sonno.

Ripete il suo nome.

«Sono qui», dice Carla. «Stai bene?».

«Ho tanto sonno».

«Ti ha fatto del male?».

Questa volta Sandra non singhiozza. Questa volta risponde subito.

«Non ne voglio parlare».

«L'ho sentito».

«Non hai sentito nulla».

Carla non risponde. Lei ha vissuto da poco – mesi, forse ore – il proprio episodio di negazione.

«Non hai sentito nulla, perché non è successo nulla. E se hai sentito qualcosa, perché non hai parlato? Perché non hai gridato, per aiutarmi?».

Perché avevo paura.

Perché non volevo condividere la tua sorte.

Perché mi sono limitata a tapparmi le orecchie e a recitare nomi di mantelli di cavallo, proprio come facevo quando mia sorella mi toglieva la luce nella stanza, e io rimanevo sola al buio.

«Hai ragione», ammette Carla. «Non è successo nulla».

Sandra si serra in un lungo mutismo. Carla vuole chiederle del buco, il buco da cui spia Ezequiel, dal quale magari potrebbe fare qualcosa di più utile tipo mandare dei segnali verso la strada, o magari ottenere informazioni. Ma ora non osa prendere l'iniziativa.

«C'era un ragazzo», dice Sandra dopo un po'.

Carla si tira su.

«Quale ragazzo?».

«Un ragazzo. Dove stai tu ora».

Carla sente un vuoto allo stomaco e nel petto, come se il suo corpo si fosse diviso in due metà. La prima, le sue gambe e la sua testa continuano ad avere una consistenza fisica, più pesante del solito. La seconda, lo spazio che c'è tra le gambe inutili e la testa stordita appartiene a un altro territorio, al territorio dell'incubo. Con quella seconda metà, Carla comprende, Carla sa cosa le sta dicendo Sandra.

Chiede, comunque.

«Che gli è successo?».

«Strillava tanto. Aveva paura. E poi ha smesso di strillare».

La cella, con le pareti vicine, i confini inaccessibili, era diventata per Carla qualcosa, se non familiare, almeno comprensibile. Stava lì. Era stata catturata. Non poteva scappare, non poteva comunicare con nessuno. Poteva soltanto aspettare, aspettare, aspettare. E pertanto aveva stabilito le frontiere della sua cella come i nuovi limiti del suo universo. Il suo corpo aveva imparato, nel corso delle ore – mesi, forse – che aveva trascorso lì, a vivere in quella nuova e minuscola regione. I suoi occhi si erano abituati a non vedere, e non le suggerivano più immagini fantasmagoriche. Le sue dita erano capaci di trovare differenze impercettibili nel pavimento che le indicavano dov'era. Le sue orecchie si erano abituate al fatto che ogni sfioramento della pelle, del tessuto, ogni suono prodotto dal suo corpo si ingigantiva, si moltiplicava. Ora la cella era un castello in cui aveva stabilito il suo feudo, la frontiera in cui organizzare l'ultima difesa della sua vita e della sua dignità. La speranza, ammesso che esistesse, si circoscriveva a quel luogo. Finché Ezequiel l'avesse lasciata sola, finché non avesse valicato quelle frontiere, l'attesa diventava accettabile, il prezzo da pagare per essere riscattata e liberata.

Le parole di Sandra avevano distrutto quella chimera con la stessa brutale efficacia con cui un elefante prosciuga uno stagno con un'unica e indifferente zampata.

«Che è successo al ragazzo, Sandra? Chi era? Sai se l'hanno liberato?».

«Zitta. È tornato. E non vuole che parliamo».

Silenzio. Fuori, forse, dei passi. Carla non ne è sicura, perché in questo momento l'unica cosa che sente è il galoppo sfrenato del suo cuore.

«Dai, devi raccontarmelo», dice, disperata. «Ho bisogno di saperlo».

Sandra, la voce ormai solo un sussurro, ripete:

«Strillava molto».

E poi, silenzio.

18
Uno studio

Il potere è strano, pensa Jon.

Ha i suoi simboli. Uno studio enorme all'ultimo piano di un edificio, con panorami da infarto. Diverse anticamere, ognuna con le sue segretarie, perché tu sia cosciente che stai oltrepassando delle barriere. Moquette sul pavimento. Ascensore con chiave. Un bodyguard alla porta.

Ma tutti questi elementi indicativi esterni sono soltanto i condimenti. Antipasti. Quando arrivi alla portata principale, dev'essere all'altezza di quanto ti aspetti.

Laura Trueba non è all'altezza, contempla l'altezza da molto in alto, come un falco.

È alta, molto più di quanto non sembri nelle foto. Magra, pelle abbronzata, capelli neri, occhi di acciaio. Gonna e giacca rossa, come nelle foto che escono quasi quotidianamente sui giornali.

Per quanto sia aziendale... In rosso dopo aver perso un figlio?, si stranisce Jon.

Con il fazzoletto al collo, un unico giro. Una concessione elegante alla civetteria, nasconde così le rughe del collo che rivelano la sua età. L'unico segno di debolezza in un'apparenza studiata al millimetro e provata fino allo stremo.

«Buongiorno. Vi prego di sedervi», dice, uscendo da dietro la scrivania e guidandoli verso una zona con divani e un tavolino basso, presieduto da un suo ritratto con il marito. Per arrivarci bisogna fare scalo.

«I signori prendono caffè, tisana?», chiede, educata, la segretaria.

«I signori se ne vanno subito», risponde la capa, troncando la richiesta di un doppio che Jon aveva già cominciato a formulare.

Piange ancora per quello che Bruno Lejarreta gli ha rovinato quella mattina all'hotel. Una presenza tossica. Una presenza della quale non ha ancora parlato ad Antonia. Ma non sa come affrontare l'argomento, per cui decide di aspettare.

Magari non è niente.

Le ultime parole famose.

La segretaria ha captato alla perfezione il tono nella voce della sua capa e li lascia soli.

Però non me la bevo. Tutto questa sceneggiata del caffè era preparata, pensa Jon. *Ma perché?*

«Voglio che sappiate», dice Laura Trueba, quando la porta si chiude dietro la segretaria e rimangono loro tre da soli, «che mi sono vista costretta a questa riunione. In questi momenti gradirei stare da sola».

«Ce ne rendiamo conto, signora Trueba. Sappiamo che sta passando un momento terribile. Ma immagino che vorrà anche che si faccia giustizia per suo figlio».

«Non vedo a cosa servirebbe ora», risponde lei, perentoria. «So che è il vostro lavoro e il vostro dovere. Ma saprete anche che i vostri capi e io siamo giunti a certi… accordi».

«Per il bene della banca, qualsiasi cosa», dice Antonia. «Vero?».

Jon, seduto accanto ad Antonia, non può darle il debito calcio sotto il tavolo. Ma gli andrebbe proprio. Sembrerebbe anche a Laura Trueba. Ha incassato il colpo molto impettita, ma il suo volto l'ha registrato.

«È madre, lei, signora Scott?».

Antonia si prende il suo tempo per rispondere.

«Sì, lo sono».

«Allora potrà valutare meglio di chiunque altro il sacrificio che devo fare. Tutto questo», dice, abbracciando con un gesto ciò che la circonda, «e questo qui», continua, sbattendo il piede a terra. Il tacco risuona sul parquet come uno sparo. «Tutto questo, così apparentemente solido, non è nulla. Toglieteci tutti i nostri uffici domani, demolite le nostre sedi. La banca rimarrà intatta. Perché la banca, signori, è un'idea».

«Un'idea da proteggere a ogni costo», insiste Antonia.

«Non mi aspetto che mi capiscano, e tantomeno che non mi giudichino. Voi l'avete fatto non appena siete entrati nell'ufficio. State giudicando una madre, ma una donna nella mia posizione è molte cose. Il mio bambino l'ho già perduto. Ora la presidente della banca si occupa di contenere le perdite».

«Non è l'unica ad aver perso un figlio, signora Trueba. Carla Ortiz è scomparsa due notti fa», dice Jon.

La notizia cade su Laura Trueba come una pietra in mezzo a un lago. Si espande sul suo volto e finisce sulla mano sinistra, che trema per un istante, in modo visibile, mentre se la porta alla bocca per soffocare un'esclamazione.

«Non può essere».

«Temo di sì».

«La stessa… persona?».

«È ciò che abbiamo bisogno che ci aiuti a verificare. Sappiamo che cerca di evitare lo scandalo sopra ogni cosa, ma ora c'è un'altra vita in gioco. Una che siamo in tempo a salvare».

Laura Trueba si alza, e si allontana da loro, dirigendosi verso la finestra. Vetro da pavimento a soffitto, dodici metri da lato a lato, ha da scegliere. Rimane lì in piedi per lunghi minuti, a braccia incrociate. I panorami, incredibili, conducono da tetto in tetto fino a intuire, in lontananza, il Palacio Real e il Parque del Oeste. Ma la banchiera è persa nel proprio paesaggio interiore, molto più chiuso. Disseminato di spine e anfratti.

Quando torna al suo posto, ha gli occhi rossi, ma asciutti. Voler piangere e poterlo fare sono due cose diverse.

«Quello che sto per raccontarvi è strettamente confidenziale. Non potrete ripeterlo, né utilizzarlo pubblicamente. È chiaro?».

«Sì, signora», dice Jon.

Trueba si volta verso Antonia. Questa annuisce, lentamente.

«Non so se lo sa, ma noi non esistiamo nemmeno».

«Se non rispettate questo patto, ve ne pentirete», dice, con una voce talmente fredda che ci si potrebbe pattinare sopra.

Jon non ha il minimo dubbio che avere questa donna come nemica sia il peggiore degli scenari.

«Il ragazzo è scomparso nel pomeriggio. Noi non lo sapevamo, ne siamo venuti a conoscenza con la telefonata del sequestratore. Un'altra persona ha risposto al telefono. Quando l'ho preso in mano io, il... quell'uomo si è identificato come Ezequiel».

Jon e Antonia si raddrizzano contemporaneamente. Si guardano. Laura Trueba chiude gli occhi e serra le labbra. Ha decifrato il significato di quello sguardo.

«Mi ha detto di avere il ragazzo e poi mi ha fatto una richiesta impossibile».

L'ispettore Gutiérrez reprime la tentazione di guardare di nuovo Antonia. Entrambi hanno la domanda sulla punta della lingua e stanno aspettando che la ponga l'altro. Alla fine è Jon a fare il passo.

«Con tutto il rispetto, signora, ma cosa le ha chiesto che lei non potesse dargli?».

Laura Trueba, la donna più potente della Spagna, presidente della banca più grande d'Europa, respira a fondo, distoglie lo sguardo e rimane in silenzio. Un silenzio che trasuda tanto senso di colpa che è quasi visibile.

«Abbiamo bisogno di conoscere le motivazioni dell'assassino, signora».

«Chiedetelo a Ramón Ortiz, allora. Lui ve l'ha detto cosa gli ha chiesto Ezequiel?».

Ora sono Antonia e Jon a rimanere zitti.

«Lo immaginavo».

Jon sente diversi sentimenti bussare alla porta: confusione, rabbia, tristezza. La chiude a chiave, doppia mandata, e se la mette in tasca. Deve continuare. Deve esserci qualcosa, qualunque cosa.

«Dev'esserci qualcos'altro che può raccontarci».

«Ben poco. Dopo aver avanzato la sua pretesa impossibile, mi ha detto che avevo cinque giorni per esaudirla. Poi ha aggiunto: "I figli non devono pagare per i peccati dei padri". E ha riattaccato».

«E poi? Non si è più rimesso in contatto con lei?».

La donna guarda a terra.

«L'unica cosa che abbiamo saputo dopo è che era stato ritrovato il cadavere».

Jon e Antonia si scambiano uno sguardo. Non sono buone notizie. Il contatto tra il sequestratore e la famiglia della vittima è essenziale. Quel filo invisibile è una delle armi migliori della polizia per trovare i cattivi.

«E nel frattempo, niente?».

Trueba si mette a ridere. Una risata secca, amara, indegna di tale nome.

«Notti in bianco, a guardare l'orologio, a guardare il telefono. Angoscia totale, senso di colpa e dolore. Che non cessano né cesseranno mai. Lo chiami pure niente. Io lo chiamerò inferno, se per lei va bene».

«Mi dispiace molto».

«Ci sono decisioni che non si possono prendere. Scelte che nessuno dovrebbe vedersi obbligato a fare. E ora andatevene, per favore».

Jon si alza in piedi. Antonia no. Jon le sfiora delicatamente la spalla, e lei finalmente reagisce. Laura Trueba è ancora sulla sedia, immobile, con lo sguardo perso, quando i due si incamminano verso la porta.

«Ispettore», lo chiama.

«Signora».

«Lei è armato?».

«Sì, signora».

«Se ficca una pallottola in testa a quel gran figlio di puttana, né a lei né a nessuno della sua famiglia mancherà mai nulla».

Aspetta che se ne siano andati per poter piangere.

Non ci riesce.

Parra

Il capitano Parra è stremato.

L'operazione sulla scena del crimine del Centro Ippico è stata estenuante. Sono arrivate, inoltre, richieste di interviste da diversi mezzi di comunicazione. Giornalisti che hanno riconosciuto l'eroico leader dell'Unità Sequestri ed Estorsioni della Polizia di Stato nelle foto che alcune personalità del mondo dei vip e dell'equitazione hanno postato sui loro Instagram e Twitter.

Parra, ovviamente, non ha risposto. È un uomo occupato, la sua attenzione è concentrata come un laser ad alta potenza sul caso di Carla Ortiz. E lo è, ma, come la moglie di Cesare, non soltanto bisogna essere buoni, bisogna *sembrarlo.*

E arriverà il momento in cui sapranno che succede. Nel modo adeguato, pensa. Si vanta di essere uno stratega, un maestro burattinaio.

Il capitano praticamente non ha dormito. È arrivato tardi a casa, si è sdraiato accanto a una moglie esausta che a malapena si è mossa. Sono già dieci anni di matrimonio che fa le ore piccole, e il loro letto non ondeggia più. Si è alzato prima che chiunque della sua famiglia aprisse gli occhi, ha appurato che i figli dormissero in pace – benedetto silenzio della notte fonda. All'alba è già nel suo ufficio del secondo piano del commissariato. Un luogo color salmone triste.

Fa l'inventario. Non molti ma degli indizi ci sono.

Ho le transenne, pensa.

Non appena l'azienda di Murcia che le ha fabbricate tra qualche minuto aprirà al pubblico, chiederanno il nome del cliente che le ha richieste. Parra ha già chiamato personalmente diverse volte, ma non c'è ancora nessuno.

Ho la fotografia del sospettato in fuga che hanno scattato il frocio e quell'altra scema dell'Interpol.

In cui non si vede assolutamente nulla, al di là di un uomo che potrebbe essere chiunque e avere qualunque età. E che non possono rendere pubblica, per le speciali circostanze del caso.

Ho l'autopsia dell'autista.

Che l'ha lasciato senza il principale sospettato, e il cui dossier preliminare rivela unicamente che l'assassino è destro e l'arma omicida è un coltello dalla lama di dodici centimetri, estremamente affilato.

Non ho un cazzo, pensa Parra.

Ma il sequestratore di Carla Ortiz richiamerà.

Quella donna vale un sacco di soldi.

Di fatto, si chiede quanti. Il riscatto più caro della storia della Spagna è quello di Revilla, un miliardo di pesetas, un quattordici milioni di euro di oggi. Non si avvicina neanche lontanamente al riscatto più alto della storia moderna, i sessanta milioni di dollari che pagò il padre di Jorge e Juan Born per la loro liberazione nel 1974.

Parra morde il cappuccio della biro – ha smesso di fumare da poco, vizio costoso – e si allunga all'indietro sulla sedia, mentre ricorda i dettagli di quel sequestro. Un gruppo terroristico, i Montoneros, bloccarono la strada principale di Buenos Aires, Avenida del Libertador, facendosi passare per operai che riparavano le condutture del gas. Quando arrivò la macchina dei Born, i terroristi la crivellarono di colpi e prelevarono i due fratelli. Il padre – la prima fortuna del paese, commerciante di grano – si rifiutò di pagare per nove mesi, finché Jorge Born lo convinse ad aprire le casse. I soldi non vennero mai recuperati.

Quei sessanta milioni di dollari sarebbero oggi duecentocinquanta milioni di euro. Ma il padre di Carla Ortiz può sborsare quelli e molti di più. Può pagare un miliardo, due miliardi. Qualunque cifra chiedano. *Sarà il sequestro più clamoroso della storia*, pensa Parra. E sarà lungo, perché i sequestratori chiederanno molto, e il padre può sborsare, ma ci vuole tempo per mettere insieme tutti quei soldi in contanti.

Richiameranno. E allora li prenderemo.

Ho i telefoni di Ortiz sotto controllo. Le comunicazioni sono sorvegliate. Prima o poi…

Soddisfatto, Parra chiude gli occhi. Deve soltanto aspettare che chiamino. Perché, alla fine, chiamano tutti.

Chi sprecherebbe l'opportunità di intascarsi tutta quella grana?

19
Un'inferriata

Nessuno dei due dice nulla.

Quando arrivano alla macchina, Antonia si limita a inserire un indirizzo sul GPS e poi guarda fuori dal finestrino. Jon sa che sta per scoppiare a piangere, perché anche lui sta per farlo.

Non chiede dove vanno. Guida e basta.

Sono vicini. Otto minuti più tardi, arrivano alla porta di una scuola. All'entrata, una bandiera britannica.

Antonia scende dalla macchina. Poi batte sul finestrino.

«Vieni?».

La porta è chiusa, ma non appena si avvicinano, un ronzio li fa entrare. Alla reception, una persona saluta Antonia. Il sorriso è cauto.

«Sono in cortile», le dice, in inglese. «Sono appena usciti».

«Grazie, Megan», risponde Antonia, nella stessa lingua. «Vado al solito posto».

Antonia guida Jon nei corridoi fino al secondo piano. Una vetrata si apre sul cortile. Antonia la spalanca e poggia i gomiti sul davanzale. Accanto a lei c'è un buco che Jon non sa se riempire. Alla fine decide di avvicinarsi. Pensa, e a ragione, che altrimenti gli avrebbe chiesto di rimanere in macchina.

Ci sono più o meno un milione di mostriciattoli con maglioncino verde, polo bianca e pantaloni grigi.

«È quello lì», dice lei, indicando uno dei piccoli, che ha una palla in mano. Deve avere quattro anni. Capelli neri, sorriso da diecimila watt. Inconfondibile.

«Come si chiama?».

«Jorge. Jorge Losada Scott», recita, orgogliosa.

«Ti assomiglia».
«Assomiglia di più a suo padre».
«Il sorriso è il tuo».
«Questo dice mia nonna».
«Le nonne solitamente sono sagge».
«La mia lo è. Magari la conoscessi. Le piaceresti».
«Io piaccio a tutte le nonne, bella. La questione è se lei piacerebbe a me».
Antonia ci pensa un momento.
«Credo di sì. Ama la vita con passione, ed è molto testarda. Come te. E a tutti e due piace il vino e la lana inglese. Credo che andreste molto d'accordo».
La domanda successiva è talmente tosta che non c'è un modo per porla bene. Jon fa del suo meglio.
«Non vive con te, no?».
I minuti successivi calzano stivali di metallo. Jon non sa se l'ha offesa, proprio ora che stava cominciando ad aprirsi. Sa che privilegio sia per lui che una persona così riservata come Antonia gli abbia mostrato suo figlio, sebbene da lontano. Gli viene voglia di schiaffeggiarsi per la sua stessa stupidità. E poi lei risponde.
«Quando successe il fatto di Marcos, Jorge aveva un anno. Io… non reagii bene. Soffrii di un disturbo d'ansia. Lasciai il progetto Regina Rossa. Non mi staccavo dal letto di Marcos».
Una delle maestre suona la campanella, la ricreazione è finita. I bambini corrono a mettersi in fila, ognuno nella sua. A terra ci sono righe dipinte capeggiate da animali. Jorge si posiziona su quella contraddistinta da un leone.
«Mia nonna e mio padre cercarono di farmi reagire, ma io mi chiusi totalmente».
I bambini cominciano a sparire all'interno della scuola. Fila dopo fila, l'edificio li assorbe. Quella di Jorge è la penultima a essere inghiottita dalle porte color rosa.
«Mio padre mi tolse la custodia del bambino. Io non mi difesi nemmeno. Credo che all'epoca mi sembrò un sollievo. Volevo soltanto sguazzare nel mio dolore e nel mio senso di colpa. Ancora oggi, tre anni dopo, mi sembra più facile di qualsiasi altra cosa».
Antonia rimane a guardare il cortile vuoto. Come tutti i

cortili di scuola, non appena se ne vanno i bambini, si trasforma in un luogo grigio e deprimente.

«Non posso stare con lui più di una volta al mese, e mai da soli. Mio padre pretende che mi sottoponga a cure psichiatriche prima di potersi fidare di me. Non lo biasimo. Per fortuna a scuola mi lasciano venire a guardarlo giocare da questa stanza, a condizione che mio padre non lo venga a sapere».

«Lo temono proprio. Che mai potrebbe fare?».

«Tanto per cominciare, levargli la licenza».

Jon scoppia a ridere.

«Chi è, il ministro dell'Istruzione?».

«Peggio. È l'ambasciatore del Regno Unito a Madrid. E questa è una scuola britannica...».

«Almeno puoi vederlo».

«Per un periodo è stato sufficiente».

«Che cos'è cambiato?», chiede Jon, anche se in realtà intende dire:

Che cos'è cambiato perché tu mi racconti questo.

Che cos'è cambiato perché tu mi abbia portato qui.

Che cos'è cambiato perché all'improvviso sembri umana.

Antonia scuote la testa. Questo luogo è sacro.

«Non voglio parlarne qui».

20
Una tortilla

A Jon Gutiérrez piace cucinare.

Morivano entrambi di fame, e Antonia ha suggerito di andare al ristorante per un pranzo sul presto. Jon ha detto che dove mai si poteva mangiare bene a quell'ora, stando a Madrid; Antonia, ma che ti credi; Jon, di cucina non ci capisci niente; Antonia, qui si mangia meglio che da qualsiasi altra parte; Jon, che ne vuoi sapere tu che per te sa tutto di cartone. E sono finiti a casa di Antonia dopo un non ci sono uova. Una sosta previa al supermercato di sotto: una retina di patate, una cipolla, una bottiglia di olio d'oliva, mezza dozzina di uova ruspanti (che non c'erano).

Per cui Jon si toglie la giacca, si rimbocca le maniche, si lava le mani. Pela le patate e le taglia a fettine molto sottili, schiacciandole un po'. Mette l'olio a scaldare, tanto, facendo attenzione che non sia troppo caldo. Aggiunge le patate, venti minuti. Nel frattempo, trita la cipolla e la soffrigge in una padella a parte finché non è cristallina. Tira fuori le patate. Le scola. Le lascia riposare finché non si sono raffreddate un po'. Poi versa l'olio caldo come i pozzi dell'inferno, e ci rimette le patate. La doppia frittura è fondamentale. Da lì in poi, è tutta in discesa. Sbatte le uova, omogenee ma senza esagerare. Tira fuori le patate, che sono croccanti e un pizzico abbrustolite. Le scola, le asciuga un po' con la carta da cucina. Le lascia intiepidire perché non rapprendano l'uovo entrandoci in contatto. Le mescola con l'uovo, schiacciandole un po' perché si inzuppino per bene. Le butta nella padella. Quando i bordi sono rappresi, la rigira con un piatto. Momento critico. Esce bene. La serve.

Antonia taglia la tortilla, che si sfalda un po', oro liquido. L'assaggia.

«Sa di cartone», dice, con la bocca piena.

«Fottiti, Scott».

Risulta che è la miglior tortilla di patate che Antonia abbia mai assaggiato nella sua vita, chiaramente. Anche se lei non lo sa, a causa della sua anosmia. Ma Jon lo sa per entrambi, per questo se ne mangia tre quarti, inzuppando il pane. In piedi, in cucina e attingendo dal piatto a turni, perché non c'è altro posto. Poi un paio di capsule nella Nespresso.

Finiscono seduti in salotto, per terra. Dalla finestrella filtra la prima luce del pomeriggio. Un milione di granelli di polvere ballano nel raggio che è rimasto tra i due.

«Hai una casa veramente accogliente», dice Jon, indicando le pareti spoglie, l'assenza di mobili.

«Quando è successo il fatto di Marcos, mi sono disfatta di tutto», spiega Antonia, con voce fioca. «Nulla di imprescindibile».

Sembra più fragile e vulnerabile del solito.

«Eravate molto uniti».

«Siamo. Marcos è speciale. È uno scultore, sai? È dolce, affettuoso…».

«Come vi siete conosciuti?».

«All'università. Io stavo finendo Lettere. Lui Belle Arti. Ci siamo incontrati al compleanno di un'amica. Ci siamo messi a ballare e non abbiamo più smesso. Sono venuta a vivere con lui una settimana dopo».

«Mi hai detto che l'edificio è suo, no?».

«Un'eredità di famiglia. Gli permetteva di concentrarsi sulla sua carriera di scultore. Aveva già rimediato un paio di mostre in gallerie d'arte. Stava cominciando a ingranare quando è successo…».

Non finisce. Jon indica attorno a loro.

«Perché il restyling?».

Antonia alza le spalle.

«Il mio cervello… non è normale. Posso fare cose che gli altri non possono fare».

«Di questo mi ero già accorto», dice Jon, prendendo un sorso di caffè. «Per esempio?».

«Posso dirti in che giorno della settimana sei nato...».

«14 aprile del 1974».

«Domenica. Se leggo qualcosa, non lo scordo più».

«Vediamo», sfida Jon, prendendo un pacchetto di gomme dalla tasca e lanciandoglielo nel grembo.

Lei lo guarda, inarcando un sopracciglio.

«Non sono una scimmia del circo».

«Dai, fammi contento. Tanto siamo da soli».

Antonia volta il pacchetto, legge gli ingredienti, glielo rilancia.

«Edulcoranti (sorbitolo, isomalto, sciroppo di maltitolo, maltitolo, aspartame, acesulfame K), gomma base, eccipienti (E170), aromi, umettante (E422), addensante (E414), emulsionanti (E472A, lecitina di girasole), coloranti (E171, E133), agente di rivestimento (E903), antiossidante (E321)».

«W-o-w. Con una tournée alla fiera di Soria ti fai i soldi veri».

«Ah, e non dimenticare che un consumo eccessivo può causare effetti lassativi».

«Ma magari».

«Mangi troppa carne rossa».

«Come se ne esistesse altra. Ma non capisco che c'entra questo col non avere mobili».

«La maggior parte delle persone finisce col dimenticare tutto, o il tempo ne sfuma le emozioni. La mia memoria è quasi perfetta. Se un ricordo mi colpisce, può farmi molto male. Per questo non ho nulla che mi ricordi Marcos».

«Tranne Marcos», dice Jon, buttandola là.

«Trascorro tutte le notti nella sua stanza. Questo le rende un po' più tollerabili. Ma durante il giorno cerco di allontanarmi. Vengo qui, lavoro a... un progetto personale. E tiro avanti come posso».

«È sempre stato così? Con i tuoi ricordi?».

«No», dice Antonia, dopo una pausa. «Non sempre».

In quella pausa di tre secondi ci sono oceani di tempo. Pieni di trombe d'acqua e mareggiate, di mulinelli profondi e agitati.

«Che ti hanno fatto, piccola?».

Antonia sospira. *Piccola*. Non gli dice che è così che la

chiama nonna Scott. Non gli dice quante volte le ha posto la stessa domanda.

Distoglie lo sguardo.

«Non posso raccontartelo».

Ciò che hanno fatto prima

La sala è nera ed è piena di luce. Pareti e soffitto sono rivestiti di materiale isolante, così grosso che non lascia trapelare il suono. Quando Mentor parla dagli altoparlanti, la sua voce sembra venire da ovunque contemporaneamente.

Antonia è seduta al centro, nella posizione del loto, indossa solo una maglietta bianca e dei pantaloni neri. È scalza. L'aria della stanza è fredda, sebbene questo possa cambiare da un momento all'altro. Mentor controlla la temperatura a suo piacimento, per complicare ancora di più le cose.

«1997. Un serbo di nome Dejan Milkiavich sequestra un aereo con destinazione Barcellona. Esige dalle autorità uno zaino con un milione di dollari per liberare i centoquattordici passeggeri, e due paracaduti. L'aereo atterra e l'uomo libera tutti i passeggeri. Poi ordina al pilota di decollare e puntare verso il deserto di Los Monegros. Quando sorvolano il deserto, l'uomo salta dall'aereo con un solo paracadute. Perché?».

«Se ne avesse chiesto soltanto uno le autorità avrebbero capito che era solo per lui e avrebbero potuto manometterlo. Chiedendone due non potevano rischiare che morisse il pilota», dice Antonia, all'istante.

«Facile. Guarda lo schermo».

Antonia guarda l'enorme monitor davanti a lei. Lo schermo nero lascia il posto a un'istantanea con un gruppo di persone nude, che guardano in camera.

«Dove sei?».

Gli occhi di Antonia scannerizzano l'immagine a tutta velocità, e trovano immediatamente la discordanza.

«In cielo».

«Perché?».
«Ci sono un uomo e una donna senza ombelico».
«Troppo facile e troppo lento».
Sotto il monitor c'è un cronometro con i numeri in rosso. Misura il tempo con una precisione di millesimi di secondo. Ora segna 02.437. Due secondi e quattrocentotrentasette millesimi.
«Ogni sera mi dici cosa fare e ogni mattina faccio quello che mi hai detto, ma tu ti arrabbi comunque con me».
Antonia è stanca, stanotte praticamente non ha dormito, Mentor pretendeva che facesse esercizi di memoria, quasi sei ore di fila a recitare numeri primi. Tentenna.
«La sveglia».
I numeri si fermano a 01.055.
«Troppo lento. Non progredisci abbastanza velocemente».
«Ho soltanto bisogno di respirare un po'».

Antonia sente gli occhi pesanti, la testa leggera. Mentor sta giocando di nuovo con la quantità di ossigeno della stanza. Si chiede se non sia giunto il momento di smettere, di abbandonare questa cosa. Di passare più tempo con Marcos. Anche se lui è molto comprensivo con le sue assenze, sa che lei lo vuole, che ne ha bisogno.
O questo crede. A volte, quando si sente così stanca, non sa nemmeno perché è qui.
Mentor le parla ogni giorno di raggiungere il suo pieno potenziale.

«Puoi arrivare più lontano. Puoi andare in un luogo dove nessuno è mai stato prima», le ha detto. «Vuoi?».
Antonia vuole.
«C'è un modo, ma farà male. Farà molto male. E sarai diversa».
Antonia accetta, senza pensarci troppo. Firma dei fogli che le danno, si impegna a trascorrere dei mesi lontana dalla famiglia. Prova entusiasmo quando lo fa. Intuisce che sta per varcare una porta che conduce in un luogo che, per la prima volta, non è in grado di prevedere.

Sono passati dei giorni.

Ora non è più sicura.

Antonia è sempre stata diversa. Fin da quando era bambina.

Negli ultimi giorni, un pensiero si fa largo nella sua testa, come un'orribile macchia d'umidità sul soffitto.

Forse essere diversa non è ciò che vuole. Forse ciò che desidera, ciò che desidera davvero, è essere meno diversa.

Meno diversa e più felice.

«Mentor, io...», comincia a dire.

Non ha il tempo di continuare. Non ha il tempo di pentirsi. La porta si apre ed entrano tre persone con delle tute blu. Antonia si volta, meravigliata, ma non ha il tempo di protestare. Uno di loro le immobilizza le spalle circondandola con le braccia e la butta a terra, l'altro le tiene la testa contro il pavimento.

La terza è una donna e ha una siringa in mano.

Quando entra nel campo visivo di Antonia, questa trattiene un singulto di terrore. Ha una paura tremenda degli aghi. È terrorizzata dal dolore in tutte le sue forme, ma gli aghi sono in cima al suo personale medagliere olimpico del terrore.

Tripanofobia, si chiama. Non che abbia importanza.

Le incredibili capacità della mente di Antonia si dissolvono di fronte alla prospettiva del dolore.

La pelle è l'organo più grande del corpo, sebbene non ci pensiamo molto spesso in questi termini, ma come a una semplice fodera che protegge gli organi importanti. Due metri quadrati ricoperti di terminazioni nervose. Cento milioni, recettore sensoriale su, recettore sensoriale giù.

Se si mettono a gridare tutti insieme, stimolati dalla situazione stressante, possono fare molto, molto rumore.

Nella cabina d'osservazione – non sono più all'Universidad Complutense, ma in un luogo molto più piccolo e segreto –, Mentor chiacchiera con un ottuagenario minuto, malfermo, calvo e mezzo cieco, che indossa una giacca a quadri scozzesi. Il vecchio non ha un gran bell'aspetto. Ha, piuttosto, un piede nella fossa e l'altro su una buccia di banana.

Ma non fissiamoci sulla sua età. Forse è il genio della neurochimica più grande della sua generazione. Il suo nome risuonerebbe tra i candidati al Nobel se non fosse un tantino squilibrato.

«Non creda che mi senta a mio agio con questa cosa, dottor Nuno».

Il medico appoggia sul vetro una mano punteggiata di vene varicose che sembra un temporale di fulmini porpora. Tamburella con le dita – le unghie, lunghe e dure, producono un picchiettio sgradevole – e prima di parlare osserva la donna che introduce la siringa nel braccio di Antonia.

«Lei ha firmato i documenti, no? E poi, deve andare così. La paura e l'ansia del soggetto fanno schizzare la produzione di norepinefrina nel midollo surrenale. Questo renderà il composto più efficace».

Attraverso l'interfono si sentono le grida di Antonia, e Mentor lo spegne.

«Ovviamente, stiamo uccidendo mosche a cannonate. Una sola goccia del composto iniettata direttamente nell'ipotalamo sarebbe sufficiente. Ma dato che il soggetto dovrebbe rimanere sveglio e che il più lieve errore nell'inserimento dell'ago lo ucciderebbe, non la contempliamo come opzione. Soprattutto con un soggetto così poco collaborativo».

Davanti a loro, Antonia continua a contorcersi, dimenando le gambe, cercando di divincolarsi. La donna ha concluso con la prima siringa, e ne estrae una seconda.

I calci in aria si intensificano.

«È totalmente convinto che la procedura sia sicura?», dice Mentor, distogliendo lo sguardo.

Si potrebbe pensare che dopo aver realizzato questo intervento in una dozzina di paesi e dopo aver dato centinaia di spiegazioni, Nuno si sia stufato. Al contrario, prende aria e recita a macchinetta.

«Il composto di mia invenzione è l'apice di una vita dedicata alla neurochimica».

Ecco qui un uomo innamorato della propria voce, pensa Mentor, che immediatamente riconosce – e detesta – quelli della sua stessa specie.

«Non renderà il soggetto più intelligente», continua il dottor Nuno. «Nulla può fare questo. Ma può modificare leggermente il comportamento dell'ipotalamo, in modo tale che questo generi una maggior quantità di istamina. In maniera, diciamo, permanente».

«E in parole povere?».

Mentor sa già cosa fa il composto del dottor Nuno, perché ha letto il dossier di quasi trecento pagine, ma l'unica cosa che desidera è che il vecchio continui a parlare e a distrarlo da ciò che c'è alle sue spalle.

«L'istamina addizionale permette al soggetto di stare in uno stato di allerta costante. Le capacità cognitive si vedono potenziate. L'attenzione, la percezione, la capacità di risoluzione di problemi e la memoria saranno sempre al massimo. Semplice e chiaro».

«Semplice e chiaro», ripete Mentor, cupo.

Si volta. Nella stanza, la donna ha concluso con gli aghi. I due uomini lasciano Antonia e si ritirano. Antonia non è cosciente di ciò che sta accadendo. Di fatto a stento ricorderà l'abuso commesso sul suo corpo e sulla sua libertà. Forse in futuro arriveranno frammenti, immagini. Per ora, si limita a rimanere a terra, con le braccia contratte, lo sguardo perso e una gamba che si agita lentamente e spasmodicamente.

«Ma tenendo conto della particolare intelligenza del soggetto e l'enorme quantità di norepinefrina che sembra aver prodotto di fronte a tale stress, i risultati potrebbero vedersi alterati», dice il medico, tamburellando nuovamente sul vetro con le unghie. «Saranno senza dubbio… interessanti».

«Abbiamo finito?», chiede Mentor, ansioso di ritornare a casa.

Nuno si sistema gli occhiali sulla radice del naso e abbozza un sorriso pieno di sottintesi. Dalla sua valigetta estrae una busta di carta marrone che porge a Mentor.

«Io sì. Lei, caro signore, ha appena cominciato».

Mentor apre la busta. Al suo interno c'è un raccoglitore ad anelli. Man mano che sfoglia le informazioni lì contenute, il suo volto perde colore.

«Questo… è necessario?».

Il dottor Nuno sorride di nuovo.

Mentor vorrebbe che smettesse di farlo.

«Se vuole risultati, è l'unica via».

21
Una risposta chiara

Jon guarda fisso Antonia.
«Non puoi raccontarmelo o non vuoi raccontarmelo?».
Antonia distoglie lo sguardo.
Non gli parlerà dei frammenti di memoria.
Delle immagini che ancora arrivano all'imbrunire.
«Non posso. E non voglio».

Ciò che hanno fatto dopo

La sala delle prove è cambiata.

Ora è più grande. La sedia è ancorata a terra con viti di dodici centimetri. Dal soffitto penzolano cinque nastri di nylon nero. Quello più lungo è destinato al girovita. Gli altri quattro, ai polsi e alle caviglie. Ognuno di questi ha incorporato un elettrodo all'estremità, alla fine dei velcri di ancoraggio. Questo elettrodo può rilasciare scariche di trenta volt.

Oggi è il turno dei nastri.

Ad Antonia non importano gli elettrodi. C'è da dire che non ricorda granché delle sessioni di addestramento. Quando cominciano, si siede al tavolo. Di fronte ci sono un bicchiere d'acqua e due pastiglie. Quella rossa la prende all'inizio, insieme alla metà del contenuto del bicchiere. Quella blu la prende alla fine. È quella che si porta via i ricordi.

Il ricordo, per esempio, che un minuto dopo aver preso la pastiglia, due uomini in tuta blu la appendono ai nastri, a testa in giù.

La voce di Mentor risuona dagli altoparlanti.

«Come era il tuo volto prima di nascere?».

Antonia respira a fondo e chiude gli occhi.

Cerca di ripulire la mente dal rumore, di mettere a tacere le scimmie che saltano da una parte all'altra. Poco a poco, man mano che la droga comincia a fare effetto, ottiene una cosa simile al silenzio.

In quella crescente oscurità, si concentra sul *kōan*. La domanda irrisolvibile che i maestri zen ponevano ai loro discepoli secoli fa e che Mentor le pone ora prima di ogni sessione.

E nel silenzio trova com'era il suo volto prima di nascere.

Apre gli occhi.

La sessione comincia.

Un'immagine appare davanti a lei sullo schermo. Sei soggetti in fila, che guardano in camera. L'immagine permane meno di un secondo sul monitor.

«Chi portava il fazzoletto al collo?».

«Il numero tre».

«Qual era la donna più alta?».

«La numero sei».

«Di che colore era il fazzoletto del numero due?».

«Rosso». Cade nella trappola Antonia, prima di capire che il numero due non indossava il fazzoletto. La scarica le attanaglia mani e piedi e le trasforma il diaframma in un tamburello.

I nastri salgono finché la schiena e i talloni di Antonia quasi sfiorano il soffitto.

Una nuova immagine appare sullo schermo. Questa volta sono numeri. Sei linee di undici cifre ciascuna.

Il cronometro si attiva sotto lo schermo, mentre i numeri scompaiono. Antonia comincia a ripetere i numeri, più velocemente che può.

Il cronometro si ferma.

06.157.

«Neanche un errore. Bene».

I nastri scendono di venti centimetri.

Le regole sono chiare. Una risposta corretta, venti centimetri. Se tocchi terra, l'addestramento finisce. Se sbagli, se non rispondi abbastanza in fretta, ricevi una scarica e sali fino al soffitto, perdendo tutto il progresso.

«Quanti più ne fai, più ne lasci indietro».

«Passi».

Antonia sorride. Il sudore che le cade dalla fronte le annebbia gli occhi.

Ormai mancano soltanto due metri e mezzo a terra.

Non è un sorriso felice.

22
Un profeta

Jon prova un'enorme pena, vuole offrire consolazione per le notti eterne, per il freddo e la solitudine e il dolore che percepisce dentro di lei. Vuole allungare la mano, vuole abbracciarla. Non fa nulla, perché sente che, in un qualche modo, sarebbe peggio.

«Mettiamoci a lavorare», taglia corto Antonia.

«Ancora una cosa. Prima mi hai detto che qualcosa è cambiato. Che non è sufficiente vedere tuo figlio una volta al mese, e da un balcone. Perché?».

«Laura Trueba».

Jon capisce. La minuziosa, asettica dichiarazione della presidente della banca era stata una mazzata per tutti e due. Non lo stupisce affatto che Antonia sia voluta andare quanto prima a vedere suo figlio.

«Una stronza fredda e senza cuore».

«Non lo so. Forse. So che non capisco ciò che ha fatto. Non so cosa le abbia chiesto Ezequiel che lei non sia stata capace di dargli. Ma è importante che cerchiamo di avvicinarci».

L'ispettore Gutiérrez rimane pensieroso per un momento.

«Quella frase che ha detto… "I figli non devono pagare per i peccati dei padri". Cercala sul tuo iPad. È della Bibbia».

Antonia digita e gli mostra il risultato.

> Colui che ha peccato e non altri deve morire; il figlio non sconta l'iniquità del padre, né il padre l'iniquità del figlio. […] Forse che io ho piacere della morte del malvagio, o non piuttosto che desista dalla sua condotta e viva?

«Ezechiele, capitolo 18», dice Antonia. «Avevi ragione».

«Come direbbe Capitan Muscoletti, "supponiamo che Ezequiel sia uno pseudonimo". Il nostro assassino ha preso il nome da un profeta».

Antonia si mette in piedi e si appoggia alla parete.

«Vediamo, catechista, fallo capire a un'atea. Chi era questo signore con la barba? Perché immagino che avesse la barba».

«Tutti avevano la barba, bella. Ezechiele era un sacerdote ebreo nell'epoca in cui gli ebrei erano prigionieri in Babilonia. Il popolo era schiacciato da un potere oppressore e tirannico. E Geremia parlò della giustizia in tempi difficili. Che ognuno paghi per le proprie colpe, questo significa».

«Non sono una teologa, ma credo che il nostro uomo lo intenda al contrario».

«Abbiamo un figlio sequestrato, una richiesta impossibile, e la frase "i figli non devono pagare per i peccati dei padri"».

«Mi chiedo che razza di peccati possa aver commesso la presidente di una banca», dice Antonia.

«Non me ne viene in mente nessuno».

Antonia lo guarda stranita.

«Facevo del sarcasmo».

«Ti riesce bene quanto la teologia», dice Jon, trattenendo la voglia di ridere.

«Allora il sequestro è motivato da un ricatto», continua Antonia. «Ezequiel ha rapito Álvaro Trueba, ha detto a sua madre che per liberarlo doveva fare qualcosa. Lei si è rifiutata. Non ci sono state altre negoziazioni, né pressione, né telefonate».

«E ora ha chiesto qualcosa di simile a Ramón Ortiz. Qualcosa che non fa appello alla sua condizione di padre, ma di imprenditore».

«E che Ortiz si è rifiutato di rivelarci. Perché?».

«Forse perché non lo giudichiamo».

«Hai visto quanto le è importato del nostro giudizio a Laura Trueba. No. Se non c'è un luogo di consegna, se non ci saranno telefonate… come riceverà il *pagamento* del riscatto?».

«Dev'essere qualcosa che lui sa che Ortiz ha fatto. Una dichiarazione pubblica».

È l'unica cosa che quadra, pensa Jon.

«Per questo Ortiz ha insistito tanto sull'assoluta segretezza. E anche Trueba. Perché se venisse fuori…».

Jon si gratta la testa.

«Antonia, avevi ragione. La notte che eravamo da Ortiz. Hai detto che il suo comportamento non era normale. Che aveva paura, una paura che non capivi, una paura che non era per sua figlia. Ora sappiamo di cosa aveva paura».

Antonia annuisce, lentamente.

«Aveva paura di noi».

Jon guarda l'orologio.

«A Carla Ortiz non rimane molto tempo».

«Quaranta ore e mezza», risponde Antonia.

Duemilaquattrocentotrentasei minuti. Il tempo sufficiente perché il suo cuore batta altre settantamila volte prima che Ezequiel lo faccia fermare, come castigo per i peccati di suo padre.

«Allora mettiamoci in moto», dice Jon, alzandosi in piedi.

Non c'è altra soluzione e lo sanno entrambi.

Senza indizi, con tutte le piste esaurite, l'unico luogo dal quale possono cavare qualche informazione è l'unico luogo in cui gli hanno proibito di andare.

23
Un padre

Ci sono due bodyguard nell'androne di Ramón Ortiz.

Il multimilionario non era rientrato a La Coruña, ma aveva cancellato gli impegni di lavoro ed era rimasto nella capitale, nel suo appartamento di calle Serrano. Non avevano l'indirizzo, ma Antonia ci ha messo meno di due minuti per localizzarlo usando le foto dei blog e i rotocalchi rosa. L'ultimo piano di un edificio signorile, a meno di cinquanta metri dal Corte Inglés.

L'ispettore Gutiérrez lascia la macchina parcheggiata molto illegalmente alla fermata dei taxi davanti alla casa, senza accorgersi che una moto parcheggia poco più dietro.

Jon aspetta un paio di minuti e poi scende dalla macchina. Si dirige verso un incontro che ha tutta l'aria di essere breve e sgradevole. Jon suppone che abbiano avvisato i bodyguard che sono persone *non gratae* da Ortiz.

Suppone bene. I bodyguard si irrigidiscono all'unisono quando li vedono avvicinarsi. Due pupazzi a molla in giacca e cravatta nere e faccia di chi ha calpestato qualcosa di nauseabondo. Solo che quel qualcosa non ce l'hanno appiccicato alle scarpe, bensì cammina verso di loro con un sorriso smagliante.

«Salve, buonasera», dice l'ispettore Gutiérrez.

Anche Antonia ha fatto delle supposizioni. Ha supposto che il bar che c'è accanto all'androne – un franchising famoso, orrendo nome in francese, quando lo spagnolo è così bello – avesse una porta sul retro. Per cui è scesa un po' prima dalla macchina e ha fatto il giro dell'isolato. Entra nel bar e va dall'altra parte del bancone senza chiedere permesso. Passa, quasi sfiorandola, oltre la cameriera che serve i clienti carichi di buste di carta di negozi molto costosi. La cameriera si gira verso di lei, le dice qualcosa, ma Antonia non si ferma ad ascoltarla né a discutere, continua a camminare fino a varcare la porta a spinta – con il classico oblò – ed entra in cucina.

Profuma di mandorle tostate e pane appena sfornato, sebbene l'odore provenga dalle brioche che una macchina ha fabbricato in un poligono e che dipendenti malpagati riscaldano nel forno verticale, pieno di vassoi. Due giovani guardano Antonia attoniti, ma lei non si ferma. Attraversa una seconda porta a spinta, e passa accanto al responsabile, che è chino sul suo computer e studia un foglio di calcolo, talmente concentrato che in un primo momento non percepisce la presenza di Antonia. Dall'altro lato dell'ufficio c'è un corridoio.

Antonia non ha ancora cominciato a percorrerlo quando il dipendente si alza e grida.

Lei lo ignora, perché conta su un elemento a suo favore. Quasi nessuno reagisce immediatamente e istintivamente a un'irruzione come quella. Serve un periodo di riorganizzazione, di reinterpretazione della realtà quotidiana per poter agire in maniera consona rispetto a ciò che l'altra persona sta facendo e che *si suppone* non dovrebbe fare.

«Ehi! Ehi, signora!».

Antonia infila il corridoio decisa. Ci sono diverse porte, e Antonia non ha tempo per aprirle tutte, per cui traccia nella sua mente una mappa mentale – la posizione della strada, il primo giro nel bancone del bar, il secondo in cucina – e il risultato le dice di scegliere la porta sul fondo. Quando arriva, si rende conto di aver scelto bene, è l'unica con chiavistello a scrocco. Traffica con il chiavistello, che è molto duro.

«Non può stare qui». Sente la voce del responsabile alle sue spalle. Ce l'ha quasi addosso.

«È tardi. È tardi», risponde Antonia, senza voltarsi, nella sua miglior imitazione del coniglio bianco di *Alice nel paese delle meraviglie*. «Faccio tardi dal dentista».

La porta si apre, giusto in tempo, quando le mani del responsabile già le stanno sfiorando la spalla. Antonia scivola nella porta semiaperta, esce nell'androne e dà una botta per richiuderla dietro di sé.

«Matta del cazzo». Sente, dall'altra parte della porta, ammortizzato, innocuo. Si prepara a correre nel caso in cui il responsabile decida di inseguirla, ma pare che la sua imitazione del coniglio bianco abbia sortito effetto. Il suono del chiavistello che si richiude nuovamente alle sue spalle indica che il responsabile considera il problema risolto.

Ad Antonia restano due problemi da affrontare. Dall'androne si affaccia e vede Jon discutere con i due bodyguard. Non riesce a sentire niente, ma l'ispettore Gutiérrez gesticola come un venditore del mercato. Brutto segno, se la faccenda si surriscalda troppo Parra o uno dei suoi lacchè non tarderanno ad apparire. Anzi. Non se si surriscalda. Quando si surriscalda.

Antonia stima di avere tra i dieci e i quindici minuti nel migliore dei casi.

Complicazione: l'ascensore si mette in moto. Uno di quegli ascensori scoperti di cent'anni fa. Tipo Stiegler, cabina in mogano che scende mezzo metro al secondo. «INSTALLATO DA SCHNEIDER IN PERSONA», c'è scritto sul cancello in ferro battuto, accanto alla data, «1919».

Altra complicazione: i bodyguard hanno spalancato il portone. Uno di loro spinge Jon Gutiérrez all'interno.

Non hanno ancora visto Antonia, ma le sue possibilità si riducono.

Antonia sceglie di salire a piedi, nel caso in cui i bodyguard abbiano chiesto rinforzi che, inevitabilmente, attendono alla porta superiore. La sua intuizione si rivela corretta quando incrocia la cabina all'altezza del secondo piano. L'uomo in giacca e cravatta nere completa la sua tenuta con un cavo a spirale che gli finisce nell'orecchio. Antonia si schiaccia contro la parete, cercando di diventare invisibile, ma Jacobo Schneider, leggendario installatore, ha avuto il pessimo gusto di foderare di specchi l'interno dell'ascensore. Sui quattro lati.

Gli sguardi di Bodyguard numero 3 e Antonia si incrociano. Antonia si mette a correre, salendo le scale. I suoi dieci minuti di vantaggio si sono notevolmente ridotti.

Arriva al quinto piano senza fiato – Antonia non è in gran forma – e bussa alla porta. A volte puoi solo sperare nel meglio.

Ad aprire è Ramón Ortiz in persona. In una giornata buona, l'ottuagenario ne dimostra settanta. Oggi non è una di quelle giornate. Ha gli occhi infossati, la pelle grigiastra e spenta.

«Chi...?». Poi riconosce Antonia.

Mantiene la porta socchiusa come uno scudo.

«Non ho molto tempo, signor Ortiz. E sua figlia nemmeno».

Sulle scale – tutto marmo, fregi signorili –, i passi del Bodyguard numero 3 risuonano sempre più vicini.

«In teoria non dovrei parlare con lei», dice Ortiz, tentennando.

Se le chiude la porta in faccia, che ora è l'opzione più probabile, la partita sarà finita. Antonia se la gioca.

«In teoria lei avrebbe dovuto dire la verità alla polizia su ciò che le ha chiesto Ezequiel».

Ramón Ortiz resta congelato. L'unico movimento del suo corpo è quello della pelle, che cambia dal grigio cenere a un bianco colpevole.

«La prego. Può essere la nostra ultima opportunità», supplica Antonia.

Sei secondi è quel che resta prima che Bodyguard numero 3 la raggiunga. Per altre persone, sei secondi possono essere una quantità di tempo irrisoria.

Non per Ramón Ortiz.

In sei secondi, Ramón Ortiz vede passare davanti ai suoi occhi i risultati di entrambe le possibilità: lasciar entrare Antonia, e ammettere di aver mentito alla polizia, diventando reo di intralcio alla giustizia, permettendo così alla verità di venire alla luce; o tenerla fuori, attenendosi alla sua prima versione. In quei sei secondi anche il volto di sua figlia Carla – da bambina, mentre lascia cadere un gelato sul tappeto persiano, da adolescente, la prima volta che è tornata a casa tardi, piangendo perché il suo primo fidanzato l'aveva lasciata – gli appare.

Bodyguard numero 3 raggiunge Antonia e la immobilizza. Non fa molta fatica a girarle il braccio sulla schiena e a storcerglielo. Antonia non oppone resistenza – e anche se la opponesse, pesa trenta chili meno di lui. Non distoglie lo sguardo da quello di Ortiz durante tutta l'operazione.

«La prego», ripete Antonia, con il collo storto, per non interrompere il contatto visivo.

Basta un gesto e può fermare questa follia, dicono i suoi occhi. *Basta una parola e può cambiare le cose.*

Il multimilionario distoglie lo sguardo e chiude la porta, lentamente.

Neanche Coppola l'avrebbe chiusa meglio.

Bruno

È così che si fa del buon giornalismo, pensa Bruno Lejarreta. Mai nessuno si è amato tanto intensamente quanto si ama Bruno in questo momento.

Torniamo un po' indietro.

Il Peugeot Citystar che ha noleggiato il pomeriggio precedente gli è costato un occhio della testa, 129 euro al giorno, ma si è rivelato un investimento stupendo. Grigio, discreto, con bauletto e tutto il resto. Non appena si mette il casco, il giornalista basco diventa uno dei tanti mille pony che girano per Madrid. Lo rende invisibile. Perlomeno nello specchio retrovisore dell'ispettore Gutiérrez, che non si è accorto che è tutto il giorno che lo segue. Il bestione aveva finito frettolosamente la colazione ed era salito in macchina, e Bruno lo aspettava già in strada. Il tragitto era stato più che interessante. Prima, in una casa privata a Lavapiés, un quartiere che ora i politicamente corretti chiamerebbero multietnico, e che Bruno soprannomina affettuosamente *ghetto di marocchini*. Strade strette a senso unico in cui Bruno si è dovuto sforzare molto perché non si vedesse che li stava seguendo, e che cazzo. Lì ha caricato una ragazza che Bruno non ha visto bene, si è infilata nella macchina velocemente.

Da lì alla Castellana, alla sede di *quella* banca, ma guarda un po'. Bruno ha scattato diverse foto dall'altro lato del marciapiede. Poi a una scuola, che manco a parlarne. Bruno è più smarrito del laccetto di plastica del pane in cassetta. Poi di nuovo alla casa di Lavapiés, dove rimangono un bel pezzo. Bruno non si azzarda a spizzicare niente in nessun bar, in parte per non perderli, in parte per non prendersi qualcosa di brutto. Si fa coraggio e in un negozio cinese compra un ventaglio di pasta sfoglia, di quelli confezionati. Nel peccato c'è la penitenza, il bruciore di stomaco per quel veleno industriale non tarda ad apparire.

Bruno Lejarreta, autodefinitosi leggenda del giornalismo basco, il cui olfatto gli ha procurato degli scoop memorabili negli anni Ottanta e Novanta, che ha fatto un viaggio di quattrocento chilometri fino alla capitale e che ha prosciugato quello che gli rimaneva nella carta di credito per noleggiare uno scooter solo per pura intuizione…

E per pura antipatia, cazzo. Diciamola tutta.

…è in questo momento stufo dell'appostamento, con il culo dolorante e lo stomaco sottosopra, e smania che l'ispettore Gutiérrez faccia *qualcosa*, o di calarsi un Maalox. Ognuna delle due opzioni gli va bene.

Che fallimento. Sono un vecchio inutile.

Alla fine ispettore e compagna escono di nuovo. Bruno toglie il cavalletto e dà gas. Quindici minuti dopo stanno a calle Serrano, e a quel punto succede *qualcosa*. Succede che la ragazza piccoletta scende dalla macchina e si mette a correre verso un angolo. E che Gutiérrez prosegue per qualche metro, e parcheggia in sosta vietata. Una fermata dei taxi davanti a un ingresso signorile. Questa cosa di parcheggiare male la fa da tutto il giorno, proprio come Bruno ha documentato. L'ispettore Gutiérrez non ha nessun santo in paradiso, perché è sospeso dal servizio e dallo stipendio, ma solo questo non basta, per scrivere un articolo.

Fai qualcosa, Gutiérrez.

Neanche l'avesse sentito. Gutiérrez scende dalla macchina e si dirige verso l'androne, *come un soldatino di latta*, pensa Bruno, che è uno un po' antiquato.

All'epoca fare il bodyguard a Bilbao era un'attività in auge, non tutto il male viene per nuocere, e i politici di destra ci sguazzavano alla grande. Per cui Bruno ne ha visti parecchi, e li riconosce lontano un miglio, un miglio e mezzo.

I due davanti all'ingresso si fanno tesi, lo bloccano, mano sul petto, non mi toccare, che ci fa lei qui. Gutiérrez muove le mani come se stesse dirigendo la Filarmonica di Vienna, il che esce benissimo nelle foto che continua a scattare Bruno. E i bodyguard lo ficcano a spintonate nell'androne, non senza prima un gran armeggiare con l'auricolare – premi per parlare, molla per ascoltare – per chiedere istruzioni o rinforzi.

Bruno è al punto di partenza. Continua a non avere niente. Ma gli viene in mente, non a caso è un'autodefinitosi leggenda del giornalismo basco, che potrebbe vedere chi vive in quella casa. Dare un'occhiata alla buca delle lettere è escluso, ma oggigiorno è tutto su Internet. Bruno Lejarreta, che ha già sessantatré anni, ci mette quindici minuti buoni ad appurare chi è il proprietario dell'attico dell'edificio.

Cazzo.

Comincia a innervosirsi, come ogni giornalista quando intravede uno scoop. *Si chiama scoop, accidenti, non esclusiva, né primizia. Scoop*, pensa Bruno – abbiamo già detto che è un tipo antiquato. Ma quanto grande, chi lo sa.

Bruno aspetta che l'ispettore esca.

Gutiérrez non esce, è un altro ad arrivare. Scende da un'auto civetta, ma tra il giubbotto antiproiettile e l'aria da sbirro, la sua copertura va a farsi friggere. Robusto, testa rapata. Pizzetto. Bruno Lejarreta l'ha visto da qualche parte, ne è assolutamente certo. Se solo potesse ricordare…

All'improvviso la sua memoria fa un *clic*, e tutto si incastra alla perfezione. Come quando nel Tetris hai tutti i pezzi pronti ed esce il pezzo lungo.

José Luis Parra, capitano dell'Unità Sequestri ed Estorsioni della Polizia di Stato. Nell'androne di Ramón Ortiz, l'uomo più ricco del mondo.

Ding, ding, ding, ding, jackpot.

È così che si fa del buon giornalismo, pensa Bruno Lejarreta, senza smettere di scattare foto. Mai nessuno si è amato tanto intensamente quanto si ama Bruno in questo momento.

Attende un paio di minuti che Parra o qualcuno emerga dall'androne, ma non esce nessuno.

Scende dalla moto, e va al nocciolo. Non ha nessun piano, vuole solo sapere, ha bisogno di sapere.

A quel punto escono loro. Tutti insieme. L'ispettore per primo, poi la ragazza, infine Parra.

«Hai combinato un bel pasticcio, Gutiérrez», dice il capitano.

«Se potessi staccarti un attimo le orecchie dal culo e ascoltarmi... Devi controllare il taxi. Almeno guarda quello, vuoi?».

«Non devo ascoltare proprio niente. Ti avevo avvisato di non avvicinarti, te l'avevo detto, no? Sono stato un bravo collega, perfino con un casinista come te».

«Un bravo collega, sì», Gutiérrez si volta, gli punta contro il dito. «A quelli degli Affari interni. Bisogna essere proprio dei porci e delle brutte persone, Parra. Porco e brutta persona».

«Goditi la sospensione permanente, *ispettore*».

Gutiérrez si volta e gli molla una sberla, una sberla ben assestata, da Champions. A mano aperta. Suona come un petardo in una pentola.

Parra non la vede nemmeno.

Bruno Lejarreta sì, e tra poco lo vedrà molta più gente, perché sta filmando tutto con il suo cellulare ad alta definizione da dietro una pensilina. Con una pubblicità della concorrenza di Ortiz, ironia della sorte.

Davanti a un tale ceffone, un altro uomo più debole sarebbe caduto di culo. Un altro uomo meno temprato avrebbe risposto all'aggressione.

Parra – mezza faccia rossa come un gambero rosso alla piastra – si limita a incassare e a sorridere, perché sa di aver vinto.

Anche Gutiérrez lo sa. Se ne va umiliato.

Bruno non sa se andargli dietro, ma decide di no. Gutiérrez è finito, anche se di rimbalzo. Ora è il meno. Perché lui ha uno scoop, lo scoop a portata di mano. La stessa mano con cui saluta l'ispettore quando gli passa accanto con la macchina. Gutiérrez finge di non vederlo.

Il giornalista dà a Parra un momento per riprendersi – non vuole che il capitano molli a lui quello che non ha dato al futuro ex ispettore – e poi lo affronta mentre sta già ritornando alla sua macchina, con il telefono in mano.

«Mi scusi, capitano. Se è così gentile».

Parra si volta di colpo, ha gli occhi in fiamme. Ancora non

gli è passata del tutto la furia, e il giornalista retrocede di un passo. O due. Alzando le braccia in atteggiamento conciliatorio.

«Chi cazzo è lei?».

«Mi chiamo Bruno Lejarreta, capitano. Credo che io e lei abbiamo molto di cui parlare».

24
Una mail

Sulla sua carta d'identità c'è scritto Laura Martínez, ma non risponde se la chiami così.

Fin da quando era una ragazzina di diciassette anni non usa quel nome, e ne sono già passati tre. Ora è una donna adulta, una donna con le idee chiare. Può scegliere come chiamarsi, e così ha fatto.

Ladybug.

Se l'è tatuato lei stessa sull'avambraccio destro, con grande maestria. Ha avuto bisogno di un po' di aiuto da Spettro per tenere fermo il contorno, ma poi è stato facile. La coccinella che sorregge la pergamena su cui ha inscritto il nome è uno dei suoi lavori migliori, e ne è orgogliosa. Un'artista del tatuaggio deve portare sulla pelle la pubblicità della sua attività.

Oggi è stanca, ci sono non uno, non due, bensì tre TIS (Turisti Idioti Sbronzi) questo pomeriggio nello studio. I tre sono venuti insieme – la campanella della porta d'ingresso ha fatto un casino – e volevano un tatuaggio in cinese. Ne hanno scelto uno dal campionario.

«Che significa?».

«Libertà», ha detto Ladybug, con un'espressione assolutamente seria, e ha chiesto i soldi in anticipo.

Gli idioti hanno ululato come cani malmenati quando l'ago ha toccato la pelle, ma hanno tenuto duro grazie a quel mix stupendo che ottieni quando inzuppi un macho nell'alcol davanti ai suoi amici. I tre se ne sono andati con la parola "tappeto bagnato" tatuata sulla spalla. Il vero logogramma di "libertà" è molto più brutto, ovviamente. Semplice e schematico, sembra una cassettiera e una finestra. Per questo non l'ha incluso nel suo campionario.

Dopo i TIS non viene nessuno. Se non contiamo Spettro, che passa per vedere se è fortunato e riesce a infilarsi nelle sue mutande.

Ci danno dentro dietro il paravento per un po', per noia. Qualche bacio, ed eccolo là, dritto alle tette. Le abbassa un po' la maglietta e gioca con il capezzolo sinistro sopra il reggiseno. Glielo fa diventare come una pietra, in pendant con l'erezione che ha lui sotto i jeans. Lei è eccitata, ci pomicia un altro po' e lo palpeggia sopra i pantaloni, ma all'improvviso si pente. Lì non possono fare niente, nulla di realmente soddisfacente per lei, perlomeno. Non con suo padre nel retrobottega. Si rifiuta di arraparsi ancora di più per poi rimanere a metà, quindi smorza Spettro.

«Basta».

«Ehi, non mi puoi lasciare così», dice lui, premendo il suo ingombro sull'interno coscia di lei.

«Invece sì».

«Fammi una sega almeno».

«Anche no. Fattela tu. Domani vengo a casa tua e scopiamo».

Spettro si infastidisce un po', ma si stacca.

«Passa dopo», dice lui, scostandole un ciuffo verde dagli occhi.

«Vediamo», risponde lei, salutandolo con la mano quando se ne va. Ma sa che non ci andrà, perché sta di merda e le fa male la pancia. Sta per venirle il ciclo, e in quei giorni è sempre più arrapata, ma anche più irritabile. Se va a casa di Spettro, sicuro le vengono non appena si mettono a letto.

E a quel punto diventerà Mordor.

Spettro in realtà si chiama Raúl, ma quando lei ha deciso che avrebbe cambiato nome, l'ha fatto anche lui. All'inizio le è sembrata una cosa romantica, ma si rende conto che Raúl non sente il gotico *veramente*. Si veste di nero e ascolta 45 Grave, The Wake e Diva Destruction, ma solo perché lo fa lei. Si rende conto – la maturità porta queste cose – che sta diventando un cliché ambulante, che finirà col lasciare Spettro, perché è un rammollito. O peggio ancora, col realizzare la sua più grande paura: sposarsi con un liberale incravattato, con uno che ha un MBA e vota Ciudadanos. Il male assoluto.

Piuttosto morta.

E poi deve badare a suo padre. Da quando gli è venuta l'embolia non ha potuto seguire il negozio, e trascorre le ore morte nel retrobottega, a guardare vecchi film in televisione. Può muovere liberamente soltanto il braccio sinistro, ma gli basta per cambiare canale. Per tutto il resto dipende da sua figlia. Ladybug gli prepara i pasti, lo mette a letto, lo lava e gli dà da mangiare senza mai un lamento, né dentro né fuori. È sempre stato un buon padre. Loro due soli contro il mondo. Se il mondo vuole fotterli, avrà una bella sorpresa.

E poi, si sta riprendendo, pensa Ladybug, con un sorriso.

È vero. *Sta migliorando*, dice il medico. Se non gli viene un altro attacco nei prossimi mesi, forse potrebbe perfino parlare. Camminare sarà difficile, ma magari parlare sì. È giovane, ha soltanto quarantanove anni.

Quel *magari* è quel che basta a Laura, scusate, Ladybug, per alzarsi ogni giorno con il sorriso.

«È mio padre, cazzo. Stai zitto o ti accoltello», minaccia quando Spettro le chiede se non è stufa di dover badare a lui ogni giorno. Poi gli stringe le palle, per fargli capire che è seria, che con suo padre non si scherza. E poi gli dà un bacio, per non farlo arrabbiare.

E inoltre: adora il suo lavoro. Oggigiorno i soldi li portano i TIS – il vantaggio di avere lo studio in calle Huertas, in pieno centro –, che non apprezzano il suo talento, ma di tanto in tanto appare un cliente vero. Qualcuno che crede nell'Arte. E allora è stupendo, e il mondo è un po' migliore quando la pelle nuda diventa una tela per qualcosa di bello.

È ora di chiudere, fa *clic* sul pulsante che spegne lo stereo. Se si sbriga forse riesce a passare a casa di Spettro, dopotutto.

Sta riponendo le cose nella borsetta, ma il computer non si spegne. *Una mail non ha permesso di arrestare il dispositivo.* Chissà che succede.

Una mail rimasta in sospeso nella posta in entrata. Infatti. Non era arrivata del tutto, ultimamente capita spesso. Di ieri pomeriggio. Ladybug la apre. È una mail lunghissima, e sta per buttarla nel cestino quando qualcosa glielo impedisce.

Contiene una richiesta strana.

Identificare il tatuaggio di uno stupratore.

Valuta la possibilità che sia un *phishing*, ma l'indirizzo sembra autentico, e chi fa la richiesta è una donna. Così clicca sulla foto. Come tutte le donne che conosce ha subito una molestia sessuale da parte di un uomo, in maggior o minor misura. *Ma non è più come prima. Ora le sorelle ci sono le une per le altre*, si dice Ladybug, che non è ancora entrata nel mercato del lavoro come dipendente.

L'immagine non è molto chiara, e c'è soltanto una parte del tatuaggio, una parte piccola, ma contiene alcuni tratti identificabili. È la parte inferiore di uno scudo, senza dubbio. E su un lato, attorcigliato, quello che sembra un serpente…

No. È un'altra cosa.

Hai talento per le forme, Laura, le diceva suo padre quando era una bambina e scarabocchiava i suoi primi fogli. Incastonava i personaggi degli Avengers in figure geometriche. Un quadrato verde, un cerchio blu, un triangolo rosso era tutto quello di cui aveva bisogno per rappresentare i suoi supereroi, a un'età in cui gli altri bambini dipingevano mani a otto dita che sembravano ragni calpestati. Suo padre aveva ragione. Leggeva le forme come altri leggono un libro. Un talento che è rimasto.

Non è un serpente quello che striscia sotto lo scudo.

È una coda di topo.

E crede di aver già visto quella coda di topo.

Il cuore accelera, perché all'improvviso ricorda dove l'ha vista. E sente allegria, quando clicca per rispondere alla mail, ma anche una fitta di malessere, sebbene per un altro motivo.

Merda, mi è appena arrivato il ciclo.

Parra

Il capitano Parra è un uomo prudente.

Può essere che si rallegri del fatto che Gutiérrez si sia messo il cappio al collo da solo. Con l'insperato aiuto del suo nuovo amico, quel giornalista basco. Bella faccia da vecchio fallito che ha. Ma senti, che regista. Con il video che gli ha fatto – che combo, ispettore, prima la puttana e adesso questo – ha definitivamente inchiodato Gutiérrez, ma si è anche accollato un pennivendolo.

D'altro canto... Quasi meglio.

L'informazione deve uscire, prima o poi, ed è meglio che qualcuno si accaparri un'esclusiva e aggiunga un po' di colore alla storia. Un po' di eroismo. L'angolazione adeguata, l'angolazione corretta. Poi tutti gli altri media gli andranno dietro. Oggigiorno non pensano più, si limitano a ripetere quello che ha detto il primo.

E a proposito di informazione.

Parra è in macchina, di ritorno verso il commissariato, al telefono con Sanjuán.

«Che cazzo è questa storia del taxi? Perché non ne sapevo niente?».

«Non credevo fosse importante...».

«Questo devo deciderlo io, non credi?».

Sanjuán deglutisce. Parra riesce quasi a vederlo all'altro capo della linea, rannicchiato come un cagnolino spaventato. Sempre timoroso che gli si dica "non si fa così".

«Ci è arrivata una mail dai Servizi segreti».

Parra si immette nella rotatoria di Cuatro Caminos. Lascia passare la macchina prima, mette addirittura la freccia mentre rimane all'interno della rotonda – nonostante non sia obbligatorio –, perché è un automobilista beneducato.

«Porco cazzo! I Servizi segreti?».

«Non so come né quando abbiano scoperto cos'avevamo per le mani», continua Sanjuán. «Ci dicevano di indagare sulla possibilità che ci fosse un taxi rubato con targhe clonate che aveva preso parte al sequestro».

«Ti è arrivata una mail dei Servizi segreti e hai pensato che non fosse importante».

«È successo stamattina, e sai che oggi…».

«Sanjuán, te lo giuro su mia suocera, che riposi presto in pace, che ti spaccherei la testa».

Mentre Sanjuán si prende un momento per leccarsi le ferite e guardare il telefono con una faccia afflitta, Parra cerca di fare due più due. Ha già incrociato quelli dei Servizi segreti, degli stronzi senza scrupoli che vanno dritti per la loro strada. Ma se sul tavolo trovano un pezzo di cibo che non intendono mangiare, di solito fanno cadere le briciole perché se ne cibino i cani.

«Bisogna indagare su questa cosa del taxi. Ma con cautela e precauzione. *Timeo Danaos et dona ferentes*, e tutte quelle cazzate».

«Timeo cosa?».

«Sanjuán, cazzo. Non farmi vergognare».

Quando arriva al commissariato, Sanjuán lo sta aspettando sulla porta dell'ufficio, con un sacco di scartoffie e una faccia da bracco pentito.

«Una telefonata anonima ha avvisato oggi il commissariato di Canillas che c'era un taxi nel terreno abbandonato davanti al Centro commerciale Gran Vía di Hortaleza. È mezzo bruciato. Devono averlo incendiato stanotte, perché non fumava già più. I colleghi non ci hanno fatto molto caso. Il carro attrezzi stava per andare a prenderlo quando gli ho detto che era roba nostra».

Parra sospira. Se non gliel'avesse ordinato lui di cercarlo, a quest'ora la macchina sarebbe già sulla via dello sfasciacarrozze.

«Hai mandato la Scientifica?».

«Stanno andando. Ma guarda la foto che mi ha mandato uno degli agenti che ha trovato il taxi».

Parra guarda la foto. Poi guarda il suo secondo.

«L'hai mostrato al padre?».

«L'ha riconosciuto».

«Bravo, Sanjuán».

A Sanjuán manca solo di scodinzolare.

25
Un rospo

A Jon Gutiérrez è quasi passata la voglia di piangere.

Il pomeriggio è trascorso, lungo e triste, in un bar vicino a Las Cortes, in calle Cedaceros. Nessuno dei due tocca la propria bibita. Non si guardano nemmeno.

Antonia gli ha rivolto a stento la parola, gli ha solo raccontato quanto accaduto sulla porta di Ortiz. L'ha spiegato con un tono asettico. Senza inflessioni nella voce. Senza emozione.

I fatti parlano da soli.

a) Ramón Ortiz non collabora.

b) Delle quaranta ore che rimanevano a Carla Ortiz, ne hanno consumate cinque. A fare cosa? A

c) finire di rovinare la carriera dell'ispettore Gutiérrez.

Antonia è furiosa con lui. Una furia gelida, bianca.

«Non avresti dovuto picchiarlo. L'hai lasciato vincere».

Jon non risponde. Sa fin troppo bene che ha ragione. Perlomeno Antonia non si è accorta della presenza di Lejarreta. Jon invece l'ha visto che lo salutava con la mano dal marciapiede quando è uscito dal parcheggio dei taxi e si è immesso nel traffico di Serrano.

Quel gran figlio di puttana ci avrà seguito per tutto il giorno.

Sono brutte, veramente brutte notizie. Notizie che lei deve conoscere.

Antonia continua a guardare fuori dalla finestra. Chissà cosa le passa per la testa.

Jon vuole chiedere scusa e raccontarle del giornalista, liberarsi di quel peso quanto prima. È un rospo verde e venoso, che gli sale in gola e gli spunta dalla bocca, e vuole uscire, ma l'orgoglio gli fa stringere molto forte i denti, per tenerlo dentro. Che faccia pure marcia indietro lungo la trachea e continui a rodergli le viscere.

È il minimo che mi merito.

Un piccolo castigo paragonato a ciò che attende Carla Ortiz.

La cameriera si avvicina, penna e taccuino in mano, chiede se desiderano *altro*, con quel tono così preciso che significa *ho bisogno del tavolo, quindi fate il favore di consumare o di andarvene.* Jon alza lo sguardo per dirle di no, e vede che è Carla Ortiz. L'ha vista anche nel tavolo accanto, e prima di entrare, che attraversava la strada. Ora la vede dappertutto, ovunque guardi. Deve reprimere la necessità di buttarsi per strada, di uscire a cercarla da tutte le parti. Sa che non è altro che la disperazione a scuotergli il corpo e a ingannargli la vista. La disperazione di chi cerca di afferrare qualcosa ma le dita non trovano altro che aria.

«Nient'altro, grazie», dice, guardando la cameriera, che non è più Carla Ortiz, ma una donna corpulenta che va per i cinquanta.

Lei deve intuire qualcosa nei suoi occhi, non insiste. Dà un paio di colpetti con la penna sul taccuino – *clac-clic*, punta fuori, *clic-clac*, punta dentro – e dice:

«Fate con calma».

In un mondo desolato e asfissiante, il piccolo gesto gentile di una donna sembra a Jon una boccata di aria pura. Gliene è così grato che lascia dieci euro di mancia sul tavolo. Facendo un po' di conti, ora la cameriera ha più soldi di lui.

Quel breve respiro che gli ha concesso l'universo dà a Jon la forza per raccontare di quello stronzo di Lejarreta.

«Scott, c'è una cosa che io...», comincia a dire.

Antonia alza una mano per interromperlo. L'altra la porta alla tasca. Il suo cellulare sta squillando.

«Spero che siano buone notizie».

L'espressione del suo volto cambia quando ascolta ciò che le racconta Aguado. Non è esattamente allegria, ma sicuramente l'oscurità si alleggerisce.

Lo spiega a Jon.

«Vado a prendere la macchina», si offre lui.

«Non serve. Siamo a dieci minuti a piedi».

26
Un western

Il neon dello studio rifulge nell'angolo. «TATTOO», caratteri enormi, in arancione. Ladybug ha deciso di lasciare il negozio aperto, visto che la signora della mail, dottoressa *nonsocosa*, le ha chiesto di aspettare i colleghi della polizia. A quell'ora lasciare il negozio aperto presuppone più TIS e più lettere cinesi. C'è un olandese over quaranta, biondo e moscio steso sul lettino – questo vuole la parola "fortezza" sul collo – quando arrivano gli sbirri.

Ladybug si sporge da dietro il paravento.

«Sedetevi», dice, puntando con l'ago le sedie della sala d'attesa. «Ho quasi finito».

L'olandese spunta dal paravento puzzolente di disinfettante, seguito dalla giovane gotica. Lei è vestita con un top e dei jeans neri. Lui ha il collo arrossato, con due logogrammi nuovi fiammanti collocati sotto l'orecchio. La giovane tira fuori un cerotto da un cassetto sotto il bancone – il tatuaggio è piccolo, non c'è bisogno di chissà quale bendaggio – e lo mette all'olandese sull'area arrossata.

«Perché "zecca"?», dice Antonia, indicando il collo dell'olandese.

Questo guarda confuso la tatuatrice.

«*What does she said?*».

«*She said that you are strong*», dice Ladybug, facendo il segno universale dei bicipiti.

«*Ah, ah.* Zecca, *strong*», dice l'olandese, compiaciuto, credendo di aver rimorchiato. Tira fuori i cinquanta euro del tatuaggio e ne aggiunge cinque di mancia.

Se ne va. Non appena svanisce il chiasso delle campanelle della porta, la giovane si volta verso Antonia.

«Ehi, quasi mi manda all'aria l'affare».

Antonia sorride – per la prima volta in tutto il giorno. Jon sorride vedendola sorridere.

«Spero che non vada in un ristorante cinese nei prossimi giorni», dice Antonia, facendo un cenno verso la porta da cui è appena uscito l'olandese.

«Non deve preoccuparsi per questo. I cinesi adorano vedere i *laowai* con parole buffe in mandarino. Non svelerebbero mai il segreto. Sono Ladybug», dice, alzando una mano piena di anelli. Jon e Antonia si presentano a loro volta. «Se volete scusarmi...».

Gira il cartello «CHIUSO» – che ora dice «APERTO» all'interno, crea un po' di confusione se ti fermi a pensarci – e fa scorrere il chiavistello.

«Parli anche mandarino?», sussurra Jon.

«Lo leggo meglio di come lo parlo», risponde Antonia, umile.

Ladybug torna da loro.

«Vi siete sbrigati».

«Eravamo nei paraggi», spiega Jon. «Ha detto alla nostra collega che aveva delle informazioni sul tatuaggio che stiamo cercando?».

«Esatto. Aspettate un momento».

Sparisce dietro la tendina di palline che separa dal retrobottega, e torna con un rigonfio raccoglitore ad anelli con la copertina nera. Sul dorso c'è un adesivo di colore giallo stampato con la Dymo: «1997-1998».

Ladybug lo mette sopra il tavolo e lo apre. È pieno di Polaroid, fissate su cartoncino e protette da pellicola trasparente.

«È da queste parti...», dice, sfogliando le pagine.

Si ferma a tre quarti dalla fine, e gira il quaderno. La pagina contiene soltanto una foto.

Quattro braccia tese, illuminate dal flash. I proprietari spariscono nella penombra fumosa creata dal riverbero. Le quattro braccia sfoggiano tatuaggi identici. La pelle attorno, cremisi, con punti sanguinolenti, copre muscoli grandi e fibrosi.

Il disegno del tatuaggio è elegante, con uno stile più vicino al fumetto che al realismo. Un topo dai denti affilati sostiene uno scudo con cui si copre il corpo. Sullo scudo c'è incisa un'iscrizione a caratteri germanici illeggibili. La foto è di pessima qualità, e a stento si distinguono le lettere.

Il battito di Jon comincia ad andare all'impazzata, e l'ispettore cerca di rallentarlo. Uno di quegli uomini può essere Ezequiel. Una di quelle braccia è quella che ha ucciso Álvaro Trueba, quella che imprigiona Carla Ortiz, quella che gli ha sparato addosso dalla Porsche Cayenne.

«Avremmo bisogno di fatture. Libri contabili. Qualcosa. Dobbiamo identificare queste persone, signorina», dice Jon.

«Signora, ispettore. Signorina è da maschilista. E temo di non potervi aiutare in questo. Non ci resta nulla di quell'epoca. Io non ero nata, e mio padre è sempre stato un disastro».

'Fanculo ai millennials, pensa Jon. *Se qualcuno si azzarda a chiamare mia madre signora, e va per i settanta…*

«È stato suo padre a fare questi tatuaggi?», interviene Antonia.

«Sì. Era agli inizi ma era già abbastanza bravo».

«Ci piacerebbe parlare con lui».

Ladybug sospira con un certo abbandono gotico. Crede di essere spiccicata alla Mina Harker di Wynona, ma è piuttosto come l'aria che sfugge quando ci si siede su un grosso cuscino.

«Anche a me, mi creda. Seguitemi, per favore».

Li conduce attraverso la tendina di palline e un corridoio fino a una stanza sul retro che puzza di sudore e naftalina. Contiene: un uomo pallido e storpiato. Una sedia a rotelle. Una TV da 30 pollici. Un film western. L'unica luce proviene dallo schermo, e la sparatoria all'O.K. Corral staglia ombre pronunciate sul volto dell'uomo.

«Papà. Hai visite».

L'uomo sulla sedia non distoglie lo sguardo dal televisore, dove Kirk Douglas sta spiegando a Burt Lancaster che lui non va a matrimoni, soltanto funerali.

«Papà», insiste Ladybug. Si china accanto a lui e gli prende la mano sinistra. Gliel'accarezza piano, con affetto.

L'uomo stringe la mano della figlia.

«Questo è tutto ciò che ottengo da lui in questi giorni»,

dice Ladybug. «Gli è venuta un'embolia un anno e mezzo fa, e da allora si sta lentamente riprendendo. Molto lentamente».

I volti di Antonia e Jon rispecchiano la disperazione che provano. Non è possibile che siano riusciti a trovare la pista sull'identità di Ezequiel più solida finora… e chi ce l'ha sia praticamente un vegetale.

Dio ha un senso dell'umorismo molto crudele, pensa Jon.

«Possiamo provare a chiederglielo?», dice Antonia.

Ladybug ci pensa, mordicchiandosi le labbra dipinte di nero. Il piercing sul naso si agita indignato durante il processo.

«Non ci perdiamo niente a provarci, immagino. Ma è meglio che gli poniate le domande attraverso di me».

Antonia gli chiede di mostrargli la fotografia.

Senza risposta.

«Ricorda di aver fatto questo tatuaggio?».

Senza risposta.

«Ricorda queste persone?».

Senza risposta.

Né a quella né a nessuna delle sette domande successive.

«È inutile», dice Ladybug. «Neanche nelle giornate buone fa molto più che indicare. Non avete idea di cosa voglia dire».

Jon immagina che Antonia lo sappia.

Immagina che sappia che cos'è vivere con qualcuno che era forte, che era affettuoso, che era cortese. Che parlava, sognava, scherzava, mangiava e rideva e cantava. Che era vivo, e felice, e che era una presenza costante, un motivo di allegria per chi gli stava attorno. E che poi, in un istante, si trasforma in un'altra cosa. In un ricordo, un'ombra che richiede attenzione perenne, senza offrire nulla in cambio se non dolore, frustrazione e obblighi. Senza essere altro che un buco nero che assorbe, nella sua gravità infinita, tutti i ricordi, il calore e la fortuna, senza lasciare in cambio nient'altro che la soddisfazione – vaga, intellettuale – di un dovere compiuto.

Antonia non dice nulla.

Antonia continua a pensare. Cerca di trovare il modo di

aggirare l'ostacolo impossibile. C'è un *kōan* che a volte Mentor le ripeteva prima delle sue sessioni di

(*tortura*)

addestramento.

Che succede se una forza inarrestabile si scontra contro un oggetto inamovibile?

Come tutti i *kōan*, non ha risposta.

Ma questo non significa che smetteremo di cercarla, pensa Antonia.

«Ha detto che può indicare?», chiede a Ladybug.

«Credo sia meglio se lasciamo stare ora», dice la giovane, alzandosi in piedi.

Vuole che se ne vadano.

«La prego. È importante, la ascolti», interviene Jon, e poi aggiunge, «signora».

La giovane gotica lo guarda con diffidenza, ma si volta verso Antonia.

«Sì, a volte è in grado».

«Abbiamo bisogno di sapere che c'è sullo scudo. Questo potrebbe essere d'aiuto».

Ladybug medita per qualche istante. Poi va a prendere il campionario dell'ingresso. Lo posa a terra ed estrae due pagine.

Contengono un alfabeto, ricercato. Emerge a stento tra edere, pugnali, rune e teschi.

«Papà, ricordi cosa hai messo nel tatuaggio di queste persone?», chiede, dolcemente. Gli mostra di nuovo la foto, dove i caratteri germanici sono soltanto una macchia scura.

Senza risposta.

Sua figlia sostiene entrambe le pagine davanti ai suoi occhi. Non arriva a coprirgli la televisione, non vuole alterarlo.

Sullo schermo, Kirk Douglas tossisce sangue, si porta il fazzoletto alla bocca, si pulisce il mento con la famosa fossetta.

Sulla sedia a rotelle, l'uomo muove la mano sinistra. Molto lentamente.

Il silenzio è assoluto. Antonia e Jon, dall'altro lato del foglio, non possono vedere le lettere che tocca, e i minuti che impiega a segnalarle trascorrono insopportabilmente lenti.

«Enne. Bi. Qu. È questo che hai scritto, papà? NBQ?».

La mano dell'uomo stringe quella della figlia.

Antonia e Jon si guardano.

Soltanto tre lettere.

Che cambiano tutto.

Entrambi attendono di ritrovarsi fuori dal negozio, dopo aver ringraziato frettolosamente la giovane e suo padre per l'enorme sforzo che hanno fatto.

Poi lei lo dice ad alta voce.

«È un poliziotto».

27
Tre lettere

A Jon Gutiérrez restano ancora degli amici.

Non molti, ma qualcuno ne ha. Quello che gli risponde al telefono è un collega della Navarra, Txema Barandiarán, che vive a Madrid non si sa da quanto. Vent'anni, almeno. Erano insieme all'accademia di Ávila, e si sono visti qualche volta da allora. Nelle rimpatriate del corso, si riuniscono ad Ávila, esodo di oscure rondini. Il Txema. Un tipo simpatico. La prese così così quando Jon fece coming out, perché si erano fatti la doccia insieme, e certe cose vanno dette. Ma gli passò.

Fatto sta che Txema è un'enciclopedia. Uno studioso, diciamo. Di quelli che si bruciano le ciglia sui libri. Ma non gli piacciono i romanzi, né le poesie né quelle cavolate. A lui piace la storia della polizia. Lavora nella gestione risorse umane al commissariato. Sa un sacco di cose.

Txema le racconta.

Potremmo dire che cominciò nel 1937 a Lisbona. Una mattina in cui il primo ministro e dittatore portoghese andava a messa nella cappella privata di un amico. I terroristi, non ricordo quali, misero una bomba nella fognatura, e la innescarono.

Non funzionò. La forza dell'esplosione si perse nei tunnel sotto l'asfalto, limitandosi ad ammaccare la macchina e a scagliare in aria qualche calcinaccio. Ma creò un precedente.

La prima unità di Polizia del Sottosuolo fu creata a Madrid nel 1958. Trentasette effettivi provenienti dall'esercito. Il loro incarico ufficiale era evitare i reati sottoterra. Il saccheggio di cavi della linea elettrica, di materiale di trattamento delle acque, i furti col buco in banche e gioiellerie. Ma, in realtà, dedi-

cavano la maggior parte del tempo a controllare che non mettessero una bomba al Generalissimo, in stile Salazar.

I dittatori tendono a prestare attenzione a questi dettagli.

Era solo questione di tempo prima che qualcuno provasse a mettere una bomba nel sottosuolo, al passo allegro della pace. Come si vide anni più tardi. Il 20 dicembre 1973, quando i tre terroristi – che risultarono essere tre membri di una delle bande di assassini più sanguinari della storia recente – mandarono Carrero Blanco in orbita, assassinando contemporaneamente il suo autista e l'ispettore di polizia che viaggiava nella macchina e ferendo gravemente una bambina di quattro anni che ne portò gli strascichi per tutta la vita. Quei tre figli di puttana misero la bomba in un tunnel sotto la macchina dell'allora presidente del governo. Questi erano stati più furbi. Avevano studiato bene il fallito attentato a Salazar – anche i terroristi tendono a prestare attenzione ai dettagli –. Posizionarono sacchi di sabbia affinché l'onda d'urto andasse nella direzione appropriata, aprendo una voragine di otto metri di diametro in calle Claudio Coello.

La macchina atterrò sulla terrazza di una scuola di gesuiti dove studiavano duecentocinquanta bambini, che a quell'ora di solito si trovavano nello stesso spazio in cui caddero milleottocento chili di ferraglia. Per puro caso avevano mandato in vacanza i ragazzini due giorni prima del dovuto, cosa che i terroristi – su quei dettagli si concentrano meno – non avevano considerato. Ah, ah, ah, che ridere le battute sull'attentato a Carrero Blanco, eh?

L'unità di Polizia del Sottosuolo non era stata molto efficiente quella mattina del 1973, però crebbe e si stabilizzò. Quando la Spagna diventò una democrazia, le minacce ai politici e ad altre personalità continuarono. Madrid era una città sempre più grande, e aveva bisogno di qualcuno che controllasse quello che succedeva sotto quota zero, come chiamano i poliziotti il sottosuolo. Con il passare del tempo le sfide alla sicurezza si fecero più complesse. Nel 1996, la Polizia di Stato creò una nuova unità all'interno del reparto del Sottosuolo. L'unità NBQ. *Esperti in esplosivi, ma anche in minacce nucleari, biologiche e chimiche. Quattro uomini formavano quell'unità agli inizi.*

«Quattro macchine», conclude Txema. «Dei migliori che abbiamo mai avuto».

Scommetto che so che tatuaggio si sono fatti quando si è formata l'unità, pensa Jon.

«Sai che fine hanno fatto? I quattro uomini di quella prima unità?».

Txema si prende un momento per pensare alla risposta. Jon crede anche di sentirlo digitare, forse cerca informazioni sul suo computer, ma non è sicuro. Fatto sta che gli dice:

«Due di loro sono ancora in servizio. Un altro ha lasciato la Spagna, credo che ora viva in Messico, non lo so».

Una pausa.

«E l'altro?».

«L'altro è morto, Jon. La versione ufficiale è che si trattò di un'esplosione in un tunnel. Dicono che fu un suicidio, perché il tizio era molto in gamba. Era uscito un po' di testa da quando sua figlia si era ammazzata in un incidente automobilistico sei mesi prima».

Meno uno. Ne restano tre.

Il Txema aggiunge un'altra cosa prima di riattaccare.

«Ciccione». Il soprannome incomprensibile che hanno affibbiato a Jon ad Ávila. «Qui al commissariato ne parlano tutti. Domattina ti vengono a prendere gli avvoltoi».

Gli avvoltoi. Quelli degli Affari interni. Per cui Parra alla fine l'ha denunciato. Non è affatto sorpreso.

Se lo arrestano domattina, se lo portano nell'edificio di Cea Bermúdez e gli puntano una lampada in faccia, è finita. Il fatto della droga nel bagagliaio del pappone lo spremeranno per bene, figurati. Possono andarci giù pesante. Ma non appena esamineranno con la lente d'ingrandimento quello che ha fatto negli ultimi tre giorni, Jon dovrà fornire molte spiegazioni. Spiegazioni che non può dare senza tradire Antonia.

Dovrò scegliere tra il carcere e lei.

«Grazie, Txemita».

«Mi raccomando».

Jon ritorna da Antonia, che aspetta seduta su una panchina di calle Huertas. Le racconta solo la parte buona. Quella che conferma i suoi sospetti.

Il rospo verde al suo interno si è trasformato nell'Incredibile Hulk.

Antonia non lo vede stringere i denti per tenersi dentro il rospo. Lei è concentrata sulla prima pista reale che hanno da quando è cominciata questa follia. Uno di quei quattro uomini dev'essere Ezequiel. Il che spiegherebbe la sua capacità di non lasciare tracce sulla scena del crimine di Álvaro Trueba, e perfino il modo convulso con cui era fuggito sulla M-50. Quel modo di guidare che Antonia continua a ricordare con risentimento (sì, è umana).

Chiede a Mentor il telefono del capitano Parra. Mentor glielo dà malvolentieri. Non è contento.

«Non sono contento», dice.

Antonia lo ignora. Non c'è tempo per ego spropositati o baruffe. L'unica cosa che importa è che mancano trentadue ore allo scadere del termine dell'assassino. Possono ancora salvare Carla Ortiz.

Compone il numero di Parra e gli dice:

«Capitano, ho informazioni su Ezequiel che deve conoscere».

Parra

«Chi è?», dice Parra, prima di rendersene conto. «Ah, già. Sei quel portachiavi che Gutiérrez si porta continuamente in giro. L'Interpol, col cazzo. Se avessi tempo mi metterei a verificare che cos'è che avete per le mani tu e "la tua amichetta"».

«Capitano, so che non ci tiene in grande considerazione, ma questo è molto più importante di noi e di lei».

«Che non vi tengo...», il capitano scoppia in una risata secca, più un latrato che una manifestazione di spirito. «Muovendovi per i fatti vostri avete quasi mandato all'aria quest'indagine».

«Chissà, magari avremmo dovuto chiamarla prima di andare al Centro Ippico, ma in compenso...».

«Chissà. Chissà. Chissà», scherza Parra, con la sua imitazione migliore di Sara Montiel. «Non mi dica che in compenso ha scoperto qualcosa di fondamentale per l'indagine».

«Il fatto è che è così. Abbiamo indizi molto concreti per sospettare che Ezequiel sia un...».

Un altro latrato. Ma in questo sì che c'è allegria. Malsana.

«Un poliziotto? È un bel pezzo indietro, Interpol. Il nome di Ezequiel è Nicolás Fajardo. Un poliziotto dell'Unità del Sottosuolo. Venne dato per morto un paio di anni fa. Ma ha commesso un errore. Abbiamo recuperato la sua impronta dal volante di un taxi che avevano rubato la settimana scorsa. L'aveva irrorato di candeggina e pulito a fondo prima di bruciarlo, ma quell'impronta gli è sfuggita... E spostando la macchina abbiamo trovato sotto il bagagliaio una scarpa che appartiene a Carla Ortiz. Ci sono le sue impronte e anche quelle di Ezequiel».

C'è un silenzio all'altro capo. Sembra frustrazione.

«Mi ricordi chi le ha detto che doveva cercare un taxi, capitano».

Come fa a sapere dei servizi segreti? Un allarme suona in fondo alla testa di Parra, ma è troppo occupato con quello che ha per le mani per farci caso.

«Non so di che parla. Quello che so è che stiamo per entrare a casa di Fajardo. Nonostante sia morto, è da due anni che paga luce, acqua e gas. E vive in un seminterrato. La lascio. Mi saluti l'ispettore».

Parra mette giù. Non appena lo fa, gli viene in mente che avrebbe potuto aggiungere una cosa tipo "Gli dica di andare a letto presto, che domani lo attende una giornata pesante", per concludere. Bisogna accettarlo, le repliche migliori vengono in mente sempre dopo. Sulle scale quando te ne stai andando da un posto. O peggio: stai dormendo, ti alzi per pisciare mezzo zombie e mentre sei davanti alla tazza con il pene in mano, arriva la risposta perfetta, quella che *avresti dovuto* dare a qualche idiota, e a quel punto ti svegli del tutto e anche se torni a letto non riesci più a dormire, ma continui a rimuginare su quello che non hai detto.

Comunque.

Il camioncino – bianco, senza insegne – è parcheggiato dietro l'angolo. Dentro c'è l'Unità Sequestri ed Estorsioni al completo. Parra si è portato dietro tutti.

C'è Cleo, la più tosta della squadra, perché è l'unica donna e cerca sempre di dimostrare che si può essere madre e una tipa dura.

C'è Ocaña, il più furbo di tutti, con una parlantina che Parra vorrebbe per sé. Il suo negoziatore migliore.

C'è Giráldez, il nonno, che va per i cinquanta e, tuttavia, ha più vitalità di tutti loro messi insieme. Un Miguel Ríos con la pistola.

C'è Pozuelo, il novellino, appena uscito dall'accademia, verde come un'oliva ma con le palle di titanio.

C'è Cervera, il più spavaldo, che si tocca il naso e si strofina le gengive. Ha tirato una riga prima di entrare, e questa a Parra sembra una brutta, brutta roba. Fare il poliziotto è una cosa seria. Dubita se parlargliene e dirgli di mettersi da parte, ma ciò non aiuterebbe l'umore degli altri. Poi un bel cazziatone non glielo leva nessuno. Le cose bisogna farle bene.

E ovviamente c'è il tenente Sanjuán, il suo secondo, il suo braccio destro. La sua ombra. Il suo leccaculo.

Si insultano, ridono, masticano gomme, pestano a terra. Si insultano di nuovo. È la loro lingua segreta. Il codice che maschera l'amore che provano gli uni per gli altri.

Li ama da impazzire. Tutti. Sono i suoi ragazzi, cazzo. La sua famiglia. Carne della sua carne, sangue del suo sangue. Darebbe la vita per loro, e loro per lui.

Tutti lo guardano, trepidanti. In attesa che dia l'ordine.

È ancora presto. Vuole assicurarsi che non ci sia nulla di cui preoccuparsi. C'è Sixto, l'ottavo incomodo, che fa una passeggiata attorno all'isolato. Si è perfino portato il cane da casa. È solo un uomo normale, che fa fare una passeggiata al suo labrador alla fine della giornata. Vestito normale. Pantaloncini corti, scarpe da ginnastica. Maglietta. L'outfit giusto per un quartiere operaio come Lucero.

Sixto ci metterà dieci, quindici minuti a fare il giro dell'isolato, San Fulgencio in su, mezzo giro, San Canuto in giù, e di nuovo nel furgoncino. Non appena confermerà che va tutto bene, daranno il via all'operazione.

Cerca di pensare a una frase gloriosa, ispiratrice, da dire loro prima di scendere dal furgoncino.

Non gliene viene nessuna.

Vedrai come mi verrà in mente stanotte, pensa, rassegnato. *Te l'ho detto. Le frasi migliori…*

Carla

Carla chiama Sandra di continuo. All'inizio sussurra e basta. Dice il suo nome, conta fino a trenta, la richiama.

Lentamente alza il volume, presa dall'angoscia, finché alla fine grida, la chiama a gran voce, dando manate sulla parete. Ma l'unica cosa che ottiene sono tre colpi sulla porta di metallo, che le scoppiano nei timpani e la spingono, ridotta ormai a un gomitolo di moccio, paura e lacrime, nell'angolo opposto della cella.

Non è passato che qualche secondo, o forse qualche ora, quando Sandra risponde.

«Ti ho detto che non vuole che parliamo. Sei riuscita a farlo arrabbiare».

Ora è Carla a non rispondere. Continua a singhiozzare, con le gambe raccolte e le mani che le coprono il volto.

I nuovi confini del castello: la distanza tra le sue braccia e il petto. In quei pochi centimetri trova consolazione.

«Ora se ne è andato», dice Sandra. «Ma quando ti avviso che torna, devi stare zitta. Sono le regole».

Carla si pulisce gli occhi con i polpastrelli delle mani, tira su col naso.

«Non mi importa. Che mi ammazzi subito, e la finiamo una buona volta».

«Immaginava che avresti detto questo».

Carla si stira il vestito, che si è stropicciato, si sistema la bretella del reggiseno.

«A che ti riferisci?».

Sandra esita un momento.

«Be', perché sei tu».

«Come io? Chi sono io?», risponde Carla, aggressiva.

Dall'altra parte della parete c'è un silenzio scomodo.

«Sandra?».

«Se mi rispondi così, è meglio che non parliamo. Ho già abbastanza problemi».

Non ci posso credere. Siamo nelle mani di un cazzo di psicopatico e questa tizia si preoccupa per il tono della mia voce, pensa Carla.

Ma non lo dice. Perché non vuole inimicarsi Sandra. Non vuole stare da sola. Si rende conto che in questo momento è il suo terrore più grande. Morire da sola, al buio.

È probabile che Sandra non sia molto intelligente, ed è probabile che sia completamente annichilita da quanto sta accadendo.

Cazzo, lo sono anch'io.

Ma in questo momento è l'unica cosa che ha.

«Mi dispiace che ti abbia infastidito il mio tono».

«Va bene», risponde Sandra, dopo un po'. «Immagino che sia normale».

«A che ti riferisci?».

«Una come te non è abituata a chiedere scusa. Per il fatto che sei ricca, e quelle cose».

Carla respira a fondo.

«Te l'ha detto lui?».

Sono buone notizie. Se Ezequiel sa chi è, è perché vuole qualcosa. Qualcosa che non ha a che vedere con il suo corpo.

«Mi ha paragonato a te. Mi ha detto che tu *sì* che sei importante. Forse è per questo che lì non è ancora entrato. Per fare quelle cose, ha me».

Carla inghiotte saliva, lentamente, scegliendo le parole con molta attenzione.

«Sandra, io…».

Si ferma. Non si può rispondere a ciò che Sandra le ha appena detto. È, semplicemente, impossibile.

Perché è quello che pensa lei.

Perché è vero.

Carla è l'erede dell'uomo più ricco del mondo.

Sandra guida un taxi.

È probabile che su Twitter qualche indignato possa sostenere con un minimo di criterio che le vite di entrambe valgano lo stesso, ma qui, nel covo di un assassino, rinchiuse al buio, quell'affermazione è insostenibile.

«Usciremo da qui tutte e due, te lo prometto», dice Carla.

Ora comprende l'ostilità passivo-aggressiva di Sandra. Fintantoché Carla era soltanto una dipendente qualsiasi, erano allo stesso livello. Ma perfino nel covo di un assassino ci sono vittime e vittime.

«Non promettere cose che non puoi mantenere. Immagino che voglia me soltanto per usarmi», dice Sandra. «Per te... ha in mente un'altra cosa».

Carla attende che continui la frase, ma non lo fa.

In quel silenzio, in quel territorio ignoto, vivono draghi.

«Che cos'ha in mente, Sandra? Se lo sai devi dirmelo. Dimmelo, Sandra», la supplica Carla.

«*Ssh.* È tornato, ed è arrabbiato. Credo che stia succedendo qualcosa», dice la tassista.

28
Un ricordo

Antonia chiude gli occhi.

Non fa molta fatica a trovare nella sua collezione di parole quella che descrive come si sente. *Ajunsuaqq*. In inuit vuol dire 'mordere il pesce e trovarvi dentro soltanto ceneri'.

Dopo tanti sforzi, non le rimane nulla per cui rallegrarsi né sentirsi orgogliosa. Ma poco importa se in questo modo riusciranno a liberare Carla Ortiz.

Jon è accanto a lei su una panchina. Eccezionalmente silenzioso. Gli ha raccontato ciò che le ha detto Parra, e si è limitato ad annuire. Davanti a loro passa gente, ma Antonia non presta attenzione. Cerca nelle emeroteche online l'informazione di cui ha bisogno. È difficile trovare qualcosa, la notizia è un caso minore. Senza importanza.

Un'esplosione di gas nel sottosuolo di calle Narváez. Un'unica vittima. L'ufficiale di polizia Nicolás Fajardo. Un'ispezione di routine. Fajardo non lascia familiari conosciuti.

Neanche un riferimento al suicidio.

Cos'altro aveva menzionato Jon? Una figlia.

Questa fatica meno a trovarla. Sei mesi prima della morte di Nicolás Fajardo.

Incidente mortale sulla M-30. Una macchina urta i piloni del ponte della M-30. Non ci sono segni di frenate. La polizia crede si tratti di suicidio. La vittima è una donna di vent'anni che risponde alle iniziali S.F.

Ingrandisce le foto. I vigili del fuoco si affannano intorno al veicolo sinistrato. Non c'è molto da fare. Metà macchina è scomparsa, compressa e schiacciata come una bottiglia vuota. Bisogna andare molto veloci per un impatto tanto forte.

Squilla il telefono.

«Pronto?».

«Signora, sono Tomás».

Antonia sbatte gli occhi, è talmente dentro il proprio cervello che deve guadare con forza per riaderire alla realtà del mondo esteriore. A quel punto ricorda. Tomás. Il vigilante di sicurezza della Finca.

«Ci avete lasciato i vostri numeri nel caso avessimo ricordato qualcosa. Ho telefonato al suo collega ma era occupato, e ho deciso di provare con lei».

Lei fa un rumore di acquiescenza, un *a-ha* o un *mmh*, perché è ancora concentrata sulla fotografia dell'incidente. Su qualcosa che non torna del tutto. Qualcosa che dovrebbe vedere e non è capace di vedere.

«Fatto sta che oggi, all'inizio del turno», continua Tomás, «io e Gabriel stavamo parlando, e all'improvviso è venuto un taxi a prendere qualcuno. Stavolta abbiamo fatto più attenzione, sa com'è, dall'accaduto guardiamo bene dentro i taxi, non li lasciamo più passare così e basta».

Un altro *a-ha*.

«E, guardi un po', la tassista era una donna, che oggigiorno è una cosa normale, non ci fai più tanto caso, cinque anni fa era impensabile, sembra un lavoro soltanto per uomini, perché devi andare nei posti a prendere sconosciuti nel cuore della notte… fatto sta che io e Gabriel ci abbiamo fatto caso e all'improvviso ci siamo ricordati, tutti e due contemporaneamente. Non le sembra meraviglioso come funziona la zucca? Non ricordi niente, il tuo collega nemmeno, e all'improvviso *sbam*, eccolo lì, tutti e due contemporaneamente, che ricordano la stessa cosa. Dev'essere una di quelle associazioni di idee. Rosso è sangue. Viola è frutta. Stavo appunto dicendo a Gabriel che…».

Antonia riesce a interromperlo.

«Che cos'è che avete ricordato, Tomás?».

Il vigilante si schiarisce la gola.

«Be', che il tassista era una donna».

Carla

Cerca di nuovo di addormentarsi. Ma è sempre più debole e più sfinita. Ha sonno, un sonno in cui l'oscurità svanisce, sostituita da un'enorme parete di luce, bianca e bellissima, che riempie tutto.

A quel punto sente il rumore e le voci.

Voci di uomini adulti che gridano: «Polizia!».

Che gridano il suo nome.

Sapeva che sarebbero venuti. Sapeva che era questione di ore. Forse di minuti. Ed eccoli qui. Finalmente l'hanno trovata.

Il cuore le fa un balzo nel petto, cerca di raddrizzarsi, dimenticando l'altezza del soffitto, sbatte la testa, provocandosi una ferita che sanguina a profusione, ma la ignora. Non sente nemmeno il dolore. Riesce a gattonare fino alla porta di metallo, la colpisce, cerca di gridare attraverso la presa d'aria.

«Qui! Qui! Sono qui!».

29
Una parola aborigena

Antonia si congela.

Anche il mondo.

«Come ha detto?».

«Era una donna», ripete Tomás. «Ora che ci penso è strano che una donna sia in servizio così tardi, o così presto, come dico sempre, non sai mai…».

Antonia non lo ascolta già più.

Murr-ma.

Un'espressione in wagiman, una lingua aborigena australiana che ormai parlano soltanto dieci persone in tutto il mondo, che indica ciò che hanno fatto finora.

Murr-ma.

'Camminare nell'acqua cercando qualcosa con i piedi'.

Il che è molto difficile visto che, anche se gli altri sensi vogliono collaborare, non sono altro che un impiccio.

«Pronto?».

Antonia riattacca. Ha bisogno di entrambe le mani.

Ingrandisce al massimo la foto dell'incidente.

È una Megane gialla.

La targa non si legge bene. Antonia fa uno screenshot, lo trasferisce sull'app di Photoshop Express, applica la maschera di contrasto.

A quel punto appare.

9344FSY

Murr-ma. Una ricerca alla cieca. Ma quando sfiori qualcosa con l'alluce – e non prima –, puoi tuffarti e andare a prenderlo. Metti insieme le tessere del puzzle, tiri le somme.

In decimi di secondo Antonia sistema davanti a sé tutti gli elementi di cui dispone.

– La figlia di Fajardo è morta in un incidente d'auto sulla M-30.

– La targa rispunta fuori due anni dopo sul taxi che Ezequiel usa per abbandonare il cadavere di Álvaro Trueba.

– Il taxi riappare bruciato e intriso di disinfettante in un terreno abbandonato a un chilometro da un commissariato.

– Una telefonata anonima ne comunica l'ubicazione.

– L'uomo che non ha mai lasciato nessun'impronta, ne lascia due:

a) una sulla scarpa di Carla Ortiz,

b) l'altra sul volante.

– Il volante che Ezequiel non ha toccato. Perché alla guida c'era una donna.

La conclusione arriva, nitida, un istante dopo.

Antonia afferra la manica della giacca di Jon, strattonandolo perché si alzi.

«Che c'è?», dice Jon, ritornando da ovunque fosse.

«Dobbiamo avvisarli. Dobbiamo avvisarli SUBITO».

«Avvisarli di cosa?».

«Dove stanno, Jon?».

Non lo sanno.

Antonia compone il numero di Parra.

Uno squillo.

Due squilli.

Segreteria telefonica. «*Avete chiamato il...*».

Antonia non lascia il messaggio. Lo urla.

«Parra, mi ascolti. Non entri, ripeto, non entri. È una trappola!».

Parra

Hanno preso posizione davanti alla porta dell'appartamento. L'entrata si trova al piano inferiore rispetto all'androne, scendendo di un livello. È l'unico seminterrato dell'edificio.

Gli uomini dell'Unità Sequestri ed Estorsioni occupano il pianerottolo e la scala, armati di pistole mitragliatrici MP5. Le finestre del seminterrato danno su calle San Canuto, ma ci sono le inferriate e sono piccole. Nessuno potrebbe uscire da lì. Per ogni evenienza, hanno lasciato Sixto nel camioncino, insieme al giornalista.

Servirà qualcuno che racconti l'eroica liberazione. E quel tizio si è guadagnato l'esclusiva.

Questa è fatta, pensa Parra, dopo aver ripassato mentalmente il suo piano. La sua principale angoscia è che Fajardo faccia del male all'ostaggio quando si sentirà in trappola, ma a tale scopo c'è Cervera, la lingua d'oro. Capace di vendere sabbia ai beduini.

È preoccupato anche che al tizio venga voglia di sparare. È pur sempre un poliziotto, anche se ha perso la testa. Parra non intende sottovalutarlo, ed è venuto preparato. Tutti loro sono armati di pistole mitragliatrici MP5 e sono protetti da giubbotti antiproiettile. Cleo, che va in testa, porta uno scudo balistico dietro il quale possono ripararsi se le cose si mettono male. Un metro di acciaio e kevlar, impenetrabile.

Qualcosa vibra sulla gamba di Parra. Si rende conto di non aver spento il cellulare. Una dimenticanza che non perdonerebbe a nessuno dei suoi uomini. Pigia il bottone per riattaccare attraverso la stoffa dei pantaloni – sperando che non se ne accorgano – finché il cellulare non si spegne.

Andiamo, forza, andiamo.

Sta per dare l'ordine, ma manca un dettaglio importante. Si fruga sul collo per tirar fuori, a strattoni, la collana. Da essa pende una medaglia. Un angelo spiega le proprie ali su una bambina che sta per addentrarsi in un bosco. È il Custode, il santo patrono dei poliziotti. Lo bacia. Non prova alcun pudore nel farlo. Pozuelo, che è accanto a lui, si fa il segno della croce. Con tutto che è un *millennial* e l'unico riferimento che ha di Dio è il Morgan Freeman di quel film. Il gesto si contagia lungo la fila.

Adesso sì.

Il capitano fa un cenno a Sanjuán, che sta manovrando l'ariete. Quattordici chili di un mix denso di piombo e ferro, che perfino nelle mani di un microbo come Sanjuán sono capaci di buttare giù una porta con un colpo.

BAM!

Be', forse due.

BAM!

Al secondo urto, la serratura si spezza e Cleo entra per prima, scudo in alto, urlando a pieni polmoni.

«Polizia! Uscite con le mani in alto! Siamo qui per Carla Ortiz!».

Gli altri la seguono, in massa.

C'è un salotto, pieno di sporcizia, non appena si entra. I mobili sono accatastati contro la parete. Divani, tavoli. A terra ci sono resti di carta, ferro e cavi. Le luci sul soffitto sono accese, anche se soltanto una di quelle alogene funziona.

«Capitano», dice Cleo, sfiorando con il piede qualcosa che c'è sul pavimento.

È una scarpa di donna. La sinistra di quella che hanno trovato nel terreno abbandonato di Hortaleza.

Parra fa un cenno a Cleo affinché avanzi verso il corridoio scuro che c'è sul fondo. Gli altri la seguono, in fila per due. Si coprono le spalle a vicenda. Come dev'essere.

La poliziotta entra nel corridoio, scudo in mano.

Il bidone del corridoio, astutamente camuffato all'interno della cassettiera, è il primo. Contiene quaranta litri di una miscela di ipoclorito di sodio, acido cloridrico e acetone. Candeggina, sturalavandini e solvente per unghie. Nella proporzione giusta, questi tre elementi hanno bisogno soltanto di una spintarella. Il segnale, trasmesso via Internet attraverso una scheda SIM, attiva il detonatore elettrico, che a sua volta fa esplodere una cartuccia di plastica piena di polvere – di quella che si può trovare in un petardo qualsiasi –, ma mescolata con magnesio – che puoi trovare in un qualsiasi bengala di Capodanno – per scatenare correttamente l'esplosione.

La bomba che ha preparato Fajardo non è come la dinamite o l'esplosivo plastico. I gas generati da un'esplosione di questi elementi possono diffondersi a più di diecimila metri al secondo. La bomba al cloro si fabbrica con ingredienti che valgono meno di trenta euro in un qualsiasi Leroy Merlin, ma deve accontentarsi di una velocità di detonazione di quattromilacinquecento modesti metri al secondo. Sono sufficienti, tuttavia, a trasformare l'aria che spostano in fuoco, sebbene questo venga dopo l'onda d'urto, seguendola come una coda il cane.

L'onda d'urto, senza altra via d'uscita nel minuscolo corridoio se non nella direzione in cui si trovano i poliziotti, colpisce per prima Cleo. Le spinge il bordo di acciaio dello scudo balistico contro la faccia, sfondandole lo zigomo e le sopracciglia, spaccandole il naso e buttandola a terra come chi soffia su una carta. Sanjuán, che era accanto a lei, non ha altrettanta fortuna. Il suo corpo si eleva in aria per più di un metro, la testa gli si schianta sul soffitto, la schiena si spezza contro lo stipite della porta del corridoio. La pressione dell'aria è talmente forte da competere con la forza di gravità e con la corrente convettiva secondaria per far sbalzare il corpo del tenente Sanjuán. Le tre forze si prendono la briga di rompergli la clavicola, separare tra loro le vertebre del collo e spezzargli in due il braccio sinistro, all'altezza del gomito, come se fosse un ramo secco, dato che i tendini non sono disegnati per sopportare un simile sforzo.

Insieme all'ossigeno in fiamme arrivano le schegge.

Fajardo ha attaccato un grosso strato di viti all'interno del bidone. Di acciaio zincato e a farfalla, di modo che a quella distanza così breve, l'aerodinamica della vite faccia sì che stia ancora girando quando raggiunge i corpi che trova sulla sua strada. Cleo, che sta ancora viaggiando verso terra scaraventata dall'esplosione – per raccontare questa cosa ci vuole tempo –, si salva da gran parte delle schegge, che colpiscono lo scudo. Una delle viti le attraversa la stoffa del pantalone tattico e la pelle morbida del polpaccio e va a conficcarsi all'interno del femore, provocando un foro di entrata della dimensione di una moneta da cinquanta centesimi. Un'altra le sfiora l'indice della mano destra e si limita, capricciosa, a scheggiarle un pochino lo smalto dell'unghia sinistra. Una terza sprofonda nell'orbita dell'occhio sinistro, distruggendo il globo oculare, anche se per fortuna una delle alette della farfalla si incastra nell'apofisi frontale prima di raggiungere il cervello.

Sanjuán finisce disintegrato. A quella velocità, non c'è né giubbotto antiproiettile né santi che tengano. I suoi organi interni diventano marmellata prima di toccare il pavimento.

Quelli che non erano ancora entrati nel corridoio vengono scagliati a terra dall'onda d'urto, anche se lo scudo di Cleo devia parte della forza dell'esplosione e molte delle schegge che, dopo essere rimbalzate sull'acciaio, si conficcano, inoffensive, sul soffitto.

I sei uomini che restano in salotto non arrivano a sentire la seconda bomba.

La prima era un unico bidone da quaranta litri.

Sotto i divani e i mobili impilati contro una parete del salotto ce ne sono altri duecento. È ovvio che è uno spazio più grande.

Gli uomini continuano comunque ad alzarsi, in diversi stati di stordimento, quando il timer – attivato dopo la prima esplosione – fa scoppiare la seconda bomba. Questo fa sì che i loro corpi oppongano molta meno resistenza all'onda d'urto e ai materiali che l'esplosione manda verso di loro.

In questa seconda bomba Fajardo non ha messo schegge, ma non serve. Il tavolino da caffè viene catapultato a quattromila metri al secondo contro la testa di Cervera – che viene decapitato nell'atto dal bordo melamminico –, prima di girare su se stesso e colpire il costato di Pozuelo come una pala colpirebbe una pallina da ping-pong. La gabbia toracica del novellino collassa come se fosse di zucchero, e le ossa gli lacerano il polmone. Il divano, spaccato in tre pezzi dalla forza dell'esplosione, vola per tutto il salotto, in diverse direzioni. Il pezzo più grande, il punto in cui Fajardo si sedeva a guardare la TV insieme alla figlia, vola dritto su Giráldez, che si era già rialzato, e lo raggiunge sulla schiena, spaccandogli la colonna vertebrale mentre trascina il proprio corpo contro la parete opposta, dove rimane schiacciato, con il cranio fracassato.

La lampada da terra Hektar, comprata un sabato da IKEA, parte sparata in avanti. La pesante base di ferro, girando senza controllo, raggiunge Ocaña sulla gamba destra quando vi si stava appoggiando per alzarsi. Non soltanto gliela spezza all'altezza del ginocchio, ma gliela strappa, lasciando l'osso allo scoperto, di un bianco perfetto, dove prima c'era carne, pelle, e una gamba che arrivava fino a terra.

A Parra va più o meno bene. Il corpo di Cervera l'ha protetto dalla prima esplosione e quello di Pozuelo dalla seconda. Ha delle schegge conficcate nel collo, una particolarmente lunga, che ha attraversato la pelle affondando nella carne e uscendo dall'altro lato, ma vivrà.

Almeno per un po'.

Il capitano urla. Di dolore, di panico, di furia. Non può sentire le proprie grida perché ha i timpani devastati. Neanche quelle dei suoi uomini. Vede Ocaña che si sorregge la gamba – ora un cinquanta per cento più corta – incredulo, e corre per cercare di aiutarlo. Anche Cleo strilla, si ricorda di tutti i santi del calendario e non la smette di bestemmiare, ma Parra non può sentire nemmeno lei. Gli altri sono più o meno zitti, Sanjuán perché non ha i polmoni, Cervera perché non ha la testa, e il resto perché è incosciente.

Il problema delle bombe al cloro è che a uccidere non è soltanto l'esplosione. È anche il gas color giallo arancio ed estremamente velenoso che arriva dopo, prodotto dalla combustione.

Il gas, denso, raggiunge prima Cleo. Cerca di trattenere il respiro, ma il panico la sopraffa e non riesce a evitare di ingoiare l'aria. È come respirare fuoco liquido, che le scende lungo la trachea e si piazza nei polmoni, incendiandone l'interno.

Parra, dandole la schiena e completamente sordo, non vede la collega soffocare, non la vede rimanere senz'aria, a lottare per respirare, a cercare di uscire dal corridoio pieno di fumo, non vede come riesce a voltarsi pur essendo ferita, non vede come si afferra alla porta con le dita, cercando di proteggere il volto dal fumo. Non vede come le sue dita si agitano, si contraggono, fino a perdere la forza.

Non vede il fumo che si dirige verso di lui da due direzioni diverse, che gli arriverà tra un secondo, perché è occupato a tentare di salvare la vita a Ocaña. Il suo negoziatore migliore, la sua lingua d'oro, che morirà tra meno di un minuto per la perdita di sangue se non riesce a comprimergli il flusso. Sempre che riesca a togliersi la cintura.

Non si può nemmeno chiedere troppo a Parra, date le circostanze. Il suo orecchio interno, che ospita gli organi sensoriali che ci aiutano a mantenere l'equilibrio e la stabilità, è stato sconquassato dall'esplosione. Perciò scopre che sta per morire intossicato soltanto quando la nube lo avvolge e ispira la prima boccata di gas.

Il gas reagisce con l'umidità del suo apparato respiratorio, trasformandosi immediatamente in acido. Parra comprende ciò che sta accadendo, ma non soltanto è un uomo forte, è un uomo coraggioso. Non cede ai suoi polmoni, che gli chiedono aria, aria pulita, perché non ce n'è. Resistendo a un dolore insopportabile, vacillando, a fatica, comincia a trascinarsi verso il luogo in cui crede si trovi la porta, tirando Ocaña per il braccio. Sente due necessità imperiose antagoniste. Vomitare, respirare. L'enorme sforzo di trascinare gli ottanta chili di Ocaña (meno ciò che avrebbe pesato la gamba) fa consumare ai suoi muscoli un ossigeno che non stanno ricevendo più.

Con la vista appannata dal gas – che ha reagito anche con l'umidità dei suoi occhi, diventando un migliaio di pugnali acidi –, è un miracolo che trovi la porta. Ma i miracoli accadono. Sarà stata la medaglia.

Sul pianerottolo, Parra ottiene un secondo, un unico istante di aria pulita. Il fumo l'ha seguito, rifiutandosi di abbandonare la sua preda. Ma la boccata che riesce ad assorbire e introdurre nei polmoni produce un esiguo aiuto o sollievo. I suoi bronchi infiammati e irritati protestano, gli spasmi nel ventre si acuiscono. Il capitano cade in ginocchio – per un istante pensa al figlio piccolo, Lucas, a cavalcioni sulle sue spalle, meno di una settimana fa –, cede ai conati, si sorregge lo stomaco con le mani. Riesce a vomitare gocce di una bava giallognola, ma il procedimento gli è costato caro. Il fumo velenoso ora lo avvolge, non sa dove siano le scale e, ancor peggio, ha perso Ocaña.

Non ti lascerò qui. Non ti lascerò qui.

A tentoni cerca il collega sul pavimento. La mano sinistra ne trova il volto, la destra lo prende per la spallina del giubbotto antiproiettile e comincia a tirare. Verso dove? Non lo sa. Cerca, in ginocchio e cieco, qualche riferimento.

Non trova nulla.

All'improvviso, la mano destra riesce ad afferrare il corrimano delle scale. Vi si aggrappa come un naufrago al salvagente. Issa il proprio corpo verso l'alto, scala con le ginocchia, issa il corpo di Ocaña, che si incastra nei gradini, che non vuole salire. Ogni scalino, ogni venti centimetri, sono un Everest.

Parra ne fa undici, prima di raggiungere il punto in cui il gas, più pesante dell'aria, deve abbandonare l'inseguimento.

Continua a tirare, con le ultime forze, fino a sistemare il volto di Ocaña accanto al proprio. Il capitano sta per svenire.

Con una mano afferra ancora il corrimano delle scale e con l'altra il suo collega quando sente avvicinarsi le sirene.

Il suo ultimo pensiero cosciente va alla frase che non ha detto prima di scendere dal camioncino.

Al mio segnale, ira e fuoco.

Le frasi migliori ti vengono in mente sempre dopo.

Ezequiel

Nicolás si allontana dallo schermo, con un gesto convulso. Non vuole continuare a guardare. Tutto si è concluso.

Davanti a lui, il computer portatile è ancora acceso, ma le webcam sono spente. Gli altoparlanti da cui arrivavano le loro grida emettono ormai soltanto statica. L'esplosione ha interrotto la comunicazione tra il suo vecchio appartamento e il rifugio. Ma è durata quanto bastava per far fuori gli intrusi.

Lei aveva ragione. Avrebbero finito col rintracciarlo, *ma siamo stati più furbi di loro.*

Non mi devo vantare, pensa. *Sono morti dei poliziotti.*

Prende il suo quaderno, e inizia un nuovo foglio di confessione.

Ho peccato contro il quinto comandamento, scrive. *Non volevo farlo, ma mi sono visto costretto. La missione è troppo importante. Umiliare i potenti, insegnargli che la loro forza non è nulla di fronte al potere della giustizia. Tutti vengono raggiunti dal potere di Dio, e io sto facendo la Sua volontà.*

Strappa il foglio, e gli dà fuoco. La carta brucia, ma Nicolás non sente i suoi peccati svanire nel fumo, come in altre occasioni. Questa volta è capace di pensare soltanto agli uomini che sono morti. Che non erano potenti, né ricchi. Erano suoi pari.

Ma servivano il Maligno. Servivano Mammona, il demonio delle ricchezze e dell'avarizia. Nessuno può servire due signori, si dice Nicolás, che non comprende perché la sua anima continui a essere sporca e pesante, come una coperta piena di fango.

Quando ha fatto scoppiare la prima bomba, che aveva preparato con tanta cura, con attenzione ai dettagli, si era sentito orgoglioso. Erano molti gli elementi che potevano fare fiasco, ma lui li aveva risolti tutti.

Ma poi erano arrivate le grida attraverso gli altoparlanti. Grida di dolore, grida di disperazione, di incredulità. Grida di morte. E si era reso conto che era stato lui a fare quella cosa. Aveva tentennato prima di premere il secondo pulsante, quello che attivava la bomba che avrebbe chiuso la trappola e li avrebbe ammazzati tutti. Poi aveva allontanato la mano.

Era stata Sandra ad anticiparlo, a sporgersi sopra di lui, e pigiare il tasto sul computer. Senza dubbi, senza rimorsi.

Nicolás era rimasto a testa bassa. Non voleva incrociare il suo sguardo di disapprovazione. Lei gli aveva voltato le spalle e se n'era andata, scendendo nel corridoio. E lui era rimasto solo, con gli schermi neri, con la statica, e con un'anima contaminata che il fuoco non riesce a pulire.

In fondo, Carla Ortiz continua a gridare e a colpire la porta, ma Sandra l'ha avvisato di lasciare che si sgoli. Nicolás detesta il rumore, che aumenta la sua sofferenza e gli ricorda la sua iniquità, ma non vuole contrariarla.

Prende una nuova pagina del suo quaderno.

Sono, essenzialmente, una brava persona, scrive.

Si ferma, legge le parole con attenzione. Le lettere si confondono sul quaderno, ballano sulla linea, cambiano di ordine, perdono significato.

Strappa la pagina, la getta a terra, ricomincia.

Non sono una brava persona, scrive.

Questa volta le lettere rimangono al loro posto.

30
Sette istantanee

Né Jon né Antonia ricorderanno con chiarezza le successive ore della loro vita, oltre a una collezione di istantanee, momenti congelati nel tempo, senza soluzione di continuità tra loro.

1. Antonia grida a Mentor attraverso il telefono della macchina. Jon sta saltando un semaforo rosso sulla salita di San Vicente, angolo con Arriaza. Schiva un uomo sulla trentina, che indossa un abito di fattura modesta. Ha una bottiglia nella mano sinistra. Un po' di sidro cade sul parabrezza. La luce del semaforo trasforma le gocce ambrate in sangue iridescente.

2. Jon mostra il distintivo a un agente della municipale che sta bloccando il traffico all'imbocco di calle San Canuto. L'agente dice qualcosa e indica con una mano verso l'esterno mentre con l'altra cerca di afferrare Antonia, che si divincola da sotto la cintura. La sua schiena tocca il nastro giallo nel punto esatto tra le parole «NON» e «PASSARE», trasformando la retta in un triangolo scaleno. È il tipo di cose a cui farebbe caso Antonia, ma stavolta non lo fa.

3. Due paramedici del servizio sanitario di emergenza del SAMUR sono intenti su una lettiga. Le braccia di uno pigiate sul petto del ferito, le mani dell'altro che gli mettono una mascherina sul volto. Le luci dell'ambulanza che già parte verso l'ospedale con Cervera all'interno incorniciano i volti dei paramedici con un bagliore sovrannaturale.

4. Un vigile del fuoco, il viso coperto dalla maschera d'ossigeno, trascina un altro cadavere, che si unirà agli altri tre

che sono fuori allineati sul marciapiede, avvolti da coperte isotermiche argentate. Invece di restituire i riflessi delle luci stroboscopiche delle volanti della polizia o del camion dei vigili del fuoco, la superficie alluminata della coperta sembra assorbirli. Come se i corpi che ci sono sotto cercassero di cavare un ultimo alito di vita dall'aria che li circonda.

5. Antonia si china per raccogliere una medaglia caduta a terra. Le sue dita la stanno sfiorando. I paramedici l'hanno strappata al capitano Parra senza rendersene conto mentre gli facevano la respirazione cardiopolmonare. Un agente parla con Jon dell'operato del capitano. Jon ha il volto scomposto. L'agente ha le labbra tese in avanti – come se si preparasse a dare un bacio. Stanno formando la terza lettera della parola *eroe*.

6. Antonia piange, un avambraccio appoggiato al finestrino della macchina, la mano sinistra che scosta il braccio di Jon che va a consolarla, anche se non la guarda. Jon ha lo sguardo inchiodato sulla direzione presa dall'ambulanza del SAMUR che si è portata via il capitano Parra. Sta cominciando a piovere, una pioggia tenue e sottile che non riuscirà a cancellare le macchie di sangue dal marciapiede, ma soltanto a mantenerle fresche per più tempo.

7. Antonia mette un piede sul marciapiede davanti all'ospedale della Moncloa. Scende dall'Audi senza salutare, con gli occhi ancora pieni di lacrime. Dietro di lei, lo sguardo di Jon rispecchia tristezza, paura, dubbi e un'enorme, insormontabile angoscia. Anche una supplica di non lasciarlo da solo stanotte, forse la prima da quando si conoscono nella quale lui ha bisogno di lei più che viceversa. Antonia non la percepisce, perché è di spalle.

Carla

Non arriva nessuno.

La porta metallica continua a essere esattamente allo stesso posto. L'oscurità continua a essere densa, le pareti continuano a trasudare umidità, e la gola di Carla è in fiamme.

Carla piange, senza lacrime. Emette soltanto piccoli rantoli aspri, rauchi, che si trasformano in colpi di tosse. Si lascia cadere a terra. La ferita sulla testa, che continua a sanguinare, inonda la cavità tra il naso e la caruncola lacrimale. Sente il suo stesso sangue entrarle negli occhi, irritandoli, ma non è capace di fare nulla a riguardo.

La sua esplosione di speranza e di energia è costata un prezzo molto alto, e ora sta pagando la fattura con gli interessi. Ha il corpo esausto quanto l'animo.

Decide di lasciarsi morire. La morte è un modo per fuggire. Lasciare che il suo corpo smetta di respirare, fermare il cuore, impedire il flusso di sangue al cervello. E poi, galleggiare. Dicono che quando muori, il tuo corpo rimane in terra, come un'ancora, mentre la tua anima si eleva. Come nei cartoni animati, come in quel film di Coppola, quando Mickey Rourke era bello. Se lo dicono tutti, dovrà essere vero.

Per un istante, Carla sente come succede. Come il suo spirito ascende, attraversa le pareti, vola al di sopra degli edifici, ma non all'incontro con Dio, bensì all'incontro con suo padre, che attende, sveglio, notizie di lei. E lei gli bacerà la fronte, e lui noterà la sua presenza, e poi continuerà la sua ascesa, fino al calore e alla luce, fino all'immensa campagna verde, tesa di fronte a un fugace albeggiare.

Non muore, tuttavia.

L'oscurità continua.

«L'hai sentito?».

Sandra la chiama, riportandola alla realtà della sua situazione – la peggiore delle situazioni. Ma Carla non risponde. Rispondere presuppone ritornare, ammettere che la luce si allontana, che continua a essere incatenata a quel pezzo di carne che soffre e sanguina e trema di paura.

«L'hai sentito, Carla?», ripete Sandra.

Carla si arrende.

Ha bisogno di sapere.

«Cos'è successo?».

«Hanno provato a trovarti. Ma hanno fallito. E ora sono tutti morti».

«Mio padre pagherà», dice Carla. «Deve farlo».

«Chissà. Gli resta ancora tempo».

Sembra diversa, pensa Carla.

Non parlare più con lei.
Ti ho detto di non parlare con lei.

«Tempo? C'è tempo?».

«Non preoccuparti, io ti aiuterò», dice Sandra.

Carla, ancora debole, confusa e nauseata per la perdita di sangue, si raddrizza un po'. Ora capisce perché Sandra sembra diversa. Non le parla da dietro la parete. Le sta parlando dall'altra parte del metallo.

«Sandra! Sei fuori! Devi aprire la porta, sbrigati!».

«Subito», risponde Sandra.

Carla sente Sandra camminare verso il lato sinistro della porta. Sente uno strattone, e un meccanismo che si muove, tirando verso l'alto la pesante lastra. La parte inferiore della porta si alza, un centimetro, poi quattro, otto.

Poi cade di nuovo, con un colpo metallico che rimbomba in tutta la cella.

«Un'altra volta, Sandra. Ce la puoi fare».

Sandra dice qualcosa che Carla non afferra. E poi capisce che non sta parlando. Sta ridendo.

Una risata acuta e affilata, come la lama di un coltello.

Perché ride?

No.

No, no, no.

«Tu stai con Ezequiel», dice Carla, con lo stomaco rattrappito dalla paura.

Sandra continua a sghignazzare un altro po', come se non potesse controllare quelle risate. Quel genere di risate che vengono da un luogo molto lontano, e che possono portarti alla pazzia.

«Ah, che ingenua sei. Non l'hai ancora capito? Io non sto con Ezequiel. Io *sono* Ezequiel».

Carla sente un pugno di gelo frugare dentro di lei, grattarle le viscere, ostruirle l'esofago.

«Che cosa vuoi, Sandra?».

«Da te? Niente. Devi rimanere calma e tranquilla».

«Quanto hai chiesto a mio padre? Sono sicura che...».

«Carla Ortiz, sempre a negoziare. La principessa erede al trono. Stavolta non è una questione di soldi».

«Cosa gli hai chiesto allora?».

«Gli ho chiesto di dire alcune parole in televisione».

«Non capisco...».

«Gli ho chiesto di parlare dei vostri laboratori in Brasile. In Argentina. In Marocco e in Turchia, in Bangladesh».

Carla si agita, si avvicina alla porta, cerca di affacciarsi dalla presa d'aria.

«Posso spiegarti ognuno di quei posti, Sandra. Non è come dice la stampa...».

Sandra ride di nuovo.

«Risparmiati il discorsetto, Carla. Sarebbe più credibile se non avessi le password del tuo computer. Quante cose ci ho trovato. È vero che le dita più piccole sono le migliori per togliere l'imbastitura?».

«Noi diamo una grossa mano in quei paesi. Quei bambini lavorano con il consenso dei...».

Tre colpi, in rapida successione, furiosi, la mettono a tacere. Talmente vicini alla porta, che il riverbero le riempie le orecchie di chiodi appuntiti.

«Stai zitta, stronza. Quanto costa casa tua? Cinque milioni? Quanto costa la tua macchina? Quanto è costato il tuo vestito per il ballo delle debuttanti? Ventimila euro di merda, stronza. Lo stipendio di mille bambini di un mese, perché tu sfoggiassi uno straccio di Zuhair Murad per qualche ora…».

La voce di Sandra accelera, le parole successive diventano inintelligibili. Continua a parlare per un po', e a ridere da sola, ma Carla non riesce a capire nulla.

Vuole rispondere, vuole parlarle delle sfumature, delle complicazioni del mercato internazionale. Di come sta fraintendendo tutto.

Si limita ad aspettare, con le labbra serrate.

Qualsiasi cosa, purché non colpisca di nuovo.

«Scusa, scusa», dice Sandra, quando riesce a rasserenarsi. «A volte mi lascio trascinare. Dicono che c'è qualcosa quassù che non è del tutto a posto, ma che cazzo ne sapranno gli psichiatri, vero? Che cazzo ne saprà chiunque. In un mondo assennato, ci saresti tu dietro le sbarre. Per cui immagino che in realtà non sono poi così pazza, no?».

Sandra si accuccia, fino a poggiare il volto sulla presa d'aria, e abbassa la voce. È una vecchia amica, che racconta un segreto all'orecchio.

«Senti, mi sono trovata molto bene con te. Mi hai dato molte più soddisfazioni di quel bamboccio che c'era lì prima. Maledetto bugiardo, non sai quanto ha provato a ingannarmi. Tu invece no, Carla. Tu sei stata molto brava».

Prendendo forze da dove può, Carla riesce a chiedere:

«Quanto tempo mi rimane?».

«Poco meno di ventisei ore. Ma non credo che tu debba preoccuparti. Sicuramente tuo padre farà ciò che gli ho chiesto. Alla fin fine sono i suoi peccati, non i tuoi. E un padre farebbe qualunque cosa purché sua figlia non paghi per i suoi peccati, vero?».

Se ne va, ma la sua risata rimane ad aleggiare tra le pareti ancora per un po', come una nebbia densa e tossica.

31
Una foto

«Non si possono salvare tutti», dice nonna Scott.

Antonia l'ha svegliata – non sono neanche le cinque del mattino nella campagna inglese –, ma alla nonna non importa. Lei è fatta di un materiale speciale. Un materiale che brilla, che rivela la sua natura soltanto quando gli viene chiesto qualcosa. Essere a conoscenza di ciò, riguardo a qualcuno, conferisce un grande potere che Antonia esercita con grande responsabilità. Per questo la nonna, quando ha risposto alla videochiamata al quattordicesimo squillo, con la faccia ancora assonnata, stava sorridendo. Sa che non chiamerebbe se non fosse importante.

«È sempre stato lì. Davanti ai miei occhi. Se avessimo controllato la targa della Megane ieri sera…».

Antonia non riesce a credere che siano passate soltanto ventisei ore dal momento in cui hanno scoperto che la targa del taxi era clonata. Il suo errore, il suo tremendo errore, è stato dedurre che fosse stata rubata a qualcuno a caso.

Ventisei ore. Una in più di quelle che restano a Carla Ortiz prima che si compia il termine di Ezequiel.

«Non puoi addossarti il peso del mondo sulle spalle, piccola».

Ma nonna Scott sa che lo farà. Nello stesso, inflessibile modo con cui si fa carico della colpa di ciò che è successo a Marcos. C'è molto spazio per la colpa, apparentemente, su quelle spalle. La nonna lo imputa alla sua scarsa educazione cattolica (e, anche se andrà nella tomba senza ammetterlo, al sangue spagnolo della madre).

«Sei morti, nonna. E solo perché non sono giunta alla conclusione corretta sedici minuti prima».

Normalmente nonna Scott ha una pazienza infinita con la nipote, ma a volte quella pazienza ha dei limiti.

«Smettila di piagnucolare. Non sei tu ad aver messo quelle bombe, né sei tu ad aver sequestrato una donna. Com'è quella parola degli africani che mi hai detto una volta?».

"Gli africani" a cui si riferisce la nonna sono i ga, una tribù che vive nel sud del Ghana, con una lingua tutta loro. E la parola a cui si riferisce la nonna non è una, ma due.

Faayalo zweegbe.

«'Solo colui che cerca l'acqua può rompere l'anfora'. Lo so, nonna. Ma raccontalo a chi aspetta al villaggio morto di sete».

Raccontalo a Carla Ortiz, o agli uomini di Parra. Sei morti, un altro in bilico tra la vita e la morte. E il capitano, prognosi riservata.

«Piccola, smettila di leccarti le ferite. Smettila di lamentarti per ciò che non hai fatto. Ti rallegri mai per tutta la gente che hai aiutato? Gente che neanche sa come ti chiami? No, santo cielo. Ti compiaci soltanto di quelli che credi di aver deluso, e corri in quella stanza d'ospedale per continuare a sentirti male. Il che rende molto difficile aiutarti. Sai una cosa? Me ne torno a letto».

Riattacca.

In una persona come nonna Scott, questo gesto di maleducazione è talmente strano che Antonia rimane sconcertata.

Sa che ha ragione, ma è così che funzionano le cose. Importano soltanto quelli che non sei riuscito ad aiutare.

Tantopiù quando quelli che hai deluso sono i più importanti.

L'uomo sdraiato sul letto, per esempio. Perso all'interno della sua testa per sempre.

«Mi manchi tanto», gli dice Antonia.

Marcos non risponde. Il suo battito cardiaco rimane inalterato, afferma l'elettrocardiogramma.

Antonia sblocca l'iPad, e apre l'applicazione Foto. Nella

sezione Preferiti c'è un'unica immagine. Lei e Marcos, che sorreggono una torta di compleanno. Marcos guarda la torta, lei la macchina fotografica.

Come sempre, contempla se stessa con sdegno, perché quella persona nella foto non è lei. È un'estranea ignorante, che non è capace di prevedere ciò che succederà soltanto qualche settimana dopo.

Si addormenta.

Sogna.

Marcos è nel suo piccolo studio. Lo scalpello strappa alla pietra arenaria suoni secchi, sincopati. Lei è dolorosamente cosciente di ciò che sta per accadere, poiché è accaduto mille volte. Non è nel salotto, davanti a un mucchio di carte con indizi, dossier, fotografie. È accanto a lui, si sporge per guardare la scultura a cui lavora. È una donna, seduta. Le mani riposano tranquille sulle cosce, la schiena è china in avanti, in una postura aggressiva in contrasto con la quiete del suo volto. C'è qualcosa davanti alla donna che la spinge a volersi alzare, ma le sue gambe affondano nella pietra, lo scalpello non è ancora riuscito a liberarle. Non arriverà a farlo mai.

Suona il campanello della porta. Antonia vuole fermare Marcos, dirgli di continuare a lavorare, di proseguire con le loro vite, ma la sua gola è secca come i pezzi informi che ci sono ovunque sul pavimento dello studio. Sente se stessa – quell'altra donna, quella donna stupida e ignorante che alza il volume della musica nei suoi auricolari – gridare qualcosa, e Marcos lascia il martello sul tavolo accanto alla scultura a metà. Lo scalpello lo infila nel camice bianco, e va ad aprire. Antonia, l'Antonia reale, l'Antonia che sa che cosa sta per accadere, vuole andargli dietro, e lo fa, ma piano, molto piano, di modo che non lo vede aprire la porta, che non vede l'estraneo con l'abito elegante e Marcos litigare. Quando raggiunge il corridoio, Marcos e l'estraneo sono già a terra. Lo scalpello spunta già dalla clavicola dell'estraneo, il suo sangue è sul camice di Marcos, l'estraneo indietreggia, ma riesce a sparare due volte. Una pallottola attraversa Antonia, l'Antonia reale, l'Antonia che aspetta nel corridoio, e raggiunge quella donna ignorante che è nel salotto, con le cuffie e la musica già a tutto volume, e che non distoglie lo sguardo dai fogli davanti a lei. Lo sparo sfiora l'angolo di legno della culla in cui dorme Jorge, e la pallottola devia quanto basta perché invece di entrare nel corpo di Antonia le entri dalla schiena e le esca dalla spalla. Una traiettoria gentile per uno sparo. Senza gravi conseguenze. Soltanto qualche mese di convalescenza. Magari ci sarà da riverniciare la culla.

L'altro sparo non è così fortunato. L'altro sparo raggiunge l'osso frontale di Marcos, di cui i medici dovranno asportare poi un bel pezzo affinché il cervello si espanda, in un disperato tentativo di guarigione. Dicono che è stato un rimbalzo sulla parete. Dicono che è perché Marcos si è avventato sull'estraneo.

L'incubo non lo chiarisce mai. L'incubo termina sempre con lo sparo che ancora le risuona nelle orecchie.

A quel punto si sveglia.

E poi, la notte in bianco, infestata di rimorsi.

Carla

Carla si rimette a piangere, ma stavolta di rabbia e di vergogna per essere stata ingannata. Sente l'imperiosa necessità di vomitare, di espellere da sé tutto ciò che credeva fosse Sandra, la sua compagna di prigionia, per poter fare spazio alla furia che la invade, che le fa formicolare la pelle e le infiamma il collo e la fronte e le orecchie. Serra i pugni, immaginando di stritolare il collo di Sandra, invece che l'aria. Pigia il piede, immaginando di schiacciare il cranio di Sandra, invece che la porta…

Aspetta.

La porta ha ceduto un poco.

Spinge di nuovo con il piede, ma la porta cede soltanto di un paio di millimetri, non di più.

Quando ha lasciato cadere la porta, non è ricaduta esattamente nel suo posto. È un po' spostata, nulla di più. Quanto basta perché non combaci del tutto con la cornice. Ha lasciato un piccolo insignificante buco.

Carla si agita, con frustrazione. Allora la voce le parla.

C'è una cosa che potresti fare.
Devi soltanto ascoltarmi.

E Carla ascolta.

La percepisce più forte che mai. Sa che la voce è la sua unica amica. Lo è sempre stata. E sa un'altra cosa. Sa chi è. È l'Altra Carla. L'Altra Carla è più forte, più determinata, sa perfettamente ciò che deve fare. L'Altra Carla non chiede il permesso, l'Altra Carla agisce.

E anche lei agirà.

Si dirige verso l'angolo del tombino, dove l'umidità ha indebolito la malta, dove una mattonella si muoveva. Neanche tanto, a stento quanto basta per introdurvi il dito sotto.

Carla infila l'indice tra la mattonella e la parete – senza pensare a ciò che può strisciare dall'altra parte, quali zampe, quali pungiglioni –, e nota che il cemento cede, si sbriciola. Non tanto, qualche granello. Soltanto qualche granello.

Pensa a suo padre. Quando gli chiedono come cominciò il suo impero, dice: «Vendendo tre camicie».

Carla comincia a grattare con il dito.

Qualche granello alla volta.

32
Un volto amabile

La donna della reception – Megan è il suo nome – è immersa in un romanzo rosa. Legge molto per sopportare il tedio delle ore morte. Uno dei pochi vantaggi del suo lavoro sottopagato.

Delle dita dalla manicure perfetta picchiettano sul vetro della porta. È una donna, ben vestita e sorridente. Ha un volto amabile.

Megan spinge il pulsante elettronico di apertura senza esitare. Nessuno diffiderebbe di un volto amabile come quello.

Quando la donna dal volto amabile varca la soglia, Megan accantona il romanzo con un certo fastidio. Sta smaniando di sapere se l'eroina riuscirà a riconciliarsi con l'amore della sua vita, nonostante appartenga al malvagio clan rivale dei MacKeltar. Sulla copertina si vede l'eroina di spalle. Poco importa, il protagonista assoluto è un uomo dal petto scoperto e gonna a quadri scozzesi. Gli addominali da sogno e i pettorali scolpiti nel marmo non sembrano caratteristici delle Highlands nel tredicesimo secolo, ma (*bom chicka wah wah!*) chi se ne frega.

«Buongiorno. Benvenuta ad Hastings. In cosa posso aiutarla?».

La donna le si avvicina. Ha una mano dietro la schiena. Sta sorridendo.

Ora che Megan la vede più da vicino, il suo volto non sembra poi così amabile.

TERZA PARTE
Antonia

Addio, ombre amate;
addio, ombre odiate.
Io nulla temo al mondo
e la morte è già tardiva.

ROSALÍA DE CASTRO

1
Uno scoop

Stavolta la spossatezza è più forte del senso di colpa. Qualche minuto dopo essersi risvegliata dall'incubo, Antonia cade di nuovo risucchiata dalla stanchezza.

Un sonno pesante, appiccicoso e denso come la pece, dal quale viene strappata dallo squillo di una telefonata. Fuori, il sole splende implacabile.

«Accendi la televisione», esige Mentor.

«Quale canale?».

«Uno qualunque».

È vero. Dall'1 al 5 cambiano soltanto i volti dietro le scrivanie. Le reti hanno interrotto la loro programmazione abituale per presentare un'edizione straordinaria. Antonia non deve neanche aspettare di sentire l'argomento. L'hashtag sovrimpresso sullo schermo le chiarisce ciò che già immaginava.

«Quando è successo?», dice, guardando l'orologio. È l'una del pomeriggio passata.

«Un'ora e mezza fa, un giornalista basco l'ha pubblicato sul sito web del suo giornale».

«E mi chiami soltanto ora?».

«Ero in riunione con i piani alti. Sei fuori, Scott. È finita».

Antonia non può credere a ciò che sente.

«Non puoi parlare sul serio».

«È un ordine dall'alto, Scott».

«Ma ora abbiamo un nome. Sappiamo chi è, e potremmo...».

«Ora è troppo pericoloso», la interrompe Mentor. «E c'è dell'altro, Scott. Quel giornalista...».

Antonia lo trova su uno dei canali, seduto al tavolo tra altri opinionisti ignoranti e chiacchieroni e casinisti quanto lui. Un ultrasessantenne a un passo dalla pensione, con i capelli canuti e sporchi raccolti in una coda. Antonia lo riconosce immediatamente.

È l'uomo che ieri ha salutato Jon in calle Serrano. Con quel sorriso.

Glas wen.

In gallese, 'sorriso blu'. Una smorfia malevola al cospetto della sofferenza del nostro peggior nemico.

«...a quanto pare il giornalista ha visto l'ispettore Gutiérrez in televisione dopo la vostra corsa sulla M-50. Era uno di quelli che aveva denunciato la faccenda con il protettore che voleva incolpare».

«L'ha seguito fino a qui», sussurra Antonia.

«Ha intuito che bolliva qualcosa in pentola. Immagino abbia parlato con Parra per avere l'esclusiva. Queste cose accadono».

«L'hai coinvolto tu in questa storia», dice Antonia.

«Ti ho già detto che è stato Gutiérrez a...».

«Hai coinvolto tu Jon in questa storia. Tu, che hai sempre bisogno delle tue marionette con una gamba rotta. Tu, Mentor. Sei stato tu a fargli questo».

«Puoi incolparmi quanto ti pare. Basta che non fai niente».

«Restano diciassette ore».

«Ora è un problema della polizia, Scott. È un ordine. Restane fuori».

«E Carla Ortiz?».

«Ci saranno altre battaglie, Scott. Se te ne stai tranquilla».

Mentor riattacca.

La logica schiacciante, matematica, di Mentor. Sacrifichi un alfiere per proseguire la partita. Perché l'unica cosa importante è continuare a giocare. Una vita oggi ne può valere cento domani. Come nella vecchia favola degli scacchi. Un chicco nella prima casella, due nella seconda, quattro nella terza. Innumerevoli nell'ultima.

Raccontalo a Carla Ortiz, raccontalo a suo figlio.

Bussano alla porta.

Il tono è inconfondibile.

Antonia tarda a rispondere. In realtà non vuole farlo, perché la furia che le ribolle dentro sta cercando di uscire.

Ed ecco il capro espiatorio, che bussa alla porta. Antonia si avvicina ma, invece di aprire, chiude il chiavistello.

«Non voglio parlare con te», dice Antonia.

Riesce a sentirlo dall'altra parte, appoggiato alla porta.

«Volevo raccontartelo», dice Jon, e dall'increspatura della sua voce filtra la desolazione. «Ma non ho trovato il momento».

«Siamo stati in quel bar di Cedaceros per tre ore e undici minuti. In totale silenzio. A me quello sembra un momento».

«Avevo paura. E vergogna».

A quel punto, Antonia esplode. In maniera crudele, in maniera ingiusta.

«La tua paura e la tua vergogna hanno ammazzato Carla Ortiz».

Vuole ferirlo. Vuole trasferire tutto il dolore della sua anima a un'altra.

Ci riesce.

Il dolore, ovviamente, dalla sua non sparisce, ma si amplifica e si moltiplica.

Nota, attraverso la porta, il peso del corpo di Jon che smette di appoggiarsi al legno.

C'è un silenzio. Lungo.

Un movimento ai suoi piedi attira la sua attenzione. Qualcosa si è infilato tra la porta e il pavimento, con un sussurro di metallo.

È la scatoletta che contiene le sue pastiglie.

Antonia si lascia cadere a terra. Prende la scatoletta e la stringe con forza nel pugno. Cerca di piangere.

Non ci riesce.

2
Un rincontro

Antonia è ancora per terra che cerca di riprendersi – saranno passati dieci o dodici minuti – quando alla porta bussano di nuovo. Credendo che Jon sia tornato, si alza all'istante, ruota il chiavistello e apre di colpo.

«Mi dispiace, io…».

Si interrompe immediatamente. Non è Jon.

Quell'uomo alto, magro, dagli zigomi sporgenti è, di fatto, l'ultima persona al mondo che Antonia avrebbe voluto vedere lì.

Sir Peter Scott, ambasciatore del Regno Unito a Madrid, ex console generale a Barcellona, commendatore dell'Eccellentissimo Ordine dell'Impero Britannico, è sulla soglia con la chiara intenzione di entrare.

«Padre», si sorprende lei.

«Antonia», la saluta lui.

Non ci sono baci, né abbracci, né parvenza di allegria o calore tra loro. Piuttosto un fronte freddo con bassa pressione e possibilità di burrasca.

È complicato.

Sir Peter – all'epoca soltanto Peter – arrivò a Barcellona nel 1982. L'anno dei Mondiali di calcio. Mentre il mondo intero guardava la Germania capitolare al cospetto dell'Italia, Peter Scott finiva di sistemarsi nel suo appartamento di calle Sardenya. A un passo dall'arena della corrida, che usanza barbara, diceva a sua madre al telefono. All'epoca non era altro che un funzionario di carriera. Dedicava il giorno alle mansioni amministrative al consolato. La sera, a passeggiare per la Rambla, a bere un caffè e ad abbandonarsi al suo vizio segreto: la letteratura inglese del diciottesimo secolo.

Era immerso nella lettura dei *Canti dell'Innocenza e dell'Esperienza* di Blake, quando una donna che gli passava accanto inciampò e gli rovesciò il caffè macchiato sui pantaloni. Il liquido era incandescente, ma a Peter non importò. Era più preoccupato degli occhi neri di quella donna. Piuttosto piccola, dai capelli castano scuro e la pelle così chiara da essere quasi trasparente. Si vergognava talmente tanto per l'accaduto che non si scusò nemmeno. Mentre aiutava Peter a raccogliere i cocci della tazza, anche il libro che quest'ultimo stava leggendo cadde a terra, tra frantumi di ceramica e una pozza di caffè. Lei, vedendo la copertina, recitò:

«Che martello? Che catena? In che forno il tuo cervello?».

Sorpreso dalla citazione della sua poesia preferita – la più bella, terribile e desolante mai scritta –, Peter disse:

«Non ci sono molti spagnoli che conoscano Blake».

Il sorriso della sconosciuta illumina tutta la Rambla, rimbalza su Montjuïc e fonde, una volta tornato, il cuore di Peter.

«Mi conviene conoscerlo», rispose. «Sto terminando gli studi di Letteratura inglese».

Undici mesi dopo, un soleggiato pomeriggio di settembre, Peter Scott e Paula Garrido si sposavano a Santa María del Mar. Dopo un anno, nasceva una bambina dagli occhi neri che suo padre voleva assolutamente chiamare Mary. Per Wollstonecraft, ovviamente, non per Shelley – che Peter non tiene in alta considerazione.

«Non mi importa», dice Paula. «Si chiamerà Antonia, come mia madre, che riposi in pace».

Sei anni più tardi, dopo molti sforzi e molto lavoro, Peter veniva nominato console. La felicità della famiglia era completa. Lui e Paula erano perdutamente innamorati, e amavano la bambina alla follia.

Una mattina, un anno dopo essere stato nominato console, Paula si alzò e vomitò. Sentiva un dolore sordo al costato. Otto settimane dopo, il cancro al pancreas la uccise.

Antonia andò a vivere con nonna Scott per tre anni. Era tutta la famiglia che le rimaneva. Suo padre si buttò nel lavoro e la ignorò completamente. Quando Antonia ritornò a Barcellona, l'uomo che la accolse non era più suo padre. Era l'uomo che pagava le fatture delle sue istitutrici. La morte di Paula gli aveva prosciugato il cuore, l'aveva reso egoista e schivo, come se la defunta avesse portato con sé, inanellato tra le dita convulse dei suoi ultimi giorni, il significato dell'amore. Disse chiaramente ad Antonia che era una cosa superflua nella sua vita, una nota a piè di pagina di un capitolo che si era chiuso per sempre e che, per qualche strano motivo, continuava a essere vivo e a respirare. E l'intelligenza di Antonia, quella brillantezza che mostrò fin da bambina e che tanto lo aveva affascinato in Paula, gli risultava in sua figlia una cosa sgradevole. Ma l'intelligenza di Antonia non aveva la qualità composta della madre. Era piuttosto filo, rasoio e tagliola. La bambina imparò ben presto a nasconderla, non per guadagnarsi l'amore del padre, bensì per evitare conflitti.

Non appena poté, Antonia andò a studiare a Madrid. Suo padre venne eletto ambasciatore quando lei si era già fidanzata con Marcos, prima di entrare nel progetto Regina Rossa. In tutti quegli anni si erano visti in appena cinque occasioni.

Dovettero trascorrere molti anni prima che Antonia capisse perché suo padre la odiava. O perché provasse nei suoi confronti un'emozione così simile all'odio (tre quarti di rifiuto, uno di risentimento) da rendergli insopportabile anche il solo guardarla. Dovette accadere il fatto di Marcos per fargielo capire. Ogni volta che Jorge le appariva davanti, il vivo, pungente, penoso ritratto di Marcos – proprio come lei lo era di sua madre –, Antonia capiva. Ma non scusò né perdonò il padre per questo, dato che contro i sentimenti dissennati si può combattere, come stava facendo lei ora, con maggiore o minore fortuna. E perché i bambini vivono nell'ora, nel presente continuo, nel quale non vogliono, non possono, non devono conoscere altro che non sia l'amore. E lei sì, forse – ammette ora, tre anni dopo – è venuta meno a Jorge, forse è stato suo padre a esserci stato per lui proprio come non c'era stato per lei. A farsi carico di lui quando per Antonia era troppo doloroso.

Forse.

Ma Antonia non aveva collaborato. Sir Peter aveva lottato e ottenuto l'affidamento di Jorge davanti a un giudice. Aveva preteso che lei andasse in terapia prima di vedere il bambino. E aveva la personale convinzione – alimentata da anni di lontananza – che la sua stessa figlia fosse matta da legare.

È complicato.

Antonia si fa da parte perché passi suo padre.

Sir Peter entra nella stanza come se gli appartenesse. Il giovane inglese di buona famiglia e un po' superbo che Paula aveva conosciuto in quel bar si era insuperbito del tutto.

«Come sta?», dice, indicando il letto, sebbene non guardi Marcos, ma la finestra.

Non era andato al loro matrimonio, ovviamente. Sarebbe stato chiedere troppo. Ma mandò un bigliettino che, Antonia ne è quasi sicura, aveva firmato lui.

«In coma», risponde Antonia. «Che cosa vuoi?».

Suo padre si volta e la guarda fissamente. Antonia, che è perfettamente bilingue, ricorre questa volta a una parola che non esiste in spagnolo, sebbene non sia una delle sue parole speciali. *Stare*. 'Guardare fissamente qualcuno in modo tale da farlo sentire a disagio'. È qualcosa che suo padre non è solito fare.

«Dov'è, Antonia?».

E anche nella sua voce c'è qualcosa che lei non ha mai sentito.

Paura.

«Dov'è chi?».

«Dov'è Jorge».

E con queste tre parole l'universo si spacca in due. La paura salta dalla voce del padre e si insinua nella sua pelle come una corrente elettrica a basso voltaggio, ronzando dalla punta delle dita fino alle orecchie, rattrappendole il diaframma e comprimendole il petto.

«È a scuola. Dimmi che è a scuola».

«Non è a scuola, Antonia. Qualcuno l'ha prelevato dalla classe. La professoressa è all'ospedale, incosciente. La donna della reception è morta. Le hanno pugnalate. E i bambini dicono che è stata una donna. Sono terrorizzati».

Tutto quello che le ha detto suo padre sembra irreale. Come se stesse accadendo a un'altra persona.

Ma ho già provato una cosa simile. Quando mi sono risvegliata in questo ospedale, e Marcos agonizzava in terapia intensiva mentre lei, impotente, ripassava ognuno degli istanti prima della tragedia. Con tanta insistenza che erano rimasti per sempre nei suoi sogni, proprio come una luce forte rimane nella nostra retina dopo aver chiuso gli occhi.

Non risuccederà.

Antonia si alza in piedi velocemente, prende il cellulare, la borsa a tracolla. Ci infila il telefono, l'iPad.

«Devo andare».

«Non vai da nessuna parte, Antonia. Non finché non chiariamo questa cosa. A scuola dicono che sei andata a vederlo senza il mio permesso, piuttosto spesso. E la donna della reception ha aperto la porta. Doveva essere qualcuno che conosceva. Dove ti trovavi tre ore fa, Antonia?».

Lei non risponde.

Il dolore provocato dalla diffidenza del padre la sfiora di striscio. Antonia lo registra come chi, in corsa per salvare la vita, nota che comincia a piovere. Nel suo stomaco c'è una sensazione di vuoto, come quando arrivi al punto più alto delle montagne russe. Il sangue le tamburella nelle tempie al ritmo di una forchetta in una ciotola di chiare d'uovo, è cosciente di ogni respiro.

Ignorando suo padre, si dirige verso la porta. Deve chiamare Jon. Deve chiamare Mentor. Deve…

«Dov'è mio nipote, Antonia?».

Antonia si volta per dirgli qualcosa senza smettere di camminare e a quel punto si scontra con un muro di mattoni in giacca e cravatta. Cade a terra, e subito nota delle mani enormi, che la sorreggono, mentre sente ai polsi l'inconfondibile strofinio delle fascette di plastica strette al massimo.

«Ti ho detto che non vai da nessuna parte», dice suo padre. «Tranne che con noi al commissariato».

Ezequiel

L'acqua sa di cenere.

Ultimamente, è tutto così.

Ha cambiato posto al pagliericcio che gli fa da letto. Prima condivideva la stanza in fondo al corridoio con Sandra, ma ora sua figlia gli ha ordinato di tirarlo fuori, perché ha legato il bambino a una parete e vuole che abbia spazio a sufficienza.

Nicolás si chiede da quando stare con Sandra non è più una cosa buona. Da quando ha smesso di addolcire con un sorriso gli insulti e le ingiurie.

Sei un vecchio inutile.

Non mi stupisce che tuo padre ti picchiasse.

Poi gli sfiorava la spalla con la mano, o gli rivolgeva un sorriso che attenuava il colpo.

Quando è iniziato a succedere?

Nicolás non lo sa o non lo ricorda. A volte vuole andarsene lontano, abbandonarla, fuggire senza guardarsi indietro. Ma poi ricorda i mesi in cui Sandra è stata

(morta)

lontana da lui, com'era sprofondato in un pozzo di pece nera dal quale non si poteva scappare. Com'era uscire per strada, prendere la metro, essere circondato da persone, sentire i loro sguardi insidiosi sulla nuca e sulla schiena. Ecco un uomo che ha perso sua figlia.

Un vecchio inutile.

Non mi stupisce che tuo padre ti picchiasse.

Poi Sandra è tornata.

Semplicemente, è tornata. Ha bussato, una notte, e tutto è stato perfetto.

No, non tutto. Perché è tornata diversa.

Nicolás non vuole ammetterlo, non gli piace la verità in agguato dietro a quell'idea. Non vuole rinunciare all'influsso poderoso della volontà di Sandra. Da quando è tornata, irradia un'energia che lo avvolge, lo spinge.

Ma ora non è più un'energia buona. Ora quell'energia avvelena.

Il cammino che gli ha fatto percorrere sembrava chiaro, ma sono sorte delle complicanze. Imprevisti, li chiama lei.

Quel bambino. Quel bambino non dovrebbe stare qui.

È troppo piccolo.

Nicolás fantastica sull'idea di affrontare Sandra proprio come fantastica di fuggire. In maniera breve, superficiale e inoffensiva. Non appena la fantasia comincia, non appena si configura come soluzione all'angoscia e alla confusione, Nicolás ricorda la solitudine. Spaventosa, fredda e inumana.

Era così prima? Prima di tornare?

Nicolás non ricorda nemmeno questo. Non ha immagini concrete del *prima*. Forse frammenti della melodia, ma dello spartito nulla di nulla. Ricorda lunghe giornate nei tunnel, ricorda di avere la sensazione di essere padre. Ricorda cose che non vuole ricordare, cose che succedevano la notte, momenti in cui entrava nella stanza di Sandra, momenti in cui lui era suo padre e Sandra era lui. Ma li scaccia, come se in realtà quelle immagini non facessero parte integrante di chi è. Sono soltanto sogni. Non sono reali. Se lo fossero, avrebbe bruciato le corrispettive pagine di confessione.

Inoltre, da quando è tornata, non è più accaduto.

Ora è lui che ricorre a lei, per ottenere uno sfogo diverso, il metodo che lei gli ha insegnato. Si inginocchia, e allora lei prende la cintura e gliela scarica sulla schiena. Come faceva suo padre quand'era bambino affinché non peccasse. Come faceva poco prima di peccare con lui.

Nicolás sente di nuovo il sapore di cenere sulla lingua e sul palato. Non gli piace questa confusione che prova. Da quando lei è tornata.

Prende la pistola da sopra il tavolo. Il peso, la presenza fisica dell'arma, gli conferiscono una strana determinazione.

È una porta. Una porta, pensa Nicolás.

Si infila l'arma nella bocca. I suoi denti sfiorano il metallo, lo mordono. Il grasso dell'arma, il metallo, portano con sé il sapore di cenere.

Una leggera pressione, non serve altro. E poi ci sarà solo pace.

Preme il grilletto, ma l'arma gli restituisce soltanto lo schiocco della sicura.

Sei un vecchio inutile.

Non mi stupisce che tuo padre ti picchiasse.

Risuonano i suoi passi, che si avvicinano, e Nicolás posa velocemente l'arma sopra il tavolo.

La prossima volta. La prossima volta oserà.

«È tutto pronto?», chiede Sandra.

Nicolás annuisce. Ha faticato molto, ma ha fatto tutto ciò che gli ha chiesto.

Lei gli sorride.

3
Una Rolls-Royce

Antonia Scott (un metro e sessanta, cinquanta chili) calcola le possibilità di sbarazzarsi dell'uomo che la trascina fino alla macchina che è davanti all'uscita (un metro e novanta, ottantasette chili). Sono nulle. Non serve nemmeno immagazzinare il dato che l'uomo è, come tutti quelli che prestano servizio di sicurezza presso l'ambasciata, un ufficiale del SAS britannico. Come i GEO o i Marines, ma in versione *fish and chips*.

Il SAS ha svolto il suo lavoro di riconoscimento. La conduce, a spintoni e grugniti, lungo i corridoi meno affollati della parte sul retro. Sir Peter li segue, tre passi indietro. Scendono le scale, attraversano la zona di oncologia – sempre nel luogo più nascosto – ed escono all'esterno da una porta laterale che neanche Antonia aveva visto, e sì che praticamente vive nell'ospedale della Moncloa da tre anni. Tutto studiato per incrociare il minor numero di persone.

La Rolls-Royce Phantom che attende fuori – un secondo SAS tiene la portiera della macchina aperta – è la macchina ufficiale dell'ambasciatore del Regno Unito, il che non impedisce che Sir Peter se ne senta più che orgoglioso. In altre circostanze, Antonia magari avrebbe apprezzato che la stiano ficcando a forza in una macchina da mezzo milione di euro, ma non è questo il caso. In questo momento è capace di pensare soltanto al fatto che, se la fanno salire su quella macchina, sarà tutto finito per Jorge, per lei e per Carla Ortiz.

Non può permetterlo.

E, tuttavia, non le viene in mente nessun modo per evitarlo. Lasciarsi prendere dal panico, buttarsi per terra, urlare… tutto questo peggiorerebbe le cose.

Il tempo di rendersene conto, è già seduta nella macchina, sul sedile posteriore dietro al conducente.

«Stai commettendo uno sbaglio», dice a suo padre, che occupa il sedile accanto al suo. I due SAS si siedono davanti.

«Magari fosse vero, Antonia», dice lui, ma non le crede. L'ha già giudicata colpevole, perché crede che da tre anni non ci stia con la testa. E questa seconda parte magari era corretta fino a qualche giorno fa, ma ormai non lo è più.

Non voglio più togliermi la vita, pensa, e si rende conto che è vero. Dopo anni passati a controllarsi, a permettersi di fantasticare di farla finita durante quegli unici tre minuti ogni giorno, quattro giornate sono bastate a cambiare tutto quanto.

Non può finire così.

Le portiere della macchina si chiudono.

Antonia si guarda attorno con disperazione, cercando una via d'uscita che non esiste.

Il conducente, lo stesso SAS che l'ha trascinata a forza, mette in moto.

A quel punto arriva l'urto.

Trenta secondi prima

A Jon Gutiérrez non piacciono le ingiustizie.

Le parole di Antonia lo hanno ferito, molto più di quanto sia disposto ad ammettere. Aveva riposto in lei tutte le sue aspettative, aveva messo tutto da parte per riuscire, in qualunque modo, a trovare insieme Carla Ortiz. Ovviamente, la vita non è una linea retta né un cammino sgombro, e lo zaino che Jon si era portato da Bilbao

E le tue menzogne.

avevano spezzato il sogno.

Per cui Jon Gutiérrez è seduto nell'Audi A8 senza lavoro, né obiettivi, né speranze. Campana ferita nel campanile, metà spaccata a metà. All'hotel lo stanno aspettando gli amici degli Affari interni, ci può mettere la mano sul fuoco. Ma lui non gli darà il piacere, nossignore. Se vogliono parlare con lui, che vadano al Botxo, che in questo periodo dell'anno è bellissimo, e la cuccia del cane – così chiamano il Guggenheim quelli di Bilbao – rifulge al sole di giugno, vicino al fiume.

È ancora in tempo per arrivare a Bilbao per una cena tardiva se parte ora e preme con garbo sull'acceleratore. Potrà vedere *amatxo*, raccontarle le sue pene, e lasciare che il mattino porti tempi peggiori.

Ma a quel punto vede Antonia trascinata nella macchina da un tizio robusto e indubbiamente armato.

L'ispettore Gutiérrez non è mai stato devoto alla dottrina *fatto trenta, facciamo trentuno*. La prima volta che si è lasciato trasportare dalle circostanze è stato quattro giorni fa, e solo perché non aveva altra scelta. La chiesa di cui invece è devoto Jon Gutiérrez, dove accende candele, si genuflette e recita suppliche è quella della Nostra Signora di Con La Mia Collega Non si Scherza. Per cui, senza indugiare in altri pensieri, mette la macchina in moto, pigia sull'acceleratore, ingrana la marcia – trucchetti che si imparano quando si va a braccetto con psicopatici – e lancia l'Audi contro la fiancata della Rolls-Royce.

E due.

4
Un rifiuto

La forza dell'impatto manda in frantumi il finestrino posteriore sinistro, ricoprendo Antonia di vetri. Deforma l'abitacolo della Rolls-Royce e la scaglia contro il padre, che non si era ancora messo la cintura. Gli airbag si aprono nel sedile del conducente e del passeggero ma, per qualche ragione, questa macchina da mezzo milione di euro decide che i passeggeri dietro non ne hanno bisogno.

La fronte di Sir Peter ha sbattuto contro il finestrino del suo lato, e gli ha lasciato una ragnatela al cui centro c'è un ragno cremisi. I suoi capelli bianchi – Antonia è convinta che se li tinga – sono ora intrisi di sangue.

Antonia è sopra di lui, in una posizione intima, la testa sul petto, cosa che non avveniva da ventisette?, ventotto anni? Ma lei non cerca il contatto – nonostante possa sentire nitidamente il cuore di suo padre, che batte a meno di venti centimetri dal suo orecchio destro. Ciò che cerca è la maniglia della portiera, con entrambe le braccia tese in avanti per colpa della fascetta che le tiene uniti i polsi.

«No...», sussurra il padre, ancora stordito dal colpo.

Lei riesce ad aprire la portiera e a mettersi in piedi, passa sopra suo padre – è cosciente di avergli dato una ginocchiata nelle palle di cui non si dispiace più di tanto –, ma quando ha già mezzo corpo fuori, Sir Peter la afferra per la gamba e la tira indietro.

«Peggiorerai soltanto le cose», dice Sir Peter.

Sua figlia si dimena, calcia con forza le gambe e il petto e le braccia di suo padre, finché non riesce a divincolarsi.

Le cose non possono andare peggio.

I due SAS stanno cominciando a disfarsi dell'amorevole abbraccio dell'airbag. Dall'altra parte della macchina, Jon Gutiérrez è nelle stesse condizioni. Solo che lui ha un po' più di esperienza. È riuscito addirittura a riaccendere la macchina e fa gesti con la mano perché Antonia salga.

Antonia lo guarda, fa cenno di no con la testa.

Si mette a correre nella direzione opposta, allontanandosi da Jon, allontanandosi da suo padre.

Corri, Antonia.

5
Una linea sgombra

Tre ore più tardi, Antonia ha smesso di scappare.
Non è ancora in salvo, ovviamente.

È riuscita a seminare i SAS infilandosi nella stretta stradina tra l'ospedale e la casa di riposo per anziani dell'edificio attiguo. Quando ha voltato l'angolo aveva poche opzioni. Davanti a lei c'era solo il Manzanarre. Dall'altra parte del fiume, un quartiere di piccole case unifamiliari dove Antonia sarebbe un obiettivo facile. Quindi ha deciso di entrare nella casa di riposo. Andava a passo lento per non attirare l'attenzione, nonostante sapesse che le stavano alle calcagna. Portava la borsa a tracolla davanti alle mani ammanettate. Quando ha raggiunto le scale si è messa di nuovo a correre fino al secondo seminterrato, dove c'è un tunnel che collega al vicino ospedale. È uscita dalla porta principale – a meno di sei metri da suo padre, che era in piedi, dandole le spalle, tenendosi la testa tra le mani, e guardando nella direzione in cui lei era fuggita – e ha attraversato la strada, verso il parco della Bombilla, dove avrebbe usato il bordo di un cestino per sbarazzarsi delle manette di plastica.

Jon non si vedeva più. L'Audi era scomparsa. Pur non potendo circolare molto, almeno non l'avrebbero preso tanto presto.

In quale momento abbiamo smesso di essere i cacciatori per trasformarci in prede?, pensa Antonia.

Si trova nel McDonald's della Gran Vía. Probabilmente il luogo più anonimo sulla faccia della terra, con centinaia di persone che entrano ed escono ogni minuto, tantopiù a quell'ora. Le sei del pomeriggio, il momento in cui coincidono la merenda degli spagnoli e la cena anticipata dei turisti stranieri. Trovare un tavolo è stato impossibile, per cui Antonia si mangia il suo McRoyal Deluxe, patatine extragrandi e McFlurry – avrà bisogno di tutta l'energia possibile – seduta su uno dei puff dell'entrata, con il vassoio sulle ginocchia. Non crede che la stiano cercando per strada, è ancora molto presto, ma dà la schiena alle vetrate. Nel caso in cui abbiano messo la sua foto nel database e un agente scafato la riconosca.

No, suo padre l'avrà denunciata alla polizia. Quelli della Omicidi staranno sicuramente lavorando al caso e vorranno parlare con lei. Certo non possono chiedere aiuto all'Unità Sequestri ed Estorsioni. Ezequiel si è premurato in tal senso.

Siamo esattamente dove lui voleva. L'abbiamo trovato quando voleva che lo trovassimo. Non prima.

Quelli della Omicidi se la prendono con più calma di quelli dell'USE. I loro clienti non protestano né gli si può fare più male di così, per cui acciuffare un criminale in fuga è solo una questione di tempo. Che di fatto scorre sempre a loro favore. Quando il fuggitivo scappa, si sciupa. Non si può fuggire in eterno, e tantomeno oggi, quando tutto ciò di cui un fuggitivo ha bisogno – mangiare, bere, dormire – lascia un'impronta elettronica. A meno che non abbia un quintale di denaro contante.

Non è il caso di Antonia. Tutto il suo capitale era una banconota da venti euro che porta sempre, piegata, tra il cellulare e la custodia, per le emergenze. Un McRoyal Deluxe sembra un'emergenza più che necessaria, ma ora le restano soltanto nove euro e quarantacinque centesimi.

Col senno di poi, non avrei dovuto prendere il gelato.

Non ha usato la carta di credito per un eccesso di precauzione. È molto più pericoloso tenere il cellulare acceso. Se vogliono veramente intrappolarla, quel piccolo apparecchio li porterà direttamente a lei come una barca verso un faro in mezzo alla burrasca.

Ma non può nemmeno spegnerlo né disfarsene. Perché sta aspettando una chiamata che sa che non tarderà a verificarsi. Per questo stesso motivo ha riattaccato a Mentor, che ha già chiamato tre volte, e a Jon, che ha chiamato altre sei.

Quella per cui ha sofferto di più è stata la telefonata della nonna. Una volta soltanto. Non ha risposto neanche a lei, per quanto le sia stato difficile.

La linea deve rimanere libera.

Conserva gli ultimi resti della bibita per ingerire una delle sue pastiglie rosse. Il sovraccarico di stimoli attorno a lei – la gente, le luci, le conversazioni, le macchine, i suoi stessi pensieri accelerati – la stanno facendo impazzire, e ha bisogno di frenare la mente, recuperare il controllo, filtrare. Ogni pastiglia le concede quaranta minuti scarsi.

Constata, allarmata, che gliene rimangono solo altre due.

Butta gli scarti nel cestino ed esce, scendendo lungo Montera verso Sol, con il cellulare in mano. Stare in movimento la aiuterà a rimanere libera. E solo se rimarrà libera potrà salvare Jorge.

Continua a camminare.

Quando la telefonata arriva, finalmente, Antonia è arrivata quasi a plaza de Canalejas.

«Buonasera, signora Scott», dice una voce maschile. Grave e secca.

«Voglio sapere se mio figlio sta bene», risponde Antonia.

«Sì. Non ha subito alcun danno».

«Voglio parlare con lui».

«Questo non sarà possibile. Ma insisto, non soffrirà. I figli non devono pagare per i peccati dei padri».

«E, tuttavia, lei non la smette di fargliela pagare, non è così?».

«Compio solo l'opera di Dio».

«Se lo dice lei. Non mi lascerà parlare con mio figlio?».

«Le ho detto di no».

«In questo caso voglio parlare con Ezequiel».

«Sta già parlando con Ezequiel».

«Lei non è Ezequiel. Lei non è che il suo galoppino. Me la passi».

All'altro capo della linea c'è un silenzio umiliato. Antonia crede che abbia riattaccato. Sente di nuovo la vertigine, la pressione alla bocca dello stomaco, il panico di fronte al quale non può permettersi di cedere.

E qualcos'altro. Uno sferragliamento, in lontananza. Antonia lo registra nella sua testa, per tornarvi poi dopo. Può essere importante.

A quel punto c'è una voce nuova al telefono. Una voce di donna, dolce e affettuosa.

«Complimenti, Antonia Scott».

Senza sapere perché, Antonia associa quella voce di donna a un volto amabile. Ma quando ti soffermi ad ascoltare, ad ascoltare veramente, percepisci che sotto strisciano i vermi. Grossi e pallidi, come le dita di un cadavere.

«Voglio parlare con mio figlio», insiste.

«Mio padre è stato molto chiaro in proposito. Mi dica, come l'ha capito?».

Antonia non lo sapeva. I suoi sospetti erano cominciati quando era stata svelata l'identità di Ezequiel, ma era stato un tentativo alla cieca che aveva colpito il bersaglio. Ovviamente, non lo ammetterà.

«Questo non la riguarda».

Lei ride. E in quella risata i vermi si affacciano da sotto la maschera, una massa pulsante e minacciosa.

«La grande Antonia Scott. Sempre misteriosa. Va bene. Per lei vigono le stesse regole, Scott. Le imporrò una penitenza per i suoi peccati, come quella che ha ricevuto Laura Trueba, come quella che ha ricevuto Ramón Ortiz. È pronta ad ascoltare?».

Antonia non risponde.

«È ancora lì?».

«Sono qui».

«Vuole rivedere suo figlio».

«Sa già che è così».

«Il suo peccato, Scott, è l'orgoglio. Un peccato minore, paragonato a quelli degli altri genitori. Merita un castigo minore. La sua penitenza è aspettare. Dodici ore. Se domani alle sette del mattino l'avrà compiuta, libereremo Jorge, in un luogo visibile. Dove qualunque buon samaritano possa trovarlo».

«Qual è l'alternativa?».

«L'alternativa è provare a trovarci. Potrebbe farcela, perché è già molto vicina. Ma sappia una cosa: il suo successo sarebbe il suo fallimento. Ha capito?».

Antonia ha capito. Ha capito molto bene.

«E che succederà a Carla Ortiz?».

«La sua sorte non la riguarda. È nelle mani di suo padre. Lui ha la sua penitenza».

«Perché fa questo, Sandra?».

Di nuovo la risata inverminita, infettiva e crudele.

«Perché? Mi sorprende che qualcuno con le sue capacità non abbia ancora capito. Lo faccio perché posso. Lo faccio perché è... divertente».

E si rimette a ridere.

«A domani, Antonia Scott».

6
Un tè verde

Si infila nel primo bar che trova, cerca di tranquillizzarsi, di soppesare le opzioni.

Si siede al bancone. Ordina un tè verde, per digerire il cibo spazzatura che le ostruisce lo stomaco e le informazioni che le rimbalzano nel cervello.

La cameriera sta ancora versando l'acqua bollente nella caraffa metallica – appositamente concepita per versare più acqua nel piattino che all'interno della tazza – quando Mentor chiama di nuovo.

«Non ti sei chiesta perché non ti hanno ancora beccata, pur avendo il cellulare acceso?».

Antonia se l'è chiesto.

«Che hai fatto?».

«Abbiamo», la gente come Mentor dice sempre al plurale le cose che non sa fare, «reindirizzato la SIM del tuo cellulare perché sembri che stai dove non stai. Secondo un nerd nuovo che abbiamo nella squadra, sei in giro per l'Afghanistan. Mi devi un favore».

«Depennalo da quelli che mi devi tu».

«Non durerà a lungo, comunque. Un'altra ora, al massimo, prima che abbattano la schermata. Anche la polizia ha i suoi nerd. Assicurati di aver spento il cellulare per allora».

La cameriera le mette la tazza davanti. Antonia afferra la bustina di zucchero e la scuote tra l'indice e il pollice.

Un'ora. Al massimo.

«Quanto è brutta la situazione?».

«È scomparso il nipote di un ambasciatore britannico, il sequestro di Carla Ortiz è su tutti i telegiornali, hanno ammazzato una donna, ne hanno pugnalata un'altra. Una bomba ha fatto fuori sei poliziotti e ferito gravemente altri due. E tu sei l'unico collegamento».

«Quindi è brutta, no?».

Mentor sbuffa esasperato.

«Ti preferivo prima che imparassi a usare il sarcasmo, Scott. Tuo padre sta facendo molte pressioni per trovarti».

Essere trovata non è un'opzione. L'ultima cosa che può fare ora è trascorrere tutta la notte al commissariato, legata a una sedia a rispondere a domande.

«Tuo padre insiste sul fatto che tu sai qualcosa, sebbene la descrizione della donna che ha prelevato Jorge combaci con diverse possibili sospettate. Una di loro è la madre di Peppa Pig con l'impermeabile».

Logico, quando i testimoni sono diciannove bambini di quattro anni.

«Quando la professoressa uscirà dalla terapia intensiva», continua Mentor, «se ne uscirà, potrà chiarire tutto. Ma nel frattempo non puoi permettere che ti prendano, Scott. Non puoi compromettere il progetto».

Antonia non può credere a ciò che sente. La freddezza di Mentor a volte riesce a sopraffarla.

«Hanno mio figlio. Lo sai, no?».

«A maggior ragione. Se ti prendono, non potrai aiutarlo. Devi prenderlo prima tu. Scopri dov'è e diccelo. Noi faremo il resto».

Crudo. Semplice.

Impossibile.

Antonia respira a fondo. L'effetto delle pastiglie sta cominciando a svanire e, pertanto, il mondo comincia a prendere velocità, le emozioni bussano alla porta. Stringe il telefono con forza, fa il pugno con la mano sinistra, si colpisce la coscia. Una, due volte.

La cameriera le rivolge uno sguardo perplesso.

Calma. Calma, si dice. *L'ultima cosa che vuoi è dare spettacolo e che alla fine chiamino la polizia.*

Consigliarsi la calma non cambierà nulla. La chimica del suo cervello è quella che è. E in questo momento il suo ipotalamo, modificato per funzionare in modo naturale come se stesse sempre sotto pressione, è realmente sotto pressione. Pertanto, sta bombardando istamina nel suo flusso sanguigno come se non ci fosse un domani. Antonia è cosciente di ogni singolo elemento che la circonda.

Della slot-machine che non smette di girare.

Dell'uomo all'angolo che finge di leggere, anche se in realtà si sta toccando sotto la giacca che tiene in grembo.

Della porta del bagno, che cigola.

Del suono del televisore, della sedia che ha una gamba rotta della portadellacaffettieradelfischiodelwhatsappdelluomoche

BASTA.

«Ci sei, Scott?».

«Non riesco...».

«Scott? Hai le tue pastiglie? Ne devi prendere una, subito».

Antonia lo sa.

Si mette una mano in tasca, tira fuori la scatoletta metallica. Quando cerca di prendere una delle due pastiglie rimanenti, questa cade a terra, nel letamaio di bucce di arachidi, stuzzicadenti usati, noccioli di olive e tovaglioli unti.

No!

Antonia si china, la cerca in mezzo alla porcheria, se la infila in gola e la morde senza preoccuparsi dei germi.

Stavolta non conta nemmeno fino a dieci, né aspetta che la medicina faccia la sua magia. Non c'è tempo.

«Cos'hanno scoperto su Fajardo?».

«Innanzitutto che non è morto. Lo stanno cercando dappertutto, ma ci vorrà tempo. Il tizio sapeva quello che faceva quando ha deciso di cancellare le sue tracce. L'unico vincolo che lo legava alla vita era il conto in banca dal quale continuava a pagare le bollette, ma questo è tipico di quando muore qualcuno. Se nessuno reclama quei soldi né avvisa la banca che l'intestatario è morto, addebitano le ricevute finché c'è disponibilità».

«Dammi qualcosa da poter usare, Mentor. Qualsiasi cosa».

«Ti ho mandato via mail la scheda di Fajardo. A parte questo, che è poco, non c'è niente, Scott. L'unica cosa che hanno scoperto è che Fajardo si è messo in malattia dopo il suicidio della figlia».

«Già, be', a quanto pare neanche sua figlia è morta», dice Antonia.

«Come hai detto?», si stupisce Mentor.

«Non importa. Troppo lunga da spiegare. Vai avanti».

Mentor fatica a riprendere il filo dopo la rivelazione di Antonia.

«Una settimana dopo essere rientrato al lavoro, è morto nel crollo del tunnel. Questo è tutto».

Non è niente.

«Come sta Jon?».

«Completamente fuori di sé. Mi chiama ogni cinque minuti. Vuole aiutarti, Scott».

«E invece non succederà».

Non dopo avermi mentito, pensa Antonia. *Non posso più fidarmi di lui. E poi ha pure quelli degli Affari interni alle costole. E i giornalisti. Se lo chiamo e arriva, chissà chi potrebbe presentarsi insieme a lui. Potrebbe rovinare tutto.*

Non posso nemmeno fidarmi di Mentor. Non posso fidarmi di nessuno.

Troppo rischioso per Jorge.

«Come vuoi. Spegni il cellulare, Scott. E prendilo».

Riattacca. Antonia spegne il cellulare. Apre l'iPad, lo mette in modalità aereo e si collega al wi-fi del bar per scaricare la scheda di Fajardo.

Non è granché. Ma c'è in essa l'abbozzo di una storia.

Carla

Con un ultimo strattone, la mattonella le cade tra le mani.

L'indice e il medio di Carla sanguinano a profusione, le unghie sono scheggiate e rotte, ma è riuscita a staccare la mattonella.

La sorregge con la mano sinistra mentre si succhia le dita della destra, sputando sangue, pezzi di unghia e sabbia. Carla non può vedere l'espressione del proprio volto, la fierezza animale, primaria che sprigiona quando finalmente la spunta su quel quadrato di ceramica dieci per dieci.

Cercando di ignorare la sofferenza e lo schifo che le causano i polpastrelli delle dita scorticati, Carla si toglie il vestito. Avvolge con cura la mattonella nella gonna, e poi appoggia la mattonella avvolta, con i lembi verso l'alto, tra il pavimento e la parete.

Ha pensato a questo momento per ore, visualizzando ogni dettaglio di ciò che avrebbe fatto, in modo da non commettere nessun errore, finché il ricordo non ha raggiunto una qualità quasi fisica.

Deve dargli un colpo con il dorso della mano. Un colpo secco, proprio nel mezzo. Non può semplicemente scheggiare gli angoli, o permettere che si spacchi in una forma troppo irregolare.

Dev'essere perfetto. Un colpo preciso, alla cieca nell'oscurità.

Traccia il percorso diverse volte.
Dolcemente. Poi fallo.

Carla obbedisce all'Altra Carla, che sembra prendere sempre più il controllo della situazione, al punto che Carla ha la sensazione che passerà presto sul sedile del copilota. Non le importa. Farebbe qualunque cosa pur di uscire da lì, pur di strangolare Sandra con le sue stesse mani.

Pensa a lei quando la mano colpisce la mattonella. Sente uno scricchiolio dolce sotto il vestito.

La stoffa ha svolto la sua funzione, di attutire il suono della rottura della ceramica. Ora riapre il pacchetto temendo di averla sbriciolata. Quella mattonella è la cosa più importante che c'è ora nella sua vita.

Diversi minuscoli pezzi cadono dal vestito, altri scivolano sulla stoffa. Carla fruga tra di essi con angoscia. Se la mattonella si è frantumata, tutti i suoi sforzi delle ultime ore saranno stati inutili.

E morirai. Sai che
non ti aiuterà, vero?

Forse ci è voluto del tempo... Alla fin fine è una decisione molto importante.

Se fosse Mario
a essere qui e tu dovessi
appiccare il fuoco all'azienda,
che faresti?

Ha ancora tempo. Può ancora farlo. Può ancora dimostrare che...

Che gli importi più del suo impero?
Brutta idiota. Non lo farà.
Ti ha abbandonato. Devi combattere da sola.
Non puoi contare su nessuno!

Carla fa un altro passo all'indietro, cede un altro po' il controllo all'Altra Carla. Fruga nel vestito, che si è strappato quando ha spaccato la mattonella, e trova tra i pezzi una metà quasi perfetta.

Vi si afferra con un istinto ferino. Non si rimette nemmeno il vestito, si limita a dirigersi di nuovo verso la parete sopra il tombino e comincia a introdurre la punta del suo arrangiato strumento tra la malta e la mattonella successiva. Ora procede molto più spedita, e almeno non prova più dolore alle dita. Stavolta ci mette meno di un'ora a staccare la seconda.

La raccoglie con molta attenzione, non vuole allertare i suoi sequestratori di ciò che sta facendo. Ha l'orecchio teso a qualsiasi suono che provenga dall'esterno.

È a quel punto che sente il pianto, dall'altra parte del muro. È un bambino, un bambino piccolo. Sembra…

Mario!

Carla sta per alzarsi, gridare che è qui, che è la mamma, che andrà tutto bene, ma la voce la blocca.

Non è che un trucco.
Dall'altra parte del muro
non c'è nessun bambino.

Carla tentenna, ma alla fine capisce che è frutto della sua immaginazione. Non può esserci un bambino di quattro anni dall'altra parte del muro. E se ci fosse, non può essere suo figlio. È soltanto un altro trucco di Sandra per torturarla.

Quindi obbedisce all'impulso dell'Altra Carla. Badare a se stessa. Nient'altro.

Deposita la seconda mattonella sul vestito, e ritorna nell'angolo.

Avrà bisogno di almeno altre dieci mattonelle.

E non ha abbastanza tempo. Sa che è un piano destinato a fallire, ma è disposta a lottare. L'Altra Carla le ha mostrato una verità irrefutabile: la vita non è niente. Soltanto un lampo tra due oscurità infinite.

Ma lei approfitterà fino all'ultimo degli istanti di quel lampo.

7
Una penitenza

L'unico modo per poter vincere una partita è capire le regole del gioco.

Da quando hanno cominciato a giocare al gioco di Ezequiel, è stato tutto *murr-ma*. Camminare nell'acqua alla ricerca di qualcosa con i piedi.

Ora il gioco comincia a diventare chiaro, pensa Antonia.

Nicolás Fajardo, un agente di polizia con uno stato di servizio mediocre, entra nel corpo nel 1996. Non ha studi superiori e, secondo una valutazione psicologica in seguito a un alterco, "non ha grandi capacità sociali", per cui si sconsigliano attività con il pubblico.

Se Jon fosse qui, direbbe che è un eufemismo, pensa Antonia. Le manca. Ma quello è un sentimento pericoloso.

Lo psicologo si stupisce perfino che Fajardo abbia superato i test dell'accademia. Antonia no. La nevrosi è un processo graduale, e Fajardo, inoltre, sarà abile a occultare le sue stranezze. Perlomeno in situazioni semplici. Ma quando le cose si complicano, ciò che c'è sotto viene fuori. E i suoi superiori si infastidiscono. Non sanno che fare con lui, anche perché è un impiegato pubblico.

Ciononostante, Fajardo è stato nell'esercito. Due missioni in Bosnia, nel 1993 e nel 1994. Esperienza con gli esplosivi.

Per cui lo mettono nell'unità NBQ.

È perfetto. Entrando e uscendo dai tunnel per evitare che vi mettano le bombe destinate ai politici, non dovrà aiutare anziane ad attraversare la strada. Si limiterà a strisciare lungo oscuri anfratti, come il topo che i quattro colleghi si tatuano sul braccio.

La vita sorride a Fajardo, come prova la scarsità di annotazioni sul fascicolo. Tranne quelle personali. Un permesso di quindici giorni per matrimonio, nel 1997. Un congedo per paternità di altri quindici, nel 1998. Un congedo per lutto di una settimana, nel 2007. Tra parentesi, moglie.

Non c'è scritta la causa della morte. Ma Antonia può trarre le sue conclusioni. Perché dal 2006, si ripetono le valutazioni psicologiche. I terapeuti delineano sempre la stessa, molto probabilmente perché l'interessato non si presentava nemmeno alle sedute: stress. Soltanto uno di loro, nel 2008, si prende la briga di approfondire le radici della sua condotta, e il suo rapporto è devastante:

> Il paziente è cresciuto in una famiglia di ceto medio-basso, con un padre violento e crudele. Probabilmente vittima di abusi, se non di natura sessuale, sicuramente gravi punizioni corporali. Il suo sviluppo affettivo e la sua personalità si sono visti profondamente condizionati da un ambiente tossico. Il suo sbocco professionale è stato l'esercito, dove le situazioni di stress hanno peggiorato il suo DSPT. Pur essendo altamente funzionale per imitazione, il paziente manca di abilità sociali basilari, o di strategie reali di confronto, e ha una personalità molto fragile. Il lavoro quotidiano ha aggravato i disturbi derivati dal DSPT. Caldeggiamo il congedo immediato dal servizio attivo.

Siamo fortunati che l'abbiano dato per morto, o non avremmo mai avuto queste informazioni, perché non sarebbero mai uscite dal cassetto dello psicologo.

E probabilmente non uscirono mai. Perché Fajardo continuò a lavorare. Con decine di migliaia di posti vacanti in Spagna, molti di più durante la crisi economica, qualcuno decise che non si poteva fare a meno di Fajardo. Tanto, il suo lavoro non era molto diverso da quello di quei cani all'aeroporto che si siedono davanti alle valigie se fiutano un esplosivo. E così ci misero una pezza. Risperidone. Olanzapina. Ziprasidone.

Così tirò avanti.

Un giorno, due anni fa, capitò qualcosa.

Sandra Fajardo finse il proprio suicidio.

Antonia cerca di immaginare come sarà stato il rapporto

di Fajardo con la figlia. Una bambina che cresce senza madre, un adulto con gravissimi problemi psicologici e senza altra compagnia femminile, che ha subito gravi abusi durante l'infanzia.

Come sarà stata quella bambina a dieci anni. Undici.

Tredici e quattordici, quando il corpo cambia.

Mentre i capi di Fajardo guardano dall'altra parte, sapendo che quell'uomo è una bomba a orologeria molto più pericolosa di quelle che cerca nel sottosuolo.

Antonia si chiede come sia la vita di quelle due persone.

Chi può sapere cosa accade dietro le porte chiuse, nei salotti e nelle stanze da letto? Chi può sapere cosa succede tra due persone, giorno dopo giorno, anno dopo anno, in un migliaio di notti?

Lei non lo sa. Ma ha potuto confermare con quella telefonata ciò che aveva intuito. Nell'istante in cui ha saputo che l'impronta digitale sul volante del taxi apparteneva a Nicolás Fajardo, ha dedotto che non era lui Ezequiel. Ha dedotto che Parra e i suoi uomini erano in pericolo.

Antonia non sa cosa sia successo tra Sandra e suo padre, ma crede di saperlo. Crede che la parte più debole si sia adattata ed evoluta fino a diventare la parte più potente. Prima ha dovuto soffrire, ricevere molto dolore, finché non ha imparato a dominare ciò che lo provocava. E poi, un giorno, ha deciso che era giunta l'ora di procurarlo ad altri.

Era Sandra che, da bambina, aveva pagato i peccati del padre di Nicolás. Era Sandra che era cresciuta e che ora era pronta a farla pagare ad altri. A imporre penitenze impossibili da ottemperare, come aveva fatto con Laura Trueba e Ramón Ortiz.

Obbligarli a rinunciare a ciò che erano, a loro stessi, a ciò che li definiva. Al successo.

Come aveva fatto con la stessa Antonia, mettendola di fronte a quella scelta impossibile.

Per salvare la vita di suo figlio, deve lasciar vincere Sandra.

Deve rimanere tranquilla per altre dieci ore e mezza. Abbandonare Carla Ortiz alla mercé di qualunque decisione prenda il padre, qualunque sia la penitenza che gli abbia imposto Ezequiel, che Antonia è sicura non compierà.

E Jorge vivrà. Una vita per un'altra. Una vita per limitarsi a fare la stessa cosa che ha fatto durante gli ultimi tre anni: niente.

No, pensa Antonia. *Questo non accadrà.*

Non mi fido di quella stronza. Non permetterò che mio figlio passi un secondo più del necessario nelle sue mani. Non permetterò che il figlio di Carla Ortiz non riveda più sua madre.

Non intendo abbandonarla.

Sarebbe come abbandonare se stessa.

Antonia sente una fitta strana. È comunque buffo che lei, a cui era sembrata mostruosa la decisione di Laura Trueba – che era costata la vita a suo figlio –, si trovi nella stessa situazione e stia prendendo la stessa identica decisione.

Forse è vero che sto cominciando a capire l'ironia, si sorprende Antonia.

È vero. A volte l'amore ci porta in posti complessi. Ma non possiamo mai rinunciare a noi stessi.

Pensa a quella ragazza del negozio di tatuaggi, a come si prende cura del padre in maniera incondizionata. Ma non aveva rinunciato a se stessa. Chiunque altro nella sua situazione non avrebbe permesso loro di avvicinarsi al padre, l'amore sarebbe prevalso sul fare la cosa giusta. E, tuttavia, lei aveva insistito, obbligato il padre a prestarle attenzione, a distogliere lo sguardo da quel film…

A quel punto il fulmine la colpisce.

«Kirk Douglas», dice Antonia, ad alta voce. «Quel cazzo di Kirk Douglas!».

«Cosa dici, tesoro?», dice la cameriera, con accento dell'Avana.

Antonia non la sente nemmeno. Perché i suoi piedi hanno appena trovato sul fondale sabbioso sotto l'acqua (*murr-ma!*) una tessera del puzzle che non sapeva nemmeno di stare cercando.

E all'improvviso sa come potrebbe sconfiggere Ezequiel.

Guarda l'orologio. Non ha molto tempo per prepararsi.

Devo trovare la strada. E devo fare due telefonate.

8
Una telefonata

La prima, a Mentor.

«Sei impazzita? Ti ho detto di spegnere il cellulare».

«Ho bisogno di un numero di telefono».

«La tua copertura non funziona più, Antonia. In questo istante la polizia già sa dove ti trovi. Sarà meglio che ti metti a correre».

«Prima dammi il numero di telefono».

«Il numero di telefono di chi?».

Antonia glielo dice.

«Tu farnetichi. No, non ho nessuna intenzione di dartelo».

«Va bene. Allora rimango seduta in questo bar bella tranquilla».

«Antonia…».

«Credo di sentire già le sirene».

«Sei insopportabile».

9
Un'altra telefonata

La seconda telefonata, al numero che Mentor le ha dato prima di riattaccare. Rispondono al terzo squillo.

«So tutto».

Un classico, sì. Ma infallibile.

10
Un ricatto

Parco del Retiro, porta di O'Donnell. Di fronte alla Casa Árabe.

Questo è l'indirizzo che le hanno dato.

Antonia aspetta – la schiena appoggiata, le braccia incrociate, la gamba piegata – presso un cartello che informa che i cancelli del parco chiudono a mezzanotte. Passano diciotto minuti, e c'è ancora gente che esce dal parco. Durante la Fiera del Libro, gli orari si dilatano. Ci sono librai che non abbandonano le loro casette fino a molto tardi.

Antonia consulta l'orologio ogni trenta secondi. A Carla Ortiz restano soltanto sei ore e mezza.

Trecentonovanta minuti.

Ventitremilaquattrocento secondi.

Sbuca una macchina. Grande. Nera.

Antonia si stacca dall'insegna – preme sulla gamba, disincrocia le braccia, spinge con la schiena – e si incammina verso il veicolo.

Apre la portiera posteriore, entra e si siede.

Ci sono due persone sui sedili anteriori, che guardano avanti. Una terza figura è seduta, rannicchiata in un angolo.

Le luci della macchina sono spente, il motore anche. L'unico chiarore all'interno è quello emanato dai lampioni che riesce a stento a penetrare i vetri oscurati.

Alcune conversazioni si fanno meglio al buio.

«Immagino si renda conto che mi sta ricattando», dice la figura nell'angolo. La sua voce consumata è poco più di un sussurro.

«L'idea è quella, sì».
«Che cosa vuole? Soldi?».
Antonia scuote la testa e spiega cosa le serve.
«Tutto qua?».
«Tutto qua, sì».
«È in possesso di un segreto molto prezioso, signora Scott. Un segreto per cui molti ammazzerebbero».
«Non mi interessa».
La figura si china in avanti, e Antonia può vederla in viso per la prima volta. Perfino alla soffusa luce dei lampioni, è ovvio che Laura Trueba è invecchiata di dieci anni nel giro di un paio di giorni.
«Come l'ha scoperto?».
Antonia pensa a Kirk Douglas. *Quel cazzo di Kirk Douglas.*
«La foto nel suo ufficio», risponde. «Il ragazzo che è morto aveva una fossetta sul mento. Né lei né suo marito l'avete. Il gene della fossetta richiede che uno dei genitori lo apporti. È possibile, in teoria, che l'abbia ereditato da un altro familiare, ma le possibilità sono una su cinquemila».
«Non lo sapevo», dice Laura Trueba.
No, certo che no.
«Il suo atteggiamento ha fatto il resto. Lei provava un senso di colpa. Ma non si comportava come una madre che avesse lasciato morire il proprio figlio. Di fatto, mi chiedo che cosa sarebbe successo se quel ragazzino fosse stato Álvaro».
«Anch'io, non creda. Mi piacerebbe poterle dire che conosco la risposta, che avrei agito diversamente. Ma mentirei».
Antonia lo capisce. L'anima è fatta di piccoli compartimenti stagni a sé stanti, come una matrioska. Se continui ad aprire e aprire, finirai col trovare l'ultima delle bambole. E il suo volto non è mai come quello della bambola più grande. Quell'ultimo volto può essere meschino e crudele.
«Non è l'unica bugia che ci ha raccontato. Ci ha mentito fin dal principio. Ezequiel non l'ha sequestrato a scuola, vero? In quel caso non sarebbe stata possibile nessuna confusione».
«No», riconosce Laura Trueba. «È stato nei pressi della casa che usiamo abitualmente, il nostro chalet di Puerta del Hierro. Per questo si è confuso».

«Chi era?».
«Il figlio della mia governante», ammette lei, la voce spenta intrisa di vergogna. «Ha la stessa età di Álvaro, la stessa statura. Vivono con noi, sono in famiglia da sempre. D'estate vengono perfino in viaggio con noi a Santander. Sua madre gestisce tutte le mie case».
«Per questo aveva una foto con suo figlio sulla spiaggia».
«Era l'unica foto che avevo di lui».
«Come si chiamava?».
«Jaime. Jaime Vidal. Era un bravo ragazzo. Lui e Álvaro erano amici. Frequentava una buona scuola, me ne ero occupata personalmente. Non la stessa di Álvaro, chiaramente… Non sarebbe stato appropriato… ma era una buona scuola».
«Una scuola privata».
«Sì».
«Per questo indossava l'uniforme quando Ezequiel l'ha rapito».
Antonia visualizza immediatamente cosa è accaduto. Jaime, di spalle, con l'uniforme, giacca e cravatta. In un complesso residenziale che non ha sicurezza privata. Fajardo si è limitato ad aspettare in macchina lì vicino fino a che non ha visto quello che ha creduto essere Álvaro che apriva la porta dello chalet con le chiavi.
«Sappiamo che è sceso dall'autobus della scuola. Da lì a casa sono seicento metri, ma non è mai arrivato. Sua madre era preoccupata. A quel punto ha chiamato… quell'uomo. Mi ha detto che aveva Álvaro».
«E lei non l'ha tratto dall'errore».
«Avevo paura!», si difende Trueba, che sta per mettersi a piangere. «E se fosse tornato a prendere Álvaro? Dovevo proteggere mio figlio!».
«Che cosa le ha chiesto Ezequiel?».
Laura Trueba si lascia nuovamente cadere all'indietro sul sedile.
«Questo non ha più importanza. Una cosa che non potevo accettare».
«E tantomeno per il figlio della serva».
La banchiera preme il pulsante del finestrino. La stretta fessura che apre offre scarso sollievo al calore dell'interno.

«Non può ferirmi con nessuna parola con cui non mi sia già ferita io prima, signora Scott».

«No, immagino di no», dice Antonia, dopo averci riflettuto un momento. «Cosa avete raccontato alla madre?».

«La verità. Una verità. Che qualcuno aveva rapito Jaime confondendolo con Álvaro. Che avremmo fatto tutto ciò che era in nostro potere per liberarlo, costasse quel che costasse».

«E poi le avete consegnato un cadavere».

Laura Trueba rimane in silenzio. Antonia sa che quella donna non affronterà mai la Giustizia, non subirà mai l'umiliazione di dover giustificare le proprie azioni di fronte a un giudice e a una giuria di suoi *pari*. Non riceverà mai alcun castigo. Ma pare che per questo si stia arrangiando da sola.

Proprio come la fessura del finestrino, produce scarso sollievo.

Ma è meglio di niente.

«Abbiamo finito?», chiede Trueba.

«Quando mi darà ciò che le ho chiesto».

«Alejandro».

Uno dei due uomini sul sedile anteriore si volta e consegna alla capa una borsa di stoffa nera. Trueba la porge a sua volta ad Antonia. È pesante, e attraverso il tessuto si percepisce l'ingombro del metallo che c'è dentro.

Antonia estrae la pistola. Perfino nella penombra, il metallo sembra assorbire la scarsa luce in maniera pericolosa e letale.

«Sa come usarla?», chiede l'uomo ad Antonia.

«No».

L'uomo si gira, con un'espressione imperscrutabile sul volto, prende l'arma dalle mani di Antonia e glielo spiega.

«È una Glock di quarta generazione. Diciassette proiettili nel caricatore. Non ha la sicura, per cui, se preme il grilletto, sarà meglio che voglia davvero sparare».

Antonia prende l'arma e se la mette nella borsa. Apre la portiera e fa per uscire.

«La stessa offerta che ho fatto al suo collega vale per lei, signora Scott», dice Trueba. «Se ficca una pallottola in testa a quel gran figlio di puttana…».

Ma Antonia è scesa dalla macchina prima che potesse finire la frase.

Ramón

Di notte, la vecchiaia è più terribile.

La credenza popolare, quella gran bugiarda, attribuisce agli anziani una saggezza e una serenità superiori a quelle dei giovani. Raggiunta una veneranda età, il corpo si è liberato dalle necessità più urgenti, dai desideri lascivi, dalla fame vorace e dal temperamento irascibile. Gli anziani sono pazienti, gli anziani preferiscono la pace alla guerra, gli anziani sanno ascoltare e, quando parlano, lo fanno dalla torre di vedetta di marmo con caratteri di bronzo sulla quale il tempo e la pazienza li hanno collocati, e nella quale è solo una questione di tempo prima che finiscano i loro giorni, solidificati, a esempio e ricordo per le generazioni a venire.

Sono solo cazzate, pensa Ramón Ortiz.

Gli anziani sono intransigenti, pieni di pregiudizi, conoscono soltanto un modo per fare le cose.

Gli anziani sono quelli che cominciano le guerre, per orgoglio, per denaro o per patriottismo. O qualunque mix dei tre precedenti.

Gli anziani hanno le stesse necessità di qualsiasi adolescente arrapato e famelico. Se il corpo glielo permettesse passerebbero la giornata a bere fino a perdere conoscenza, a mangiare fino a scoppiare e a scopare finché il cazzo non gli cade a pezzi. Duemila milioni di pastiglie di Viagra vendute all'anno lo confermano.

Ma il corpo non glielo permette.

Ciò che resta a Ramón Ortiz, che un tempo fu una macchina robusta ed energica, è un sacco di acciacchi e nefandezze. Alzarsi ogni giorno, dopo due o tre ore di sonno leggero e intermittente, con le ossa doloranti, la gola di carta vetrata e le mutande umide per le perdite di urina. Le visite del medico molto frequenti, ogni volta un altro *ahi*, ogni volta un'altra ricetta. I ricordi, permanenti e dolorosi, di due mogli morte, una nel fiore degli anni, l'altra meno di un anno fa. Mangiare poco, perché l'appetito fisico si è diluito, sebbene quello mentale sia ancora presente, come una lieve ombra, come un membro fantasma che il soldato vuole ancora grattarsi, ma per il quale le dita trovano soltanto aria.

Di notte, quando la stanchezza avvolge le spalle come una coperta gelida, quando gli occhi bruciano, quando le gambe non sopportano più il peso, la vecchiaia è un castigo peggiore della morte.

Ramón conosce alcuni anziani. Ce ne sono di quelli che ridono dei propri malanni, che vogliono soltanto un'altra partita a carte, un altro bicchierino di vino, un altro tramonto. Ce ne sono di quelli che maledicono la propria sorte, di quelli che si tengono tutto dentro. Quasi tutti la mattina si guardano allo specchio, senza riconoscere il volto restituito dal riflesso e si chiedono chi gli abbia rubato il mese di aprile, come sia potuto succedere a loro.

Tutti quelli che conosce, senza eccezione, non sono altro che bambinetti spaventati di fronte al lupo che divora le loro giornate a morsi sempre più grandi.

Tutti quelli che conosce, senza eccezione, darebbero tutto ciò che hanno per vedere la lampada di Aladino dentro un cilindro. Dei tre desideri gliene basta uno. Riavere vent'anni, sapendo quello che si sa ora. Un'opportunità per tornare indietro, e fare le cose *per bene* questa volta. Direbbero addio a tutto ciò che hanno e conoscono. Casa, rendita, famiglia e amici. Figli. Senza esitare. Nella notte buia dell'anima, la loro vista scruta gli angoli tetri in cerca di un avido diavolo che venda l'elisir dell'eterna giovinezza. Ma le ombre sono cave e vuote come la clessidra delle loro vite.

Tutti darebbero tutto.

Io no.

Ramón Ortiz è un uomo eccezionale. Quando si esaminano le vite di quelli che hanno raggiunto grandi obiettivi, si deve intendere il loro successo come una combinazione di talento, intelligenza, lavoro e fortuna. Ramón Ortiz aggiunge un quinto fattore. Ha una volontà inscalfibile. La sua vita, ciò che lui è, è stata definita dal lavoro, dalla costruzione lenta, pietra su pietra, granello su granello, di una piramide in cui trascorrere l'eternità.

Se a un uomo così gli metti una pistola in mano e gli dici: «Fatti saltare il cervello o ammazzo tua figlia», lo sparo risuonerà prima che tu finisca di parlare.

Se a un uomo come Ramón Ortiz dici di distruggere il lavoro della sua vita…

«Farei qualsiasi cosa, Jesús, qualsiasi cosa».

Sono seduti nel salotto della sua casa, su due poltrone. Ha spento tutte le luci, tranne una lampada da terra, all'altro estremo del salotto. Alcune conversazioni si fanno meglio al buio.

«Lo so, Ramón. Lo so molto bene», dice il suo avvocato.

Quel che vuoi dire è qualsiasi cosa… tranne questa.

Jesús Torres è il consigliere privato di Ramón Ortiz da più di trent'anni. In tre decenni ha imparato a adattare il proprio ruolo a ogni situazione con eccezionale finezza, come uno di quegli orologi svizzeri che tanto apprezza. O meglio, come un buon whisky.

Guarda il bicchiere che ha in mano. È uno scozzese stupefacente. Un regalo che uno sceicco arabo fece a Ramón l'inverno scorso per il suo compleanno. Dalmore Trinitas. Sessantaquattro anni di maturazione. Soltanto tre bottiglie in tutto il mondo. Più di centomila euro ciascuna.

Ramón l'ha presa dal mobile bar, senza pensarci. L'ha aperta, l'ha messa sul tavolo, ha servito tre dita di liquore ciascuno – di un color caramello brillante –, e poi si è messo a guardare l'orologio in silenzio.

Torres fa un sorso – un sorso da mille euro – e si crogiola nei dettagli e nelle sensazioni, trattenendolo nella bocca prima di deglutire. Prima note di uva passa, caffè, nocciola e arancia amara. Pompelmo, forse. Sandalo e muschio, ovviamente. Poi al deglutire un'ondata di moscato, marzapane, melassa. E sul finire, un retrogusto sul palato di tartufi, zucchero muscovado e mallo di noce.

È un whisky magnifico, come lo è il lavoro del consigliere.

Ci sono sfumature, sottigliezze, note che si percepiscono in un primo momento, altre che restano per il dopo, e seminano il cammino per il futuro.

Oggi il ruolo di Torres non è di consigliere, ma di confessore.

«È mia figlia, Jesús. Le voglio bene con tutta l'anima».

«Sì, Ramón. Ed è anche la tua vita. Non preoccuparti. Non oserà. Domani chiamerà e chiederà dei soldi. Ritornerà sana e salva».

Il multimilionario dubita. Nella mano sinistra, appoggiata sul grembo, sostiene la foto della figlia. Nella destra, il cellulare. Una sola telefonata basterebbe, nonostante l'ora tarda. Nel giro di trenta minuti potrebbe dare una conferenza stampa su tutte le reti del paese. Nel giro di sessanta, la notizia sarebbe nota in tutto il mondo.

"Multimilionario ammette di essersi arricchito con manodopera schiavizzata e annuncia la chiusura della sua azienda". Un titolo demolitore.

«Sono ancora in tempo per chiamare».

«La decisione è la tua. Se è ciò che credi di dover fare, fallo. Chiama».

Ramón lo guarda. Nella penombra, i suoi occhi sono due crepe che si aprono su un abisso di ossidiana.

«Tu che faresti, Jesús?».

Se fosse mio figlio, appiccherei il fuoco al mondo intero prima di permettere che gli torcano un capello, pensa l'avvocato. Ma non dice questo. Suo figlio è al sicuro a casa, con i suoi nipoti. E non è lui a essere in gioco. In gioco c'è il lavoro di Torres. Gli restano ancora due anni per andare in pensione, pensa di farlo compiuti i settanta, e poi piazzarsi sul suo yacht a ubriacarsi. Con la parcella che gli passa ogni mese Ortiz si possono pagare ancora tanti bicchieri di scozzese. *Forse non buoni come questo.*

«Qui non si tratta di ciò che farei io», risponde l'avvocato. «Non è una mia responsabilità il benessere e il lavoro di quasi duecentomila persone in occupazione diretta. Né di oltre un milione in occupazione indiretta. Né degli azionisti, molti dei quali hanno investito i risparmi di tutta una vita».

Decisamente non buoni come questo, pensa, dopo aver preso un altro sorso di Dalmore.

«È una mia responsabilità. È un fardello pesante», dice Ramón Ortiz. Sembra sul punto di scoppiare a piangere.

Tu assicurati di continuare a far scorrere i soldi, vecchio amico. La principessa è contingente. Il denaro è necessario.

«Inquieto giace il capo che porta la corona, Ramón. Voi grandi uomini dovete prendere decisioni difficili», dice, con voce grave.

Ortiz reagisce agitandosi sulla poltrona e sbloccando il telefono.

Torres corruga la fronte. L'ultima cosa che gli ha detto è stata uno sbaglio. Ha alimentato il suo ego, ma ha anche equiparato le due decisioni. Non basandosi sulla morale – lo sa Dio che Ortiz è ben lontano da basarsi su una cosa così semplice –, ma sulla difficoltà. Entrambe le decisioni non possono essere ugualmente costose.

Tocca aggiustare un po'.

«Un uomo più piccolo prenderebbe la decisione più facile. Ma tu hai già scelto. E come sempre, hai scelto il cammino più arduo».

Adesso sì. Un tocco di adulazione, con retrogusto di grandezza e maestosità, pensa Torres. Fa un altro sorso.

Decisamente, un whisky degno di un re.

Ramón Ortiz blocca di nuovo il telefono. No, un uomo come lui non può comportarsi come gli altri. Gli anziani spaventati magari possono permettersi di distruggere il lavoro di una vita di fronte a una minaccia. Un uomo come lui deve prendere decisioni che farebbero impallidire, tremare e indietreggiare altri. Un uomo come lui è in grado di riuscire ad accettare la tristezza che deriva dal prendere le decisioni che intimoriscono altri.

L'amore o la responsabilità.

«È molto dura, Jesús», dice.

«Fare la cosa giusta è alla portata di pochi», gli risponde Torres.

Sono fortunato ad averlo accanto a me in questo momento così difficile, pensa il milionario.

11
Una mail

Il chiusino è all'angolo tra calle Hermosilla e calle General Pardiñas. Non ha nulla di speciale. Soltanto un umile disco di ferro, calpestato ogni giorno da centinaia di persone.

Antonia si guarda attorno, ma non arriva nessuno. È quasi l'una di notte, e in quella zona non ci sono né bar né turisti.

Andando verso il suo appuntamento con Laura Trueba, Antonia si è fermata in uno di quei negozi tutto a un euro e ne ha spesi sette degli ultimi nove per un piede di porco. Infila una delle estremità nel bordo del chiusino. All'inizio non cede – dov'è Jon quando le serve –, ma dopo diversi tentativi, riesce a introdurre la leva tra il chiusino e la sua sede. Da lì in poi, è semplice. Il chiusino si apre, e Antonia lo sposta con grande sforzo e un fracasso del diavolo.

Scale.

Restano poco più di cinque ore.

Sarà meglio che non mi sia sbagliata.

Seduta all'imbocco della fogna, Antonia accende il cellulare – ora non importa se la trovano, perché dove va non possono seguirla – e registra un messaggio video per mandarlo via mail a nonna Scott.

«Ciao nonna. Sto per fare la cosa giusta, proprio come mi hai insegnato tu. Se non va bene, voglio solo che tu sappia che...».

Fa una pausa. Costa molto dire quelle tre parole.

«...che ti voglio bene. E guarda il lato positivo», dice, con un sorriso tremolante, «alla fine ho avuto ragione io. Novantatré anni e ci seppellisci tutti».

Invia la mail alla nonna, e poi fa la sua ultima telefonata.

Non ha bisogno di fare la domanda, ma la fa comunque.

E Jon Gutiérrez risponde l'unica cosa che può rispondere.

Antonia spegne il cellulare e rivolge un ultimo sguardo alla strada silenziosa e senza traffico. È in arrivo un temporale, l'aria è increspata, furiosa. Le luci delle case sono spente. Dall'altro lato delle finestre, le persone normali dormono, sfinite dalle loro vite normali, estranee all'esistenza di mostri in agguato sotto i loro piedi.

Antonia sorride e comincia a scendere verso l'oscurità.

Non è un sorriso felice.

12
Un dilemma

«Fui sull'acqua edificata, i miei muri di fuoco sono», dice Antonia, a voce alta, per infondersi coraggio.

Quando Antonia pensa a Madrid, non pensa a Puerta del Sol, al Museo del Prado o a Puerta de Alcalá. No, lei pensa al murales della plaza de Puerta Cerrada.

Quando Antonia venne a studiare a Madrid, rinunciò a una delle molte abitazioni che l'Ambasciata del Regno Unito possiede nella capitale. Voleva vivere lontano dall'influenza del padre, per cui prese in affitto un piccolo monolocale nella Cava Baja. Erano altri tempi.

Ogni pomeriggio, tornando dalla facoltà, prendeva un caffè in un bar della piazza. Se c'era bel tempo, si sedeva all'esterno con i suoi appunti, davanti al grande murale di Alberto Corazón. Su uno sfondo color viola, un acciarino immerso nell'acqua colpisce una selce che sprigiona scintille. Sopra, la didascalia:

«Fui sull'acqua edificata, i miei muri di fuoco sono», ripete Antonia.

Stavolta a voce più bassa. Qui sotto, il suono funziona in modo strano.

È scesa di quasi un metro e mezzo lungo il pozzetto, e ora si trova in una galleria di servizio. Si ferma un momento per inaugurare il suo ultimo acquisto, una torcia in cui ha investito gli ultimi due euro. Il proprietario del tutto a un euro, un cittadino cinese che diceva di chiamarsi Pepe, ha avuto la bontà di non accorgersi che Antonia si infilava delle batterie nella tasca posteriore dei pantaloni.

Antonia introduce le batterie e pigia il bottone, incrociando le dita. Alla fin fine, una torcia da due euro del tutto a un euro è un atto di fede.

I LED si accendono.

Antonia si addentra nella galleria di servizio, e comincia a cercare tra deviazioni, tunnel e scale. La galleria di servizio è una costruzione moderna, disegnata per ospitare la fibra, la linea telefonica e l'elettricità. È la parte più superficiale del sottosuolo. Per trovare ciò che cerca, dovrà scendere di più, molto di più. E non tutti i cammini sono altrettanto praticabili. In molti di essi deve guadare acque fetide e gelate, in cui galleggia ogni genere di scarti. Preferisce non pensare a cosa staranno sfiorando le sue cosce o che cosa resta impigliato nei suoi vestiti.

Si perde diverse volte, deve tornare sui propri passi. Ha le scarpe che sgocciolano, le gambe fradice fin sopra le ginocchia.

Il tempo corre.

Sebbene i madrileni l'abbiano dimenticato, il murale di Corazón rappresenta il primo emblema della città di Madrid, risalente al XII secolo. Un acciarino e una selce, perché di quella pietra erano fatti i muri, e le frecce degli invasori nella notte producevano scintille, facendoli sembrare di fuoco. E come accompagnamento, quella bellissima didascalia in spagnolo, che Antonia continua a ripetere a bassa voce come un mantra mentre cerca di orientarsi con le mappe del sottosuolo che è riuscita a scaricare da un forum di geometri. Sono datate, di più di due decenni fa, e sta riscontrando dei problemi. Ciò che cerca lei non ha vent'anni, ma millecento.

Gli arabi che fondarono la città nel IX secolo la chiamarono Magerit, che significa 'luogo abbondante d'acqua'. C'erano decine di ruscelli, fiumiciattoli e paludi. E, al di sotto, una falda acquifera formatasi dieci milioni di anni fa, di più di 2.600 chilometri quadrati di estensione e 3.000 metri di profondità in alcuni punti.

Sull'acqua edificata.

Antonia sfocia finalmente nel canale di scolo, uno spazio aperto su tre altezze in cui convergono sette tunnel di medie dimensioni in un'enorme canalizzazione inferiore. Man mano che il fascio di luce della torcia ripercorre le gigantesche bocche di cemento che vomitano un liquido fangoso, Antonia si rallegra enormemente di non poter sentire nessun odore. I rifiuti e la sporcizia si accumulano in ogni dove. Una massa informe di salviette umidificate intasa la grata che divide in due il tunnel principale.

Non ci sono altre indicazioni sulla mappa.

Antonia guarda l'orologio. Le quattro del mattino passate.

Sta perdendo troppo tempo. E non è l'unica cosa persa.

Ci sono sette tunnel di fronte a lei, e deve scartare, eliminare, riuscire ad avanzare. Non può percorrerli tutti.

Devo essere a meno di cinquecento metri, pensa. *Ma qualsiasi deviazione sbagliata io prenda ora può essere fatale.*

Evoca nella sua mente una mappa mentale dei luoghi che ha percorso, cercando di trovare il tracciato per orientarsi, ma non ci riesce.

La sua mente è troppo piena, è troppo tesa, e sta accusando la scarsità di ossigeno e la stanchezza.

Antonia si porta la mano in tasca, dove la scatoletta metallica conserva l'ultima pastiglia rossa. Deve scegliere. Se la prende ora, per trovare la strada, può essere che l'effetto sarà già passato una volta raggiunta la sua destinazione.

Quaranta minuti di chiarezza, e poi… è finita.

Riguarda l'orologio.

Non so come proseguire. E non posso esplorarli tutti.

Se non prendo la pastiglia, non arriverò in tempo.

Se la prendo, e riesco ad arrivare in tempo…

Non sarà nelle condizioni di affrontare Sandra Fajardo e suo padre. Lo sa.

Antonia si siede per terra, tra pozze nauseabonde, e si infila la pastiglia sotto la lingua.

Solo stavolta. Sarà l'ultima, pensa. Morde la capsula.

Poi conta da dieci a zero, mentre discende i gradini verso la lucidità.

Carla

La geometria è una cosa meravigliosa.

Carla non ha mai preso buoni voti nelle materie scientifiche. Sforzarsi, si sforzava. Papà ci teneva molto, e lei si applicava. Ma non era portata. Tuttavia, una volta adulta, dovette lavorare in una fabbrica dell'azienda. Faceva parte della sua formazione, che cominciò in un negozio a piegare vestiti per mesi, e si concluse con lei alla direzione di uno dei rami del marchio. Nel frattempo, nella sua scalata verso l'alto, suo padre la mandò in un laboratorio di confezioni.

Non uno dei laboratori del mondo reale. Il mondo in cui le persone reali vogliono vestirsi bene con pochi soldi. Il mondo in cui suo padre e lei – sì, anche lei – hanno reso possibile il desiderio di quelle persone reali, che in cambio li hanno resi milionari senza fare domande scomode.

No, Ramón la mandò in uno di quei laboratori in Galizia. Di quelli di cui dispongono per posare nella foto ricordo annuale, con dipendenti ben pagati e sorridenti.

Nella seconda settimana al laboratorio, la misero dietro l'ago di una delle poderose macchine da cucire industriali, e le spiegarono che cosa doveva fare. Quando la azionò, mosse impercettibilmente il rullo di alimentazione. Prima di riuscire a fermarlo, l'ago aveva cucito un filo bianco per una lunghezza di dieci metri. In una spaventosa diagonale.

«Una minuscola deviazione al principio di qualsiasi retta, e finisci molto lontano da dove dovevi stare», le aveva detto il responsabile del laboratorio.

Carla aveva immagazzinato quella nozione nel fondo della sua memoria, credendo che mai le sarebbe tornata utile.

Finora.

Ha squarciato il suo vestito in strisce rettangolari, più o meno lunghe il doppio delle mattonelle. Non è stato un compito facile, al buio. Poi vi avvolge la prima delle mattonelle, e cerca di incastrarla tra la porta e la parete.

Non entra.

Carla cerca di spingere la porta con la mano per guadagnare i millimetri che le servono, ma neanche la porta si muove. Prima era riuscita a spostarla un po', ma i suoi muscoli a malapena rispondono dopo tante ore ricurva, a lavorare sulle mattonelle. È praticamente senza forze.

Se potessi dormire un po'. Chiudere gli occhi anche solo qualche minuto.

Fallo. Fallo e non li riaprirai mai più.

Carla è talmente stanca, talmente esausta, che l'unica cosa che prova è un enorme stordimento. Fa un passo indietro nella sua mente, cedendo ancora un po' di terreno all'Altra Carla. È lei che prova a premere la schiena contro la porta per cercare di spostarla, ma la pianta dei piedi scalzi e sporchi scivola sul suolo umido. Finalmente trova la posizione adeguata. Sdraiata a terra, a pancia in su, fa forza con le gambe sulla parete, il palmo della mano destra allargato sulla porta, quello sinistro a cercare di incastrare la mattonella.

Si muove.

Si incastra.

La porta si è spostata soltanto di qualche millimetro verso l'esterno, ma Carla festeggia con allegria selvaggia, sentendo un'ondata di euforia ascendere dal fondo della schiena fino alla nuca, un brivido di trepidazione. È la sua mente che la premia, ma è anche una trappola. Non può fermarsi ora.

La successiva la infila sotto. Facendo attenzione a non spostare la prima.

Cinque centimetri. Ho bisogno soltanto di cinque centimetri. Se avessi almeno un po' più di tempo per staccare altre mattonelle…

«Ma non ce l'hai. Continua a lavorare».

Stavolta l'Altra Carla non ha parlato dentro la sua testa. Stavolta ha usato la sua voce, la sua gola, le sue corde vocali. Carla si rende conto che ora condividono l'aria che respirano. E che se continua a respirare quando uscirà il sole, forse di lei non rimarrà più nulla. Di ciò che era prima.

Se continua a respirare.

13
Un viaggio

Aiutata dalla pastiglia rossa, Antonia ha studiato le opzioni per lunghi minuti, e ha deciso che deve prendere uno dei cammini di fronte a lei. Questo riduce le possibilità a tre tunnel.

Non le piace l'idea del cammino di mezzo, né le piace la densità dell'aria di quello di sinistra, che le sembra più viziata e spessa. Inoltre, ci sono topi che scorrazzano nell'ultimo: può sentirne gli squittii nell'oscurità.

È un buon segno. I topi respirano lo stesso ossigeno che respiro io.

Prende il passaggio di destra.

Il cammino ascende lentamente, prima di svoltare in modo brusco duecento metri più avanti, biforcandosi in due cammini diversi. L'acqua che scorre sul fondo è molto più rapida, e rende difficile il suo avanzamento. Quello di sinistra è impraticabile, troppo stretto. Quello di destra è più piccolo del principale, e deve camminare ricurva, ma riesce a uscire su una nuova biforcazione. Uno spazio di un paio di metri quadrati, talmente basso che deve inginocchiarsi.

È qui, pensa Antonia. *È qui che è morto Fajardo.*

Gli elementi di cui disponeva Antonia per trovare il posto erano molto scarsi. Il rapporto della sua morte menzionava «la fine di un canale d'acqua sotterraneo in disuso a trecento metri dal nodo collettore 78».

Eccolo lì.

Un *qanat*. Un canale d'acqua, costruito undici secoli prima dagli arabi. Un metro e novanta di altezza, settanta centimetri di larghezza, una conduttura sotterranea. Una delle centinaia di gallerie dimenticate che scavarono nel sottosuolo gli abitatori originari dell'antica Magerit.

I *qanat* erano stati il principale mezzo di rifornimento d'acqua della città fino al diciannovesimo secolo inoltrato, quando moderne tecniche di costruzione e materiali rimpiazzarono quell'opera faraonica. Più di cento chilometri, perforati nel cuore della terra. Inutili, dimenticate, quelle meraviglie architettoniche rimanevano intatte.

Stando al rapporto, il rivelatore di gas del collega di Fajardo era saltato quando stavano ispezionando il tunnel precedente. Fajardo, che era davanti, non lo sentì, continuò ad addentrarsi nel canale d'acqua. Il suo collega lo chiamò, ma era tardi. Una sacca di metano si era accumulata nella biforcazione, spostando l'ossigeno dall'interno del *qanat*. Il collega di Fajardo continuò a chiamarlo, e a quel punto avvenne l'esplosione. Una parte del tunnel crollò. Il collega andò a cercare aiuto. In quel luogo così stretto, ci misero sei giorni a recuperare il corpo di Fajardo.

Ci sono ancora resti di calcinacci all'esterno del *qanat*. Il nastro della polizia si è staccato da un lato, e penzola svogliato da una sola delle estremità.

I tecnici sgombrarono il tunnel quanto bastava per estrarre il cadavere del collega, ma lasciarono una grande quantità di macerie al suo interno.

Solo che non era il cadavere del collega quello che portarono via, pensa Antonia mentre striscia sul cumulo di macerie. Le pietre le lacerano gli avambracci e le ginocchia, ma riesce a passare. Quando riemerge dall'altro lato, tossendo e ricoperta di polvere, è sempre più sicura che la sua intuizione sia corretta.

Non ha i dettagli, ma ne sa a sufficienza.

Fajardo ingannò il collega. Quando fu abbastanza lontano dalla sua vista, fece esplodere una bomba. Il metano da solo non avrebbe potuto far cadere una tale quantità di macerie dal soffitto del *qanat*. Fajardo dovette aggiungere i suoi ingredienti all'equazione. Ma con l'allarme del rivelatore di gas, e la testimonianza del collega, nessuno indagò troppo a fondo sull'incidente avvenuto a quel tipo solitario e problematico. Si limitarono a estrarre il corpo.

Un corpo. Un corpo di costituzione simile a quella di Fajardo, con indosso l'uniforme di Fajardo, bruciato e schiacciato sotto mezza tonnellata di macerie. Che nessuno si soffermò a osservare. Gli fecero un funerale veloce e archiviarono la faccenda.

Era davanti ai loro nasi. E non lo videro.

Antonia comincia a capire come funziona la mente di Ezequiel giunti a questo punto. Le mancano ancora molti dettagli. Non sa con certezza come sia riuscita Sandra Fajardo a fingere la propria morte, anche se ha diverse teorie possibili. Non sa nemmeno dove Nicolás Fajardo sia riuscito a ottenere il cadavere che ha fatto passare per suo, sebbene sia una cosa piuttosto semplice per un poliziotto.

Come farei io? Probabilmente all'obitorio della Polizia Giudiziaria. O meglio ancora, nella facoltà di Medicina della Complutense.

Nei suoi sotterranei sono ammucchiati cadaveri senza alcun controllo, marionette accatastate per gli studenti. Antonia ci andò una volta, per un caso complesso. Centinaia di corpi, con le vene e le cavità piene di formalina, con le membra rinsecchite che spuntavano da sotto i lenzuoli bianchi. Arti singoli, teste tagliate dalle lingue gonfie, e ogni genere di pezzi che un giorno furono persone che diedero la propria carne alla scienza affinché altri vedessero nel futuro e che oggigiorno giacciono dimenticate. Sarebbe così facile caricarne uno su una lettiga…

Basta.

Tutti quei dettagli e quei procedimenti, per quanto affascinanti, sono ramificazioni che si estendono nel suo pensiero, tentatrici, con le quali non può gingillarsi. Se non si trovasse sotto il calante effetto della pastiglia rossa, la complessa mente di Antonia potrebbe perdersi in essi per ore. Ma non se lo può permettere.

Il tempo sta per scadere.

Ora l'unica cosa che importa è un *dove*. Ma dopo aver compreso abbastanza del *come*, Antonia è sempre più sicura di aver azzeccato il luogo in cui si nasconde Ezequiel.

Le piace sbatterci in faccia che è più furba di noi. Prima la targa falsa del taxi, quella che aveva levato alla sua stessa macchina incidentata. Poi la trappola mortale che ci ha preparato nella sua vecchia casa. Sono tutti cerchi attorno a ciò che conosce.

E dove potrebbe nascondersi per mesi qualcuno che è morto, qualcuno che non potrebbe usare soldi né firmare carte? Quale luogo sceglierebbe qualcuno abituato a muoversi nel sottosuolo come un pesce nell'acqua, che conosce alla perfezione ognuno dei segreti che giacciono sotto la pelle di Madrid?

La pista gliel'ha data lo sferragliamento lontano che ha sentito nella pausa della telefonata.

La risposta è a meno di duecento metri dal luogo in cui Fajardo inscenò la propria morte.

Antonia percorre il canale d'acqua, consapevole che le rimane sempre meno tempo. Ma nonostante ciò si ferma, prende il cellulare e apre l'applicazione Memo vocali. Registra un messaggio, con voce forte e chiara, prima di proseguire.

Alla fine del *qanat* c'è una porta. Antica. Ghisa, con una ruota pesante come il piombo. Antonia mette la mano sulla maniglia che aziona la ruota. Sta per girarla, quando uno sguardo più attento le permette di notare una cosa che non dovrebbe stare lì.

Un cavo elettrico, nero. Camuffato dietro le leve del meccanismo della corda. Antonia non l'avrebbe visto se uno dei pezzi di mastice adesivo che sorreggono il cavo non avesse perso l'aderenza, allentandolo un po'.

Segue il cavo con la torcia, fino alla parte superiore della porta. Collocata astutamente sulla cornice c'è una lunga e grossa striscia di una massa amorfa. Antonia è convinta di non volere che a quella massa amorfa arrivi alcun impulso elettrico.

Alla fine del cavo c'è un contatto. Se si gira la ruota… Bum.

Stava quasi per morire. E, tuttavia, reprime un'esclamazione di trionfo.

La bomba trappola può voler dire soltanto una cosa.

Ezequiel è molto vicino.

Antonia non ha nozioni sul disinnesco di bombe. Ma il dispositivo è rudimentale. Soltanto un cavo, un dispositivo basilare. Una precauzione finale di qualcuno che è convinto che nessuno entrerà da quella porta. Ma che, eventualmente…

Devo tirare il cavo quanto basta per non fare contatto. E poi girare la ruota.

Il tempo sta per finire per Carla Ortiz. Per cui Antonia non pensa, si limita a tirare l'estremità del cavo e sperare per il meglio. Chiude gli occhi, stringe i denti.

L'esplosione non arriva.

Antonia gira la ruota con grande sforzo, facendo scricchiolare e protestare le due leve che liberano la porta.

Guarda l'orologio. Sono le sei del mattino. A Carla Ortiz restano quarantasette minuti.

Prima di varcarla, il suo ultimo pensiero va a Jon.

Ovunque tu sia, spero che terrai gli occhi ben aperti.

Carla

La settima mattonella è impossibile.

Ha incastrato le precedenti con grande attenzione, guadagnando qualche millimetro alla volta. Il processo è il medesimo che conficcare un ultimo libro in una mensola stracolma. Il modo migliore per riuscirci è estrarre due libri quanto basta per collocare il terzo tra loro.

La pressione delle mattonelle tra la porta e la cornice ha alzato piano piano la porta, separandola di qualche centimetro nella parte inferiore. Non sono sufficienti.

Carla ha provato a introdurre la mano, ma non riesce ad andare oltre il polso. Ha bisogno di un'altra mattonella.

La settima, tuttavia, oppone resistenza. Il peso che stanno sopportando le precedenti è già talmente grande che non può separarle a sufficienza per introdurre l'ultima. Per non parlare del fatto che deve sorreggerle allo stesso tempo con il palmo della mano, facendo pressione verso l'alto perché non cadano. E tutto il processo va realizzato con un'unica mano, la sinistra, giacché ha bisogno della destra per spingere la porta all'infuori.

Sono ore che tiene il braccio in alto, e ha i muscoli completamente intorpiditi. Ha fatto delle piccole pause per recuperare la circolazione, ma il suo corpo è debole e disidratato e non risponde. È allo stremo delle forze. Potrebbe svenire da un momento all'altro.

Fine dei giochi, pensa.

«Va bene», risponde, con la sua voce, l'Altra Carla. Che ora è, sempre di più, la Carla Autentica. Quella che è al comando. Quella che ha portato entrambe fino a lì. «Va bene, arrenditi. Asseconda il dolore, asseconda lo sfinimento. Cedi a quattro millimetri dalla meta».

Lasciami in pace.

«Spero che ti trovino qui, così tuo padre vedrà che aveva ragione. Che non valeva la pena distruggere tutto per salvarti».

No. No.

«Perché non sei mai stata all'altezza».

Carla, umiliata, infuriata, spinge per l'ultima volta, tende tutto il corpo, riesce a muovere la porta e sorreggerla quanto basta. La settima mattonella entra. Giusto per un terzo della sua lunghezza.

Esausta, respirando a fatica, Carla si sgonfia. Il dolore le inonda le estremità, rigide.

«Non fermarti», sussurra l'Altra Carla. «Ora comincia la parte più importante».

Carla obbedisce, si volta per introdurre la mano nell'apertura al buio. Prima di farlo, un fugace pensiero le attraversa la mente. Che dall'altra parte, nell'oscurità, le forme sfuggenti della sua infanzia abbiano riadottato le sembianze dell'uomo del coltello, in agguato nelle tenebre, con la lama pronta, in attesa che lei allunghi il braccio per conficcargliela nel palmo della mano.

Guai a lui, pensa.

Tira fuori la mano.

Il braccio le rimane incastrato a metà dell'avambraccio, ma riesce a sfiorare la corda con la punta delle dita.

Deve soltanto tirarla. Ma è troppo lontana.

«Per avvicinarla, dovrai tagliarla».

Carla reintroduce il braccio. Quando sporge di nuovo la mano, stavolta tiene la mezza mattonella fermamente tra le dita.

14
Un tunnel

A Jon Gutiérrez non piacciono i tunnel abbandonati.

Non è una questione di estetica, perché a stento riesce a vedere qualcosa. Non c'è luce, per cui non può vedere i pantaloni del suo abito, che ha macchiato e squarciato saltando dal binario.

Quello che sta sulle palle a Jon dei tunnel abbandonati è che siano pieni di esplosivi.

Maledette bombe trappola, pensa Jon. *Questo a Bilbao non succede più.*

«Devi entrare alle sei del mattino in punto, non appena apre la metro», gli ha detto Antonia Scott, quando l'ha chiamato cinque ore fa. «Avrai pochissimo tempo per arrivare».

«Lasciami avvisare qualcuno. Io e te da soli…».

«No, Jon. È mio figlio. Non voglio coinvolgere nessun altro».

Jon ha cercato di memorizzare le indicazioni di Antonia.

«Un'altra cosa», ha detto lei. «Più ti avvicini, più probabilità ci sono che trovi una bomba. Il tunnel è molto ampio, per cui sicuramente il detonatore sta a terra, o a una minima altezza. Procedi con attenzione. Non calpestare nessun punto che non riesci a vedere».

Non appena passa il primo treno nel binario deserto della stazione di Goya, Jon salta sulle rotaie. Lo scambio è nascosto dietro una porta metallica, sprangata con un grosso e vecchio lucchetto. Ma il lucchetto apparentemente intatto non chiude nulla. Non appena Jon gira il pomello, il lucchetto si muove con la porta.

Ci siamo.

L'aria nel tunnel è antica, amara. Le pareti trasudano, e l'intonaco non è che una traccia, bianchiccia, tra macchie di umidità. Il silenzio si vede interrotto soltanto dal rumore dei treni della linea 2.

«Saranno centosessanta metri», ha detto Antonia. «Il tunnel è praticamente tutto in curva tranne una retta alla fine, ma dovrai fare attenzione. Se vedono che ti avvicini, sarai un bersaglio ambulante».

Il che vuol dire che dovrà spegnere la luce della torcia e andare alla cieca per gli ultimi trenta metri.

Jon cammina molto lentamente, attento al suolo. C'è un limo verdastro e maleodorante che si accumula sul fondo, a coprire i buchi dove anticamente erano state fissate le rotaie.

Non calpestare nessun punto che non riesci a vedere.

Jon sceglie con molta attenzione dove mettere i piedi. Il limo non ricopre tutto il cemento, e Jon appoggia il suo peso soltanto sui luoghi asciutti. A tratti deve fare passi in diagonale, o passi enormi, lunghi novanta centimetri.

Avanza molto lentamente. E menomale.

La prima delle trappole è un filo quasi invisibile. Attraversa il tunnel, da una parte all'altra, sorretto con un occhiello a vite alla parete. L'altra estremità sprofonda sotto il limo.

Jon si accovaccia e usa uno dei suoi fazzoletti per togliere parte del fango verdastro che c'è nei buchi dove prima si ancoravano le rotaie.

Da sotto spunta una plastica blu elettrico, che avvolge qualcosa. Jon non sa che cosa sia, ma sa per certo cosa accadrebbe se il filo si rompesse.

Si rimette in piedi, e passa con attenzione sopra il filo.

Jon non si rilassa. E menomale.

La seconda trappola è quasi immediatamente dopo. Ma questa volta non è un filo. Jon lo vede quasi per caso, perché la torcia riflette sulla lente del LED a infrarossi collocato sulla parete. Dieci euro in un negozio di elettronica qualsiasi. Proprio come quello degli ascensori.

Schiacciato contro la parete zuppa, l'ispettore Gutiérrez

deve fare delle acrobazie per passare al di sopra del sensore, situato a mezzo metro dal suolo. Quando riesce ad allontanarsi per un pezzo, emette un sospiro di sollievo.

Jon sospetta che se avesse interrotto la comunicazione tra i sensori, il mondo attorno a lui avrebbe fatto *bum*.

C'è una terza trappola ottanta metri più avanti. È identica alla prima, solo che stavolta il filo è talmente rasente il suolo che è praticamente invisibile. Di fatto, Jon non lo vede quando ci passa sopra. Non lo calpesta per puro caso. Si accorge della sua esistenza, con un sudore freddo, soltanto quando vede un secondo e un terzo sensore a infrarossi davanti a lui. Situati a diverse altezze. Mezzo metro e un metro da terra.

Porca troia, pensa Jon.

Adesso come fa a passare di lì.

Non resta altro che strisciare, e sperare che non ci siano altri fili a terra.

L'ispettore Gutiérrez si butta nel fango, con il corpo parallelo al filo, e poi serpeggia sotto i sensori. Riemerge dall'altra parte. L'abito, le mani e il viso pieno di limo fetido, una nausea terribile. L'odore che gli pervade le fosse nasali è assolutamente ripugnante.

Non riesce a trattenersi e vomita, ancora gattoni. Lo schifo si impadronisce del suo corpo, se ne impossessa e lo scuote in maniera involontaria, come un muscolo sotto una corrente elettrica. Sputa saliva, deglutisce, risputa altra saliva. Quando apre gli occhi

(ancora vivo, cazzo, ancora vivo)

gli ci vuole un momento per recuperare il controllo.

Si sente sporco.

Senza un fazzoletto con cui pulirsi, Jon si strappa via la giacca, e cerca di levarsi dalla barba la melma appiccicosa, e pulirsi le mani più che può, usando la fodera interna di seta. Abbandona il capo, ormai inutile.

Questa neanche in tintoria si pulisce, pensa.

Rimane in maniche di camicia. Sotto di essa si intravede la parola «POLIZIA» del giubbotto antiproiettile. Non tanto, tuttavia. La camicia è di cotone egiziano, e gli è costata un occhio della testa.

È arrivata l'ora di prendere una decisione. Perché un po'

più avanti, intuisce che il tunnel termina. Ora che i LED della torcia sono ricoperti di fango, riesce a vedere una luce tenue filtrare dietro le pareti curve.

«Ci sarà una rettilineo alla fine. Quando ci arrivi spegni la torcia», aveva insistito Antonia. «O ti vedranno».

«E se c'è una trappola in quegli ultimi metri, che faccio?».

A questo Antonia non aveva risposto.

Jon spegne la torcia. Ora è giunto il momento di camminare alla cieca, guidato soltanto dal tenue bagliore che ha davanti.

Mentre avanza nell'oscurità, senza altro riferimento che quello della parete a cui è appiccicato con braccia e schiena, Jon è straordinariamente cosciente del proprio corpo. I suoi muscoli irrigiditi dalla tensione. Lo stomaco che ora è un groppo vuoto e spinge contro il diaframma. Il cuore che batte sfrenato. Il sangue che pulsa nelle orecchie. La mandibola dolorante a forza di stringere i denti. Gli occhi, assetati di informazioni. I polpastrelli delle dita tesi, che percepiscono ogni macchia di umidità. Il mondo è un abisso, e l'oscurità non offre riparo, solo minacce.

Pensa alla morte, che gli pare inevitabile. A tutto quello che avrebbe voluto fare e ha rimandato, perché domani è un altro giorno. Ad *amatxo*, alla quale non ha detto *agur*.

Trenta metri. Ancora trenta metri, senza sapere se il passo successivo slaccerà un filo o taglierà il circuito di due sensori a infrarossi. Senza sapere se il prossimo passo sarà l'ultimo. Senza avere veramente chiaro perché va avanti. Le certezze sono svanite nel catino acido della paura. Dovere, onore, bontà, ora non sono che parole, lettere ammonticchiate senza alcun significato. Che il suo corpo aborre, avido di sopravvivenza.

Se vuoi vivere cent'anni, pensa Jon, *non vivere come vivo io.*

15
Un segreto

Dall'altra parte del *qanat* e della porta-trappola, una galleria di servizio.

Ma questa è decenni più antica di quella che Antonia ha trovato all'inizio del suo viaggio, ore prima che sembrano già giorni. Ora è abbandonata. Delle persone che l'hanno percorsa ci sono solo i resti. Una pubblicità su una piastrella di ceramica sulla parete ci offre «VALVOLE CASTILLA, SOLO IL MEGLIO PER LA SUA RADIO, CASELLA POSTALE 242 DI MADRID». Un'altra più avanti è convinta che «FUMARE IDEALES TI FA RESTARE MAGRO! IN VENDITA NEGLI SPACCI DELLA COMPAÑÍA ARRENDATARIA DE TABACOS».

Anni Trenta, calcola Antonia mentalmente. Prima di essere una galleria di servizio, fu un tunnel di passaggio dei viaggiatori. Murato molti anni fa, deduce, vedendo come si interrompe bruscamente. La parete di mattoni non rivestiti probabilmente tappa un accesso alla strada.

L'estremità opposta del tunnel conduce a un luogo che è chiuso da quasi mezzo secolo.

Un luogo che ora è il covo di Ezequiel.

La metro di Madrid custodisce al suo interno molti segreti.

Uno di questi è una stazione fantasma, abbandonata decenni fa. All'epoca faceva parte di un'unica diramazione della linea 2, che collegava Goya con Diego de León. Inaugurata nel 1932, cadde in disuso ventisei anni dopo, quando il percorso cambiò e si inaugurò la linea 4. L'enorme infrastruttura venne chiusa al pubblico, ma i dipendenti del suburbano gli trovarono un altro utilizzo. Di notte, finito il turno, i conducenti facevano un ultimo viaggio. Era conosciuto come "il treno dei soldi".

Sessanta uomini corpulenti raccoglievano le migliaia di monete che avevano incassato le bigliettaie durante il giorno e li riunivano in grandi sacchi che caricavano sul treno dei soldi. Poi li trasportavano fino alla stazione fantasma di Goya *bis*, dove vuotavano i sacchi su grandi tavoli allestiti sul binario. Lì contavano la montagna di spiccioli fino a notte fonda. Quello che non riuscivano a contare durante la giornata si accumulava in due enormi casseforti create su misura dalla prestigiosa ditta Fichet. Soltanto due dei dipendenti più veterani e fidati ne conoscevano la combinazione.

Agli inizi degli anni Settanta, il luogo venne abbandonato. I dipendenti trasferiti e i treni dei soldi cancellati. Nuovi metodi vennero utilizzati per raccogliere l'incasso.

Goya *bis* si trasformò realmente in una stazione fantasma. Senza elettricità, senza le rotaie che conducevano a essa, ritirate per essere usate in altri punti della rete. E il tunnel di quasi duecento metri bloccato da una porta che nessuno varca più.

Un posto che tutti quanti hanno dimenticato.

Il nascondiglio perfetto.

Antonia studia il corridoio davanti a lei. In fondo ci sono due scale che scendono verso il binario. Calcola il numero di passi che saranno necessari.

Spegne la torcia.

Le pareti sono coperte di piastrelle bianche, che riflettono la luce come specchi nonostante siano ricoperte di polvere. Non vuole allertare i nemici della sua presenza.

Il resto del cammino dovrà farlo al buio.

Il tempo non è più una linea retta, è svanito nella pira dell'urgenza. La sua vita – chi è, perché lo è – è priva di ogni significato. Tutto ciò che importa è l'incerto e pericoloso presente. Ora la sorte di Jorge, di Carla Ortiz, la sua, non risiedono interamente nelle sue mani.

Tutto questo enorme sforzo non servirà a nulla se, quando metterà in atto il suo piano, Jon non farà la sua parte.

Ora deve fare ciò a cui si è opposta con le unghie e con i denti per tutta la vita: fidarsi di un'altra persona.

Ezequiel

Per Nicolás, la notte è stata infestata da spettri.

Si è sforzato di dormire, perché il giorno successivo sarà difficile, sarà pericoloso, e ha bisogno di essere in forze. La morte che contemplava stanotte – una via d'uscita, come una benedizione opportuna – gli pare ora impossibile. L'inferno, dove il verme non muore e il fuoco non si spegne, è reale. Ora lo sa, perché gliel'hanno detto gli spettri. Questa notte hanno fatto la fila per venire a trovarlo, per intrufolarsi tra il pagliericcio e la pila di vestiti che gli fa da cuscino, per torturarlo durante il dormiveglia. Gli spettri. Il bambino che ha dissanguato, i poliziotti della sua vecchia casa. Sua figlia Sandra. Lei non aveva parlato, lo aveva soltanto guardato con quei suoi occhi tristi, le palpebre a mezz'asta di chi vive una vita che non gli corrisponde.

Sandra gli aveva ricordato con quello sguardo la realtà da cui sta scappando da mesi.

Non sei morta. Non voglio che tu sia morta.

Ezequiel si rigira nel pagliericcio. Vede davanti a sé – o forse sogna – un nido, in cui un uccello dalle piume nere deposita un uovo, prima di andarsene. Si risveglia, con la pelle in fiamme, ma non suda, perché ha la febbre, una febbre alta che gli lascia la testa pesante e le braccia doloranti. Nel taschino della camicia ha messo le compresse di ibuprofene, l'ultimo blister della confezione. Lo prende. Al tatto nota che tutti gli scompartimenti trasparenti sono vuoti, i loro piccoli imeni argentati penzolano tristi.

Si raddrizza quanto basta per girare la chiave della lampada a gas. La bombola blu è quasi vuota, presto bisognerà cambiarla, ma ne resta a sufficienza per illuminare buona parte del binario. Addossate alla parete ci sono due casseforti, enormi, alte. Tra loro, il corridoio che conduce alla stanza che una volta fungeva da ufficio e dove ora dorme Sandra

(non è morta)

insieme al bambino, il bambino piccolo che non ha smesso di piangere da quando è arrivato e che ora sembra aver ceduto allo sfinimento.

Sandra si è alzata. La sente aprire la porta dell'ufficio e dirigersi verso di lui.

Nicolás sa che cosa le dirà. La notte volge al termine, ed è arrivato il momento. La donna dovrà unirsi agli spettri. Sandra ha pensato al modo, uno particolarmente crudele. Gli ha spiegato anche che cosa faranno poi con il corpo. Lo abbandoneranno a notte fonda, davanti a uno dei negozi del padre. Dove tutti quanti possano vederlo, Sandra dice che è finito il tempo di nascondersi. Che è giunta l'ora che il mondo conosca la loro opera.

Nicolás non vuole.

Cerca con lo sguardo il suo quaderno sul tavolo, ma è molto lontano, e lei è già lì, indossa una tuta blu, sulla quale restano ancora delle macchie marroni rinsecchite. La consolazione della confessione dovrà attendere qualche ora. Avrà aggiunto un nuovo grappolo di peccati a quel punto. E altre macchie su quella tuta.

«Spero che tu abbia riposato bene», dice Sandra. E non c'è ironia né crudeltà nella sua voce, lei non sa degli spettri. Nemmeno dolcezza, né vero interesse. In quella voce neutra, terrificante, non c'è altro che la manifestazione di un desiderio personale, di una necessità personale.

Nicolás acquisisce in quel momento – è un momento breve – la certezza che gli spettri hanno ragione. La nebbia che da mesi vela i suoi pensieri si alza, e per un secondo Nicolás vede la realtà per quella che è. Risponderà a Sandra che se ne va. Anzi, se ne andrà senza dire nulla.

Dopo la nebbia torna a scendere, la risoluzione lo abbandona, il momento passa.

«Porta la donna», esige Sandra.

Nicolás guarda l'orologio. Nero. Cinturino di nylon. Grande e quadrato. Un congegno strano in quel luogo, un servo dell'ordine in un labirinto di caos.

«Rimangono ancora undici minuti».

Sandra alza le spalle.

«Non ha senso protrarlo ancora».

Porta le grosse cinghie di cuoio. Le porge a Nicolás con un gesto imperativo, snervante.

Nicolás guarda la mano di Sandra come se da essa penzolassero due serpenti velenosi. Lui invece vuole protrarlo. Posticiparlo di qualche ora. Dopo aver passato una notte braccato dagli spettri, l'ultima cosa che vuole è legare quegli strumenti di tortura, sentire la carne blanda, morbida e tremolante della donna sotto quelle cinghie. Magari domani, quando avrà potuto utilizzare il suo quaderno, trovare un racconto che dia senso a ciò che gli capita. A ciò che sta facendo.

«C'è qualche problema?».

Sandra ha un luccichio strano negli occhi. C'è minaccia, ovviamente, ma anche qualcos'altro. Calcolo. Aritmetica. Nicolás non sa che lo sta valutando, che Sandra cerca di decidere se può continuare a trarre profitto da lui o se, al contrario, è giunta l'ora di abbandonare un cavallo stremato. Nicolás non lo sa, ma intuisce un pericolo, proprio come i cani quando i padroni si preparano per uscire di casa e lasciarli soli per ore.

«Nessun problema», afferma Nicolás, allungando la mano e afferrando le cinghie.

Lei non le ha ancora lasciate, quando sentono la voce.

«Buongiorno. Scusate l'interruzione».

Un milione di anni fa, Nicolás andò una volta allo zoo con sua figlia. Nel padiglione dei serpenti c'era un pitone burmese. Quando si avvicinarono, il rettile girò la testa esattamente come ha appena fatto Sandra verso il suono.

Proviene dalle scale, in fondo al binario.

«Mi dispiace aver rovinato con la mia presenza ciò che stavate facendo», insiste la voce di Antonia Scott.

Sandra molla le cinghie, che rimangono nelle mani di Nicolás. Si china sul tavolo, prende la pistola e una delle torce.

«Uccidi il bambino», gli ordina. «Io mi occupo di questa cosa».

Ciò che terrorizza Nicolás non è l'ordine, ma il sorriso che lo accompagna. Come se lei stesse aspettando quell'intromissione. Come se fosse veramente quello che più desiderava al mondo.

Carla

Tre minuti prima

La corda è quasi tagliata.

La pelle dei suoi avambracci è squarciata in diversi punti, e le sue spalle protestano per aver mantenuto la stessa posizione per ore, ma mancano soltanto poche fibre.

Con un ultimo sforzo, riesce a finire il lavoro. Non appena la corda si spezza con un dolce schiocco, l'enorme peso della porta metallica le cade sul braccio, schiacciandolo. Il dolore è disumano, ma lei non molla la corda, alla quale si è aggrappata con tutte le sue forze.

Sostiene il pezzo di mattonella tra i denti e comincia a tirare, strappando altra pelle dagli avambracci, che rimane agganciata al bordo arrugginito della porta. Riesce ad afferrarla anche con la mano sinistra, e continua a tirare. Non c'è speranza nel suo cuore, neanche certezza di sopravvivere. Soltanto l'impellente necessità di continuare a respirare. Il dolore è secondario, il dolore è accettabile. Il dolore è vita, lo sforzo titanico è vita. La sete insopportabile, il liquido corrosivo che le ribolle nei polmoni, chiedendole di abbandonare la sua ostinazione, è vita. Arrendersi, è morte.

Due palmi. Tre. Le mattonelle che aveva usato come fermo cadono a terra, e il rumore che fanno sembra a Carla forte come una sirena dei pompieri.

Deve sbrigarsi. È impossibile che non l'abbiano sentito.

Comincia a trascinarsi, piano piano, attraverso l'apertura che è riuscita a creare. Non può mollare la corda. Quando la mollerà, cadrà. Il suono potrebbe allertare i suoi sequestratori, se non l'hanno già fatto le mattonelle cadendo.

Crede di sentire delle voci in lontananza, una voce forte di donna, ma non vi presta attenzione.

Ha il corpo quasi fuori. Ma rimane con il braccio allungato, sostenendo la porta metallica a grande fatica.

Chi emerge dall'altro lato della cella è l'Altra Carla. La vecchia Carla ora le sembra una parente lontana, di quelle che incontri ai matrimoni e il cui nome qualcuno deve sussurrarti all'orecchio prima di salutarla.

È sul braccio destro dell'Altra Carla che cade la porta – con un rumore tenero –, quando le forze la abbandonano.

Quando era una bambina, Carla – la vecchia Carla – aveva corso davanti a suo padre per impedire che la porta di un garage si chiudesse. Una di quelle grandi porte di garage a chiusura orizzontale. Infilò la mano per toccare la fotocellula prima che si chiudesse del tutto. Ma arrivò tardi. E la porta la intrappolò. La vecchia Carla aveva strillato e pianto per tutto il tragitto verso l'ospedale. Le era rimasta una brutta cicatrice sull'avambraccio e il muscolo leggermente incavato, perfino decenni dopo.

L'Altra Carla, la Nuova Carla, non emette il minimo rumore. Senza mollare la mattonella, si morde la parte interna delle guance per distogliere l'attenzione dal dolore che sta provando sul braccio. Carla è ora un animale intrappolato, pericoloso. Sarebbe capace di strapparsi a morsi il braccio pur di uscire di lì. Deve girare il corpo, accovacciarsi e alzare con le ultime forze la porta sui suoi cardini, in modo tale da riuscire a liberare l'avambraccio.

La porta fa uno schiocco.

Carla è libera.

Stare lì, da sola, nell'incerta penombra, le provoca una paura che non aveva provato prima. La paura di annegare sulla riva, dopo aver attraversato a nuoto un mare agitato.

Ora il suo corpo le impone di fuggire, di correre in una direzione qualsiasi. Su un lato del corridoio può percepire una luce tenue, per cui intuisce che quello non è il lato corretto. Lo sa. La Nuova Carla sa cose. Sul lato contrario c'è solo altro buio, in cui c'è soltanto un'isola di luce.

Proviene da una porta.

La porta della stanza accanto alla sua cella. Una porta di legno e vetro. Una porta attraverso la quale si sente di nuovo il pianto di un bambino, che chiama sua madre.

È un trucco. Fuggi. Fuggi.

Ma non può fuggire. Deve sapere.

Devo sapere, pensa, mentre si volta verso la porta di legno.

Forse il suo corpo sta chiedendo e urlando di non sapere, ma da troppo tempo ormai – da una vita – volge le spalle alla verità per potersi arrendere questa volta.

La stanza è un ufficio minuscolo illuminato da una lampada a gas, in cui i mobili sono stati spostati per far spazio a un materasso a terra. Dall'altra parte, con un polso legato con nastro telato a una tubatura, c'è un bambino piccolo. Indossa dei pantaloni grigi e un maglione verde. Gli occhi infossati e arrossati, la voce roca dal pianto. Quando Carla entra nella stanza, il bambino la guarda, terrorizzato. Carla non è cosciente della propria immagine finché non si contempla attraverso gli occhi del bambino. Un'apparizione insanguinata, senza altri vestiti che il reggiseno e le mutande, ricoperta di sporcizia e sudore.

Carla si inginocchia accanto al bambino.

«Come ti chiami?».

Il bambino distoglie lo sguardo, di fronte a quel nuovo mostro che è spuntato dall'oscurità per tormentarla. Apre la bocca per piangere, gonfia di nuovo i polmoni.

«No. No. Calmati. Mi chiamo Carla. Sono qui per aiutarti».

Non aspetta che il bambino le risponda o che elabori la sua presenza, perché non c'è tempo da perdere. Comincia a tagliare il nastro adesivo che lega il bambino alla tubatura, usando il pezzo di mattonella. Ora che può vederlo, per la prima volta, si rende conto di quanto minuscolo e patetico sia quell'improvvisato strumento. E, tuttavia, l'ha portata fino a qui.

Il bambino la guarda con gli occhi molto aperti, tirando su con il naso. Non è capace di comprendere perché il mostro sporco e ricoperto di sangue lo stia aiutando.

All'improvviso, da un punto dietro Carla, i suoi occhi riflettono di nuovo il terrore.

Oh no, pensa Carla, capendo, un istante troppo tardi, di aver commesso un errore.

L'uomo del coltello è dietro di lei, la afferra per i capelli, la scaglia a terra con brutalità.

«Non puoi fare questo. Questo non lo puoi proprio fare!».

La testa di Carla sbatte contro il cemento, e rimane intontita, a pancia in su. L'uomo del coltello si avventa su di lei, le avvolge le dita attorno al collo e comincia a stringere.

È questo ciò che ottieni quando cerchi di fare qualcosa di buono, pensa Carla. *Questo è ciò che ottieni.*

Mentre le dita dell'uomo del coltello le schiacciano la trachea, Carla prova soltanto un'incomprensibile sensazione di ingiustizia. Durante la sua permanenza nell'oscurità aveva imparato che Dio, il Bene e il Male, non erano altro che bisillabi con la maiuscola. Ma le rimaneva ancora un alito di speranza in una specie di equilibrio universale. Lo stesso che l'aveva spinta a entrare nella stanza, attirata dal pianto di quel bambino, la cui gamba si agita a pochi centimetri dalla sua faccia. Sulla scarpa da ginnastica c'è serigrafato uno SpongeBob che ha perso un occhio e parte di una mano, a forza di colpire un pallone. Carla si rende conto – in un ultimo sprazzo di lucidità del suo cervello, che consuma gli ultimi resti di ossigeno – che quella scarpa ce l'ha anche suo figlio Mario. È anche graffiata nello stesso punto. È una di quelle che fabbricano loro. Un difetto che avrebbe fatto notare al dipartimento corrispondente con una mail. Decisa, ma gentile.

I suoi occhi vengono nuovamente inondati dalla luce bianca e accecante.

Muoio, pensa Carla. Non c'è incredulità, né paura, né lamento. Solo sconfitta.

A quel punto sente qualcosa – il senso dell'udito è la prima cosa che si mette in moto nel cervello quando uno si risveglia, e anche l'ultimo a sparire. Una voce maschile, decisa. Non capisce il senso delle parole. Ma le dita smettono di stringerle la gola, e il corpo di Carla riprende il controllo, riavvia i polmoni, di nuovo, inspira l'aria a enormi boccate, sente la vita inondarla nuovamente…

A quel punto risuonano gli spari.

16
Un diversivo

Antonia avanza molto lentamente.

Sa che la sua unica opportunità risiede nelle mani di Jon. Che lei non è altro che uno specchietto per le allodole, che deve servire per allontanare uno dei due dalla porta e dare all'ispettore Gutiérrez un'opportunità.

Mentre la sua voce risuona con forza nei corridoi, Antonia si muove più piano che può, sperando che l'eco sulle piastrelle serva a depistare quanto basta uno qualunque dei due che andrà a cercarla.

Antonia è convinta che sarà Sandra. Vorrà farla fuori personalmente.

Si muove, lentamente. Più che può. Attorno a lei, il mondo cospira per rivelare la sua ubicazione. Il cemento scricchiola sotto i suoi piedi, il fruscio dei suoi vestiti strappa sussurri alle pareti. Ogni movimento è una denuncia.

La sua mente è sempre più piena. Svanito completamente l'effetto delle pastiglie, Antonia deve lottare per mantenersi lucida sotto pressione.

«È una cosa meravigliosa, il suono, non credi?», riecheggia la voce di Antonia nel corridoio. «Non si è mai sicuri della sua provenienza».

Sandra sta salendo le scale. Dietro di lei, Antonia può vedere il riflesso della sua torcia, che scruta l'oscurità, e va avanti, l'unico cammino che le resta. Il fascio di luce illumina l'entrata del corridoio. Poi Sandra si china, alla fine delle scale, e gira l'angolo bruscamente. Spara due volte, e le pallottole attraversano il corridoio, si incastrano nella parete opposta, vicino ai tornelli, senza trovare nel loro cammino altro che aria. La torcia illumina allora il telefono su cui Antonia ha registrato una lunga nota vocale, piena di pause, come diversivo per ingannarli.

Sandra comprende l'inganno, tardi, e schiaccia il telefono sotto il tallone con un grugnito di frustrazione, prima di scendere di corsa le scale.

17
Un ufficio

Il piano era molto semplice.

Non appena sentiranno la mia voce, loro verranno da me.

Jon esce dal tunnel, miracolosamente vivo. Non ha calpestato nessun filo o, se lo ha fatto, non ha attivato nessuna trappola.

Davanti a lui c'è la stazione abbandonata. Il binario sulla sua sinistra è visibile sotto la luce di una lampada a gas, che crea una bolla fantasmagorica e disegna ombre scure sulle pareti. Dal corridoio più vicino arrivano rumori di lotta.

Jon sale a fatica sul binario, sentendosi completamente esposto. Deve appoggiare entrambe le mani per riuscirci. Poi si inoltra nel corridoio. Un piede davanti all'altro, le ginocchia leggermente flesse, la pistola che punta davanti a sé. Alle sue spalle sente due spari, ma va comunque avanti.

La priorità è mio figlio, Jon. Qualunque cosa tu senta, non venire ad aiutarmi. Vai avanti. Trovalo.

Questo intende fare.

In fondo c'è l'ufficio, dal quale provengono i rumori. Quando si affaccia alla porta riesce a vedere un uomo, di spalle, a cavalcioni sopra una donna seminuda che sta soffocando con le sue stesse mani. Le gambe di lei si agitano sotto il suo corpo.

«Fermo, polizia!», dice Jon, con la pistola puntata direttamente tra le scapole dell'uomo. «Mani sopra la testa, subito».

L'uomo impiega un attimo a fermarsi. Anche di spalle, Jon è in grado di percepire il suo stupore. Non si aspettava che lo interrompessero, non in quel momento.

«Mani sopra la testa», insiste Jon. «Non me lo faccia ripetere, Fajardo. È finita, cazzo».

Fajardo si volta verso di lui – il suo volto si staglia contro il bagliore di un'altra lampada a gas. Dietro di lui, Jon può vedere il figlio di Antonia, con gli occhi sbarrati.

È vivo. È vivo. Siamo arrivati in tempo.

Senza smettere di tenere sotto tiro Fajardo, Jon si porta la mano alla cintura e prende le manette. Ne mette una attorno al polso di Fajardo. Non riesce a mettere la seconda. Non arriva nemmeno a sentire il suono dei polmoni di Carla Ortiz, che tornano a riempirsi di aria. Né riesce a sentire i due spari che lo abbattono. Prova solo dolore, prima che il suolo gli vada incontro.

Carla

L'uomo del coltello si stacca, e Carla si divincola, gattona fino al bambino. I suoi pensieri sono sorprendentemente vuoti, i ricordi sono scomparsi. Anche la paura e il dolore. Nulla importa, se non finire di liberarlo da quel pezzo di nastro telato che ha tagliato a metà. La mattonella è per terra. La raccoglie, con dita molto deboli, e continua a tagliare. A stento riesce a graffiare la superficie plastica, figuriamoci a recidere le fibre di stoffa che ci sono tra lo strato argentato e quello che contiene l'adesivo. Le sue mani sono quelle di una bambola di pezza, il suo cervello non è da meno. Cerca di inspirare altra aria, cerca di concentrarsi, al di là del capogiro, della vista sfocata, sui quattro centimetri di nastro che mancano da strappare. La mattonella è inutile nelle sue mani flaccide – la destra non risponde più, la sinistra non è mai servita a granché –, per cui si china sul polso del bambino e utilizza i denti, i canini che una volta il dentista voleva toglierle, ciò le avrebbe risparmiato mesi di ortodonzia, ma lei insistette di no. Voleva tenersi tutti i suoi pezzi.

Carla morde, conficca, rode. Uno dei canini si spezza, in forma longitudinale, quando tira l'adesivo. Il dolore la raggiunge nello stesso momento in cui, con un graffio, il nastro si rompe.

«Corri», dice Carla al bambino. «Corri e non guardare indietro».

Il piccolo si alza, passa accanto all'uomo del coltello – che è chino sul poliziotto, e lo sta strangolando come prima aveva strangolato lei –, attraversa la porta e svanisce nell'oscurità del corridoio.

18
Un binario

Dalle scale su cui si è acquattata, Antonia sente Sandra tornare indietro di corsa da dove è venuta. Il suo piano, che consisteva nell'attirarla con il telefono e tenderle un'imboscata quando fosse scesa dall'altra parte, è andato in malora. Sandra la anticipa, e ritorna al binario, perché ha intuito la trappola.

Antonia si alza in piedi e cerca di seguirla, scende le scale, ma la sua mente si ostina a giocare con la squadra avversaria. Quando il binario poveramente illuminato le si apre davanti agli occhi, gli elementi si accumulano nella sua testa, offrendo la loro triste e macabra storia in decimi di secondo.

Il tavolo su cui è morto Jaime Vidal, l'adolescente sequestrato per errore al posto di Álvaro Trueba.

La lampada a gas, che ammicca, intermittente, avvisando che è sul finire.

I resti di vestiti, cartoni di cibo confezionato, la spaventosa e banale realtà quotidiana dei responsabili dell'orrore.

Le crepe sulle pareti, antiche e minacciose.

La polvere negli angoli, uno scarafaggio che corre non appena gli poggia il piede vicino.

Il pagliericcio, gli elementiditorturaabbandonatiaterra...

Antonia non riesce a respirare. Il sovraccarico di informazioni è troppo per il suo cervello, che reclama un modo per filtrare, per controllare tutti quegli impulsi che le raccontano ciò che è successo qui in giorni e giorni con tanta vivezza e precisione come se stesse vedendo un video ad alta definizione, sovrapposto alle immagini del mondo reale.

Devo andare avanti. Devo andare avanti.

Va avanti, cammina sul binario, a fatica. Alza la pistola, perché dal fondo Sandra sta mirando in avanti, verso il corridoio, e a chiunque sparerà, Antonia sa che deve impedirlo. Si sfrega gli occhi, cerca di prendere la mira. Il cervello invia alle dita l'ordine di sparare, ma questo sembra metterci un'eternità a trasmetterlo, a risalire la corrente di dati.

Sandra spara due volte.

Antonia una.

Lo sparo di Antonia passa accanto a Sandra, e l'unica cosa che ottiene è quella di allertarla della presenza di Antonia alle sue spalle. Sandra si accuccia dietro una delle casseforti. Antonia sbatte le palpebre diverse volte, cercando di calmarsi, si ripara dietro l'altra.

Nell'ufficio in fondo al corridoio, Jorge si precipita fuori, passa accanto a Jon, caduto a terra mentre Nicolás lo strangola, e corre verso il binario.

Dritto dritto tra le grinfie di Sandra, che lo acciuffa quando le capita a tiro.

Lo sorregge in aria, tenendolo alla vita, nonostante il bambino scalci e si contorca, e gli poggia la pistola alla testa.

«Muoviti e ti ammazzo, moccioso di merda», gli sussurra all'orecchio.

Sandra si alza in piedi.

«Ho tuo figlio», dice. «Non osare avvicinarti».

«Jorge!», grida Antonia.

Il bambino riconosce la madre, grida, scalcia di nuovo. Vuole andare da lei, ma non può competere con la forza di Sandra che, usandolo come scudo, salta con lui sul binario e si addentra nell'oscurità del tunnel.

Carla

Carla prova una pace insolita. La perdita di sangue, l'asfissia, la disidratazione hanno riscosso il loro prezzo. Si lascia cadere contro la parete, e chiude gli occhi.

Ora posso riposare, pensa.

Ma c'è qualcos'altro che deve fare. Anche se non riesce a ricordare cosa. Anche se percepisce che è importante.

Riapre gli occhi. Il poliziotto è ancora a terra, e sta morendo. Carla lo sa, sente di dover fare qualcosa a riguardo. Salvarlo, come lui ha salvato lei. Ma Carla è debole. E tuttavia...

Si raddrizza, vacillando, e riesce a gattonare e avvicinarsi all'uomo del coltello.

Pensa a Carmelo, che si dissangua in un terreno abbandonato.

Era della famiglia.

Ha ancora la mattonella nella mano sinistra. La mattonella appuntita. La sorregge con la sinistra, alza il braccio per prendere lo slancio, e la conficca come se fosse un pugnale nella nuca dell'uomo del coltello.

L'uomo presagisce qualcosa nell'ultimo istante, e gira la faccia bruscamente. Il suo impulso si aggiunge alla pugnalata di Carla, che gli affonda la punta della mattonella nell'aorta. L'uomo guarda Carla incredulo – cercando di ricalibrare ciò che sta accadendo –, mentre allenta la presa dalla gola del poliziotto e cerca di togliersi quell'elemento estraneo dal collo. Uno fiotto di sangue intermittente sgorga dalla sua arteria, mentre l'uomo crolla a terra, in una pozza tiepida e crescente che inzuppa le ginocchia di Carla.

Tarda a morire, e Carla non perde neanche un dettaglio

dei suoi ultimi istanti, della sua lotta patetica per contenere l'emorragia, dei suoi occhi sporgenti e sgranati. Occhi vuoti da marionetta. Lo manderebbe all'inferno, come fanno le eroine dei film quando fanno fuori il cattivo, ma non ne sente la necessità. Non prova alcuna emozione. Si è limitata a eliminare una bestia. Come schiacciare una lumaca sotto la suola della scarpa.

Ora sì? Ora posso riposare?

Il suo corpo risponde per lei. Si lascia cadere sul petto del poliziotto. Non sente battere il suo cuore. Carla avverte una vaga tristezza per essere arrivata troppo tardi, prima di soccombere al buio.

19
Un binario

Antonia sta per svenire. Lo sa. Il suo cervello è programmato – mutato, perversamente alterato – per funzionare al massimo in situazioni di tranquillità. Ma una situazione di minaccia fa sì che l'istamina del suo cervello vada fuori controllo, la renda ricettiva a ciascuno degli input di informazione che la sua mente eccezionale riceve e cerca di gestire. Una psicopatica assassina che punta una pistola alla testa di tuo figlio e lo usa come scudo umano mentre fugge lungo un tunnel potenzialmente pieno di esplosivi è molto in alto nella classifica delle situazioni di minaccia che Antonia Scott – o chiunque – può immaginare.

Completamente cosciente di tutti gli elementi di ciò che la circonda, da un antico annuncio sulla parete

(Persil lava da solo)

fino a una lattina di Coca-Cola mezza vuota

(sensazione di vivere)

accanto al piede del tavolo, a meno di mezzo metro da una pozza di sangue raggrumato, Antonia si alza in piedi. Il peso dell'arma nella sua mano la attira in avanti, verso il semicerchio di oscurità che ha inghiottito Sandra e suo figlio. Scende sul binario in un qualche modo, inciampa, cade sul cemento. Sente la testa che sta per aprirsi in due.

Quando si raddrizza, inciampa di nuovo. Con un grande tempismo, perché c'è un lampo nel buio. Sandra le ha sparato, e Antonia sente lo sparo che le sfiora i capelli, talmente vicino che il fischio le ferisce l'udito.

«Non seguirmi, Scott!».

Antonia non sente – la sua mente ha processato lo sparo

alla stessa altezza di una vite arrugginita per terra, che ha visto molto vicino cadendo. Si limita a continuare a camminare in avanti, verso suo figlio.

Si addentra nelle tenebre. La graduale riduzione di stimoli all'interno del tunnel, man mano che Antonia avanza, l'aiuta a recuperare la calma.

Può utilizzare quell'oscurità che la circonda.

Antonia si attacca alla parete, respira a fondo e chiude gli occhi. Cerca di ripulire la mente dal rumore, di zittire le scimmie che saltano da una parte all'altra.

Conta lentamente, da dieci a uno.

Com'era il tuo volto prima di nascere?

Riapre gli occhi, e continua ad addentrarsi nel tunnel. Davanti a lei riesce a sentire Jorge che si dimena.

«Tuo figlio non mi sta aiutando per niente, Scott». La voce di Sandra rimbomba sulle pareti, acquisendo un tono onnipresente, minaccioso. «Ci sono trappole in questo tunnel, lo sai? E io non ho portato la torcia. Per cui se continua a scalciare e non mi lascia concentrare, magari ne trovo una per caso».

Antonia, con il cuore raggrinzito dalla paura, deve richiudere gli occhi e respirare a fondo.

«Jorge. Jorge, ascoltami».

«Mamma! Mamma, aiutami!».

Suo figlio sta piangendo, disperato. L'anima di Antonia si squarcia per il dolore e l'ansia. Ma non potrà aiutarlo se non si calma. Se non lo calma.

«Jorge, devi stare fermo. Devi stare fermo e ascoltarmi. È pericoloso se ti muovi. Molto pericoloso. Stai fermo, mi senti?».

«Voglio andare a casa! Voglio vedere il nonno!».

Il nonno, pensa Antonia, ed è un vero pugno nello stomaco.

«Andrai subito dal nonno, amore mio. Ma ora devi stare fermo».

Il bambino smette di scalciare.

«Così va meglio», dice Sandra.

Può sentirla mettere a terra suo figlio – normale, il bambino pesa un quintale. Cerca di interpretare la situazione dai suoni che le arrivano. Ora starà camminando in avanti, tirandolo per la mano.

Antonia si sta avvicinando al luogo in cui il tunnel comincia a tracciare una curva. Sporge una mano, e la ritrae. Come le aveva anticipato, Sandra la stava aspettando, e spara contro il movimento che è riuscita a captare nei resti minuscoli di luce che filtrano dal binario. Antonia si muove non appena sente lo sparo, approfittando che la deflagrazione avrà momentaneamente accecato Sandra. Corre in diagonale verso la parete di fronte, e poi si mette sulla stessa in cui stava prima, giusto in tempo per schivare lo sparo che Sandra ha diretto verso la parete dalla quale se ne è appena andata.

«Non riuscirai a scappare, Sandra. E Carla Ortiz sopravvivrà. Hai fallito in tutto», dice Antonia, mettendo la mano destra davanti alla bocca, per smorzare il suono e perché Sandra non possa riconoscere chiaramente da dove arriva.

C'è una risata, una risata inverminita, infettiva e crudele.

«Pensi ancora che tutto questo sia per Carla Ortiz? O per Álvaro Trueba? Credi ancora a una delle storielle che ho usato con quello svitato di Nicolás Fajardo? Sei molto meno stupefacente di quanto mi avevano detto, Antonia Scott».

Antonia cammina sempre più lentamente. La voce di Sandra è sempre più vicina, con meno eco. Deve stare a meno di sei o sette metri da lei. Se la sentisse avvicinarsi, non dovrebbe sforzarsi troppo per centrarla.

Si volta per rispondere – non dovrebbe, ma ha bisogno che continui a parlare –, punta la voce verso il binario, usa di nuovo la mano per smorzarla, per renderla indefinita.

«Chi ti aveva parlato di me, Sandra?».

«E hai anche bisogno che te lo dica... Tu, che ricordi tutto, non ricordi chi hai danneggiato? Quali strascichi ha lasciato la tua battaglia contro il male?».

Antonia non risponde, perché non ha risposte.

«Ma lui mi ha trovato, Scott. Lui mi ha accolta e resa migliore. Mi ha insegnato a manipolare Fajardo. Ha inventato Ezequiel per te. Non abbiamo scelto il nome di un profeta a caso. Un profeta parla attraverso un potere maggiore. Un profeta annuncia chi verrà».

Antonia sente il corpo contrarsi in un brivido di puro terrore. E odio, anche. Perché finalmente ha capito – con una certezza fredda, affilata – che cosa è successo fin dal principio. Come hanno giocato con lei.

Lui.

Dio, quanto sono stata stupida.

Ma ora non può pensare a questa cosa.

Vicino – sempre più vicino –. Antonia sente Jorge agitarsi di nuovo, intuendo, forse, la presenza della madre.

«Fallo smettere, Scott», dice Sandra, e stavolta nella sua voce c'è qualcosa di più oltre alla crudeltà. «Fallo smettere, o moriremo tutti e tre».

Paura. Ha paura.

Dobbiamo essere vicini a una delle bombe.

Antonia si spreme le meningi, cercando di trovare il modo di salvare suo figlio.

E a quel punto capisce che non è un lavoro per la persona più intelligente del mondo.

È un lavoro per una madre.

«Jorge», lo chiama. «Voglio che mi ascolti. Sei in pericolo. Ora giochiamo a un gioco, un gioco che fai a scuola. L'uovo e la papera, ti ricordi? Devi stare molto tranquillo, tranquillo come un uovo, e quando ti dirò…».

Antonia si è dimenticata di mettersi la mano davanti alla bocca e Sandra ha identificato da dove proviene la sua voce. Alza l'arma nell'oscurità.

Anche Antonia.

«*Duck!*», grida.

Jorge si butta a terra, come ha fatto un milione di volte nel cortile della scuola e in classe, perché *duck* in inglese significa 'papera', e anche – vantaggi di un'istruzione bilingue – 'accovacciarsi'.

Sandra spara.

Anche Antonia.

Entrambi i lampi, quasi simultanei, fendono l'oscurità. Il colpo di Sandra si schianta sulla parete, a millimetri dall'occhio di Antonia. Quello di Antonia colpisce la spalla di Sandra, che cade all'indietro nelle tenebre.

Jorge corre verso sua madre, che lo afferra, lo butta a terra, lo copre con il proprio corpo.

A quel punto arriva l'esplosione.

Il fuoco passa sopra di loro – Antonia nota il caldo rovente sulla pelle nuda degli avambracci, sui capelli bruciacchiati. Una tonnellata di calcinacci cade dal soffitto e dalle pareti, alcuni molto vicini.

Quando passa la polvere e il fumo, sono entrambi ancora abbastanza vivi.

Jorge abbraccia la madre, nell'oscurità.

«Sono stato bravo, mamma?».

«Molto bravo, Jorge», dice lei.

«Voglio andare dal nonno».

«Ti ho sentito», ammette sua madre, malvolentieri.

E poi fa una cosa, per la prima volta in tre anni. Lo bacia, sulla fronte. Un bacio pieno di tenerezza. Non appena le sue labbra abbandonano la pelle, Antonia si chiede, attonita, come abbia potuto vivere senza questa cosa.

Carla

La prima cosa che Carla vede quando si sveglia è una donna china su di lei. Il suo volto non ha nulla di speciale, finché non sorride. Ed è un sorriso pieno di luce.

C'è anche il poliziotto. Sembra stare bene, dopotutto, anche se ha la faccia rossa e il collo bluastro. Carla ricorda di avergli salvato la vita. Ne è contenta.

Ci sono telefonate, svariate. Carla non è troppo cosciente di ciò che succede. Il poliziotto parla, la donna anche.

Sono sotto shock, pensa. Vi si abbandona.

Dopodiché entrambi la conducono lungo dei tunnel antichi e maleodoranti. C'è un bambino insieme a loro. Tutto ha i toni evanescenti di un sogno. Nonostante si trascinino in luoghi terribili, Carla si sente in salvo. Prima o poi arriveranno gli incubi, a tempo debito. Ora si sente soltanto fluttuare, come se il cammino verso la luce del giorno lo stesse facendo a bordo di un tappeto magico.

A metà strada incontrano due poliziotti e un paramedico, che riversano tutte le loro attenzioni su di lei, irrorano le sue ferite con l'antisettico, le coprono le spalle con una coperta, le somministrano liquidi. La strappano dall'altro poliziotto, quello grande e largo – non che sia grasso –, dalla donna e dal bambino. La portano fino a una scaletta. Dall'altro lato si sente la strada, la vita normale, la libertà. La fine.

Carla si rifiuta di salire, si divincola, si aggrappa alla scaletta.

«Voglio uscire con loro», dice, facendo un cenno alle sue spalle. «Sono quelli che mi hanno salvato».

La donna piccola si china per abbracciare il figlio e fa un

cenno al poliziotto grande, indicando verso Carla. Il poliziotto grande nega con la testa. Sembra che discutano per qualche istante. Alla fine il poliziotto grande alza le spalle e si avvicina a Carla.

«Come si chiama?», chiede lei.

«Jon Gutiérrez, signora Ortiz».

«Grazie per avermi salvato la vita».

«Altrettanto, signora. Siamo pari».

«Le hanno sparato due colpi per colpa mia. Credo che vinco comunque io».

Jon si volta e indica i due buchi nella camicia.

«A Bilbao queste sono due impallinate. Con il giubbotto non credo che lascino neanche un livido».

Carla vuole ridere, ma riesce a stento ad abbozzare un sorriso.

Indica verso l'alto, il cerchio di luce, in cui si stagliano un paio di teste in attesa.

«Mi sta aspettando?».

«Suo padre? L'abbiamo avvisato, sì. Sarà sicuramente già lassù. Siamo vicini a casa sua».

Carla pensa a ciò che gli dirà quando lo vedrà. Se si azzarderà a rinfacciargli il suo tradimento, il suo vigliacco tradimento di padre.

Non saranno soli. Può sentire, in lontananza, i flash dei fotografi, le cronache improvvisate delle giornaliste, che parlano alle telecamere in diretta. Alla fin fine, stanno soltanto a tre metri sotto la superficie. E a una vita di distanza.

Svergognarlo in pubblico. Sarebbe la vendetta migliore, senza dubbio.

Ma significherebbe anche distruggere molto e molti.

«È pronto a diventare famoso?», chiede a Jon.

«Sono già stato famoso, signora. Ma nel male. Non le nego che mi farebbe bene un po' di pubblicità positiva».

«E allora salga lei per primo, ispettore. E quando è su, mi passi un braccio sulla spalla e mi accompagni da mio padre».

Jon annuisce, educato, e comincia l'ascesa. Carla lo segue.

Non sa ancora cosa dirà a Ramón Ortiz.

Ma ha ancora qualche metro per deciderlo.

EPILOGO

Un'altra interruzione

Antonia Scott si concede di pensare al suicidio soltanto tre minuti al giorno.

Per altre persone, tre minuti possono essere un lasso di tempo risibile. Non per Antonia.

I tre minuti in cui Antonia pensa a modi in cui morire sono i suoi tre minuti. Non vi rinuncia. Non se ne priva. Sono sacri.

Prima erano ciò che la manteneva sana di mente, ora sono la sua valvola di sfogo. Le ordinano il cervello. Le ricordano che, per quanto il gioco si metta male, potrà sempre porgli fine. Che ci sarà sempre una via d'uscita. Che può provare tutto. Ora li vive quasi con ottimismo. Specula su di essi come uno scienziato specula sulle sue formule. Come un bambino gioca a sognare che farà l'astronauta, anche se finirà a lavorare in un'officina. La aiutano. Ora sono quelli che le danno la forza per vivere.

Per questo non le piace per niente, per niente, quando dei passi che conosce molto bene, tre piani più sotto, interrompono il rituale.

Antonia è sicura che viene a dirle addio.

E questo le piace ancora meno.

Un ficus

A Jon Gutiérrez non piacciono gli addii.

Non è una questione di pigrizia. I suoi addii sono solitamente brevi e concisi, niente discorsi lunghi ed emotivi, né cene fino all'alba con sbronza ed esaltazione dell'amicizia. Un paio di pacche sulla spalla, che tu possa trovare la stessa pace che ti lasci dietro. Senza sguardi tristi, senza magari che nascondano mai, senza nostalgia anticipata.

Nulla di tutto questo infastidisce Jon rispetto agli addii, perché Jon non ha troppe relazioni (è un monogamo), né soffre quando la gente esce dalla sua vita (è un monogamo seriale).

Quello che sta sulle palle a Jon è dire addio ad Antonia Scott.

Forse per questo ha preso le scale. Per ritardare il momento.

«Non impari, eh?».

Jon sbuca da dietro un'enorme pianta. Se l'è caricata per sei piani, e non è in vena di battute.

«Non entrava nell'ascensore», mente.

«Che cos'è?».

Antonia indica l'enorme ficus come se in casa sua fosse appena apparsa una scimmia a tre teste.

«È un ficus».

«Questo lo vedo. Perché mi porti un ficus?».

Jon deposita il gigantesco e pesante vaso nell'angolo del salotto, dove Antonia non potrà far altro che conviverci. O così, o chiamare un camion di traslochi per farlo portare via.

«Ho pensato che magari è ora che riarredi la casa. Così,

piano piano», dice Jon, pulendosi dalla terra che gli è rimasta sulla manica della giacca.

«Sono pessima con le piante. Le ammazzo tutte. Sul serio, è un superpotere. Sarà morta prima che tu esca dalla porta».

Jon sorride tra sé e sé. Tanta intelligenza e ancora non si è accorta che la pianta è di plastica.

Probabilmente ci metterà un po'.

«Correremo il rischio», dice.

Antonia guarda il ficus con perplessità.

Proprio come il sarcasmo, figure di pensiero come la metafora o l'analogia non hanno mai formato il grosso del suo repertorio, ma la gente cambia.

Ne è capace perfino lei.

«C'è una famiglia giù al terzo piano a sinistra che vuole trasferirsi. Hanno trovato un buon lavoro in un'altra città».

«Sono contento per loro».

«Ho pensato… Ho pensato che magari potrebbe interessarti. Cioè, se non hai troppa fretta di tornare a Bilbao».

Jon ci pensa un po'. Non troppo.

«E che facciamo con *amatxo*?».

«Anche qui ci sono i bingo».

«Ti farai pagare in tupperware anche da me, come dagli altri?».

«Tua madre cucina bene?».

Jon ride tra sé e sé, pensando alle *kokotxas* di sua madre. *Bene*, dice.

«Ah, bella. Da rimanerci sotto».

Entrambi rimangono in silenzio, a guardare il ficus.

«Quindi siamo insieme», dice Jon.

«A quanto pare».

«E adesso che succede?».

È la stessa cosa che Antonia si chiede da tempo.

Sono trascorsi otto giorni dalla liberazione *in extremis* di Carla Ortiz, e la polvere ha cominciato a depositarsi. I media hanno già dimenticato i poliziotti delle cui morti si scandalizzavano, e la mancanza di informazioni sulla vita di Nicolás Fajardo e di sua figlia ha fatto calare il sipario sulla vicenda.

Ora l'attenzione torna, gradualmente, alle vittorie delle squadre di calcio e alle scappatelle dei famosi.

Il problema è che la Scientifica è andata al cimitero dell'Almudena munita di provette per scoprire chi cavolo era sepolto nella nicchia intestata a «SANDRA FAJARDO».

E, cinque giorni dopo, ciò che è successo ti sorprenderà.

«Il test del DNA è inconfutabile», dice Mentor ad Antonia al telefono. «La donna nella tomba è la figlia di Nicolás Fajardo».

«Quanto inconfutabile?».

«Inconfutabile al 99,8 per cento».

«Abbastanza inconfutabile, sì», ammette Antonia.

«Non lo renderanno pubblico. Ufficialmente, il caso è chiuso».

Ma che sorpresa.

Antonia Scott ha un problema.

Le manca un cadavere e gliene avanza un altro.

Perché se la donna nella tomba è la figlia di Nicolás, chi è allora la donna a cui ha sparato nel tunnel? Chi è la donna che è fuggita, che ha attivato la bomba trappola e sulla quale è crollata mezza tonnellata di calcinacci?

Il cui cadavere – è quello che le manca – ancora non è stato trovato.

Antonia non fa che rimuginare sul mistero.

Non riesce a smettere di pensare a come le parlava, a come le si rivolgeva. Come se la conoscesse. Con una familiarità inspiegabile, che Antonia imputava alla pazzia.

Ora non ne è più tanto sicura.

Le ultime frasi di Sandra – per chiamarla in qualche modo – continuano a riecheggiarle nella memoria.

Tu, che ricordi tutto, non ricordi chi hai danneggiato? Quali strascichi ha lasciato la tua battaglia contro il male?

Lui mi ha accolta e resa migliore.

Lui.

Non abbiamo scelto il nome di un profeta a caso.

Un profeta parla attraverso un potere maggiore.

Un profeta annuncia chi verrà.

«E adesso che succede?», ha chiesto Jon.

Antonia non sa se debba coinvolgerlo – o quanto gli possa raccontare –, ma alla fine va all'armadio della sua stanza da letto. Quando torna, porta una voluminosa cartellina marrone. Vecchia, logora.

Si siede per terra – dando le spalle al ficus, ci vuole tempo – e comincia a spargere il contenuto della cartellina sul pavimento.

Jon, rassegnato ormai alla scomodità, si siede accanto a lei.

«Ho pensato che, finché Mentor non ci trova un altro lavoro, forse potresti aiutarmi con un piccolo progetto personale. L'unico caso che non sono ancora riuscita a risolvere».

«Mentor me ne ha parlato. Ma non mi ha detto di che si trattava. Qual è il caso che l'essere umano più intelligente del pianeta non è in grado di risolvere?».

Antonia non lo dice, ma pensa a come i sistemi complessi si riadattano. È un crescendo. La polizia compra semiautomatiche, i criminali comprano automatiche. Questi indossano giubbotti antiproiettile, quelli usano pallottole perforanti. Questi mettono una mente speciale a lavorare per conto suo e quelli...

«C'è sempre qualcuno più intelligente di te».

Dalla cartellina estrae una piccola busta di plastica richiudibile e la porge a Jon. Contiene un cartoncino. Quando lo gira, Jon vede una fotografia.

È scattata da lontano, e mostra un uomo elegante di trentacinque anni circa. Capelli biondi e ondulati. Sta per salire su una macchina. Jon pensa che abbia una certa somiglianza con l'attore scozzese protagonista di *Trainspotting*. Ma è difficile dirlo. L'immagine è sfocata.

«È l'unica foto che esiste di lui. Di fatto, lui non sa che esiste. Altrimenti non si sarebbe fermato finché non l'avesse distrutta e non avesse ammazzato tutti quelli che l'hanno vista. Ha un certo gusto per la teatralità».

«Chi è?».

«Un sicario. Forse il più caro del mondo, non lo so. Senza dubbio, il migliore. Può far passare qualunque omicidio per una morte accidentale. Anche il più complicato. Ha lavorato in America, in Medio Oriente, in Asia… Da tre anni si è stabilito in Europa».

Jon si sorprende. Ci sono alcuni sicari attivi in Europa, e tutti godono di una certa considerazione tra le forze dell'ordine. Alla fin fine, se si sa di te è una buona pubblicità.

«Perché non ne ho sentito parlare?».

«Perché non è il classico pistolero, Jon. Quest'uomo è diabolico. Non si avvicina quasi mai alla vittima personalmente. Il suo metodo preferito è obbligare qualcuno ad ammazzare per lui».

L'ispettore Gutiérrez si gratta la testa.

«Sembra un tipo serio».

«È l'uomo più pericoloso che esiste, Jon. Diabolico. E voglio che tu mi aiuti a dargli la caccia».

«Come si chiama?».

«Il suo nome reale non lo so. Nessuno lo sa».

Antonia tentenna un momento. E finalmente dice il nome, il nome che non pronuncia a voce alta da tre anni. Da quando è entrato nella sua casa, da quando le ha sparato, da quando ha mandato Marcos in coma. Da quando le ha portato via tutto.

«Si fa chiamare signor White».

Nota dell'autore

Mi piace accludere alcuni dettagli sui fatti reali che hanno ispirato o sono serviti da documentazione dei miei romanzi, e per qualche ragione ci sono lettori che lo apprezzano.

Cominciamo dall'intelligenza di Antonia: non è tanto lontana dalla realtà. Per la creazione dei suoi processi mentali mi sono basato sul modo in cui hanno scoperto la grandezza della mente e delle capacità di due donne: Marilyn vos Savant, con un quoziente intellettivo di 228 (sebbene i numeri siano oggetto di controversia) e Edith Stern, che a sedici anni era già professoressa di Matematica astratta all'Università del Michigan. Nel caso di Edith, con un quoziente di 205, la natura non ha operato da sola. A due giorni dalla nascita suo padre, Aaron Stern, fece una conferenza stampa per comunicare che avrebbe trasformato sua figlia in un genio. Dedicò tutta la vita e tutto il tempo della bambina (che allontanò dalla madre) a questo compito, lavorando con dei cartoncini su cui le mostrava animali, edifici famosi e concetti fin da quando aveva poche settimane. A due anni la bambina conosceva l'alfabeto per intero. Oggi Edith ha 128 brevetti a suo nome ed è una delle persone il cui lavoro ha più influenzato la computazione in tempo reale. Il metodo, sebbene disumano e assolutamente sconsigliabile, non è stato usato per la prima volta. Teone lo utilizzò già nel IV secolo con sua figlia Ipazia, la prima donna riconosciuta genio universale. Ipazia spiccò nei campi della matematica, della filosofia e dell'astronomia. Venne assassinata da una turba di fanatici religiosi. I motivi hanno dato luogo a molti libri appassionanti, non perdere l'occasione di cercarne qualcuno, lettore.

Mi sono preso alcune libertà con la geografia di Las Rozas e il crepaccio di Majalacabra, il luogo in cui ho situato il Centro Ippico, spero gli abitanti di Las Rozas possano perdonarmi.

La poesia che fa scattare l'amore tra Sir Peter Scott e Paula Garrido, causa ultima dell'esistenza di Antonia Scott, è "La tigre". È, effettivamente, la poesia più bella mai scritta. Una lettura compassata, anche in traduzione, riempie l'anima di bellezza, paura e sconcerto. Blake dialoga con il Male, incarnato nella tigre, e si chiede:

Tigre! Tigre! Che ardi e splendi
nelle selve della notte,
che immortale ti foggiò
la tremenda simmetria?

Blake interroga la tigre e i cieli distanti su quel Dio, impassibile di fronte alle suppliche, capace di creare l'agnello e un incubo di tre metri. Tutta la poesia è magnifica, ma il verso che la madre di Antonia recita al futuro marito mi sembra il più significativo. Alla fin fine, lei è il forno che forgerà un cervello il cui unico proposito è quello di sconfiggere il Male.

La frase "Com'era il tuo volto prima di nascere?" è un *kōan*, proprio come potrebbe esserlo il paradosso della forza irresistibile. Gli esercizi di logica che propongono argomenti irrisolvibili mi hanno sempre appassionato. Di fatto, la parola cinese *máodùn*, 'paradosso', è una di quelle parole speciali che Antonia potrebbe includere nel suo vocabolario. Letteralmente significa 'lancia-scudo'. La storia dell'origine etimologica viene raccolta da un trattato filosofico del III secolo, *Han Feizi*.

Il racconto narra di come un uomo cercasse di vendere una lancia e uno scudo. I potenziali compratori chiedevano:

«Quant'è buona la lancia?».

«Può perforare qualsiasi scudo!».

«E il tuo scudo?».

«Potrebbe fermare qualsiasi lancia!».

«E che succederebbe se il tuo scudo cercasse di fermare la tua lancia?».

E a quel punto l'uomo non seppe cosa rispondere.

Un chiarimento finale, anche se credo non sia necessario, ma ho la sensazione che così mi risparmierò molte lettere.

Sì.

Antonia e Jon torneranno.

Ringraziamenti

Voglio ringraziare.

Antonia Kerrigan e tutta la sua squadra: Hilde Gersen, Claudia Calva, Tonya Gates e gli altri, siete i migliori.

Carmen Romero, che ha creduto in questo libro al di là di tutto e tutti, che ha avuto più pazienza con me di quanta ne meritassi. Tutta la squadra di Penguin Random House e in particolar modo gli agenti commerciali, che lasciano anima e corpo sulla strada per fare apostolato dei nostri libri. Eva Armengol e Juan Díaz.

Rodrigo Cortés, che ha tolto ore – già di per sé scarse – al sonno durante il montaggio del suo geniale lungometraggio Blackwood per leggere il manoscritto e dare preziosi contributi.

Arturo González-Campos, mio amico, mio socio in tante follie, che ha letto, contribuito e mi ha tranquillizzato.

Javier Cansado, che non l'ha letto, ma ha visto il trailer.

Joaquín Sabina e Pancho Varona, che mi cullano dalle casse.

Manuel Soutiño, ci sei stato ancora una volta, con i tuoi incoraggiamenti, con la tua amicizia. Grazie. Ti devo molto.

Bárbara Montes, sempre. Perfino mentre scrivevi il tuo romanzo, *El Pintor de Tiovivos* (presto in libreria!), ti sei presa la briga di darmi una mano con questo. Tu sei il mio Guanto dell'Infinito con tutte le gemme sopra. Ti amo.

E te, lettore, per aver reso le mie opere un successo in quaranta paesi, grazie e un abbraccio enorme. Un ultimo favore. Anzi, due favori.

Il primo: non parlare a nessuno del finale, non fare commenti sui social network a proposito del finale. Se scrivi una recensione su una libreria online o su Goodreads (grazie, a proposito, aiuta molto), non fare commenti, neanche sotto l'etichetta *SPOILER*, perché tutti potrebbero vederli e si rovinerebbe la sorpresa. Se vuoi fare qualche commento o chiedermi qualcosa su *QUELL'ARGOMENTO*, puoi farlo via mail, e ti risponderò personalmente con molto piacere.

Il secondo favore: Se ti è piaciuto, scrivimi e raccontamelo (ma insisto; non parlare del finale sui social!).

juan@juangomezjurado.com
twitter.com/juangomezjurado

Mettiti alla prova per scoprire se hai anche tu
le abilità di Antonia Scott.

Scannerizzando questo QR code o collegandoti al sito Internet http://www.fazieditore.it/news/quiz-mensa-reginarossa potrai accedere ai quiz creati dal MENSA sulla trama di *Regina Rossa*.

FSC
MISTO
Carta
FSC® C129194

Finito di stampare
nel mese di febbraio 2024
presso Print on web s.r.l.
Via Napoli, 85 – Isola del Liri
(FR) per conto di
Fazi Editore